菩提本无树，明镜亦非台

本来无一物，何处惹尘埃。

当我终于明白，

人世间的男欢女爱、荣华权势终究不过浮华浪荡一场，

生命的最末，

到底是无尘无埃的明镜台时，

我的人生，已经完结了。

作者简介

流潋紫，本名吴雪岚。浙江湖州人，1984 年生。中国作家协会会员。2005 年末开始从事业余写作，陆续在各大杂志发表短篇小说及散文。自 2007 年出版长篇小说《后宫·甄嬛传》，同年毕业于浙江师范大学行知学院汉语言文学专业。

/胡玉萍/
ANAN studio

手绘插图∷钱　妤

后宫·

如懿传

壹

墙头马上遥相顾　一见知君即断肠

流潋紫 著

Ruyi's Royal Love In The Palace

修订版

人民文学出版社

图书在版编目(CIP)数据

后宫·如懿传:全六册/流潋紫著.—修订本.—北京:人民文学出版社,2018
ISBN 978-7-02-014473-0

Ⅰ.①后… Ⅱ.①流… Ⅲ.①长篇小说—中国—当代 Ⅳ.①I247.5

中国版本图书馆CIP数据核字(2018)第184828号

策划编辑	胡玉萍
责任编辑	涂浚杰
装帧设计	刘 静
责任印制	徐 冉

出版发行	人民文学出版社
社　　址	北京市朝内大街166号
邮政编码	100705
网　　址	http://www.rw-cn.com
印　　刷	三河市西华印务有限公司
经　　销	全国新华书店等
字　　数	1879千字
开　　本	890毫米×1290毫米　1/32
印　　张	68　插页12
印　　数	1—10000
版　　次	2018年9月北京第1版
印　　次	2018年9月第1次印刷
书　　号	978-7-02-014473-0
定　　价	418.00元(全六册)

如有印装质量问题,请与本社图书销售中心调换。电话:010-65233595

目录

第一章 灵前 001
第二章 尊封（上） 010
第三章 尊封（下） 021
第四章 风雨 032
第五章 自处 045
第六章 毒心 056
第七章 求存 070
第八章 名分（上） 083
第九章 名分（下） 094
第十章 哲妃 106
第十一章 琵琶 122
第十二章 蕊姬 134
第十三章 风波 146
第十四章 凌辱 159
第十五章 君心 175
第十六章 玉面 188

第十七章 渔翁 203
第十八章 永璜 217
第十九章 封诰 227
第二十章 得子（上） 238
第二十一章 得子（下） 250
第二十二章 山雨 261
第二十三章 阿箬 270
第二十四章 对食 280
第二十五章 西风恨 292
第二十六章 独自凉 302
第二十七章 鬼珠 315
第二十八章 延祸 325
第二十九章 喜忧 334
第三十章 流言 344

第一章 灵前

云板声连叩不断,哀声四起,仿若云雷闷闷盘旋在头顶,叫人窒闷而敬畏。国有大丧,天下知。

青樱俯身于众人之间,叩首,起身,俯身,叩首,眼中的泪麻木地流着,仿若永不干涸的泉水,却没有一滴,是真真正正发自内心的悲恸。

对于金棺中这个人,他是生是死,实在引不起青樱过多的悲喜。他,不过是自己夫君的父亲,王朝的先帝,甚至,遗弃了自己表姑母的男人。

想到这里,青樱不觉打了个寒噤,又隐隐有些欢喜。一朝王府成潜龙府邸,自己的夫君君临天下,皆是拜这个男人之死所赐。这样的念头一转,青樱悄然抬眸望向别的妻妾格格①——不,如今都是妃嫔了,只是名分未定而已。

青樱一凛,复又低眉顺眼按着位序跪在福晋身后,身后是与她平起平坐的高晞月,一样的浑身缟素,一样的梨花带雨,不胜哀戚。

忽然,前头微微骚动起来,有侍女低声惊呼起来:"主子娘娘晕过去了!"

青樱跪在前头,立时膝行上前,扶住晕过去的富察氏。高晞月也跟着上来,

---

① 格格:格格原为满语的译音,译成汉语就是小姐、姐姐、姑娘之意。在满语中原来是对女性的一般称谓。而在汉语中出现时则大多表示:一是清朝贵胄之家女儿的称谓,二是皇帝和亲王妾室的称谓,地位较低。

惶急道:"主子娘娘跪了一夜,怕是累着了。快去通报皇上和太后。"

这个时候,太后和皇上都已疲乏,早在别宫安置了。青樱看了晞月一眼,朗声向众人道:"主子娘娘一片孝心,为大行皇帝尽孝伤心晕厥。"

众人忙赞道:"主子娘娘纯孝可鉴。"

这话旁人不懂,晞月却是听懂了,她暗暗咬舌,有些懊悔,却不便当着人露出神色,便淡淡地低下了头。

青樱又道:"赵一泰,你是伺候主子娘娘的人,你去通报一声,说这边有咱们伺候就是了,不必请皇上和太后两宫再漏夜赶来。"

晞月横了青樱一眼,不欲多言。青樱亦懒得和她争辩,先扶住了富察氏,等着眼明手快的小太监抬了软轿来,一齐拥着富察氏进了偏殿。

晞月意欲跟进伺候,青樱身子一晃,侧身拦住,轻声道:"这里不能没有人主持,太后和太妃们都去歇息了,主子娘娘和我进去,姐姐就是位分最高的侧福晋①。"

晞月眼眸如波,朝着青樱浅浅漾,温柔的眼眸中闪过一丝不驯,她柔声细语:"姐姐与我都是侧福晋,我怎敢不随侍在主子娘娘身边?"

青樱望着她淡然道:"妹妹你自然是明白的。"

晞月微微咬一咬唇,心中一股傲气微微一怯,还是退了一步:"到底我新为侧福晋不久,姐姐是一入王府就为侧福晋的,当然比我会服侍福晋些。而且,您的姑母是尚在景仁宫的皇后啊。"

青樱笑而不语,只当没有听见一般。

晞月无奈,转身行两步,实在幽怨,对着贴身侍女茉心低声道:"要不是想着万一她姑母出来也做了太后,谁愿意忍她?"茉心懂得似的点点头,扶

---

① 侧福晋:顺治十七年(1660)规定,亲王、亲王世子及郡王妻封福晋,侧室则称侧福晋。亦用以封蒙古贵族妇女。为了强调正室的嫡妻地位,又称嫡妻为嫡福晋。嫡福晋与侧福晋都由礼部册封,有朝廷定制的冠服,见《大清会典》。侧福晋冠服比嫡福晋降一等。每年一次由宗人府汇奏请封,咨送礼部入册。相比较于侧福晋,另有一种庶福晋的称谓。庶福晋地位比较低,相当于婢妾,不入册,也没有冠服。庶福晋只是别人对她们的客气称呼,是没经过朝廷册封的。

着她复又跪下。

晞月朝着先帝的金棺哀哀痛哭,仿似清雨梨花,低下柔枝,无限凄婉。

青樱在转入帘幕之前望了她一眼,亦不觉叹然,怎么会有这样的女人?轻柔得如同一团薄雾轻云,连伤心亦是,美到让人不忍移目。

青樱转到偏殿中,素练和莲心已将富察氏扶到榻上躺着,一边一个替富察氏擦着脸扑着扇子。青樱连忙吩咐了随侍的太监,叮嘱道:"立刻打了热水来,虽在九月里,别让主子娘娘擦脸着了凉。莲心,你伺候主子娘娘用些温水,仔细别烫着了。"说罢又吩咐自己的侍女,"悫心,你去开了窗透气,那么多人闷着,只怕娘娘更难受。太医已经去请了吧?"

悫心连忙答应:"是。已经打发人悄悄去请了。"

素练闻言,不觉双眉微挑,问道:"主子娘娘身子不适,怎么请个太医还要鬼鬼祟祟的?"

青樱含笑转脸:"姑娘不知道,不是鬼鬼祟祟的,而是方才高姐姐的话说坏了。"

素练颇为不解,更是疑心:"说坏了?"

青樱不欲与她多言,便上前几步看着太监们端了热水进来。悫心侧身在素练身边,温和而不失分寸:"方才月福晋说,主子娘娘是累着了才晕倒的……"

素练还欲再问,富察氏已经悠悠醒转,轻嗽着道:"糊涂!"

莲心一脸欢欣,替富察氏抚着心口道:"主子娘娘要不要再喝些水?哭了一夜也该润润喉咙了。"

富察氏慢慢喝了一口水,便是不适也不愿乱了鬓发,顺手一抚,才慢慢坐直身子,叱道:"糊涂!还不请侧福晋坐下。"

青樱闻得富察氏醒转,早已垂首侍立一边,恭声道:"主子娘娘醒了。"

富察氏笑笑:"主子娘娘?这个称呼只有皇后才受得起,皇上还未行册封礼,这个称呼是不是太早了?"

青樱不卑不亢:"主子娘娘明鉴。皇上已在先帝灵前登基,虽未正式册封皇后,可主子娘娘是皇上结发,自然是名正言顺的皇后。如今再称福晋不妥,直呼皇后却也没有旨意,只好折中先唤了主子娘娘。"青樱见富察氏此时不作声,便行了大礼,"主子娘娘万安。"

富察氏也不叫起来,只是悠悠叹息了一声:"这样说来,我还叫你侧福晋,却是委屈你了。"

青樱低着头:"侧福晋与格格受封妃嫔,皆由主子娘娘统领六宫裁决封赏。妾身此时的确还是侧福晋,主子娘娘并未委屈妾身。"

富察氏笑了一笑:"也罢,我从前是嫡福晋,往后就是皇后,永远都得是后宫的表率,是不能在人前失了纯孝之名的。你替我周全得极好。"

富察氏凝神片刻,温和道:"起来吧。"又问,"素练,是月福晋在外头看着吧?"

素练忙道:"是。"

富察氏扫了殿中一眼,叹了口气:"是青福晋安排的吧?果然事事妥帖。"她见素练有些不服,看向青樱道,"你做得甚好,月福晋说我累了……唉,我当为后宫命妇表率,怎可在众人面前累晕了?只怕那些爱兴风作浪的小人,要在后头嚼舌根说我托懒不敬先帝呢。来日太后和皇上面前,我怎么担待得起?"

青樱颔首:"妾身明白,主子娘娘是为先帝爷伤心过度才晕倒的,孝亲之情,可感天地。月福晋关心情切,才会失言。"

富察氏微微松了口气,似赞非赞:"总算你还明白事理。"她那目光在青樱身上悠悠一荡,"到底是乌拉那拉氏的后人,细密周到。"

青樱隐隐猜到富察氏所指,只觉后背一凉,越发不敢多言。

富察氏望着她,一言不发。青樱只觉得气闷难过,这样沉默相对,比在潜邸①时妻妾间偶尔或明或暗的争斗更难过。

空气如胶凝一般,莲心适时端上一碗参汤:"主子喝点参汤提提神,太医

---

① 潜邸:一指皇帝即位前的住所。宋欧阳修《代人辞官状》:"属潜邸之署官,首膺表擢,陪学黉之讲鉴,无所发明。"清龚自珍《为龙泉寺募造藏经楼启》:"又诏以潜邸之雍和宫为奉佛处,以大臣专领之。"二也借指太子尚未即位。郑振铎《插图本中国文学史》第五十章:"成祖在潜邸时,已为文人们的东道主。"

就快来了。"

富察氏接过参汤，拿银匙慢慢搅着，神色稳如泰山："如今进了宫，好歹也是一家人，你就不去看看景仁宫那位吗？"

青樱道："先帝驾崩，太后未有懿旨放景仁宫娘娘出宫行丧礼，妾身自然不得相见。"

富察氏微微一笑，搁下参汤："有缘，自然会相见的。"

青樱越发不能接口。富察氏何曾见过她如此样子，心中微微得意，脸上气色也好看了些。

二人正沉默着，外头击掌声连绵响起，正是皇帝进来前侍从通报的暗号，提醒着宫人们尽早预备着。

果然皇帝先进来了。富察氏气息一弱，低低唤道："皇上……"

青樱行礼："皇上万安。"

皇帝也不看她，只抬了抬手，随口道："起来吧。"

青樱起身退到门外，扬一扬脸，殿中的宫女太监也跟了出来。

皇帝快步走到榻边，按住富察氏的手："琅嬅，你受累了。"

富察氏眼中泪光一闪，柔情愈浓："是臣妾无能，叫皇上担心了。"

皇帝温声道："你生了永琏与和敬之后身子一直弱，如今既要主持丧仪，又要看顾后宫诸事，是让你劳累了。"

富察氏有些虚弱，低低道："晞月和青樱两位妹妹，很能帮着臣妾。"

皇帝拍拍她的手背："那就好。"皇帝指一指身后，"朕听说你不适，就忍不住来了，正好也催促太医过来，给你仔细瞧瞧。"

富察氏道："多谢皇上关爱。"

青樱在外头侍立，一时也不敢走远，只想着皇帝的样子，方才惊鸿一瞥，此刻倒是清清楚楚印在了脑子里。

因着居丧，皇帝并未剃发去须，两眼也带着血丝，想是没睡好。想到此节，青樱不觉心疼，悄声向蕊心道："皇上累着了，怕是虚火旺，你去炖些银耳莲子羹,每日送去皇上宫里。记着,要悄悄儿的。"

惢心答应着退下。恰巧皇帝带了人出来,青樱复又行礼:"恭送皇上,皇上万安。"

皇帝瞥了随侍一眼,那些人何等聪明,立刻站在原地不动,如泥胎木偶一般。皇帝上前两步,青樱默然跟上。皇帝方悄然道:"朕是不是难看了?"

青樱想笑,却不敢作声,只得咬唇死死忍住。二人对视一眼,青樱道:"皇上保重。"

皇帝正好也说:"青樱,你保重。"

青樱心中一动,不觉痴痴望着皇帝。皇帝亦是柔情:"朕还要去前头,你别累着自己。"

青樱道了声"是"。

皇帝回头看了青樱一眼,心中微动,但到底还是忍住了。

他与她一直是无话不说的,可这件事,此时却一时无从说起了。才从养心殿来时,皇帝已然见过先帝留下的重臣张廷玉,他是老臣,是朝廷股肱,皇帝自然高看。可张廷玉领着一班年老臣子,开口却唯有一句:"礼制所在,皇上登基,便要尊景仁宫为母后皇太后。"

皇帝暗暗心惊,面上却是含笑。景仁宫那位乌拉那拉氏原本是先帝皇后,他的嫡母,却因后宫之事惹怒先帝,一直被禁足在景仁宫。虽然这些年未得皇后待遇,却也没失了皇后名分被废位。如今先帝去得急,没有留下话如何处置景仁宫那位。如今他一登位,可有点棘手了。是放景仁宫那位出来做母后皇太后,压自己的额娘圣母皇太后一头,还是继续留她在景仁宫里自生自灭呢?

在深宫里浸淫多年,皇帝再清楚不过,许多事是不能拿到台面上来说的。哪怕骨子里烂透了,面子上还是得尽力保全着好看些。他如何不知,他的额娘,先帝的熹贵妃,如今的太后,是如何与景仁宫皇后争锋数十年,才得稍胜。若此刻景仁宫皇后解了禁足出来,只怕额娘第一个不允。

可若真当无此事,让景仁宫皇后自生自灭,他又是不愿的。毕竟,哪怕景仁宫皇后待他不过如此,甚至算计过他,可毕竟是自己名分上的嫡母,他不可背上不孝之名。而且最要紧的,那是青樱的姑母啊。

因而,皇帝一直是犹豫的,巴不得无人提此事才好。可偏偏,避无可避,这些看重礼法的老臣们还是来了。

张廷玉显然是有备而来,滔滔不绝。

"景仁宫乃皇上嫡母,是母后皇太后。熹贵妃为皇上生母,可封圣母皇太后。祖宗规矩,历代如此。两宫并立也是应当的。"

"丧仪毕,东西六宫都要由皇上的嫔妃入住。那景仁宫仍住着大行皇帝的皇后,实在不合情理。"

皇帝有些头痛,他轻轻抚额,却不愿臣子们察觉,只是温和地道:"可是皇阿玛曾说过与景仁宫死生不复相见。"

大臣们早已想好了如何应答,从容地给了皇帝一个解决之道:"所以大行皇帝丧仪,景仁宫可以不出现。但先帝未曾废后,丧仪一了,就要正名位了。"

张廷玉看出了皇帝的踌躇,他示意其余人等离开,方上前一步:"皇上继位,必得正嫡庶,明尊卑,方能治天下。"他见皇帝依旧不语,微微垂首,压低了声音,"熹贵妃在后宫得宠多年,颇有权柄,皇上新登基,得防着生母年壮,来日弄权啊。"

皇帝垂下眼睛,只看着茶盏中平静如镜的暗色茶汤,露出了一丝不易察觉的冷淡。

外头的月光乌蒙蒙的,暗淡得不见任何光华,皇帝微微叹了口气,看着青樱低低笑道:"等会儿来养心殿,咱们说说话。"

青樱微微颔首,见皇帝走远了,御驾的随侍也紧紧跟上,只觉心头骤暖,慢慢微笑出来。

青樱抬头看了看天色,低低说:"怕是要下雨了呢。"

蕊心关切道:"小主站在廊檐下吧,万一掉下雨珠子来,怕凉着了您。"

正巧练练引着太医出来,太医见了青樱,打了个千儿道:"给小主请安。"

青樱点点头:"起来吧。主子娘娘凤体无恙吧?"

太医忙道:"主子娘娘万安,只是操持丧仪连日辛劳,又兼伤心过度,才会如此。只需养几日，就能好了。"

青樱客气道："有劳太医了。"

素练道："太医快请吧，娘娘还等着你的方子和药呢。"

太医诺诺答应了，素练转过脸来，朝着青樱一笑，话也客气了许多："回小主的话，主子娘娘要在里头歇息了，怕今夜不能再去大殿主持丧仪。主子娘娘说了，一切有劳小主了。"

青樱听她这样说，知是富察氏知晓晞月不堪重用，只管托赖了自己应对，忙道："请主子娘娘安心养息。"

待到养心殿时，已是夜深时分，雨水到底没落下来，可是空气里湿蒙蒙的。明明是初秋了呢，京城的秋是爽朗高洁的，怎么这般沉闷起来。青樱吸了吸鼻子，周遭还有沉沉的丧仪的气味，那股气味是独特的，像她小时候在宫外的纸扎铺里闻到的那股将死的味道，还有不断焚烧箔纸的气味，焦烘烘的，还有女人的眼泪冲刷脂粉的气味，混杂在一起，叫人头昏脑涨。

她立在皇帝身前。养心殿这是头一遭来，从前，她就是在潜邸的书房里，立在他身边，为他红袖添香，与他连朝语不息。

皇帝啜了几口她送来的银耳莲子羹，入口甜润，回味却不知怎的有些涩，便感慨道："上次咱们两个这么安安静静说话，还是在宫外呢。如今真是时过境迁。"

那时哪里想到先帝会骤然驾崩。如今眼前的夫君，不再只是一个皇子，而是九五之尊了呢。她有些心疼地看他，他才二十五岁呢，眉目间尚有一点青涩气，肩上已有万千重担，又兼居丧哀痛、政务繁忙，一直没有睡好，眼底尽是暗红的血丝。她如往日一般在他身边坐下，任他握着自己的手，与自己并肩说话。

皇帝似有为难之处，望着她时也心意沉沉："朝臣中有人提出，想让你姑母出景仁宫，尊封母后皇太后。"

青樱全然怔住了，不知该如何回答。姑母被禁足，总有好几年了吧。先帝在时，从未有只言片语放她出来的意思，只云"死生不复相见"，如今，怎会提起这个话头来？

青樱虽然嫁在宫闱，但王府潜邸里，皇帝一直将她护得很好。她猜不透这句话后头会有何等骇然波涛，却也隐隐觉得山雨欲来，很是不安。皇帝轻轻拍拍她的手背，柔声道："这些年，你也很想你姑母出来吧？"

他问得如此体贴，她有些感动。这些年，姑母禁足，颇为悲愁，她如何不知，也是皇帝暗中通融，才让她见了姑母一两回，四时也有衣物递进去，才不至于让姑母过于凄苦。身为晚辈子侄，自然一直希望姑母能解了禁足，得以安养，也可尽孝。毕竟，这是疼了她十几年的姑母，是乌拉那拉一族的倚靠和荣耀。可她也是明白的，下令将姑母禁足景仁宫的是先帝，尊封母后皇太后之事更是国事。她只是一个名位未定的潜邸侧福晋，除了点头表示心意，如何能多言半句呢。

皇帝了然，伸手拨了拨她鬓边碎发，又为她正好小小的两把头上唯一一朵点缀的银器花儿。他细细端详着她，缓缓地道："朕也是想着皇阿玛生前说的与你姑母死生不复相见，心里颇为为难。尊景仁宫为母后皇太后，则母后皇太后身后必与皇阿玛合葬，有违皇阿玛心意。但若不尊景仁宫为母后皇太后，皇阿玛又到底未曾废后，于宫规祖制不妥。且皇额娘与你姑母不睦，若你姑母出来，必是两宫太后并立，朕还不知到时皇额娘又会是什么说法。"

他说得很诚恳，有恳切的心意，也有难处的踌躇。她全然是懂得的，这些年他是何等如履薄冰，从皇子中脱颖而出，成为唯一的宝亲王。他的不容易，她都看在眼里，是自己姑母之事，让他为难了。她舀起甜汤，喂到他嘴边。皇帝一笑，又推到她唇边，引她饮下。"其实朕也想着，如果你姑母出来，恢复了尊荣，你也可以多个倚仗，过得畅意些。"

那甜汤在唇齿间缠绵，银耳炖得久了，是软糯的，莲子也是入口即化。这样的绵软，让她觉得稳妥而安心。"皇上为臣妾和姑母着想。臣妾感激。事情总会有解决法子，皇上不要过于忧思。真若艰难，皇上也切勿太为难自己。"

皇帝见她这般体贴自己的心意，亦是感动，轻轻握住她的手，唤了一句："青樱。"

第二章 尊封（上）

丧仪照旧在进行，日子仿佛就是日复一日的哭泣与行礼，仿佛外头的事都被隔在了这重重白帷之外。可如丧钟与哀鸣之声穿透云霄一般，外头的事总在悲鸣的间隙窸窸窣窣地漏进来。

礼部定大行皇帝庙号为世宗，尊生母钮祜禄氏为圣母皇太后。这些都顺理成章。可为了尊封景仁宫为母后皇太后一事，前朝已经闹作了一团。起初不过是争议钮祜禄氏为太后后居慈宁宫一事，历来母后皇太后当移居慈宁宫。圣母皇太后为次，居寿康宫。可母后皇太后何来，却是计较的要紧处。张廷玉等老派之臣坚持景仁宫所居者，实为母后皇太后。可反对者也非无有，太后的亲族讷亲便直言景仁宫失德，为先帝厌弃，不堪为皇后，更不堪为母后皇太后。

为难处到底是落在了先帝是否废后。如此争执不下，最终还在皇帝的定夺。先帝待景仁宫之情早已天下皆知，若皇帝尊其为母后皇太后，拂逆先帝心意，违背仁孝之道。可若不尊封，善事父母者为孝，皇帝又岂可将嫡母置于别宫，让天下人指摘。尊封与否，都在孝情，是要遵从先帝心意看待景仁宫，还是为先帝尽未尽之愿，进而善待景仁宫。

这样的大事，终究要问问先帝最看重的臣子马齐。马齐乃富察氏的伯父，在朝中地位举足轻重。可惜他抱病家中,未能进言,事情也暂且停下了。

琅嬅因着身子不适,怕在偏殿不能好生静养,皇帝便将她挪回了潜邸重华宫的翠云馆安养。女眷们都去守丧了,翠云馆里很是静落。秋风一起,连外头枫叶碰触的细微之声都沙沙入耳,好似落着雨的一般。皇帝因怕宫中大丧,侍女们服侍富察氏不周,特许了她额娘富察夫人入宫陪伴。富察氏心中安慰,更是感念皇帝细心情深。

树影透过乳白如烟的窗纱悠悠晃晃,像点着一支暗幽幽的火把似的,富察夫人轻声细语地将外头的纷争一一道来。富察琅嬅为嫡福晋这么久,也是知道轻重的,当下便道:"伯父身历三朝,位高权重,越是如此,越不能轻易开口。"

富察夫人欣慰地点头,当日富察氏能嫁给当今皇帝做嫡福晋,是太后钮祜禄氏一力促成,照理说自该帮着太后,以作报答。可皇帝的身世嘛……许多事未必和太后一条心。琅嬅亦想得明白,朝中要尊嫡,他们富察一族自然不能反对。毕竟自己是皇帝的嫡妻,生了嫡子。嫡这个根本,在自己这儿。眼下若自己与母族出声开口反对尊嫡,顺着太后,来日就会有口实给底下那些不安分的妾室。这是她这个嫡妻断断不愿的。所以称病不言是最好的打算。

接着几日,皇帝来看望,琅嬅也绝口不提此事,只是温婉相待,宽慰皇帝伤心。这样的正妻,是皇帝喜欢的。太后因先帝驾崩而伤心卧病,殿中丧仪一直由贵太妃主持。因着尊封母后皇太后之事,太妃太嫔对着青樱也多了几分回避与忌讳。倒是福晋命妇们,对着青樱巴结不已,殷勤侍奉,生怕哪日景仁宫真成了母后皇太后,纵然皇帝已有正室中宫,也少不得封青樱一个位同副后的皇贵妃,那是万不能得罪的。

目光炙热,言语诡媚,实叫青樱烦扰不堪,得空便避到外头,却是阿玛那尔布托了自己的贴身侍婢阿箬带话进来,反反复复只是那几句,等你姑母成了母后皇太后,阿玛可以升官,你也会当个贵妃皇贵妃,等你再生了儿子,就可以母凭子贵,到时候……我们乌拉那拉一族荣兴起来,就和富察氏、高氏一样。记着有机会就要去给你姑母问安,你得加把劲儿,没什么比你姑母当上母后皇太后更重要的了。"

姑母被禁足的这些年里,阿玛不是这样热络的,生怕青樱受了姑母的牵连,连侧福晋之位也不保。可再往前想呢,姑母尚未被禁足的时候,阿玛也是这样推着她进宫陪着姑母,和她说话做伴,去争取一个皇子福晋的身份。青樱默默叹息,其实只要阿玛好好当差,一样可以荣兴家族。家族鼎盛,光靠女流去争怎么成呢。

她不愿再让阿箬去和阿玛饶舌,只叮嘱了她不许再传这样的话。

秋风幽咽低回,赤朱的红墙顶上是灰蒙蒙的天,阴沉着快要落雨了。一行大雁扇着翅沉沉飞去。雁字回时,却是有悲戚笼上心头。若说没有盼望,那是假的,她多么愿意姑母走出那困了多年的景仁宫,再多一些自由尊荣。可事情才起了头,已然是这般前朝后宫震动,那往后是什么,她真的不敢多想。可姑母常说的,富贵险中求,或许真的是要熬过千难万险,才能换得后半世一点安稳吧。

她想了片刻,转首却见到一张有些熟悉的脸。她怔了怔,唤道:"是你。"

青樱是记得的,姑母边还有一个宫女叫绣儿的,是昔日带进宫的心腹。绣儿来了,必是有要事。她有些紧张,姑母禁足,宫女虽然可以出入,但到底不能这样明目张胆,绣儿出来,那是姑母要见她了。

绣儿禀告完毕,也不敢多留,即刻便回去了。

青樱立在长街上,只觉得冷风无孔不入似的,贴着衣衫袭来,她的神色冷了又冷,阿箬却是担忧坏了,她见青樱神色沉重如欲雨的天气,语不传六耳:"奴婢多嘴劝小主一句,不去也罢。"

青樱转着手指上的珐琅猫眼晶护甲,那猫眼晶上莹白的流光一漾,像是犹豫不定的一份心思。青樱迟疑着问:"怎么?"

阿箬蹙眉,看看四周,有些畏惧道:"小主去见老主子尽孝心是好的,若是老主子成了母后皇太后,那自然更疼您。可眼下事情还没个眉目,老主子又是太后的心腹大患。若是让太后知道……对小主而言是弥天大祸,万劫不复。"她沉吟又沉吟，还是说，"小主还是先顾着自己要紧。左右您去不去看望，都是老主子的亲侄女，她照样得顾着您。"

不去么？青樱想，是姑母给了自己家族的荣华安逸，是姑母引了自己嫁了今日的郎君。自然青樱也有成千上万个理由不去见她，但是最后，她还是迟疑着起身了。

夜路漫漫，她是第一次走在紫禁城夜色茫茫的长街里。阿箬在前头提着灯，青樱披着一身深莲青镶金丝撒梅花朵儿的斗篷，暗沉沉的颜色本不易让人发现。要真发现了，也不过以为她是看别的嫔妃罢了。

长街的尽头，过了景仁门，往石影壁内一转，就是景仁宫。角门边早有宫女绣儿候着，见她来了也只是一声不问，开了角门由她进去。阿箬自然是被留在外头了。青樱走进阔朗的院中，看着满壁熟悉的龙凤和玺彩画，眼中不由一热。

这个地方，是曾经来熟了的。可是如今再来，备感凄凉。住在这儿的曾经最尊贵的女子早已失了恩宠，失了权势，如同阶下囚一般。她有万千个不踏进这里的理由，却还是来了。

因为她们的身上，流着一样的血。

她迟疑片刻，踏着满地月色悄然走进。身后有在地上啄食米粒的鸽子，像是跳跃着的白色幽灵，只顾着贪吃，并不在意她的到来。甚至，连一丝扑棱也没有。或者，比起殿中的人，它们才更像这景仁宫的主人。

青樱推开沉重的雕花红漆大门，宫室里立刻散发出一股久未修葺打扫的尘土气息，呛得她掩住了口鼻。

殿中点着不多的烛火，积了油灰的烛台上几个蜡烛头狼狈地燃着，火头摇摇欲坠，好像随时都会灭去。借着一缕清淡月光，她辨认片刻，才认出那个坐在凤座上的身影，似乎是她的姑母。

姑母着纯白素服，绾一个低低的小两把头，唯有几朵黑色绢花点缀。姑母的面容被哀伤浸泡得久了，有些面浮眼肿，每一条细纹里，都不胜哀恸。青樱想，姑母定是爱着先帝的，否则她该恨他，而不是这样为他哭泣伤心。

关在这里的日子一定很不好受，比起上一回见到姑母，姑母苍老了许多。因为久不见天日，姑母的肤色很白，隐隐透着不健康的青灰色，像游魂似的。

她仔细打量着眼前人，心下密匝匝地刺进无数的酸楚与感慨，低声道："姑母，您见老了。这些年，叫您受苦了。"

可不是老了？当年乌拉那拉氏虽不算一等一的貌美，也是端然生华的六宫之主。

乌拉那拉氏干脆地笑了一声，冷道："我虽老了，你还年轻，这才是最要紧的。"

青樱是很想安慰姑母的，她郑重而恭谨地行了礼，想要上前扶住姑母，姑母的精气神尚在，威严地一挥手，推开她的搀扶，单刀直入地问："弘历打算何时放我出去？尊我为母后皇太后？"

乌拉那拉皇后还是叫他弘历，如一个皇后唤着皇子的名字，连一声"皇帝"的称呼也未有。那样的姑母，是她熟悉的，如一个皇后一般。哪怕这景仁宫困了她许多年，也没有耗尽她身为皇后该有的气势。青樱不自禁地便有些慌，可她还是问："姑母，您非要成为母后皇太后吗？"

乌拉那拉皇后打量着青樱年轻而饱满的面庞，那面孔依稀有一些乌拉那拉家族女人的模样，明亮的眼，灵动的眸。可细看之下，青樱与自己是不相似的，自己是不怒自威的方面孔，青樱是小小的，巴掌似的尖尖的脸，像个小小的桃儿。果然呢，当个侧福晋，娇养在潜邸里，还有这些不懂事。乌拉那拉皇后略带轻蔑地笑了："宫规祖制在此，先帝不曾废后，我就是名正言顺的母后皇太后，该离开这里，住到慈宁宫去。"

住到慈宁宫之后呢？青樱出神地想。

乌拉那拉皇后似是看透了青樱的心思，越发骄傲："自我禁足景仁宫，困守至今，无非是钮祜禄氏从中作梗。住进了慈宁宫，我还要和钮祜禄氏再分个输赢。"她以不容置疑的口吻断然吩咐，"所以青樱，你要和姑母一条心，让弘历尽快放我出去。"

姑母果然要自己这么做了。她不敢直视乌拉那拉皇后迫人的目光，她只能以晚辈的身份垂首低柔地劝说："姑母，争斗不休，总会伤着自己，何必呢。姑母，皇上已经很为难了。我不能再去增他烦扰。"

乌拉那拉皇后盯着她，忽然松弛了些许："啊？乌拉那拉家最尊贵最天不怕地不怕的小格格，当了几年侧福晋，为人妾侍，性子也磨平了不少呢。我可记得当年教过你，风口浪尖，激流勇进总比退缩畏怯来得好。争，自然比不争来得好。"她有些黯然，伸出冰凉的手，抚上青樱皎洁的面庞，"青樱，你到底姓乌拉那拉还是爱新觉罗？"

青樱有些激动，她自然是姓乌拉那拉的，可她嫁的是爱新觉罗，与她的姑母一模一样。有时候她也想，乌拉那拉的血脉在爱新觉罗的皇城里代代相继，这就是她们乌拉那拉氏女人的命数吧。

可这命数里，是有温情脉脉的爱意和炽热的眷恋的，便如姑母对先帝，她对弘历。

乌拉那拉皇后的眼底闪过一丝晶亮的脆弱："你是我的侄女儿，就该知道我此生唯一所愿，便是和先帝生同衾、死同穴！"

姑母的声音底下有哽咽，哪怕她已极力克制，青樱都听得分明。可是当年，是先帝弃绝了姑母，亲口说了和姑母死生不复相见啊。这样的决绝，何必要再与这个男人死生相依呢。

可她是知道姑母的性子的，爱一个人久了，投入太多，会舍不得放手，会日复一日更加地刻骨铭心。果然，她听得姑母喃喃地说着："他不见我，我就去见他。他弃绝了我，我也绝不会离开他。我只有成了母后皇太后，才能和先帝在名分上得以相守。所以这个名分，我必须争！"

姑母肃立片刻，望着青樱的神色变得柔软，她已经很瘦削了，若非身形高挑，便只剩了一副薄薄的骨头架子。可此刻，姑母分明只是一朵孱弱的迎风扬起花茎的脆薄的花朵，还那么拼命地扬着，扬着，盼望与她渴求的天空接近一点，哪怕只有一点点。

青樱内心震动，看着姑母，良久，终于深深叩首。

午后的阳光有些轻落落的，仿佛旧年间绵绵的丝，并无多少温煦的意味。莲心嘟囔着抱怨了几句天气，素练忙示意她噤声，指了指里间，莲心赶紧敛眉垂首，端了茶点进去。

莲心是除了素练以外跟着琅嬅最久的侍婢了。素练是琅嬅的陪嫁，最为心腹。而潜邸的侍女自福晋、侧福晋和格格们入府后就侍奉的，多是从心字辈的大丫鬟，格外地有体面。莲心素性温柔乖巧，很得琅嬅之意，贴身之事也搭把手伺候着。小丫头挑帘迎了莲心进去，莲心屏声静气，连脚步也刻意放缓了些许，才将茶水斟好，先送到了那四十余岁的姑姑跟前，再送至富察夫人跟前。

琅嬅微微含笑，十分客气，请了那姑姑坐下："福珈姑姑替皇额娘来瞧我，真是有心。我好多了。明日就可去先帝灵前行礼。"

福珈看着笑容可掬，十分可亲，忙叮嘱了琅嬅切莫要强，务必好生歇息，方抿了两口茶，闲闲地道："您是为先帝伤心坏了歇着，有人却忙着往景仁宫走动。"

琅嬅一怔，旋即反应过来，忙转眼看去，见富察夫人已然微微蹙眉，也不以为意，道："青樱和景仁宫皇后到底是姑侄，就算皇上知道了，也不会不允她们见面的。"

福珈深以为然地点头，伸手抚了抚衣领上的缀青玉片银花流苏，慢腾腾地道："那是自然。只是这个节骨眼上闹尊封呢，青福晋急着去见景仁宫那位，也不知道是替自己争还是替景仁宫争。如今娘娘病着，青福晋极为得势，满宫巴结。太后啊就是发愁，只怕来日后宫里不安宁。所以盼着您赶紧好起来，好出来主持大局。"

琅嬅尚来不及开口，富察夫人满面堆笑，抢在琅嬅跟前道："谢福珈姑姑提点，请您禀告太后，主子娘娘会养好身子的。"

福珈笑吟吟的，又关切了许久，这才告辞了。莲心送了福珈出去，知趣地不再进里间。富察夫人早沉不住气了，霍地站起身子，烦闷地转了几圈，只嫌着屋里东西多，地界又小，转不开，脸便拉了下来。琅嬅在府里矜持惯了，怎由得自己额娘这般落脸色，忙轻轻唤了一句"额娘"。

富察夫人哪里耐得住："娘娘，您得上心了。那个乌拉那拉青樱是当年皇上自己选了为嫡福晋的，要不是先帝圣明，如今入主中宫的人就是她了。这万一景仁宫皇后再放出来，她们姑侄两个联手兴风作浪，还有娘娘和咱们富察氏的好日子么？"

富察夫人说的是实情，琅嬅倒也不动气，还是那样慢悠悠的。她嗓子眼里发痒，才咳了两声，素练忙取过一个铜器的痰盒伺候她吐了一口，又送上茶水漱口。富察夫人关切女儿，忙住了嘴，上来轻轻抚着她的背。这样的富察夫人，是温和慈爱，足以让琅嬅倚靠的。琅嬅轻声细语地："额娘，您先别急，青樱没有孩子，我已经有儿有女。就算她有什么心思，又怎么和我争？"她瞟了富察夫人一眼，"太后今天特意让福珈姑姑来走这一趟，可不是为来看望我身子是否安好的，是提醒我该开口就尊封之事为婆母说话了。可万一说得不好，反而惹皇上生气。不如先让比我们更急的人去说吧。等皇上听进去了，咱们再说话。"

富察夫人抿唇一笑："是了。您是千尊万贵的娘娘，冲那么前头做什么。自有月福晋跳得高高儿的呢。"她微微踌躇，"只不过这事到头来是太后落了好处，月福晋父女肯不肯呢？"

富察夫人的思虑并非没有道理。虽然都是侧福晋，可青樱是一入府就得了册封，先帝钦赐给还是皇子的弘历的侧福晋。晞月虽然同日入府，却只是个格格，位次最低。后来高斌得先帝看重，步步高升，晞月也在府中得宠，两个月前才册封了侧福晋，虽说与青樱平起平坐，但先来后到，总是高低有别。何况晞月得宠，家世又兴盛，远胜于日渐败落的乌拉那拉氏一族。且若非当日皇帝选青樱为嫡福晋不成，又在先帝面前保了青樱为侧福晋，那侧福晋之位本就该是晞月的，这么些年两人在府里少不得争宠是非，晞月能忍，无非是还忌惮景仁宫那位罢了。所以这么看着，晞月是断不希望景仁宫皇后出来为母后皇太后，扶着青樱压倒自己的。可另说回来，要高斌父女真心为太后，太后也未必领这个情。只为当年太后的亲生长女端淑公主远嫁准噶尔是高斌一手促成,太后虽然此后不提此事,但心中未必没有埋怨。可若说要埋怨,当日高晞月进府也有太后的允许,否则便是选上了格格,太后也大可阻止的,且这几年,太后也从未难为过晞月。"

如此想着,富察夫人到底还是悬心,少不得道:"月福晋那儿,你多和她说说吧。她能有今日,也是倚仗你这个嫡福晋提携她,她会听你的。"

琅嬅微微颔首,就着素练的手将微苦的汤药一口口喝下。草药的气味荡悠悠地弥漫四散了,院落里更加静了。

前朝为了尊封的事两派纷扰,马齐是说不得话的,高斌却是一直中立不言,落了个"圆滑搪塞"的罪名,他也只是笑笑不言,直到皇帝私下单独相召,他才勉为其难地道:"臣左思右想,觉得母后皇太后不当立。"这不当立的道理听得多了,皇帝倒也不甚放在心上,只是淡淡"哦?"了一句,念着青樱的心事,总还是想留着放了景仁宫皇后出来的余地。高斌上前一步,嘴唇的覆动都埋在了光影的暗阴底下,每一字都带了幽幽冷冷的寒气,"景仁宫最初拥立的是皇三子,而不是您这位皇四子,所以连她的侄女儿都想许给皇三子。后来皇三子渐渐为先帝不喜,她才动了您的主意。只这一条,景仁宫便不足以配母后之尊。"

皇帝面上微微一搐,几乎是瞬间,眼底闪过了一道幽微的火焰。高斌很快抬首,满面恭谨地道:"孝子之养也,乐其心,不违其志。母子不能同心,乃天家大忌。望皇上三思啊。"

皇帝并没有说话,他的目光落在紫檀案几上,一幅大字展在那里,是孩童幼稚却认真的笔法,"父母之所爱亦爱之,父母之所敬亦敬之"。那是素练一早送来的,说是富察氏之子永琏悉心所习。富察氏人是病着,马齐也病着,可这字,大约就是富察一族的心意了吧,先帝不爱的他也不能顾惜,太后厌憎的他更不能体恤。

皇帝幽然叹了一声,那叹息亦是静默的,不欲人察觉他的心思。他的手搭在龙椅的扶手上,那镏金的弧度每一个都是那样温润光滑,触手却是凉的。他依稀还记得,当日先帝定他为宝亲王,先帝正坐龙椅之上,他倚龙椅之下,父子相依，君臣有分。当日居下，不知坐在这龙椅上是何滋味，如今在上，心境却已悄然不同。景仁宫确是颇有野心，若放她出来，可会重蹈昔日之祸？可若不放，太后钮祜禄氏终究非他生母，为贵妃时又权势煊赫，前朝更有讷亲这个重臣互为倚靠。他日若再势盛，也不能无一个制衡之人。他心中微微一软，还有青樱，那个本是自己亲选为嫡福晋的女子，受她姑母禁足所累，只能为侧福晋，难道还要一直这么被拖累下去么？

他忽然很想跟青樱说说话，哪怕只是几句。于情于理于朝政，景仁宫皇后的事与青樱是脱不开的。

高斌非常识趣，说完了该说的话，很快便离开了。皇帝默然了许久，看着素衣宫人一一掌灯，原来是黄昏了。

因着先帝节俭，殿中所用多是铜器烛台，连镏金也甚少用。长期用的都是白烛，悠悠晃晃的，没有一点儿生气。看得久了，晃得人有点眼晕。他盼着青樱在，有她在，心里的褶皱也似被抚平了许多。可这个时候，他不能这样让青樱来，太过点眼了。其实他是知道青樱去见过景仁宫皇后的，见了之后，青樱在长街上遇着了晚归的他。

那夜的风也是这样凉，秋意上心头。尊封之事总要有个决断，总是礼法与孝义难以两全了。青樱倒是说过的，如果可以，希望景仁宫皇后前往行宫颐养天年。

皇帝是意外的。哪个行宫呢？近一点的热河、昌平行宫，远一点江南，甚至，更远，有圣祖康熙皇帝废弃的旧行宫。若是以尊嫡为说法，那便找一间像样的殿阁，修缮一新，以太后身份供养，哪怕暂时不给名分，也算对尊嫡的老臣们有所回应。若是讷亲他们呢，以先帝说过死生不复相见来阻挠，若是见到景仁宫皇后离开紫禁城，又没立时被尊封为母后皇太后，想来也不能说什么了。

那是青樱的法子，他觉着有些一厢情愿，有些幼稚。尤其是景仁宫皇后可否愿意只得母后皇太后的供养而不得母后皇太后的名位呢，她愿意离开紫禁城么？这个活了一辈子，困了一辈子，又得过风光的地方。还有昔日的熹贵妃,如今的圣母皇太后,可否愿意有这么个人留在行宫里?

他不愿意想下去了,或许总有些不完满的地方,但这个算是折中的办法。若是两宫太后在紫禁城并立,两位老人家争执了一辈子,到时候难免两相不容、后宫不宁,自己也会为难。让景仁宫皇后去行宫,和太后彼此避开些也好。为了孝义,他也会按母后皇太后规制将景仁宫皇后供养于行宫养老,往后若有机会,再迎回紫禁城不迟。

他沉吟片刻,唤入大太监王钦:"你去行宫,收拾出一个正殿来,一应按太后安养布置。"

第二章 尊封（下）

青樱跪在殿中，满殿缟素之下的哭泣声已经微弱了许多，大约跪哭了几日，任谁也都累了。

青樱起身，吩咐殿外的宫女："几位年长的宗亲福晋怕挨不得熬夜之苦，你们去御膳房将炖好的参汤拿来请福晋们饮些，若还有支持不住的，就请到偏殿歇息，等子时大哭时再请过来。"

宫女们都答应着下去了，晞月在内殿瞧见，脸上便有些奚落之色："真是难为姐姐辛苦了，还没轮到成皇贵妃呢，先摆出皇贵妃的款儿来了。"

青樱进来，便道："要妹妹帮衬着主子娘娘和我一同照应，实在是辛苦妹妹了。"

晞月也不作声，只淡淡道："你一句一句妹妹叫得好生顺口，其实论年岁，我还虚长了你七岁呢。"

青樱知她所指，只是在潜邸之中，她原是位序第一的侧福晋，名分分明，原不在年纪上。当下也不理会，只微微笑道："是么？"

晞月见她不以为意，不觉隐隐含怒，别过脸去不肯再和她说话。

不过片刻，太妃们一一入殿，与新帝的嫔妃们分列左右两侧，戚戚举哀。殿中人虽多，然而一眼而去，皆是素服银器，白霜霜的一片哀色。仿佛再有魂灵的一个人，也成了那素色中单薄的一点。不过半个时辰，太后钮祜禄氏扶着福珈姑姑的手也过来了。因着连日举哀，太后的神色不太好。太后是先帝的熹贵妃，一向深得宠爱，养尊处优，于保养功夫上也十分尽心，四十多岁，望之才如三十许之人。如今太后因着心境哀伤，为着先帝驾崩伤心得数日水米未进，整个人顿时枯槁了许多。仿佛那红颜盛时，一朝就花叶伶仃了。

琅嬅见太后进殿，忙领着众人行礼如仪。太后微微颔首："行了。都是为先帝尽心尽孝的时候，也不必那么多规矩了。"

琅嬅忙应了声"是"，起身搀住太后。青樱一向与琅嬅入宫觐见最多，便也踏出了一步想去扶住太后。哪知晞月往她手肘一撞，一步上前扶住了太后的另一只手，婉声道："太后连日来疲倦了，未免哀思伤身，也应当注意风体。"

太后微微颔首，拍一拍晞月的手背："你有心了。"

待得太后走近了，青樱才敢抬头看她。从前入宫相见，太后尚且是得宠的贵妃，虽有年轻的宁嫔与谦嫔后来居上，到底也是陪伴先帝多年的可心人，总是脂光水腻的精致妆容，不见丝毫懈怠。如今细细打量去，到底岁月无情，伴着忧伤无声无息地爬过她的皮肤，在她眉梢眼角碾上了细细的痕迹。太后脂粉轻薄的容颜憔悴暗淡，仿佛再好的丝缎，经久了时光，亦染上了轻黄的岁月痕迹，不复光洁平滑，只剩下脆薄易碎的小心。

因着先帝去世，太后的装扮也素淡了许多。服丧的白袍底下露着银底缎子绣白色竹叶的素服，最清淡哀戚的颜色，袖口落着精致绵密的玄色并深青二色丝线捻了银线错丝绣的缠枝佛手花。散缀于发髻上的玉钿色泽光华，越发衬得一把青丝里藏不住的白发如刺眼的蓬草，一丝丝扎着人的眼睛。

青樱心下恻然，随着太后与琅嬅跪在灵前，凄凄然哀哭不已。

哭灵的日子虽然乏倦，但真当自己是竖在灵前的一支烛台，或是被金丝细绳扎进了素白帷幔，时光倒也过得快了许多。

到了晚膳时分，因着绿筠诞育三阿哥永璋未久，太后特意准了她回去照看。绿筠感激万分，立刻去了。便由着琅嬅、晞月和青樱到偏殿侍奉太后用晚膳。

太后的膳食本是要回寿康宫中用的。本朝的规矩，新帝不能与先帝嫔妃同居东西六宫。所以先帝过世,匆忙将六宫中一众遗妃都挪去了寿康宫中安置。太后也暂居在寿康宫正殿,并未搬去本应由太后独居的慈宁宫中。而这一日,本是为先帝举哀的最后一日,太后不愿车辇劳动,情愿多些时候为先帝尽哀,便嘱咐了御膳房将晚膳挪在了偏殿。

琅嬅本打算趁着中午用膳去看看二阿哥永琏,但太后在此,本着孝道,她也尽心侍奉,一丝不错。一时间膳食上来,琅嬅添饭,晞月布菜,青樱舀汤,伺候的人虽多,但一丝咳嗽声也不闻,静得如无人一般。

太后见琅嬅服侍在侧,不觉问:"二阿哥和三公主都还年幼,怎么你不回宫照拂,还要留在这里伺候哀家?"

琅嬅端然一笑:"皇额娘有所不知,臣妾为了能尽心照拂好后宫诸事,按着祖宗规矩,已经将二阿哥送去撷芳殿①由嬷嬷照拂了。"

太后微微一惊,似是颇为意外:"怎么?你不自己先照拂他两天,也不怕他住不惯撷芳殿?"

琅嬅眉目恬静,仿佛安然承受:"本朝的家法,一旦生下阿哥公主,若有旨意,低位的嫔妃所出交给高位的嫔妃抚养;若无旨意,则一律交由撷芳殿的嬷嬷们照管,以免母子过于情深,既不能安心伺候皇上,也误了再诞育皇嗣的机会。臣妾不敢不以身作则,所以二阿哥和大阿哥都送去了。"

太后凝神片刻,缓声道:"那是难为你了。如此说来,苏氏的三阿哥也不宜留在身边教养了。福珈,等皇上一登基,就命格格苏氏将三阿哥挪去撷芳殿,也好让她专心伺候皇帝。"

福珈姑姑答应了一声,又继续在太后身边伺候。

太后用膳的规矩,一向是先饮一碗汤。青樱见桌上一道火腿鲜笋汤,雪

---

① 撷芳殿:是清宫皇子年幼至成婚前固定住所的俗称,主要有"南三所""乾东五所""乾西五所"几处。乾东五所在乾清宫之东、千婴门之北,实际上是五座南向的院落,自西向东分别称"东头所""东二所""东三所""东四所""东五所"。此区域在明代时就成为皇子的居住之处。乾、嘉、道三朝的多数皇子都居于此。一般来说,皇子成婚封爵之后就要开府,迁出撷芳殿,但也有成婚封爵之后仍留在撷芳殿居住的。

白笋片配着鲜红火腿,汤汁金灿,引得人颇有胃口,便用如意头银勺舀了一勺在碗中,又夹了笋片递到太后身前放下。

太后喝了一口,微微颔首:"论到汤饮,没有比上好的金华火腿配了笋片更吊鲜味的了。这汤鲜是鲜,笋片也做得嫩,只是好好儿的鸡汤,味重的火腿相佐,实在是喧宾夺主。"

青樱明白话中之意,忙跪下道:"臣妾本想以鲜味令太后胃口大开,不想妨了太后进膳,都是臣妾的过失。"

晞月看青樱如此,忍不住冷笑一声,只作壁上观。

琅嬅亦道:"两样东西炖在一块儿分了主次高低才好,想要并重,反而坏了味道。"

青樱忙忙道了"知罪",太后只是不理。晞月方接着话头笑道:"看来许多东西不能并存啊。太后,下回臣妾炖清鸡汤给您喝。"

太后瞟一眼桌上的膳食,摆摆手,倦怠道:"叫人撤下去吧。哀家看了也没胃口。"

晞月无声地撇了撇嘴,徐徐道:"太后这些日子饮食清减,好不容易用些晚膳,才喝一口汤就被姐姐败了胃口。今日下午还有好几个时辰的哀仪,姐姐是打算让太后饿着身子熬在那儿么?"

青樱咬了咬唇,忙跪下磕了头道:"还请太后恕罪,臣妾一时有失,不想连累了太后凤体。太后要责罚臣妾都无怨无悔,但请太后保养身体,多进一些吧。"

太后神思懒懒,并不欲进食。琅嬅见状,忙舀了一碗熬得极稠的粥来,拿银匙舀了轻轻吹着,递到太后手中:"民以食为天,米为食之主,就是因为米是最养人的。先帝在世时也爱喝米粥,皇额娘再不想用膳,也请为了先帝着想,进一碗粥吧。"

太后扬眸看了一眼,又懒懒闭上眼睛,厌道:"哀家没有胃口。"

福姑姑微微蹙眉,轻声道:"主子娘娘,太后这几日胃口不好,顶多进一些熬得极薄的粥水,这么厚稠的粥,太后实在是没胃口吃。"

琅嬅并不气馁，笑吟吟道："这种熬粥的米是御田里新进的，粒粒饱满，晶莹剔透，吃上去口感微甜，柔软却有嚼劲，最适合熬得稠稠的，却入口即化。皇上这几日伤心先帝驾崩，又忙着前朝的事情，也是没有胃口。儿臣嘱咐了御膳房做这样的粥，皇上倒能吃几口。"

太后这才点点头："你是皇帝的结发妻子，是该多多关心皇帝，免他操劳。"她顿一顿，"罢了，皇帝都在努力加餐饭，哀家再伤心，也得用一点了。就尝尝吧。"她温和地看向琅嬅，"你身子还未好全，别忙着伺候哀家了。"

琅嬅分外恭顺，看太后吃了两口，倒还落胃，便也放心些，道："儿媳孝养婆母，皇后敬服太后，是颠扑不破的道理。儿臣侍奉您是应当的。"

晞月跟着越发殷勤布菜，尽拣些清淡小菜，倒也看着太后将小半碗粥都喝了。

琅嬅方才露了几丝笑意，柔声道："青樱妹妹的汤是鲜，配着淡粥小菜也能入口了，若是后面的菜还是浓鲜，那才真伤了胃口呢。"

太后回味片刻："你们有心了。只是哀家喝着，这粥里有股淡淡的姜味，吃下去倒是暖胃，稍稍舒服些。"

琅嬅意料之外，实在不知，忙看了身后伺候的御膳房太监一眼，便问："是什么缘故？"

太监打了个千儿，躬身答道："娘娘的嘱咐是用御田新进的米做粥，但皇上从前儿夜里便有些胃寒。青樱小主知道了，特意吩咐奴才们加了少许嫩姜在粥里，可以温胃暖气。皇上用了一直觉得不错，所以今儿给太后进的粥也是如法炮制。"

太后轻叹一声，见青樱还是跪着，便道："这才是用心用足了。"她看了青樱一眼，吩咐道，"在外头跪着，在哀家这里也跪着，也不怕伤了膝盖皇帝心疼，起来吧。"

青樱这才敢谢恩起身。太后扶了扶鬓边的银累丝珍珠凤钗，道："哀家还想喝点汤，你选一碗给哀家吧。"

青樱不敢再轻举妄动，仔细斟酌了，才选了一碗"紫参雪鸡汤"舀了给太后。

太后才看了一眼,眼圈便有些红了:"怎么选了这个汤?"

青樱谨慎道:"紫参提气,雪鸡补身,适宜太后凤体。而且先帝在时,臣妾侍奉先帝与太后用膳,便听先帝嘱咐过此汤适宜太后饮用。如今请太后再饮,只当是请太后顾念先帝苦心,善自保养。"

太后凝神片刻,拈过绢子拭泪道:"先帝在时,是最喜欢这道汤的,总说能提神补气,也常嘱咐哀家喝。如今看着,只是触景伤情罢了。何况先帝才走,这满桌的膳食,多半是荤腥,哀家哪里能入口?罢了吧。"

这几句话虽不是拒绝用膳,但比方才更严重,青樱只觉得耳后根一阵比一阵烫,烧得头皮发痛,且御膳的汤饮,为怕凉了,都是拿紫铜吊子暖在那儿的。青樱捧着一碗滚烫的汤在手里,起先还觉得指尖又热又痛,如虫咬一般,渐渐失了知觉,捧着汤进也不是退也不是,十分尴尬。

晞月见机,忙殷勤夹了一筷子龙须菜在太后碗里:"这龙须菜还算清口,太后尝一尝,也是吃点素食,略尽对先帝的心吧。"

太后勉强吃了一口,拉过琅嬅与晞月的手叹道:"哀家也是看在你们的心罢了。其实一饮一食,能有多大的讲究?无非是审时度势,别自作聪明罢了!"她瞟了青樱一眼,"好了,还端着那汤做什么?譬如那粥,皇帝适合添些姜,哀家却未必适合。用心是好,但别总拿着对旁人那一套来对如今的人,明白了么?"

这话说得分明,众人都是了然。青樱心中一颤,直如五雷轰顶一般,软软跪下了。

待到晚来时分,青樱回自己殿中歇息,只觉得精疲力竭,连抬手喝茶的力气也没了。阿箬尚带着宫女们在外头掌灯,趁着无人的间隙,阿箬心疼道:"小主受委屈了。"

青樱苦笑:"算什么委屈呢?太后无非是想提点自己,听着受着便是了。"其实这些日子来,两宫太后的事再怎么纷争,太后从前再怎么因为景仁宫皇后对自己有不痛快,也没这么明着难为过,今日如此,怕是自己向皇上求让姑母去行宫养老,太后知道了吧。

她也曾犹豫过的，皇帝的心事重，左右为难，姑母又是这般执着，总不能看着姑母一味再和太后斗下去，何时是个头呢？自己难为，皇帝也跟着难为。受点委屈怕什么，若是尘埃落定便好了。

她是知道皇帝那头派了王钦去行宫的消息的，那么太后也不会打听不到。这口怨气，定是要冲着自己来的。

寻思的须臾，阿箬已经准备了热水进来，满脸含笑道："小主辛苦了。奴婢已经准备好热水，伺候小主洗漱。"

青樱见她周到，也点点头不说话，抬眼见阿箬样样准备精当，一应服侍的宫女捧着金盆栉巾肃立一旁，静默无声，不觉讶异道："何必这样大费周章？按着潜邸的规矩简单洗漱便是了。"

阿箬笑盈盈靠近青樱，极力压抑着喜悦之情，一脸隐秘："自小主入了潜邸，皇上最宠爱的就是您，哪怕是福晋主子也比不上。"

惢心淡淡看她一眼："好端端的，你和小主说起这个做什么？"

阿箬笑意愈浓，颇为自得："大阿哥是富察诸瑛格格生的，诸瑛格格早就弃世而去，那就不提。福晋主子生了二阿哥，将来自然是皇后，但得不得宠却难说。苏格格生了三阿哥，却和月福晋一样，是汉军旗出身，那可不行了。"

青樱慢慢拨着鬓角一朵雪白的珠花。银质的护甲触动珠花轻滑有声，指尖却慢慢沁出汗来，连摸着光润的珍珠都觉得艰涩。青樱不动声色："那又怎样呢？"

阿箬只顾欢喜，根本未察觉青樱的神色："所以呀，小主一定会被封为仅次于皇后的皇贵妃，位同副后。再不济，总也一定是贵妃之位。若等小主生下皇子，太子之位还指不定是谁的呢……"

青樱望着窗外深沉夜色，紫禁城乌漆漆的夜晚让人觉得陌生而不安，檐下的两盏白灯笼更是在夜风中晃得让人发慌。青樱打断阿箬："好了。"

阿箬犹自喜滋滋的，青樱忍不住喊住她："先帝驾崩，你脸上那些喜色给人瞧见，十条命都不够你去抵罪的，还当是在潜邸里么？"

阿箬赶紧收敛神色，亲自上前，她正要给青樱烫手保养肌肤，惢心悄悄摇了摇头,低声道:"阿箬姐姐,换冰水来吧。"

阿箬即刻换了水来,惢心已经从黄花梨的银锁屉子里找了一盒子清凉膏药出来,伺候着青樱浣了手,用银签子仔细挑了点药膏出来,小心翼翼地抹在青樱的十指上。

阿箬见青樱的十指个个留着绯红的印子,知道是烫的了,不觉柳眉倒竖:"惢心,你是跟着小主出去的,怎么小主的手会烫得这么红?你是怎么伺候的!"

惢心急得满脸通红,忙低声道:"阿箬姐姐,这件事说来话长……"

"说来话长……"阿箬轻哼一声,"无非是自己偷懒不当心罢了。这会子还敢回嘴!到底不是跟着小主的家生丫头,不知道心疼小主!"

阿箬是青樱的陪嫁,一向最有脸面,自恃着是青樱的娘家人,说话做事也格外厉害些。惢心是过去潜邸里跟着伺候各房福晋格格的,都是从了心字辈,虽然也是第一等的体面丫鬟,但毕竟比不上阿箬的尊贵了,因此阿箬说话,她也不敢过多分辩。

青樱听着心烦不已,只冷冷道:"我没伺候好太后,弄伤了自己,午后已经上过点药了。"阿箬吃了一惊,立刻闭上嘴不敢多言,行动伺候间也轻手轻脚了许多。

青樱涂完了膏药,就着惢心的手喝了一盏茶,缓和了神色,阿箬方上来笑道:"奴婢听说前头定了皇上的年号是乾隆,真真是个兴隆旺盛、气象一新的好年号。太后今儿也是有点欺负人。早晚等老主子出来,或是您封了贵妃皇贵妃,她也不敢再这么难为您了吧。"

青樱默默喝了口茶,按捺着怒意。

阿箬还未察觉,喜气洋洋请了一安:"奴婢就等着小主册封贵妃的好日子了,这两日别的宫里的小主来探望您,她们身边的奴才也都这么说呢。"

青樱似笑非笑,只捧了茶盏凝神道:"你便看准了我有这样的好福气?那么阿箬,若是我只被封作答应,抑或被赶出宫中,你觉得如何呢?"

阿箬大惊失色,张口结舌道:"这……这怎么会?"

青樱敛容道:"怎么不会?有你这样红口白舌替我招祸,还敢与别人说这样的是非,我怎会不被你牵连?皇上要册封谁贬黜谁,那全是皇上的心意,你妄揣圣意,我问问你,你有几条命?"

阿箬吓得跪下:"小主,奴婢失言了,奴婢也是关心小主情切。"

青樱冷了冷道:"蕊心,带她出去。阿箬言行有失,不许再在殿内伺候。"

阿箬惊慌失措,忙抱住青樱的腿道:"小主,小主,奴婢是您的陪嫁侍女,从小就伺候您,还请您顾惜奴婢的颜面,别赶了奴才去外头伺候。"

青樱摇头道:"你三番五次失言,来日皇上面前,难道我也能替你挡罪么?"

阿箬哭道:"奴婢伺候小主,一直不敢不当心。小主喜欢多热的水多浓的茶,奴才都牢牢记在心里,一刻都不敢忘。还请小主饶恕奴才这回吧。"

青樱自知在潜邸里得宠惯了,身边的人难免也跟着不小心,可是如今形势大变,不比往常,这心里的为难气苦,也只有自己知道。偏偏阿箬仗着是自己的陪嫁丫鬟,惯来无甚眉高眼低,也是个口舌直通着肠子的,自己有心要拿她作个筏子①,却也狠不下心来。可如今,是在这样的风口浪尖上啊。

半晌,青樱见阿箬兀自吓得伏在地上发抖,拼命哀求,也是从未有过的委屈,立时喝道:"还不出去!要再这样言语没有分寸,立刻送出去也不为过。"

阿箬闻声,吓得脸也白了,拼命磕头不已,还是蕊心机灵,一把扶起了阿箬,赶紧谢了恩让她退下了。

这一来,殿中便安静了许多。伺候青樱的人都是见惯阿箬的身份和得宠的,一见如此,不由得人人噤声。青樱扬一扬脸,蕊心立刻会意,打开殿门,青樱慢慢啜一口茶,不疾不徐道:"如今是在宫里,不比在潜邸由得你们任性,胡言乱语,信口开河。但凡我听到一句敢在背后议论主子的话,立刻送去慎刑司②打死,绝不留情。"

---

① 筏子:春播时,被犁起的庄稼茬子,需要有力气的人用镐头将其捣碎。满族有俚语作筏子、砸筏子或打筏子,现在指冲人撒气、泄气或称抓蝎虎气,即自己有了憋屈事,把火撒在人家身上。

② 慎刑司:清内务府所属机构。初名尚方司,顺治十二年(1655)改尚方院。康熙十六年(1677)改慎刑司。掌上三旗刑名。凡审拟罪案,皆依刑部律例,情节重大者移咨三法司会审定案。太监刑罚,以慎刑司处断为主。

她这句话虽无所指，但人人听见，无不起了一身冷汗，齐齐应了声，不敢再多惹半句是非。

青樱扬一扬脸，众人会意，立刻都退了出去。惢心见殿中无人，方伺候了青樱卸妆梳洗。

青樱叹口气，抚着头坐下。哭得久了，哪怕没有感情投入，都觉得体乏头痛，她无奈道："在潜邸无论怎样，关起门来就那么点子大，皇上宠我，难免下人奴才们也有些失分寸。如今可不一样了，紫禁城这样大，到处都是眼睛耳朵，再这样由着阿箬，可是要不安生。"

惢心点头道："奴婢明白，会警醒宫中所有的口舌，不许行差踏错。"

青樱由着惢心摆弄，自己只坐在妆台前，望着镜中的自己。镜里容颜是看得再熟悉不过了，她才不过十八岁，出自先帝皇后的母族，一路顺风顺水，得了庇护，也难免性子骄些。这一路走来不能不说是安稳，但若论万事真有不足，那也是数年前那一桩旧事了。

出身高贵，青樱知道自己的身份，这一世不论高低，哪怕不是选秀进宫为嫔妃，也是要嫁与皇亲国戚的。最好的出路，当然是成为哪一位皇子的嫡福晋，主持一府事务，延续乌拉那拉氏的荣光。

先帝成年的儿子，只有三阿哥弘时、四阿哥弘历、五阿哥弘昼。当时她要被许配的，是三阿哥弘时。可是偏偏弘时心有所属，她也心高气傲，落选了三阿哥的福晋。不久四阿哥选福晋，姑母也塞了自己去，谁知弘历便把嫡福晋的如意给了自己，尚在惊喜错愕中，姑母被弘时之祸牵连禁足，自己又一次落选，不仅被夺去嫡福晋之位，更永世不许入宫。这样颜面扫地，大厦将倾之时，是弘历去先帝面前力保，留住了自己侧福晋的名位，更留住了乌拉那拉氏最后一线荣耀。

嫁入四阿哥府邸后，日子也还算顺畅。家中还安宁，府中比她地位高的，唯有一个嫡福晋富察氏，也是性子温厚之人。哪怕从前选福晋时青樱为嫡福晋，富察氏为侧福晋，如今颠倒了个儿，她一心只念着为四阿哥开枝散叶，巩固地位，也少与她争执。这些年四阿哥虽然收了几个姜室，不乏如金玉妍①一般得宠的,但待她十分亲厚。她虽然出嫁前性子被家中宠得娇惯,难免任性些,可是先帝最后那几年,自己的姑母乌拉那拉皇后失宠,她也不敢不收敛了些许,学着看些眉高眼低。如今先帝驾崩,自己的夫君一朝登上九五之尊的位置,她心中自然欣喜万分,为他骄傲不已。可宫中的生活,才这几日便已经如履薄冰,晞月的冷目,太后的敲打,无一不警醒着她,从前无知无觉的快乐岁月,是彻彻底底一去不复返了。

青樱静静地坐着,看着镜中形单影只的自己。为着先帝驾崩,宫中一切简素,也让她们暂居潜邸,屋子是住久了的,哪怕被素布遮掩,也是富丽堂皇,金堆玉砌,一切都如同繁花拱锦绣,无一不华美炫目。只有她,她是一个人的,对着镜是一个人,影子落在地上还是不成双,如那锦堆里的一根孤蕊。

就如太后今日所言的审时度势,她如何不明白。送姑母去行宫以母后皇太后身份供养安老是她的提议,太后今日的挫磨,无非是要她知错,去跟皇帝收回自己的请求。可她如何能去呢?皇帝往行宫有所安排,也是暗中,并未惊动众人,已算是对太后的低头与回护,可太后还是不愿意姑母居于身侧,哪怕是行宫呢。太后是认定了吧,认定了皇帝眼里没有额娘,而太在意了自己和姑母。太后与姑母争了一世,怨仇难解,那么自己呢?

她忽然打了个寒战,如今只是人前罚跪。如果太后知道了这根结不在姑母身上,而是自己,那太后会怎么待自己呢?

可是她已经顾不得了。唯有姑母平安,得以终老,得以完成心愿便是了。太后,太后终不至于容不下自己吧?

青樱伸出手,握成一个虚空的圈,才知自己什么都把握不住。她的人生里,从未有过一日如今日这般惶惑无依,仿佛所有的底气,都一朝被抽尽了。

---

① 玉妍本北国玉氏出身,入京后找了个金姓义父,从此改姓金,便叫金玉妍。

第四章 风雨

次日去行礼，光景便不同了。命妇福晋们对青樱避之不及，连太妃们也冷淡了许多，看来昨日太后的敲打，是敲在了所有人的心上。

青樱到底年轻，脸皮有些薄，便低着头守礼而为。

过了一个时辰，便是大哭的时候了。合宫寂静，人人忍着困意提起了精神，生怕哀哭不力，便落了个"不敬先帝"的罪名。执礼太监高声喊道："举哀——"众人等着嫔妃们领头跪下，便可放声大哭了。

因着富察氏不在，青樱哀哀哭了起来，正预备第一个跪下去。谁知站在她身侧一步的晞月抢先跪了下去，哀哀恸哭起来。

晞月原本声音柔美，一哭起来愈加清婉悠亮，颇有一唱三叹之效，十分哀戚。连远远站在外头伺候的杂役小太监们，亦不觉心酸起来。

按着在潜邸的位分次序，便该是晞月在青樱之后，谁知晞月横刺里闯到了青樱前头放声举哀，事出突然，众人一时都愣在了那里，但很快，都回过味来。

昨日太后的当众处置，是给了晞月莫大的支持和希冀呢。

可是，这也太过冒险了，毕竟皇帝还没发话，尊封之事，尚未有最后的定数。青樱想，晞月便那么忍不住么。

潜邸的格格苏绿筠与青樱也算友善，她张口结舌，忍不住轻声道："月福晋，这……青福晋的位次，是在您之上啊。"

晞月根本不理会苏氏的话，只纹丝不动，跪着哭泣。

青樱当众受辱，心中暗自生怒，只硬生生忍着不作声。惢心已经变了脸色，正要上前说话，青樱暗暗拦住，昨日的情势已经够明白了，如今争这个又有何益呢？她看了跟在身后的格格苏绿筠一眼，慢慢跪了下去。

绿筠会意，即刻随着青樱跪下，身后的格格们一个跟着一个，然后是亲贵福晋、诰命夫人、宫女太监，随着晞月举起右手侧耳伏身行礼，齐声哭了起来。

哀痛声声里，青樱盯着晞月举起的纤柔手腕，半露在重重缟素衣袖间的一串翡翠珠缠丝赤金莲花镯在烛火中透着莹然如春水的光泽，刺得她双目发痛。青樱随着礼仪俯下身体，看着自己手腕上与她一模一样的镯子，死死地咬住了嘴唇。

待到礼毕，已子时过半，晞月先起身环视众人，道了声："今日暂去歇息，明日行礼，请各位按时到来。"如此，众人依序退去，青樱扶着酸痛的双膝起身，扶了惢心的手，一言不发就往外走。

格格苏绿筠一向胆小怕事，默然撇开侍女的手，紧紧跟了过来。

青樱心中有气，出了殿门连软轿都不坐，脚下越走越快，直走到了长街深处。终于，惢心亦忍不住，唤道："小主，小主歇歇脚吧。"

青樱缓缓驻足，换了口气，才隐隐觉得脚下酸痛。一回头却见绿筠鬓发微蓬，娇喘吁吁，才知自己情急之下走得太快，连绿筠跟在身后也没发觉。

青樱不觉苦笑，柔声道："你生下三阿哥才三个多月，这样跟着我疾走，岂不伤了身子？"青樱见她身姿屡屡，愈加不忍，"是我不好，没察觉你跟着我来了。"

绿筠怯怯："侧福晋言重了，我的身子不相干。倒是今日……高姐姐如此失礼，可怎生是好？"

青樱正要说话，却见潜邸格格金玉妍坐在软轿上翩跹而来。

金玉妍下了软轿，扶着侍女的手走近，笑吟吟道："怎生是好？这样的大事，总有皇上和主子娘娘知道的时候，何况还有太后呢。侧福晋今日受的委屈，还怕没得报仇么？"

青樱和缓道："自家姐妹，有什么报仇不报仇的，玉妍妹妹言重了。"

金玉妍福了一福，又与苏绿筠见了平礼，方腻声道："妹妹也觉得奇怪，月福晋一向温柔可人，哪怕从前在潜邸中也和青福晋置气，却也不至如此。难道一进宫中，人人的脾气都见长了么？"

绿筠忙道："何人脾气见长了？玉妍妹妹得皇上宠爱，可以随口说笑，咱们却不敢。"

玉妍媚眼如丝，轻俏道："姐姐说到宠爱二字，妹妹就自愧不如了。现放着青福晋您呢，皇上对青福晋才是万千宠爱。"她故作沉吟，"哎呀！难道月福晋是想着，进了紫禁城，青福晋会与景仁宫那位一家团聚，会失幸于皇上和太后，才会如此不敬？"

青樱略略正色："先帝驾崩，正是国孝家孝于一身的时候，这会子说什么宠爱不宠爱的，是不是错了时候？"

绿筠忙收了神色，恭身站在一旁。玉妍托着腮，笑盈盈道："青福晋好气势，只是这样的气势，若是方才能对着月福晋发一发，也算让月福晋知道厉害了呢。夜深人困倦，才进宫就有这样的好戏，日后还怕会少么？妹妹先告辞，养足了精神等着看呢。"

玉妍扬长而去，绿筠看她如此，不觉皱了皱眉。

青樱劝道："罢了。你不是不知道金玉妍的性子，虽说是和你一样的格格位分，在潜邸的资历也不如你，但她是北族宗室的女儿，先帝特赐了皇上的，咱们待她总要客气些，无须和她生气。"

绿筠愁眉不展："姐姐说得是，我何尝不知道呢？如今皇上为了她的身份好听些，特特又指了上驷院的三保大人做她义父，难怪她更了不得了。"

青樱安慰道："我知道你与她住一块儿，难免有些不顺心。等皇上册封了六宫，迟早会给你们安置更好的宫殿。你放心，你才生了三阿哥，她总越不过你去的。"

绿筠忧心忡忡地看着青樱："月福晋在皇上面前最温柔、善解人意，如今一进宫，连她也变了性子，还有什么是不能的？"绿筠望着长街甬道，红墙高耸，直欲压人而下，不觉瑟缩了细柔的肩，"常道紫禁城怨魂幽心，日夜作祟，难道变人心性，就这般厉害么？"

这样乌深的夜，月光隐没，连星子也不见半点。只见殿脊重重叠叠如远山重峦，有倾倒之势，更兼宫中处处点着大丧的白纸灯笼，如鬼火点点，来往皆白衣素裳，当真凄凄如鬼魅之地。

青樱握了握绿筠的手，温和道："子不语怪力乱神。你好歹还痴长我几岁，怎么倒来吓我呢？何况高晞月的温柔，那是对着皇上，可从不是对着我们。"

绿筠闻言，亦不觉含笑。

青樱望着这陌生的紫禁城，淡然道："你我虽都是紫禁城的儿媳，常常入宫请安，可真正住在这里，却也还是头一回。至于这里是否有怨魂幽心，我想，变人心性，总是人比鬼更厉害些吧。"

毕竟劳碌终日，二人言罢也就散去了。

晞月回到宫中，已觉得困倦难当。晞月在和合福仙梨木桌边坐下，立时有宫女端了红枣燕窝上来，恭声道："小主累了，用点燕窝吧。"

晞月扬了扬脸示意宫女放下，随手拔下头上几支银簪子递到心腹侍婢茉心手中，口中道："什么劳什子！暗沉沉的，又重，压得我脑仁疼。"说罢摸着自己腕上碧莹莹的翡翠珠缠丝赤金莲花镯，"还好这镯子是主子娘娘赏的，哪怕守丧也不必摘下。否则整天看着这些黯沉颜色，人也没了生气。"

茉心接过簪子放在妆台上，又替晞月将鬓边的白色绢花和珍珠压鬓摘下，笑道："小主天生丽质，哪怕是簪了乌木簪子，也是艳冠群芳。何况这镯子虽然一样都有，小主戴着就是比青福晋好看。"

晞月瞥她一眼，笑吟吟道："就会说嘴。艳冠群芳？现放着金玉妍呢，皇上可不是宠爱她芳姿独特？"

茉心笑："再芳姿独特也不过是个小国贡女，算什么呢？主子娘娘体弱，苏绿筠性子怯懦，剩下的几个格格侍妾都入不得眼，唯一能与小主平起平坐的，不过一个乌拉那拉青樱。只是如今小主已经作了筏子给她瞧了，看她还能得意多久！"

晞月慢慢呷了两口燕窝，轻浅笑道："从前她总仗着是先帝孝敬皇后和景仁宫皇后的侄女儿，又是先帝和太后配给皇上的，得意过了头。如今太后得势，先帝与孝敬皇后都已作古，景仁宫那位反倒成了她的累赘了。想来太后和皇上也不会再敷衍她。"

茉心替晞月捶着肩道："可不是嘛，今儿真痛快，小主一下就压倒了青福晋，她什么都不敢说。"

晞月叹口气："从前虽然都是侧福晋，我又比她年长，可是我进府时才是格格，虽然后来封了侧福晋，可旁人眼里到底觉着我不如她，明里暗里叫我受了多少气？同样这个镯子，原是一对的，偏要我和她一人一个，形单影只的，也不如一对在一起好看。"

茉心想着自己小主的前程，也颇痛快："可不是。小主手腕纤细白皙，最适合戴翡翠了。也是她从前得意罢了，如今给了她个下马威，也算让她知道了。侧福晋有什么要紧，要紧的是在后宫的位分、皇上的宠爱。"她说着，又不免有些忧心，"不过小主今日在哭灵时这样做，实在冒险。"

晞月柔婉一笑，唇角高高挑起："阿玛亲口说的，乌拉那拉氏的美梦该醒了。同在太后面前，我阿玛是阻止尊封的功臣，她阿玛是太后死敌的亲眷。胜局已定，我和她高低立分。"

茉心连连称是："谁有家世谁得宠，也才能在宫里站得稳。"

晞月闭上秀美狭长的凤眼，笑道："阿玛说得是，我就该在内听主子娘娘的话，在外与阿玛互相扶持，才能保住我高氏来之不易的荣宠啊。"

夜深。

殿中富察氏正喝药，莲心伺候在旁，接过富察氏喝完的药碗，又递过清水伺候她漱口。方漱了口，素练便奉上蜜饯，道："这是新腌制的甜酸杏子，主子尝一个，去去嘴里的苦味儿。"

富察氏吃了一颗，正要和着被子躺下，忽地仿佛听到什么，惊起身来，侧耳凝神道："是不是永琏在哭？是不是？"

素练忙道："主子万安，二阿哥在撷芳殿呢，这个时候正睡得香。"

富察氏似有不信，担心道："真的？永琏认床，怕生，他夜里又爱哭。"

素练道："就为二阿哥认床，主子不是嘱咐乳母把潜邸时二阿哥睡惯的床挪到了撷芳殿么？娘娘安心。撷芳殿的奴才对二阿哥最尽心了，照顾的人齐全着呢。"

富察氏松了口气："那就好。只是那些乳母嬷嬷，都是靠得住的吧？还有，大阿哥也住在撷芳殿……"

素练略带轻蔑："大阿哥虽然也住在撷芳殿，但和咱们二阿哥怎么能比？"

富察氏摇头："大阿哥的生母虽然和我同宗，却这样没福，偏在皇上登基前就过世了，丢下大阿哥孤零零一个。"她颇有怜惜之意，"你吩咐撷芳殿，对大阿哥也要用心看顾，别欺负了这没娘的孩子。"

素练含笑："奴婢明白，知道怎么做。"

富察氏似乎还不安心，有些辗转反侧。莲心放下水墨青花帐帷，苦口婆心劝道："主子安置吧，睡不了几个时辰又得起来主持丧仪。今日您不在，大殿里可不知闹成什么样子了呢。"

富察氏微微一笑，有些疲倦地伏在枕上，一把瀑布似的青丝蜿蜒下柔婉的弧度，如她此刻的语气一般："是啊。可不知要闹成什么样子呢？尚未册封嫔妃，她们就都按捺不住性子了么？"

莲心淡然道："由得她们闹去，只要主子娘娘是皇后，凭谁都闹不起来。"

富察氏淡淡一笑，翻了个身，朝里头睡了。

富察氏不再说话，莲心放下帐帘，素练吹熄了灯，只留了一盏亮着，两人悄然退了出去。

青樱回到宫中，只仿若无事人一般。她扫一眼侍奉的宫人，淡淡道："我不喜欢那么多人伺候，你们下去，蕊心伺候就是。"众人退了出去。

青樱颔首，便由着蕊心伺候了浸手洁面，外头小太监道："启禀小主，海格格来了。"

因着海兰抱病，今日并未去大殿行哭礼，青樱见她立在门外，便道："这样夜了怎么还来？着了风寒更不好了，快进来吧。"

海兰温顺地点了头，进来请了安道："睡了半宿出了身汗，觉得好多了。听见青福晋回来，特意来请安，否则心中总是不安。"

青樱笑道："你在我房中住着也有日子了，何必还这样拘束。蕊心，扶海格格起来坐。"

海兰诚惶诚恐道了"不敢"，小心翼翼觑着青樱道："听闻，今夜月福晋又给姐姐气受了。"

青樱"哦"一声："你身上病着，她们还不让你安生，非把这些话传到你耳朵里来。"

海兰慌忙站起："妾身不敢。"

青樱微笑："我是怕你又操心，养不好身子。"

海兰谦恭道："妾身是跟着青福晋的屋里人，承蒙您眷顾，才能在潜邸有一席容身之地，如何敢不为您分担？"

青樱温和道："你坐下吧，站得急了又头晕。"

海兰这才坐下，谦卑道："在青福晋面前，妾身不敢不直言。在潜邸时月福晋虽然难免与您有些龃龉，但从未如此张扬过。事出突然，晞月姐姐这般张扬，只怕尊封一事会有阻滞。"

青樱微微颔首："你是个明白人。"

海兰抬眼望青樱一眼，低声道："幸好，您隐忍了。"

青樱默然片刻，方道："高晞月忽然性情大变，连金玉妍都会觉得奇怪。可是只有你，会与我说隐忍二字。"

海兰道："青福晋聪慧，怎会不知月福晋素日温婉过人，如今分明是要越过您去。这样公然羞辱您，本不该纵容她，只是……"

"只是情势未明,而且后宫位分未定,真要责罚她,自然有皇上与皇后。再如何受辱,我都不能发作,坏了先帝丧仪。"

海兰望着青樱,眼中尽是赞许钦佩之意:"青福晋顾虑周全。"她欲言又止,似有什么话一时说不出口。青樱与她相处不是一两日了,便道:"有什么话,你尽管说就是。这里没有外人。"

海兰绞着绢子,似乎有些不安:"妾身今日本好些了,原想去看望主子娘娘的病情。谁知到了那儿,听娘娘身边的莲心和素练趁着去端药的空儿在说闲话。说月福晋的父亲江南河道总督高斌高大人甚得皇上倚重,皇上是说要给高氏一族抬旗①呢?"

青樱脑中轰然一响,喃喃道:"抬旗?"

海兰脸上的忧色如同一片阴郁的乌云,越来越密:"可不是!妾身虽然低微,但也是秀女出身,这些事知道一星半点。圣祖康熙爷的生母孝康皇太后的佟氏一族就是大清开国以来第一个抬旗的。那可无上荣耀啊!"

青樱郁然道:"的确是无上荣耀。高晞月是汉军旗,一旦抬旗,那就是满军旗了。她原本也就是出身上不如我一些,这一来若是真的,可就大大越过我去了。"

海兰有些忧心:"您说得是。宫中朝中,互为援引。高斌位居江南河道总督,甚得皇上倚重,若是一路上扬,月福晋只怕就要居您之上。那么您曾经在潜邸所受的恩宠,如今是招祸多于纳福,还请万事小心。"她微微黯然,"这些话不中听……"

青樱微微动容:"虽然不中听,却是一等一的好话。海兰,多谢你。"

海兰眸中一动,温然道:"青福晋的大恩,妾身永志不忘。妾身先告辞了。"

青樱看海兰身影隐没于夜色之中,不觉有些沉吟:"惢心,你瞧海兰这个人……"

---

① 抬旗:是清朝政府改变皇后和妃嫔家族的旗籍,以提高其出身的一种制度。不仅包括将包衣汉姓改变为八旗汉军,也包括由八旗汉军改变为八旗满洲乃至由下五旗改变为上三旗。

蕊心道:"她在小主身边也有些年,若论恭谨、规矩,再没有比得上她的人了,何况又这样懂事,事事都以小主为先。"

青樱凝神想了想:"仿佛是。可真是这样规矩的人,怎会对宫中大小事宜这样留神?"

蕊心不以为意:"正是因为事事留神,才能谨慎不出错呀。"

青樱一笑:"这话虽是说她,你也得好好学着才是。"

蕊心道:"是。"

青樱起身走到妆镜前,由蕊心伺候着卸妆:"可惜了,这样的性子,这样的品貌,却只被皇上宠幸过两三回,这么些年,也算委屈她了。"

蕊心摇头:"小主抬举她了。海兰小主是什么出身?她阿玛额尔吉图是丢了官被革职的员外郎。当年她虽是内务府送来潜邸的秀女,可是这样的身份,不过是在绣房伺候的侍女,若不是皇上偶尔宠幸了她一回,您还求着皇上给了她一个侍妾的名分,才被人称呼一声格格,今日早被皇上丢在脑后了,还不知是什么田地呢。"

青樱从镜中看了蕊心一眼:"这样的话,别浑说。眼看着皇上要大封潜邸旧人,海兰是一定会有名分的,你再这样说,便是不敬主上了。"

蕊心有些畏惧:"奴婢知道,宫里比不得府里。"

青樱望着窗外深沉如墨的夜色,又念着海兰刚才那番话,慢慢叹了口气。

这日清晨起来,青樱匆匆梳洗完毕,便去富察氏宫中伺候。为了起居便于主持丧仪诸事,富察氏琅嬅便一直住在就近的偏殿。

青樱去时天色才放亮,素练打了帘子迎了青樱进去,笑道:"青福晋来得好早。主子娘娘才起来呢。"

青樱谦和笑道:"我是该早些伺候主子娘娘起身的。"

里头帘子掀起,伺候洗漱的宫女捧着栉巾鱼贯而出。青樱知道富察氏洗漱已毕,该伺候梳妆了。

素练朝里头轻声道:"主子,青福晋来了。"

只闻得温婉一声："请进来吧。"

两边侍女双手掀帘，半曲腰身，低眉颔首迎了青樱进去。青樱不觉暗赞，即便是国丧，富察氏这里的规矩也是丝毫不错。

青樱进去时，富察氏正端坐在镜前，由专门的梳头嬷嬷伺候着梳好了发髻。富察氏与皇帝年龄相当，自是端然生姿的华年。简简单单一方青玉无缀饰的扁方，也显得她格外清淡宜人，如一枝迎风的白木兰，素虽素，却是庄静宜人。

青樱请了安，富察氏笑着回头："起来吧。难得你来得早。"

青樱起身谢过，富察氏指着镜台上一个个打开的饰盒，道："丧中不宜珠饰过多，但太清简了也叫人笑话。你向来眼力好，也来替我选选。"

青樱笑着："主子娘娘什么好东西没见过？不过是考考妾身眼力罢了。"

富察氏微笑不语，青樱拣了一枚点翠银凤含珠的步摇比了比，道："今日是举哀的最后一日，明日就是正式的登基大典。主子娘娘虽然是素装，也得戴些亮眼的首饰。这步摇凤带翠羽，凤凰的眼珠子也是蓝宝珠子，再配上几朵蓝宝的珍珠花儿，最端雅不过，也还素净。"

富察氏向梳头嬷嬷笑道："还不按青福晋说的做。"

青樱退开一步守着，只在旁伺候着递东西。富察氏看在眼里，也不言语。待到梳妆完毕，才慢慢笑说："好好儿的侧福晋，倒为我做起这些微末功夫，可委屈你了。"

青樱忙道："妾身不敢。"

富察氏对着镜子照了又照，笑道："你配的珠饰，真真是挑不出错处来。若为人处世都能无可挑剔，那也算是福慧双修的人了。"富察氏闭目片刻，正色道，"你这个人，终究是委屈了。"

青樱不知富察氏所指，慌忙跪下道："妾身愚钝，不明娘娘所指，还请娘娘指教。"

富察氏看了她两眼，慢慢说："你怎么嫁进王府成了侧福晋的，你自己清楚。"

青樱跪在地上，终究不知该如何说起，只好低头不敢作声。

富察氏看她一味低头,慢慢露出笑意,道:"你我姐妹一场,我才这样问你。你这个人,终究是成也萧何,最怕败也萧何。也难怪高氏要处处抢你的风头。"

青樱勉强微笑:"妾身与月福晋一同伺候皇上,说不上谁抢了谁的风头。妾身若有不如人的,月福晋合该指教。"

富察氏淡淡笑一声:"指教?从前在王府里,她敢指教你么?如今时移世易,你又该如何自处呢?"

青樱闻言,不觉冷汗涔涔,轻声道:"主子娘娘……"

富察氏凝视她片刻,又复了往日端雅贤惠的神色,柔声道:"好了。我不过提醒你一句罢了,事情也未必坏到如此地步。"此时她神色持重,"到底我也是皇后,皇上的结发嫡妻,若是你安分守己,我也不容高氏再欺负了你去。"

青樱听得如此,只得谢恩:"多谢主子娘娘。主子娘娘一向对妾身和月福晋一视同仁,妾身铭感于心。"

富察氏的目光悠悠在她手腕上一荡,看青樱皓腕上除了一串翡翠珠缠丝赤金莲花镯外,别无其他饰物,不由得喑喑颔首:"你手腕上这串镯子,还是皇上为皇子的时候安南国进贡的珍品,一共只有一对。当时先帝赐给了咱们府里。我想着你和高氏是平起平坐的,便一人一个给了你们。既是让你们彼此间存了亲好之心,也是要你们明白,同为侧福晋,应当不分彼此,不要凡事计较。如今你倒还肯天天戴着,也算不枉了我的一片心。"

这一只镯子,原是安南国极稀罕的贡品。安南本出好翡翠,但如这一对的,真真是罕见。一串碧绿翡翠珠颗颗一样大小,通透温润不说,更难得的是竟然均匀得没有半点杂色,碧幽幽的恍若一汪流动的绿水。若拿到阳光下照着,便会出现一纹一纹水波似的莹白光痕,如同孔雀翎羽一般。因这翡翠珠碧色沉沉,所以特配了赤金缠丝花叶护着珠子周身,每颗翡翠珠的两端各用薄薄的莲花状金片裹住,更是一份匠心独运。

皇帝当年还是四皇子,得到这对镯子,也是欣喜异常,虽然宠爱两位新婚的侧福晋,但还是送给了嫡福晋富察氏。富察氏体念皇帝的心意,收下不过几天,便转赠给了青樱和晞月。

青樱低首，爱惜地抚着镯子，一脸安分随和："主子娘娘说得是。真是感念娘娘这份心意，所以如娘娘当年的嘱咐，妾身时时戴着，时时警醒。"

富察氏柔和道："你是个懂事的。我看高氏也天天戴着，却也未必记得这层意思了。"她顿一顿，"唉，昨夜高氏僭越，我不是不知，只是从今以后，你也只得让着她了。"青樱心中想着海兰昨夜所言，正要说话，却听富察氏道："你来之前皇上已经有了口谕，为高氏抬旗，抬的可是镶黄旗，又赐姓高佳氏。大清开国百年，能得皇上亲口抬旗，获此殊荣的，只有高氏一人，且只有正黄和镶黄两旗是天子亲信，这里面的分量，你可掂量清楚了吧？"

青樱心中悸动，想要说话，却只惊异得口舌麻木，一个字也说不出来，只得诺诺含笑。

富察氏回转头在首饰匣里闲闲挑出一双玲珑蓝宝坠耳环，口中道："高氏能与你比肩，甚至越过你，这后头的分量你得掂一掂。皇上是看重家世的，而且怕也是高氏的阿玛在前朝得了消息，景仁宫皇后的尊封之事不会那么顺利。青樱啊，姐妹一场，我与你说实话。景仁宫尊封之事若是生变，你得有个最坏的打算。"

"多谢主子娘娘。自姑母失欢于先帝，妾身能倚仗的只有皇上和主子娘娘了。"

青樱慢慢走出富察氏殿中，只觉得口干舌燥，仿佛从未如此烦恼过。她用力摆了摆头，扶了蕊心的手慢慢出去。

炎夏暑气退散，偶尔一两阵风来，也隐隐有了清凉之气。前头隐约有人说笑着过来，青樱皱了皱眉，正要说话，却见高晞月与金玉妍亲亲热热过来。见了青樱，金玉妍倒还是如常退开半步，屈膝行礼，高晞月却只笑吟吟望着青樱："妹妹好早啊。"

高晞月这般直呼"妹妹"想来是有备而来，潜邸中的身份，如今已是变了。青樱自知情势不同往日，先与晞月见了个平礼，方含笑道："来得早不如来得巧。主子娘娘梳洗完毕，进去正好呢。"

晞月点点头，笑道："入宫这几日，妹妹都还住得惯么？"

青樱道:"劳姐姐费心,一切都好。"

晞月颔首:"住得惯就好。我生怕妹妹睡惯了王府的热炕头,不习惯紫禁城的高床大枕,半夜醒来孤零零一个,冷不丁吓一跳呢。"

青樱眉心微微一蹙,面上倒还笑着:"月福晋惯会说笑。皇上为先帝守孝,这些日子都在养心殿住着,难不成月福晋还有皇上做伴么?"

晞月居高临下瞥她一眼:"妹妹千伶百俐,这么殷勤来请安,以后大可日日向景仁宫请安呢。"她见青樱神色微微尴尬,走近一步低声道,"景仁宫争不过太后的,妹妹与其有空争宠,不如想想落败失幸于太后之后,该如何自处呢。"

说罢,高晞月向玉妍招了招手,亲热道:"戳在那儿做什么?还不跟我进去!"

玉妍答了声"是",瞟了青樱一眼,得意地挽上晞月的手,亲亲热热地进去了。

有风贴着面刮过。京中九月的风,原来有如此隐隐透骨的凉意,会吹眯了人的眼睛。

蕊心待她们进去,扶住青樱的手慢慢往前走,低声愤愤道:"月福晋言行也太过分了。"

青樱淡淡道:"这样的日子,以后多着呢。我若连这点气都受不住,就白和她相处这几年了。"接着又缓一口气,"何况,她到底年长我七岁,我敬她几分,听她教诲,也是应当的。只要她不过分也就是了。"

蕊心欲言又止,青樱看她一眼:"你想说什么?"

蕊心低眉顺眼:"小主这样说,也是知道月福晋那个人,不是我们让着,她就能不过分的。"

青樱眉毛一挑,沉声道:"知道的事一定要说出来么?讷于言敏于行是你的好处,怎么和阿箬一样心直口快了?"

蕊心垂首不语,只伸出手来:"奴婢知错。小主,时辰到了,该去先帝灵前行礼了。"

第五章 自处

这一日灵前哭丧，晞月理所当然跪在青樱之前。富察氏一句言语都没有，反而待高氏比寻常更客气。殿中人最善见风使舵，一时间也改了昨日惊诧之情，待晞月更为恭敬。

太后未至丧仪，一早便到了养心殿，倒教皇帝好生不安。太后哭得眼泡微肿，却是强打精神，看着比往日憔悴了好几分，皇帝哪里还敢坐着，忙亲手服侍太后饮了一盏参汤，方道："皇额娘有什么话大可传儿子过去，怎么亲自过来了？叫儿子好生不安。"

母子俩说话一直是客气的，太后见皇帝瘦了好一圈儿，形貌支离，便拍一拍他的手道："你我母子，谁来看谁还不一样。"她目示福珈，取出一件茄色哆罗呢狐狸皮袄，亲切道："今儿翻理先帝的遗物，找着一件你十六岁时穿的皮袄。冬日天寒，额娘亲手为你披衣，那时候你我母子，真是亲近。"

皇帝俊秀的面容上是温煦的笑容，似冬日暖阳一般，毛毛的，带着深深的感动。"皇额娘一直很疼儿子。"

太后似也触动了情肠，慢慢摩挲着参汤的青瓷杯盏。那瓷器很润，越发衬得太后的手素白如玉。太后不自禁地颔首："你叫这一声皇额娘。其实按规矩，景仁宫该是母后皇太后。从前你都是叫她皇额娘，叫我额娘的。只可惜，你皇阿玛生前说与她死生不复相见,这一句皇额娘你要再称呼她,也是难。"

皇帝微微抬了抬眼皮,很快恭顺地垂下,似是自问,也像是问太后:"也不知这么多年来,皇阿玛可有后悔过当年的决定?"

太后将唇边的笑意变幻得冷冽,似是自问,也似是问景仁宫皇后:"也不知这么多年来,景仁宫可有后悔过当年的所作所为,才让先帝做出这样的决定?"

巨大的沉默如死水一般,是冬日里结了冰凌的死水。几乎是同时,他们母子都想起了先帝那句掷地有声的话语:死生不复相见。

一个男人,得对他的妻子何等决绝,才能说出这般话来。

太后轻声喃喃:"生不相见,死不同穴。"

这短短一语令皇帝出不得声。太后是有备而来的,她不回避皇帝偶尔投注的目光,平静地盯着他的双目,那种试探后的了然与平静,无声无息地蔓延开来。

皇帝的心有些凉,如同外头渐渐变寒的天气。太后莞然笑了,很笃定地,她清冽的目光似乎能看透皇帝心底:"你是不是在担心你的青樱?"

皇帝难得地笑了,也是那样笃定地:"皇阿玛宽仁,祸不及子侄,否则青樱也不会是儿子的侧福晋。"

太后呵地笑了,满意地点头,似乎在等待皇帝后头要说的话。皇帝喉头微微哽了一下,郑重而温情:"皇额娘抚养儿子辛苦,儿子感恩不尽。宫中只有您一位皇太后,绝无两宫并立之说。"

太后却是谨慎:"你是新帝登基,张廷玉那班老臣若还要论嫡庶,你若坚决反对,于你也不好。"

皇帝扶住太后起身,指着案几上永琏稚气十足的大字:"父母之所爱亦爱之。这是永琏所写的字,幼子尚能明白,儿子怎会糊涂不知?"

"富察氏会教子。"

"皇阿玛昔年怎么处置景仁宫的,儿子一定从孝而行,不敢忤逆。再者皇额娘抚养儿子辛苦,儿子感恩不尽,紫禁城中只会有您一位皇太后。"皇帝卷起字纸,斟酌着言语,"但那些老臣那里,儿子不能没有个交代。儿子会让景仁宫到行宫居住,颐养天年。"

太后的笑意随着天光的明亮一分分黯淡下去:"哦?皇帝,那你打算让她以什么名分颐养天年?"

皇帝重又扶着太后坐下,依在她膝盖旁,做出儿子应有的依恋模样,以商量的口吻道:"景仁宫到底做过皇阿玛的皇后,儿子想着,虽然不能给她母后皇太后的名分,但可以按着太后的规制奉养吧?"

"呵!"太后笑出了声,忽然侧过脸,盯着皇帝。皇帝登时觉得脸上热辣辣的,只觉得太后的声音如寒冰一般字字敲落。"哀家知道你孝顺,想要顾全先帝、景仁宫和哀家的颜面。景仁宫受你的恩惠,只怕也愿意还报你,来日提出尊封你生母为太后、全了你的孝心也是有的。"

皇帝登时如冻住了一般,他是努力想维持着平和的表情的,可是他的肌肉在微微地抽动:"什么生母?儿子是您亲生的。这是皇阿玛亲口诏告天下的。谁敢胡说!"

太后笑得苦涩难言。皇帝骤然懂得了,说到底,太后钮祜禄氏哪里是什么圣母皇太后,无非是皇帝的养母。真正的圣母皇太后早就埋骨于地,再难回人世了。这些内情,景仁宫知道,往日不说,今日不说,可来日真要与太后斗得狠了,抖出此事也是难说。太后柔缓地道:"不过也好,这样也能还了你生母一个名分。她们一个是母后皇太后,一个是圣母皇太后,哀家养你一场,安安乐乐做个太妃也知足了。"

不!怎能让世人知道他并非钮祜禄氏所生,怎能让世人知道他生母的身份!这个身世,哪怕宫里不少人知道,但不能宣之于口,告诉天下臣民。皇帝死死地握着手指,骨节一阵阵咯咯地痛。冷汗密密地爬出,他紧张得声音都变了:"不,我是您生的,您是圣母皇太后。皇额娘,别有用心之人要攻讦我们母子,才编出这等昏话来。"他极力克制着,想让自己冷静下来,"皇额娘抚养儿子辛苦,儿子感恩不尽,不敢不孝。而且当日准噶尔蠢蠢欲动,一旦起了战事,国事岂能安稳。是皇额娘舍出了端淑妹妹,您对社稷有大功,儿子铭记在心。"

太后取过袖中的白绫帕子,细心地为皇帝抹去额角汗珠:"既然皇帝心意已决,尽快有个了断也好。免得景仁宫留在宫里,总是多生是非。"

皇帝重重地点头,然而在下了决心那一刻还是有些迟疑和不忍:"那景仁宫会在丧仪过后移居行宫养老,顶多按太嫔供养,再不与外人往来。皇额娘意下如何?"

意下如何?太后不置可否地微笑,就这样留景仁宫一条残命么?一个太嫔,只怕景仁宫也不愿的。皇帝仍有些侥幸,恳求道:"皇额娘,虽然生不相见,但死后可否让景仁宫一偿心愿,葬在皇阿玛身边。"

太后在心里默然叹息了一声。到底才二十五岁,这个皇帝还年轻呢。她的心思是不容改变的,口中却是退让而温和:"皇帝孝义。来日景仁宫葬在先帝身边的妃陵也罢,就不必让她与先帝同穴了,更不许有任何追封,从此千秋笔墨,史书记载,就再没景仁宫这个人,免得你皇阿玛圣明有损,为人指摘。"她想一想,"毕竟景仁宫的姐姐已经是先帝的孝敬皇后,有她平生言行载入史册,也便够了。"

皇帝顺从地点了点头,掩饰住虚脱一般的乏累,恭顺地扶了太后起身离开。

养心殿外的天空是惨白的,哪怕出了太阳,那天也是灰扑扑的,被尘埃沾了滚似的,怎么也照不亮。

福珈扶着太后出来,嘴角的笑纹几乎要藏不住了。她深深地松了口气,却见太后还是拧着眉头,她忙敛了神色,轻轻地搀了搀太后的手臂。太后用螺子黛描过的细眉似凝了冷霜,如她的心一般发寒。就算自己把话说到这个份儿上了,皇帝到最后居然还提让乌拉那拉氏葬在先帝身边。斗了一世的那个人啊,曾经那样羞辱践踏过自己,皇帝都是知道的,却还留着她要去行宫养老,想让她活着。皇帝不是没有在她手里吃过亏啊,所谓母子情深同仇敌忾,最后为了一个女人,一个妾室,还要以太后规制奉养她。

福珈明了太后的不悦,轻声道:"这青福晋对皇上的影响,也是太大了些。

来日这姑侄俩,若是一个在后宫得宠,一个在行宫不安分,太后哪里还有安稳日子过了。"

太后沉稳的面庞上闪过一丝倨傲:"既然是这姑侄俩让哀家不痛快,那哀家就去会会这姑侄俩吧。"

青樱见到太后,已然是午后时分。太后尚未挪宫,依旧住在为熹贵妃时的永寿宫中。青樱记得很清楚,为侧福晋时她也每年循例来永寿宫给熹贵妃请安的,那时她总避得远些,躲在人群里,行完礼便速速走了。似乎弘历不愿她在永寿宫多逗留,熹贵妃也是不愿的。她只是记得,虽然是贵妃,可种种制式,全然不亚于姑母的皇后殿阁。如今呢,殿中早没了当日执掌六宫的贵气奢华,倒是一片秋风扫落叶的萧条。太后很快就要搬去慈宁宫了吧,一个得宠多年的贵妃,在失去自己一生的倚仗后,居然不是守得云开的疏朗,而是一种难言的萧索。

青樱跪在一边,有半个时辰了吧,或是一个时辰?她看着太后手边的檀香悠悠然落烬了一支又一支。太后似入定了一般,始终不肯理会她。她唯有忍耐,忍过今朝,明日再来。反正不是跪在大殿里磕头,就是跪在这里。良久,太后在佛前叩首毕了,素色的裙裾似惨淡的夜云拂过墨蓝的锦毯,起身道:"被福珈唤来了永寿宫,你也不怕?"

青樱不敢失了半点礼数,忙答:"太后召唤,臣妾怕的是侍奉不周,未能替皇上一尽孝道。"

太后的目光冷冷扫过,像看着一个水晶玻璃人儿:"你的孝道都尽去了景仁宫吧。"

青樱虽然早知太后已经知晓,可这般被太后当面问出来,她还是忍不住打了个激灵。推诿不能,她硬着头皮坦承:"回太后,臣妾冒昧,但景仁宫是臣妾的至亲,臣妾不能不去看望。"

"只是去看望么?还向皇帝求了,希望能让景仁宫那位到行宫安养天年吧。"

青樱无法隐瞒,只能低着头,几乎把下巴抵到胸口去,默然以对。

"痴心妄想！"太后语带讽刺，"你是觉得，你可以仗着皇帝对你的那点情分，来压哀家了吗？"

佛龛前供着一蓬蓬雪白的蟹爪菊，开得无比灿烂至惊心动魄，肆无忌惮地散发着清苦如药的气息。

青樱不敢，从头到尾，她都明白自己的身份，不敢以妃妾之卑撼太后之尊，她只是希望姑母活着，如果还能了却心愿，那便更好。

太后很不喜欢她的沉默，短促而不容否定地发落："赐死。"

青樱猛地抬起头，整个人像被迅速地抽去了分量，直直地往下坠落，坠到无底的深渊去。那坠落的过程天地颠倒，她慌乱地张着嘴想要分辩，喉头却一阵阵发痛，什么也说不出来。太后居高临下地看着她，从桌上滴溜溜拨过一个小小的青瓷圆瓶。青樱的瞳孔急速地收缩，她太知道那里头是什么了。

毒药！

太后徐徐道："景仁宫有罪禁足，还敢与你勾连谋夺后宫权位。如今正是先帝丧仪，丧仪过后，你自行了断，哀家会向世人昭告你乌拉那拉氏是为先帝驾崩不胜哀恸而薨，追封你为贵妃，赠你死后尊荣。"

太后的安排毫无破绽，死，是她唯一的结局了。青樱大出意料，再也跪不住，双膝一软，一下坐倒在地，汗如浆下。

"你不求着开恩饶恕？"

青樱茫然地摇头："太后发落赐死，自然是心意已定，臣妾求也无用。但臣妾的确没有与姑母勾连，只是长久不见，去看望一回。至于母后皇太后的名分，臣妾没有想为姑母求得，臣妾只是希望姑母能够安安生生地活下去。"

"安安生生？"太后冷峭之色再不遮掩，"和你姑母斗了一辈子了，哀家会不知道你姑母是什么人、什么性子？再没有比我俩更互相了解的了。你姑母一生一世都想留着名分尊位，那是她最后一块遮羞布。没有名分，你姑母会安安生生地走出景仁宫去行宫么？就算她去了行宫，你姑母的性子，又会安安生生地待在那里到老么？"她见青樱哑然，越发道，"况且你得皇帝宠爱，有你这个乌拉那拉氏的希望在，你觉得你姑母会安安生生么？这四个字，永生永世都是与她无缘的！"太后像看着一个无足轻重的手下败将，"甚至，她都不会让你安生的。她想仗着你做太后，然后再由她撑着你宠冠六宫，甚至谋夺后位，来延续你们乌拉那拉氏的荣光。你说，有她在，你们乌拉那拉氏的女人有安生可言么？那么，哀家怎么可能容下你姑母，容下你？"

青樱是完全懂得了，她的肩膀轻轻颤抖着，勉力支撑着道："太后这般教诲，臣妾都懂得了。臣妾也明白，背着乌拉那拉这个姓氏，做景仁宫的侄女，生路实在渺茫。太后给的了断，是全了臣妾颜面了。"

太后取过一枚薄荷叶，轻轻一嗅，提了提精神，淡淡地道："看你嘴硬，倒也不是十分怕死。"

青樱在慌乱里有些失了分寸："臣妾当然怕死。可端淑长公主①都做不得自己婚事的主，臣妾也做不得自己生死的主。"

太后面色微微一变，撂下手中的薄荷叶："拿哀家的女儿说嘴，想让哀家心软。好，你要不死，也不是没有办法。"

青樱几乎是醍醐灌顶一般，瞬间懂得了太后的意图。她迅疾地爬起，熟练地叩首："太后可有事吩咐臣妾去做？"

太后笑了，笑得眼睛如月牙儿弯弯："你倒机警。你那位姑母要有你这么会看眼色，还不至于把自己的路走绝了。她禁足多年，还敢争母后皇太后的身份，不过是仗着外有张廷玉一班老臣，内有你这个得宠于新帝的侄女儿吧。除非她没了你这个倚仗，哀家倒还可留她一条生路。如今我便给你一条路选，紫禁城里乌拉那拉氏的女人，有她便没有你。"

太后没有给她太多思考的时间，或许生与死，永远是倾向于求生的。青樱的心狂跳着，似乎要跳出她的胸怀迸裂出来，才能逃脱如同窒息一般的宫殿。她瑟缩着，是无路可退了。她艰难地问："如果臣妾死了，姑母可否一圆与先帝合葬之愿？"

太后慢悠悠地斟了一盏菊花茶饮下，大约这样清淡的苦涩像她此时万事

---

① 长公主：自汉朝以后，皇帝的女儿称为公主，姐妹称为长公主，姑母为大长公主。

皆有把握无惊无澜的心情。"你倒是真有孝心。你死后，她若能在行宫安分养老，将来哀家会许她葬在先帝陵寝，只是没个名分罢了。"

这是姑母最好的出路了吧。她正要深深俯拜，太后点了点墨青绣竹叶的花盆底鞋尖，略做阻拦："可皇帝若知道今日你与哀家所言，你姑母便与你一般活不得了。"

她知道太后所言的分量，是要她自己悄无声息做个了结。她深深点头，不敢有丝毫拂逆。太后很满意她这样的表情，点头道："去吧。先帝的丧仪未完，哀家会容你活到丧仪之后。"

青樱挣扎了几回，终于立起身来，紧紧抓住了太后手边的青瓷圆瓶，死死地握住了，不敢掉落。她脚步虚浮，恍恍惚惚地走出永寿宫，原来自己的命，就在这一两日了呢。

青樱不知道是怎样熬过这些时辰的，对于饮食和睡眠的需求已经全然消失，只是为了维持着在人前的毫无异样，才机械地吞咽食物，佯装入睡。在暗沉的夜里闭上眼睛时，都觉得心念如电，旋转不休。焦心裂肺的痛楚充盈着整个胸腔，叫她疼得说不出话来。她将那装了毒药的小圆瓶紧紧握在手心，像握着自己的残命似的。

明日大行皇帝的梓宫就要移奉雍和宫了。原本已经哭到筋疲力尽，却不想连这筋疲力尽都是奢望，每一叩首，都惊觉那叩首的疲累与疼痛竟是一次少于一次的奢望。她从未那样渴求着见到皇帝，哪怕什么都不能和他说明白，只要多看一眼也是好的。可是皇帝很少来这里与女眷们见面，便是见到，也轮不到她和皇帝说上一字半语，自有太后、富察氏，还有殷勤的高晞月围在身旁。

唯有在女眷们歇息整理妆容的片刻，她如孤雁一般不合群地坐在角落，连绿筠也不大敢上前和她说话。倒是海兰如旧端了汤水来滋润她干枯的唇舌，一壁引她至旁，为她重新绾好蓬乱的鬓发，将一支银质梅花筒簪簪上。银器并不多贵重，难得那梅花瓣瓣分明，花蕊点点生动，如积雪欺霜一般。海兰素知她喜爱梅花，悄然道："姐姐戴这个真好看，又简净又大方。"

青樱转首看着窗外，一脉红叶枯瘦映在窗上，如泣血一般。她心头惊痛，赶忙转开视线，心下凄楚："不知道今年梅花开了是什么样子？会和去年一样美么？"海兰不知她心事，婉然笑道："到了冬天我陪姐姐去看。没姐姐在，我都不敢去御花园。"

都做了这些年侍妾了，大约是不得宠的缘故，海兰还是那般怯生生的，总是依在青樱身边。往后，是不能这么护着海兰了吧。她有些不忍，望着海兰："我不能总和你一块儿。海兰，以后胆子大些，别害怕。若有事，绿筠也是个可商量的人。"

"姐姐不管我了么？那我怎么办？我在这儿孤零零一个人。"她见青樱摇头，有些疑惑地咬了咬嘴唇，却什么也说不出来，只是茫然地点点头。青樱并未再多说话，海兰还想说什么，却见皇帝身边的李玉过来，向着青樱低语几句。青樱很快点头，随他离去。快行至门边时，福珈微微欠身行礼，似笑非笑地道："小主安。"

青樱微微一凛，想起太后的警醒，很快明白福珈语中深意，便举步往养心殿去。

皇帝的面色是微白的，泛着一点点心意已定后的黯淡的红。臣子们刚刚从书房出去，他的决定也已告知他们。除了张廷玉，似乎也没有什么人有不满意。当然，张廷玉有异议的时候，他也说得明白："景仁宫昔年言行有过，皇阿玛亲自处置。既然皇阿玛临终前并未有一字遗言关于释景仁宫并予太后之尊，那朕也不能失了孝道，妄自做主尊封。"

作为一个新君，他自认为自己的抉择并没有错，可是不知怎的，见到青樱的时候，他有些抬不起头，心底最柔软那一块因为不能做到自己所言而有些痛楚的愧对。他只得用最快的语速将这件事说出，仿佛多停一息，都会难堪。"景仁宫的事由皇阿玛生前亲自发落，朕也不能过分违拗，而且得顾着皇额娘的心意。为了朝廷平静，皇额娘忍痛答允端淑妹妹远嫁。这件事上，朕得格外安抚皇额娘。"

青樱的笑意薄薄的，固定在唇角，努力地不肯凋谢："皇上的为难之处，臣妾都明白。臣妾只是为姑母难过。"

皇帝很无奈，青樱用这样懂事的口吻和他说话，他觉得自己也应是懂事的，得体的，像一个君主一样。他抬起手，抚过她黑而润的鬓角："人人都有自己的为难和不得已。朕答应你，会送景仁宫到盛京旧宫养老。她所缺的也只是个名分而已。"

盛京旧宫，那是座颇为老旧的宫殿了。就像如今的紫禁城辉赫存在，谁还会记得盛京的老城池，它只能孤寂地守在一隅，少人问津。也许，那就是姑母的未来吧。

他顿一顿："还有，史书不能载你姑母生平半字。"

青樱骤然变色，那姑母的一生，岂非连存在的痕迹也没有。

皇帝无措地安慰："宫中女子，就算被记载生平，不过是某氏某族，亲眷可有显达。你姑母被禁足，不提……不提也好。"他很想抚平她吃惊痛楚的面庞，"不过青樱，你也该知道，后妃与君王失和，吃苦的永远是她们自己。只能说，景仁宫还有你这侄女儿，往后朕若去盛京，朕都会带你去探视的。"

有无数利芒锥心刺痛，可是她一个字都不能说，连眼角的泪也只能是为姑母的平生哀叹而莹然。她极力让自己的声音不要发抖："臣妾怕以后没有……没有空去。"

皇帝取过一方玄色刺金线的帕子，温柔替她拭去腮边泪。他是有心要逗青樱高兴："对啊。以后你若有了我们的孩儿，要去也难了吧。朕答应你，会派稳妥人去伺候你姑母。"

青樱口中说着"多谢皇上"，眼角的泪却止不住似的。皇帝只道她是为姑母难过，轻轻地握着她的肩膀拍着。也许是青樱的泪太多，终于皇帝也有些诧异："怎么哭得这样凶？"

青樱的胸口起伏着，气息都有些凶，可是嘴角却带了最柔的笑意："臣妾想起那年春天与皇上相见，咱们听了一出《墙头马上》。墙头马上遥相顾，一见知君即断肠。皇上，臣妾对您一见倾心。"

皇帝揉揉她的鼻子,切切道:"朕也是。青樱,朕与你是年少相识的情意。虽然你后来成不了嫡福晋,但朕与你情分不假。"

窗外的风簌簌的,会有些许的错觉,其实秋风和春风并无太大的不同,都是温凉温凉的。只是秋后面就是肃杀的冬,万物枯竭,再少生机。

青樱望着皇帝,忽然后退几步,郑重三拜。平日相见,她又与皇帝亲密,本用不着行这样的大礼。皇帝当下也有些错愕,忙伸手扶住她,以温然怜惜的目光相询。青樱的下颔叩在冰凉的白玉领针上,那种凉意,和心底的诀别之意一般无二。她不敢抬起头,生怕他察觉自己快要掩藏不住的悲伤:"臣妾知道,臣妾都知道。往后臣妾若不能日日向皇上请安,也会永远祈佑皇上平安康健,事事顺遂。"

皇帝颇为感伤,半扶半搀地拉她:"你今日说话挺别扭。不过你姑母有事,也难怪你。"

青樱听出了皇帝语中的伤怀,轻轻握住他的手。他的手心是冰凉而潮湿的,她浑身都发冷,唯有手心还有一点暖意。她拼命想把这点暖意给他,她明白的,皇帝是想起了自己的生母。果然,他的声音低微而嘶哑:"没有名分的女子一生悲苦,只是这个名分,朕给不了,所以朕怜悯你的姑母。"

她无言,展臂紧紧抱住他。以自己单薄的身躯,将所有的最后的倚靠都给了他。

出养心殿时天色微茫,素衣底下青绿色的裙裾荷叶曳风般轻灵。青樱极轻声地叮咛阿箬:"告诉绣儿,我想见姑母。"

阿箬一惊,其实尊封之事阻碍之时,青樱的阿玛那尔布早就递话来过,万一景仁宫不得尊封,要青樱务必断绝来往。那时青樱闻言只是苦笑,断得了来往,断得了血脉相连吗?她和姑母流着的都是乌拉那拉氏的血。阿箬看青樱神色,就知道她已拿定了主意,阿箬不敢多口,忙不迭去了。

还是夜深时分去的。阿箬提着灯,一路都惴惴不安,生怕被太后知晓。青樱只是暗自加快了脚步,熟门熟路地拐进了角门。

第六章 毒心

景仁宫中焕然一新，显而易见是打扫过了，一扫上回来时的颓唐之气。满地的鸽粪荒草都拾掇干净，连宫殿的朱漆都刷新了半茬，只有半茬，显然是尊封之事戛然而止，内务府见风使舵，又停了巴结。倒落得这么难堪的一个景象，殿门半是斑驳半是散发着朱漆特有的香味，像一个来不及艳妆的半残妇人的面孔，格外凄凉。

她推门进去，残烛旧灯都换成了佛手的青铜烛台，殿中收拾得干净，虽然是丧期，都换了一色的乌蓝镶月白锦垫。她行步间并未带起尘埃的气息，连茶盏都是干净的。姑母正坐在暖阁中，对着一盏清茗出神不已。青樱轻声唤道："姑母。"

乌拉那拉皇后缓缓站起身来，她已经脱下服丧的衣衫，着凤袍，戴凤冠，气势威严。她的面孔细心敷过脂粉，点过胭脂，一扫往日垂老之态，依稀竟有往日的中宫风采。若不细看，很难察觉凤袍是许多年前的样子，绣样已经死板，那五彩明凤要飞也展不开翅膀似的。袍角和襟纽的线头有些松脱。

她缓步走到姑母跟前，行了见自家亲眷的礼仪。

乌拉那拉皇后动也不动，只道："我正要找你，你先来见我了。"

青樱沉沉点头："割开肉，掰开骨，我和姑母流着的血都是乌拉那拉氏的。"

她努力挤出笑色,"我来告诉姑母,皇上安排您去行宫,在那儿颐养天年。"

乌拉那拉皇后不屑地笑了笑,声音如同夜鸦一般嘶哑低沉:"这个安排是你用什么代价换来的?"

青樱激起一身战栗,张口结舌地解释:"皇上疼惜我,愿意让您活着。"

乌拉那拉氏仰天笑了片刻,笑得眼角都沁出泪来:"怎么活着?不入史册,不祔太庙,来日以无名无姓的先帝嫔妃身份下葬,再不能和先帝同穴而眠,是么?"她缓一缓气息,"再说了,皇帝疼惜你?这些安排,没有钮祜禄氏授意,皇帝能答应你吗?"

青樱冷汗涔涔,姑母终究是心高气傲的,乌拉那拉氏的皇后,哪怕看着宿敌成了太后,成为这个帝国最至高无上的女人,还是不屑地以昔日中宫的口吻,称呼她"钮祜禄氏"。

更令青樱汗毛直竖的是,她都只知史书不载生平,姑母怎会知晓得这般细致?难道,难道是太后来过?

乌拉那拉皇后将青樱的疑惑尽收眼底,撇了撇嘴:"我和她斗了那么多年,还猜不到她的心思?好啊,好狠毒的钮祜禄氏!青樱,你可要好好学着!"

青樱稍稍安心些,只要姑母不知道那个选择就好了。可是,她命将不存,又能学太后什么呢?青樱双唇颤抖,实在答应不了,只得摇头。

乌拉那拉皇后倒也不恼,和颜悦色地招招手,示意她走近。自从禁足之后,难得见姑母一两回,她都没什么好脸色,毕竟困苦之人,难以自悦,何以悦人。乌拉那拉皇后跟前放着一盏红枣茶,那微甜的气味,大概能点缀她形同冷宫的苦厄生活,或许,也是她苦中作乐的希望。可青樱莫名地觉得有些怕,那暗红的颜色,就像快要干涸的血色。乌拉那拉皇后示意她喝,她实在无甚心思,只得将茶盏往自己跟前拨了拨。乌拉那拉皇后柔声道:"我做皇后尚未禁足的时候就爱喝这红枣茶,这几年连这个都喝不上,如今闹了尊封,倒又有了。你别嫌弃这个,好歹是皇后爱喝的东西。"她顿一顿,怜惜地看着青樱,"青樱,姑母知道你的性子。你对姑母孝顺,心里有姑母,否则不会这么多年都不怪姑母。你本来该是弘历的嫡福晋的,若不是选福晋那日我被禁足,你也不会差点被先帝赶出宫去，最后只落了个侧福晋。是姑母连累了你。"

前尘往事何必再言。这世间亲眷骨血，无不是一荣俱荣，一损俱损。青樱想起皇帝，只觉万般郁结都松散开来，只余如蜜清甜："姑母不要这样说，皇上对我颇为钟爱。"

乌拉那拉皇后啜饮了一口红枣茶，看了青樱一眼，徐徐道："皇帝待你好便最好。青樱，你有皇帝的眷顾，你是乌拉那拉氏唯一的指望，你要得宠，你要成为皇后，才能与心爱之人生死不离。"

青樱望着乌拉那拉皇后，屏息敛神，郑重下拜："青樱不敢妄求皇后之位，只求与皇上恩爱长久。"她锥心痛楚，不敢往下说下去。可是便是这样的恩爱，不说长久，眼前也再难得了。

乌拉那拉皇后唇角扬起讥诮的笑意："你只想做个宠妃么？除了拥有宠爱，还有什么？宠妃最大的优势不过是得宠，一个女人，得宠过后失宠，只会生不如死。我瞧你啊，是侧福晋做惯了，半点心志也没有了。"乌拉那拉皇后冷冷扫她两眼，"咱们乌拉那拉氏怎么会有你这样目光短浅之人？"她大约有些气恼，将盏中的红枣茶一饮而尽，才稍稍平复。

青樱觉得满脸都烧了起来，讪讪地垂着手立着，不敢说话。

乌拉那拉皇后道："等你红颜迟暮，机心耗尽，你还能凭什么去争宠？姑母问你，宠爱是面子，权势是里子，你要哪一个？"

宠爱与权势，是开在心尖上最惊艳的花，哪一朵，都能艳了浮生，惊了人世。青樱思忖片刻，暗暗下了决心："青樱贪心，自然希望两者皆得。但若不能，自然是里子最最要紧。"

乌拉那拉氏颔首："这话还有点出息。人云宫门深似海，立足艰难。何况你又是我的侄女儿，要在后宫立足，只怕更是难上加难。"

不是难上加难，是根本无地可立。

乌拉那拉皇后眼中精光一闪，口中有些发狠："要在后宫立足，恩宠，皇子，固然不可少。但是青樱，你要隐忍，更要狠心。斩草除根，不留后患。干净利落，不留把柄。你要爬得高，不是只高一点点。你高一点点，人人都会妒忌你谋害你；

可是当你比别人胜出更多,筹谋更远,那么除了屈服和景仰,她们更会畏惧,不敢再害你。"

青樱有些懵懂,乌拉那拉皇后看她一眼,并不理会,继续道:"后宫之中,人人都想有所得,不愿有所失。可是青樱,你要明白,当一个人什么都可以舍弃之时,才是她真正无所畏惧之时。"乌拉那拉皇后颇为唏嘘,"我这一生啊,就是太过于在乎后位,在乎先帝的情分。我已是败军之将,可青樱,你还年轻。姑母告诉你的,你要牢记。这世间,为夫妻易,至死维系夫妻之情难。虽然,如今你和皇帝连夫妻都算不得。我一生只盼与心爱之人生同衾,死同穴。我做不到的,你要做到。而且你比姑母幸运,你已经有了弘历的宠爱,不像姑母只为皇后,而没有成为一个得到夫君钟情的皇后,最终还成了一个弃妇。"

青樱哪里应承得下来。毒药已在阁中,不过仰脖子一喝,就能断了生路,保全姑母。她是晚辈,她是得过姑母眷顾的人,无论如何,不能看着爱惜过自己的长辈被逼死。而且,便是姑母不在了,她是乌拉那拉氏的女人,景仁宫的侄女,太后怎能容她好过?她没的选,只有这一条路。

乌拉那拉皇后见青樱这般不肯答应,不觉叹了口气,动情劝道:"我知道你心里有弘历,来日你想与他生同衾、死同穴吗?"

生同衾、死同穴?男女相悦,至高所求不就是这个么?她忽然懂得了姑母,若是心中有真情挚意,谁不求如此?上至凤座中宫,下至布衣女子,无一不是。

乌拉那拉皇后的语气带着深深的诱惑:"我一生只盼与心爱之人生死相依。可惜我做不到了。你若有此心,就唯有做他的皇后,与他成为嫡正的夫妻,才能生死不离啊。"

青樱几乎是动心了,她情不自禁地要答允,蓦然,富察氏永远带着无可挑剔的温厚笑容的脸又浮现出来。往后的日子,她若不在了,有富察氏这样的正妻在身边,皇帝也该会岁月无忧,日日欢喜的吧。青樱讷讷道:"姑母,富察氏从前是一个好福晋,来日也会是一个好皇后。"

乌拉那拉皇后轻蔑地瞟着她,忽然眉头拧紧,似不堪承受气恼一般,抓紧了心口:"庸庸碌碌,毫无心气。乌拉那拉氏怎会有你这样的女子!"

言罢,她忽然一口鲜血呕出,那空了的茶盏中,立刻被溅上几滴暗红的血,如那熬浓了的红枣茶一般。

青樱吓得腿一软,差点从榻上滑下来。她赶紧上前扶住乌拉那拉皇后:"姑母,姑母,您别动气。"乌拉那拉皇后唇角的鲜血滴落,落在青樱白皙的指尖,那种温热的咸腥气,吓得她泪都落下来了。她无措地道:"姑母,您怎么了?青樱听话,您别气着了。"

乌拉那拉皇后盈然一笑,竟有几分明媚之意:"我用一盏毒药送自己归西,换你活着留在后宫。"

青樱惊得背心汗毛阵阵竖起,整个人定在原地,只觉得冷汗涔涔而下,如细小的虫子慢悠悠爬过,所过之处,又是一阵惊寒。"不!不是的!我已经告诉太后,我死,换姑母活着。她会让您活着的。"

乌拉那拉皇后又露出了那种轻蔑的神色:"蠢!钮祜禄氏从来就是要我死。你死有什么用?"

毒药!是毒药!青樱盯着那装过红枣茶的茶盏,全然明白过来。她竟这样糊涂,什么也没有察觉。"姑母,这毒药是哪里来的?"

"钮祜禄氏一定也要你选了,是我死,还是你死。青樱,姑母舍不得你的小命儿。"

青樱满面是泪,她低低地喊:"一命换一命,太后不会食言的!"

乌拉那拉皇后脸上一冷,面色有些凄厉的狰狞:"钮祜禄氏当然不会食言,毒药给了你,她也给了我。是死是活,咱们姑侄俩自己选。如果是你死,她会让我活,可你死了,你心爱的弘历会让我好过么?"她扬起下颌,骄傲道,"就算弘历在乎我是你姑母,许我苟延残喘。可我是堂堂大清门走进的皇后,我怎能在钮祜禄氏的鼻息下无名无分,苟延残喘。与其如此,我宁可死。"她口角的血越涌越多,骤然笑道,"钮祜禄氏的这毒药给得好哇,她这个人,从来不为毒身,只为毒心。"

毒心?青樱完全不懂得,她来不及去分辨何为毒心,乌拉那拉皇后嘴角的血已连珠般滑落,沾到了明黄凤袍上。乌拉那拉皇后盯着衣襟上的血珠,似乎是舍不得凤袍被污毁。很快，她笑了笑，语气酸涩："我所能教你的，只有这些了。你好好活着，我可不想今日这些肺腑之言说给一个将死之人听。"

青樱的脑子拼命地转着，有什么办法可以止住姑母的血呢？她慌乱地拿帕子捂着姑母的嘴，想让她少说几句，别让那血流得更多。可是瞬间，乌拉那拉皇后大口大口地呕起来，每一口都是汹涌的血，淹没了帕子，沾染上青樱的衣袖。

那血红得触目惊心，乌拉那拉皇后支撑着的力气被抽离，软软地斜下去。她死命地撑着："青樱，扶我到凤座上。去，快去，我要死也得死在那儿。"

青樱手忙脚乱地，用力拖着乌拉那拉皇后沉重的身体挪到了凤座上。那冰冷的椅子硌着人，有什么可坐的？可姑母那样盼望，她用残存的力气拼命挪正自己的身子，像个端坐的皇后一般，露出欣慰的笑意。青樱哽咽着，乌拉那拉皇后想要伸手摸一摸她的脸，可手却哆嗦着，怎么也伸不直似的。她只得道："青樱，你要看着我死，证明我不是被逼自裁，而是忧愤暴毙，怪不得任何人。"

心头的惊动乍然崛起，青樱被惊得跪倒在地，不可置信："姑母，难道您不是要我告诉世人，您是被太后逼死的吗？"

乌拉那拉皇后声音微哑："是！眼下你我都已无力反扑。如果要你去对抗钮祜禄氏，无异于去送死。记着，连恨都不要有。你要活下去，不仅要让钮祜禄氏不杀你，还要她成为你的助力！你要成为皇后，那才是为我报仇，更是对我的报答！"

青樱跪倒在凤座下，她脑中一片混沌，几乎无法思考，只是隐隐约约地觉得，姑母说的是对的。她一壁哭，一壁点头，她想要去抓着姑母的衣角寻得一点支持和安慰，如小时候一般。可她的手上全是血，一手一个血印子，又弄污了姑母心爱的凤袍。她竟不知所措了，可又不敢去寻太医。姑母这个样子，是不能被外人看到的。

乌拉那拉皇后看着青樱，感觉青樱还是小孩子一般，围在她膝下，那样天真无措的。她忽然唤了一声："青樱！"那声音似乎有些凄厉，青樱心中一颤，忙道："姑母，我在，我在。"

乌拉那拉皇后望着虚茫的空中。昏暗的殿内，唯见她面容黯然："我和钮祜禄氏斗了一辈子，她从来就是要我死。只有我死，她才会让你活下去，你才能延续乌拉那拉氏的荣光。"

那是一个女人一生的泣血之言啊！

青樱忍着泪，无比郑重："青樱明白。"

乌拉那拉皇后端坐在凤座上，凄然欲落泪："乌拉那拉氏已经出了一个弃妇，再不能出第二个弃妇了！"

青樱鼻中一酸，只觉无限慨然。宝座上的乌拉那拉皇后早已年华枯衰，命悬一线，然而却依然风姿端华，不减威严。青樱情不自禁拜身下去，伏地三叩首："姑母，您拿自己的命换了我的命。您所嘱托的，我一定会做到。"

乌拉那拉皇后长长地松了一口气，珍惜地抚着被时光侵蚀成暗金色的凤座，语气温柔如春水："那一年，先帝封我为皇后，那是我一生最好的时候，身膺殊荣，我爱的男人，也还没有离开我……"

话未尽，乌拉那拉皇后永远地合上了双目。

青樱热泪滚落，拜倒在地。

阿箬候在长街深处，本是焦急得如猫儿挠心一般，见青樱出来，才松了一口气："小主，你终于出来了。"

青樱双手发颤，把手里的绢子死死捏住，以周身的力气抵御着来自死亡的战栗。明知一别，再无相见，却不承想是这样的收梢。然而除了自己，姑母生活了一世的幽深宫苑里，还有谁会为她动容？深宫里的生死，不过如秋日枝头萎落的一片黄叶而已。那会不会，也是自己的一生？

阿箬见她如此神色，又满面泪痕，也是吓坏了："小主，小主。"她生怕有人瞧见，急急拿披风兜住青樱，扶住青樱的手往前走。

青樱被她拖着走了两步，终于哭出声来："姑母走了，她走了……"

阿箬吓得魂飞魄散，不知乌拉那拉皇后怎的突然离世，也不敢多问，拉着青樱便走。夜风幽幽，吹起飞扬的斗篷，恍若一只惝惶寻着枝头可以栖落的蝶。青樱缓住脚步，望着深冷天际寒星微芒，只觉无尽凄然。极目远望，前朝的太和殿、中和殿、保和殿的轮廓在紫禁城无边无际的黑沉夜空里如沉默的异兽一般。不知哪儿来的一只寒鸦，怕是被骤起的夜风惊着了，拍着乌沉沉的翅膀，呀呀地飞远了。

青樱忍不住落泪，俯下身体，朝着景仁宫方向深深拜倒，阿箬被她的举动吓了一跳，赶紧搀住她："小主，地上的砖凉，您小心身子。"青樱扶住她的手霍然起身，"去告诉皇上，姑母暴毙了。"

暴毙？阿箬悄悄看青樱，只见她神色清冷如霜，脸上再无一点迟疑，忙答应了。一轮圆月照过重重赤红宫墙，千回百转照映在她脸上，愈显得她肤色如雪，沉静如冰。姑母已经不在了，换得她的命，换得她活下来。可是暂且活下来又如何？姑母本要被安置去盛京旧宫终老，她的命运，是否也会如此呢？就算活着，也只能离开皇帝，这辈子再回不了紫禁城。

她静静地想着，可不能让姑母就这么白白去了呢。

太后坐在永寿宫内，烛火一跳，有些暗了，是烛芯燃得久了，蜷缩成乌幽幽一缕。太后跟前堆着一沓金银箔纸，慢悠悠地叠着。她的手势很是熟练，显然多年养尊处优，这些琐事还是做得惯。可她的神气却是认真而专注的，仿佛这是一件了不得的大事。福珈拔下了头上的银簪子，挑亮了烛芯，道："太后怎么还做这个？先帝丧仪将毕，不用再烧纸锭了。"

太后头也不抬，手指利落地翻飞："先帝灵前那些都是哀家亲手做的，如今手闲不住，多做一些。你说是烧给哪个乌拉那拉氏？"

福珈是知道的，那毒药，太后亲手给了青樱一瓶，也亲自送去了景仁宫一瓶。这样的生死决断，哪里轮得到新帝的侧福晋一个人做主了。她垂着眼皮，轻巧地将一张箔纸递到太后跟前，了然一笑："青福晋是晚辈，哪里配得上您亲手做的东西。"太后浅浅一笑，叠好一个元宝，轻轻搁下："留下一个乌拉那拉氏，是哀家最大的宽容。"

"能得您亲手赐药，两位乌拉那拉氏，都有福气。"

太后微微摇头："哀家赐药，不为毒身，只为毒心。且看她们俩如何选便是了。"

宝蓝地暗纹锦帘一挑，伺候太后的大太监成翰进来，在福珈耳边低语几句。福珈点头，成翰出去。太后眼皮子也不抬一下，唇角却是多了一丝笑纹。福珈猜到太后心意，忙道："太后娘娘，出来的是青福晋。成翰进去时，景仁宫那位已经气绝了，伺候她的绣儿也跟着自裁。"

太后取过桌上叠好的金银元宝，随手往火盆里一撒，惊起无数幽蓝烈红的火苗。她看着元宝被火焰吞噬，淡淡一笑："景仁宫死了，那就让青樱暂且活着吧。皇帝不是要让她姑母去盛京旧宫安养么？如今就换她自己去吧，以后只当宫里没这个人了。明早哀家去见皇帝，与他商议景仁宫之事。"

福珈忙答应着下去了。

景仁宫暴毙之事，次日便传遍宫中。琅嬅晨起正梳妆，不由惊得掉落了手中正要簪鬓的绒花。高晞月沉不住气，已然喜形于色："不管怎么着，死了就好了。虽说皇上决定不尊封了，可景仁宫要活着，就是个祸患。"

琅嬅略有不满地看一眼晞月，晞月讪讪。晞月与青樱不睦已久，难免如此。可琅嬅却是心惊的。那心惊是唇亡齿寒，兔死狐悲。都是中宫之人，她何尝不知道景仁宫本是皇后，该颐养天年，若非言行得咎失欢于先帝，也不至于落得如此下场。可见皇后这个位子不易坐。且景仁宫也不算无甚家世，出身大族也有皇子，只是皇子早夭，宠妃当权，才致太后之位易主，潦倒丧命，身后连史书也不得记载，仿若一粒不曾存在过的尘埃。她如何能不害怕？唯有盼着宠妃们无子，自己的永琏平安长大，才能稍稍放心。然而那害怕不过一瞬，想着尊封之事到底以景仁宫之死尘埃落定，再无半点起风云波澜之象，皇帝也无须再为此烦恼，到底也是松了口气。

皇帝昨夜得知了景仁宫暴毙之事，一早便让王钦去查问明白，才知景仁宫乃是服毒而死，毒药乃是太后亲自所给。皇帝不想太后背着自己竟还是不肯留手,也是暗暗心惊。尚来不及回过味来,太后便已到了养心殿。皇帝忙掩饰神色,一脸毕恭毕敬。太后若无其事,说起景仁宫过身,皇帝也只言青樱令人来禀告过,景仁宫是忧愤暴毙。太后有些意外,也饶有兴味:"忧愤暴毙?如何暴毙?不是自裁?"

皇帝一愣,很快赔笑:"后宫自戕乃是大罪,牵连家人。青樱是景仁宫的侄女,说是暴毙,所言总该不虚。倒是景仁宫的丧仪……"他沉吟片刻,还是道,"虽无尊封,但先帝到底未曾废后,景仁宫又因皇阿玛驾崩伤心暴毙,儿臣打算以皇后之礼安葬。"

太后打量皇帝几眼,殊无笑色,只是漫不经心一般:"既无尊封,就不能按皇后之礼下葬,也不能与先帝同葬。上回皇帝说,顶多按太嫔身份让她在行宫养老,那么如今就以嫔礼将她下葬吧。"

皇帝颇为震惊,正要说什么,张廷玉已然在外求见。张廷玉是重臣,皇帝不敢怠慢,忙道:"快请进来。"王钦听得这一句,就知道皇帝待张廷玉亲厚,忙恭恭敬敬迎了张廷玉进来。张廷玉步履有些急,请了皇帝太后安,便直言景仁宫暴毙之事。

太后虽然不满,却也未溢于言表,只道:"尊封之事尘埃落定,景仁宫暴毙,事情已了。"

张廷玉哪肯退让:"尊封之争才出,景仁宫便暴毙,其中曲折实在惹人遐思,引得议论纷纷。请皇上务必细查此事。"

皇帝怔住,他虽然知道内中曲折,可这样的事如何细查。查出来就是贻笑天下的皇室丑闻。他看了看太后,太后不疾不徐,可口气却沉了几分:"先帝驾崩,一个后宫之人跟着先帝去了,有什么揣测遐思的。"

张廷玉礼数周到,然半分不肯退却:"可这回过身的终究是先帝曾经的皇后。哪怕先帝与景仁宫多年不睦,哪怕先帝曾言死生不复相见。就算没了尊位,景仁宫也不该不明不白暴毙。"

太后矍然变色,怒道:"张大人此言,是对哀家有疑了!"

张廷玉垂首不言,却无丝毫告罪之意。这般僵持,皇帝也是尴尬,忽然殿门咿呀一声，却是青樱缓步进来。行礼——见过，张廷玉见青樱虽未册封，也称一句"娘娘"，又道："臣张廷玉，正在议景仁宫暴毙一事。听闻景仁宫中有呕血的痕迹，娘娘乃景仁宫至亲，实该为景仁宫之暴毙查明缘由，为她讨个公道。"

太后眉心一沉，看向青樱的目光显然有些疑虑。殿中深静，让人窒息，皇帝轻轻咳了一声："青樱，皇额娘与景仁宫都是你的至亲长辈，你出言必得慎重。"

这是好意的提醒，景仁宫已离世，皇帝是要她自保为上。青樱懂得地点头，转向张廷玉道："张大人，我因姑母过身悲痛万分，可'公道'二字却实在不知从何说起。姑母自禁足后忧愤交加，抱病多年。闻得先帝驾崩，伤心欲绝，才会忧心太过伤了心脉，呕血暴毙。当时我侍奉在榻前，是亲眼看她老人家驾鹤西去的。"

张廷玉不想青樱会这般言说，将太后撇得一干二净，当下不觉愕然。太后目视青樱，眼中冰寒之意微微缓和，连皇帝也是大大缓了一口气。

青樱寻思片刻，郑重拜下："皇上，太后，姑母过身皆因在意与先帝的情分。若有流言蜚语，臣妾自然要出面平息，好让姑母体体面面去了，留得身后安宁。"

张廷玉再无异议，只得无奈告退。太后笑意幽幽，明灭不定，似还有所顾虑。皇帝道："皇额娘，既然景仁宫是因皇阿玛驾崩而伤心暴毙，多少也算情真。她的丧仪，还是办得体面些好。"

太后稍一沉吟，终于松口："那便是妃礼吧，也可葬在嫔妃园寝。下葬时便不要写什么名分了，免得惹眼。至于灵位遗物，到时一并发还母家就是。"说罢，便不再言，起身离开。

青樱微微愣住，已然热泪盈眶。皇帝起身，安抚似的拍拍她的肩，拉她坐下。青樱一口气说完这些话，只觉得倦得不得了。可她如何能倦怠，这是姑母教她的第一步，不能与太后为仇，甚至要让太后成为自己的助力，她已然妥协了，尚不知太后是如何心意。殿中并无外人，皇帝的声音近在耳边："青樱，此刻只有朕与你，你告诉朕，景仁宫是怎么过身的？"

青樱望着皇帝，他的眼睛是清澈而诚挚的，可她不敢，任何真相，在昨夜都可以掩入尘土。没有真相了，只有需要什么，她来说出什么，才能不辜负姑母，继续活在紫禁城里。她犹豫片刻，还是很坚定："臣妾方才所言就是真相。无论谁问臣妾，都是一样。"

　　皇帝看着青樱，有些舍不得似的，她的肩膀薄薄的，如何承担得起这一切。可皇帝也有些怕，若是青樱说出了他也不能承担的真相，那会如何？青樱这样的回答，是让他松弛的，他点点头："事情了了也罢。景仁宫活着，总是会牵扯你。如今她一去，皇额娘再有怨气，也到此为止了。只是事情虽了，你也少出来走动，免惹注目。"

　　青樱明白，二人絮絮几句，她也不敢在殿中多耽搁，便也离去了。

　　外头起了风，入秋后的风很大，吹得青樱站不住脚似的。她脚下微微一软，花盆底踩在脚心，便有些不稳当。阿箬和蕊心忙一边一个扶住她，青樱以睫毛挡住即将滑落的泪水，缓了缓气息道："我听姑母的话了。"

　　她是听了姑母的，不能揭开太后赐药之事，那没有任何助益，更会伤着皇帝。没有了皇帝，也没有了自己立足的根本。姑母用了她的命帮自己，可是她教自己的那些，真不知道是不是对的？

　　正凝神伤怀间，蕊心替她抚着背心，轻声道："小主所行，必是景仁宫娘娘所想。否则，小主便是辜负景仁宫娘娘的一片心了。"

　　青樱闭目片刻，将所有的泪水化作眼底淡薄的蒙眬，静静道："你说的话，正是我的心意。"

　　阿箬陪侍在侧，看青樱一言一问只看着蕊心，不觉暗暗咬了咬牙，脸上却不敢露出什么来。

　　青樱扬了扬手："你们先回去，我想静一静。"

　　阿箬与蕊心忙告了退，走到养心殿外数十步。阿箬本走在后头，突然往甬道上一挤，蕊心一个不当心，差点被路旁的石柱灯划了脸颊，忙站住了脚道："阿箬姐姐。"

　　阿箬闻声回头，哼道："自己走路不当心，还要来怪我么？"

惢心忙赔笑道："怎么会呢？我是想说，早上起了露水，甬道上滑，姐姐仔细滑了脚。"

阿箬皱了皱眉头："自己笨手笨脚的，以为都跟你一样？"她横了惢心一眼，"就会在小主面前抓乖卖俏，昨夜明明是我冒险陪了小主去的景仁宫，小主偏偏每句话都问着你，好像这么险的差事都是你伺候了。"

惢心忙欠身笑着道："正因为我伺候小主不如姐姐亲厚，所以小主才问我呀。姐姐细想，姐姐是小主的贴身人，想什么说什么都是和小主一样的，小主又何必再问。就是我呆呆笨笨的，小主才白问一句罢了。我这么想的，肯定外头那些不知情的，更都是这么想的了。这样小主才能放心呀。"

阿箬这才稍稍消气，抬了抬手上的金绞丝镯子："你看看这个镯子吧，是小主赏给我的。别以为你伺候小主的时候多，亲疏有别，到底是不一样的。"

惢心诺诺答了"是"。

青樱缓步走下台阶。她的心从来没担过那么大的事。昨夜姑母的血沾在手上，她躲在景仁宫里洗了很久，那血腥味还是洗不去似的。那种热与腥，永远记挂在了她心头。她会记得，那是姑母用自己的命换了她的。

她步履沉沉，低头走着，直到太后的香色凤履出现在她低垂的视线。她悚然一惊，抬头迎上太后还算和蔼的面孔。"这么快出来？看来你的嘴很严，并没有背着哀家私下向皇帝告状。"

青樱有些后怕，原来连她出养心殿的时候，太后都在算着。幸好她是打定了主意的，不曾向皇帝说出只字片语。这样，她倒是坦然了："所有事实，臣妾已经当着张大人的面说了分明。无人敢再非议太后。"

太后双眸黑白沉定，从容而沉静地看着她："告诉哀家，你看到你的姑母，到底是怎么死的？"

那语气有迫人的压力，青樱不假思索："绝望。姑母永远无法赢得先帝的心，纵使斗赢了太后又如何？姑母想要母后皇太后的尊位，一是为母族荣耀，二是为能与先帝生同衾、死同穴。可每每想到先帝那句死生不复相见，也明白一切都是徒然。"

太后的面容平静到看不出任何波澜:"所以她选择保你。看来,她到底疼你。"

青樱恭敬地垂首:"姑母是疼臣妾,但能保臣妾的只有太后,而非姑母。从一开始,太后就不是要臣妾死,您要的是姑母死,而且是死在臣妾面前。这样万一谁有异议,由臣妾这个亲侄女儿为您分说,谁都不能污蔑您的清誉。"

太后眼底闪过一丝诧异的玩味:"你很聪明。不过,你姑母更是聪明人,从头到尾都算计得很清楚。能争的时候拼命争,不能争的时候立刻做出决断,保住最大的利益。如此,你可活了。"

聪明又如何?斗不过太后,也斗不过命数。太后的心思谋算如何,青樱算是看得心服口服了。她甚至是有些灰心和黯然的,道:"一切都在太后掌握之中。"她仰头,很是恳切,"只是姑母暴毙,但流言未必从此消去。只有臣妾活着,才能时时为太后佐证,分明清白。"

太后微微一怔,嘴角的笑意更深:"很好,很好。这样一个聪明人,是得活着。"她旋即扶着福珈的手离去,行了几步,方才低低道,"青樱聪明,是该活在宫里。可这样聪明外露的人,倒要好好防备了。"

福珈回首看一眼依旧行礼恭送的青樱,深深颔首:"太后说得是。"

第七章 求存

> 己亥，上即位于太和殿，以明年为乾隆元年。
>
> ——《清史稿·高宗本纪》

新帝登基。太后便尊为唯一的皇太后，当居慈宁宫。嫡福晋富察氏为皇后，其他妾室为嫔妃，名分待拟，宫室待定。

皇帝登基当日是个晴好天气，太后便要挪宫，从东西六宫后妃所居的永寿宫挪出，移居慈宁宫，等候新帝的后妃们拜见。因是宫中大喜，景仁宫里虽有丧事，但不许饰白花白灯，不许见哀哭之声，安静得仿佛没有悲事一般，一切都悄悄进行着。

太后的轿辇行至末尾，总想着慈宁宫正在修葺，这玉堂富贵安享，自然是无忧了。谁知轿辇忽然一停，却落在了寿康宫外。太后正莫名其妙，陪侍的内务府总管太监秦立战战兢兢赔笑道："启禀太后，慈宁宫奉旨修葺，暂时还不能住进去。"

福珈微微变色，寿康宫是太妃们住的。堂堂皇太后怎么能和太妃们挤在一块儿呢。太后旋即明白，若是有母后皇太后居慈宁宫，则她这个圣母皇太后居寿康宫。若是只有一位太后，那么寿康宫便是太妃们所居。秦立这般安排，

070

分明是皇帝的主意。太后倒吸一口冷气，显然是她给了景仁宫一条死路，违背了皇帝要安养景仁宫之心，惹他不满，便做下这样的筏子委屈她了。太后又气又恨，但当着诸多宫人，只好不动声色，秦立又是那样赔着笑脸："皇上特意吩咐了，太后暂居的正殿布置得妥妥当当的，一点儿不比慈宁宫差。"他指了指宫门口，"您看，皇后带着主儿们来给您请安了。太妃们也在里头等着了。"

太后屏声不言，扶着福珈的手便往里去。到了里头才坐下，富察琅嬅带着一众嫔妃入内请安。虽然名分尚未确定，但独她的皇后之位是绝无异议的，众妃按着潜邸里的位分，鱼贯随入。众人见太后不住慈宁宫而是寿康宫，颇感意外，只是不敢流露神色罢了。

当着人前，太后仿若无事一般，与诸位太妃闲聊家常。见众人进来，不觉笑道："从前自己是嫔妃，赶着去向太后太妃们请安。转眼自己就成了太后太妃了，看着人家年轻一辈儿进来，都娇嫩得花朵儿似的。"

晞月嘴甜，先笑出了声："太后自己就是开得最艳的牡丹花呢，哪像我们，年轻沉不住气，都是不经看的浮华。"

太后被她逗得高兴："小嘴儿巴巴的，会说话。"

太妃也凑趣："从前晞月过来都是最温柔文静的，如今也活泼了。"

晞月笑着福了福："从前在王府里待着，少出门少见世面，自然没嘴的葫芦似的。如今在太后跟前，得太后的教诲，还能这么笨笨的么？"

太妃笑着点头道："我才问了一句呢，晞月就这么千伶百俐的了，果然是太后调教得好。"

太后微微敛容，正色道："今日是皇帝登基后你们头一回来请安，哀家也有几句话嘱咐。皇帝年轻，宫里妃嫔只有你们几个，今后人多也好，人少也好，哀家眼里见不得脏东西，你们自己好自为之。"

众人一向见太后慈眉善目，甚少这样郑重叮嘱，也不敢怠慢，忙起身恭敬答道："多谢太后教诲，臣妾们谨记于心。"

晞月瞟着青樱，话里有话："太后娘娘教训得是，宫里有什么脏东西敢在您面前显摆，都被您的威严给镇住啦。"

太后也不接她的话，只叮咛皇后："皇后，哀家与太妃们都已移居寿康宫，东西六宫很快就会收拾出来给你们居住。身为皇后，安定后宫乃你身膺之责。"

新帝登基，分六宫，定名位，册嫔妃，这些事儿都得一一办起来，哪里都少不得皇后做主。琅嬅打起了十二分精神应答："儿臣明白。若有不懂，还请皇额娘指教。"

太后望着众人，笑意愈浓："除了这个，还有一件要事。古来重长子重嫡子，皇帝已经有了庶长子永璜，嫡子永琏，但还有一子也很重要。"

琅嬅想着自己的嫡子永琏已经平安过了五岁，心下大定，便也笑："皇上登基后第一子，以称吉祥，极为贵重。"

太后很为琅嬅的得体欣慰："所以啊，等出了孝期，你们也得加把劲儿，把这皇帝登基后的第一个皇子，好好生下来。"

众人答应着，晞月与青樱都是得宠多年无所出，青樱为姑母伤心还不觉得，晞月第一个红了脸，颇为窘迫。绿筠生了皇二子，虽然是庶了，但到底是皇子。何况皇帝还要守孝，遂也不在意这个话。其余人等，或身份低微，或从不得宠，也都随口应承。唯有玉妍，却是心底一紧，攥住了手中的绢子。

沉沉心事，便这样转上了心头。

先帝驾崩，新帝登基，属国来朝，致哀道贺，最是忙而不乱的时候。玉妍出身北族，乃是大清北地的一道屏障，从前明开始依附，到了大清立国，虽有几分不服，到底也臣服了下来，按着属族规矩进贡纳献。大清历代几位皇帝都看重北族的地位，十分厚待，渐渐亲睦。到了先帝的时候，仿前明旧例，献宗室女为帝妃。那时先帝年迈，就将玉妍赐给了皇四子弘历，入府为格格。格格在侧福晋、福晋之下，名位不高，但玉妍天生玲珑窈窕，风姿绰约，端的是北族美人中的翘楚，乃是世子千挑万选、精心调教出来的佳丽。甫一入府，就得了弘历的万千宠爱。又因她性子直爽，虽然有时说话尖刻，但对着身为福晋的富察氏恭敬无比，而且承宠许久，一直无子，也很得富察氏喜欢。

如今太后一提贵子之事，玉妍想起此次北族老王爷进京致哀，小觑了皇帝年轻，竟一时糊涂，求着新帝减免贡纳，增加每年主国的恩赏。正逢皇帝为景仁宫与太后之事心烦，也明白老王爷的小觑试探之意，当下就斥了他一个面红耳赤，求饶不已。想到母族受辱，又是自取其辱，玉妍又是伤心又是生气，又恨出事后自己不能补救，气得半夜偷偷哭了两场，唯有庆幸年轻的世子不是这样的糊涂人。

玉妍身在大清，却时时以母族为依靠，自然懂得母族受辱就是自己受辱的道理，背着人时总道："哪怕皇上给我找了上驷院卿金三保大人做养父，也让我改姓了金姓，可我是北族人，我身上流的是北族玉氏的血。"

贞淑是玉妍的心腹陪嫁，山长水远跟着过来伺候了几年，如何不懂她的心思。想着临行前世子的千叮万嘱，殷殷期望，无非就是盼得玉妍为北族争得荣耀，才派自己跟随侍奉一力辅佐。玉妍也争气，一直得宠，为北族结欢心于国朝，维系着母族的势力和荣耀。然而所谓固宠，无非生养一道。琅嬅生子本就在族姐诸瑛之后，没拔得长子的头筹，多少有些介怀，也担心孩子小养不大，最好永琏长成，甚至成了太子，尘埃落定，旁人再生也不迟。玉妍为让琅嬅安心，表明无争宠夺嫡之意，多年来侍寝之后，都悄悄喝了药避着有孕。如今太后这话头提起来，老王爷被斥后世子又传话，要玉妍一定生下皇上登基后的第一位皇子，看来往后若有侍寝，那药怎么也得停了。

青樱一直到踏出了寿康宫，仍觉得自己满心说不出地战栗难过，却不得不死死忍住，胸腔里像含了一把利剑似的。她举目望去，满园的清秋菊花五色绚烂，锦绣盛开，映着赭红烈烈犹如秋日斜阳般的红枫，大有一种春光重临的美丽。可她还能看见这明丽如练的秋色，竟是姑母泣血一般的人生换来的。

青樱这样想着，忍不住打了个激灵。蕊心吓得赶紧按住她的手："小主，千万别露了什么神色。"

青樱紧紧地握着忞心的手，像是要从她的薄而温热的手心获取一点支撑的勇气似的。她轻声吩咐："我要去景仁宫，给姑母磕头。"

海兰忙跟上来，柔声道："姐姐，我跟你去吧。景仁宫也是主子和长辈呢。"

话音未落，却听晞月的声音自枫叶烈烈之后传过，即刻到了耳畔："旁人躲还躲不及呢，海兰你还要去上赶着碰晦气？"

海兰怯怯道："总是、总是一宫里住着的长辈。"

晞月冷笑："一宫里住着的阿猫阿狗死了，你也去祭拜么？"

青樱心头如针刺一般："你最懂礼数，不如陪我一起去景仁宫行个礼，也当是全了孝心。"说罢，她便伸手去挽晞月。

晞月如何肯去，倏地缩回手，冷笑道："我是皇家的儿媳，可不是景仁宫的亲眷，为何要去行礼致哀？"

青樱含了一缕澹静笑意："那就是了。我和你都一样，离了母家，就是皇家的儿媳。"

晞月扬了扬小巧的下巴："也算妹妹你识趣了。只是妹妹要记得，哪怕你撇得再干净，到底你也是姓乌拉那拉氏的，这是谁也改变不了的事。只怕太后听见这个姓氏，就会觉得神憎鬼厌，恨不得你立即从眼前消失才好。"

青樱毫不示弱，冷然道："既然你这么喜欢揣测太后的心思，不如陪我再去一趟寿康宫，问问太后的意思，好么？"

晞月描得精心的远山眉轻微一蹙，冷笑一声："才跟太后请安出来，你不歇着，太后还要歇息呢。要去你自己去吧。我此刻要去陪主子娘娘说话，没空陪你闲话。"她扶过侍女的手，"茉心，我们走！"

海兰扶住青樱，便要同去景仁宫。青樱思索片刻，轻轻推开海兰的手："海兰，我自己去便好。姑母那里，到底有些忌讳，你还是不去的好。且我也想自己和姑母说说话。"

海兰见她坚持，也只得先回去了。

寿康宫里静悄悄的，太妃们哭了许多日也尽累了。先帝崩逝，所有的昔年情意恩宠，随着泪水，也都殆尽了。余下的日子，也是活在荣华的虚影里，然后便是数得清的富贵，望不尽的深宫离离，寂寞孤清。

前朝嫔妃们所住的寿康宫，安静得如同活死人墓一般。哪怕是才十几二十岁的先帝遗妃们，也被尘埃覆没了，再没有了一丝活气。

落在偌大的紫禁城内廷外西路的寿康宫，是不同于鲜活的东西六宫的，那是另一重天地，也是住着皇帝的女人们，也是帐帷流苏溢彩，栏杆金粉红漆，宫闱里垂着密密织就的云锦，提到手中沉甸甸、绵密密的，照样是上贡的最好锦缎，最最吉祥如意的图案。但那锦缎不是欢喜天地，人月两圆，不是满心期许，空闱等待，而是断了的指望，死了的念想，枯萎尽了的时光，连最顾影自怜的凄清月光，都不稀罕透入半分。

太后已经移居寿康宫，潜邸的妻妾们也都预备着挪出旧阁，定下名位，分居东西六宫。清宫品阶不多，除了中宫皇后，往下便是皇贵妃一位、贵妃两位、妃四位、嫔六位，这些都是正经的主位，掌一宫事务。另外还有贵人、常在、答应无定数，随主位分住偏殿，听从本宫主位的吩咐。琅嬅拟来的嫔妃名位册子已经是第三回送上来了。头一回琅嬅拟了高晞月为妃位；青樱是无子的侧福晋，与有子的格格苏绿筠皆为嫔位；玉妍因为北族被斥，就算在潜邸甚是得宠，也只能受累，和自己侍女出身的黄绮沄一般为贵人；海兰不得宠，可到底秀女出身，为常在；外官送进的陈婉茵皇帝也不大理会，便是最末的答应。太后原样发还，显然是不满这等安排。琅嬅思索良久，眼看皇帝器重高斌，要他力治河道，便改了晞月为贵妃，青樱为贵人。这般再送上来，太后仍是照样发还，并不与琅嬅多语一句。如此琅嬅也慌了手脚，旁人都罢了，琅嬅自然知道难为的是青樱的位分。她在皇上那儿有情分，甚至原该她是嫡福晋的，位次不能太低。但在太后那儿，因为景仁宫的那些事，太后又必对她有不痛快，到底给她定什么位分，琅嬅也实在是踌躇。所以第三回送上来，青樱的姓氏之后，索性是空白的，由着太后发落。太后见了，只是不言。

福珈端了一盘剥好的柚子，才打了帘子进来，便觉得寿康宫内阴暗狭小，不比往日宫内的高大敞亮，连幽幽的檀香在袅袅散开，也觉得这里幽闭，未等散尽就消失了。加上先帝新丧,里头的布置也暗沉沉的只有七八成新,心下便忍不住发酸。她见太后盘腿坐在榻上,捧了一卷书出神,少不得忍了气闷,换了一脸笑容道:"福建进贡的柚子,酸甜凉润,又能去燥火,太后吃着正好。"

太后淡淡笑道:"难为你了,费这么大力气剥了,哀家又吃不上几口。"

福珈笑道:"您能吃几口,也算是这柚子的福气了。"她打量着狭小的正殿,"这些日子,您是委屈了。"

"委屈?"太后取了一片柚子拈在手中,"这片柚子若是被随意扔了出去烂在路边,那才叫委屈,现在你拿了斗彩蝶纹盘装着它,已经有了安身的地方,怎么还叫委屈?"

福珈垂着脸站着,虽是一脸恭顺,却也未免染上了担忧之色:"太后,这柚子原该装在太后所用的斗彩凤纹盘里的,现在将就在这里,一切未能顾全,只能暂时用太妃们用的蝶纹盘将就,可不是委屈了?"

太后将柚子含在嘴里,慢慢吃了,方凝眸道:"福珈,哀家问你,这里是什么地方?"

福珈脸上忧色更重,更兼了几分郁郁不平之色:"这儿是寿康宫,太妃太嫔们居住的地方。正经您该住的慈宁宫,又轩亮又富丽,胜过这儿百倍。"

太后脸上一丝笑纹也没有:"是了。太妃太嫔们住的地方,用的自然是太妃们该用的东西。"

福珈听到这一句,不觉抬高了声音:"太后!"太后轻轻"嗯"一声,微微抬了抬眼皮,目光清和如平静无澜的古井:"什么?"

福珈浑身一凛,恰巧见镏金蟠花烛台上的烛火被风带得扑了一扑,忙伸手护住,又取了小银剪子剪下一段焦黑卷曲的烛芯,方才敢回话:"奴婢失言了,太后恕罪。"

太后平静地睁眸,伸手抚着紫檀小桌上暗绿金线绣的团花纹桌锦,淡淡道:"你跟了哀家多年,自然没有什么失言不失言的地方。只是哀家问你,历来后宫的女人熬到太后这个位子的,是凭着什么福气?"

福珈低缓了声音,沉吟着小心翼翼道:"这个福气,不是诞育了新帝,就是先帝的皇后。"

太后的轻叹幽深而低回，如帘外西风，默然穿过暮气渐深的重重宫阙："福珈，哀家并不是皇帝的亲生额娘，也从未被先帝册封为皇后。哀家所有的福气，不过是有幸抚育了皇帝而已。哀家这个被册封的太后，名不正言不顺，皇帝要不把哀家放在心上，哀家也是没有办法。"

福珈眉心一沉，正色道："先帝在时，就宣称皇上是太后娘娘您亲生的，皇上不认您，难道还要回热河行宫找出宫女李金桂的骨骸奉为太后么？也不怕天下人诟病？何况先帝虽有皇后，但后来那几年形同虚设，六宫之事全由太后打理。这个太后您若是名不正言不顺，还能有谁？"

太后徐徐抚着手上白银嵌翡翠粒团寿护甲："这些话就是名正言顺了。可是皇帝心里是不是这么想，是不是念着哀家的抚育之恩，那就难说了。否则怎会一直搪塞慈宁宫尚在修缮，不提哀家挪去慈宁宫之事。"

福珈赔着小心劝慰："历来坐到太后位子的，确实不是诞育了新帝，就是先帝的皇后。可您殚精竭虑，扶着皇上登上九五之尊的位子。您做这个太后，是您的福气，也是皇上的福气。"

太后轻轻一嗤，有些苦涩："养育之恩，记得一时容易，记得一世难哪。皇帝尊封母后皇太后时的犹豫到如今移居寿康宫，都可见皇帝并非与哀家一条心。哀家身份微妙，再不时时刻刻为自己思虑周全，怕是连皇帝的孝心尊重、后宫的权柄都要一并没有了。即便坐到太后的位子，要在这宫墙里立身，又哪有容易的呢。何况哀家还有两个女儿。恒娖已经远嫁，恒媞也养在諴亲王府里，哀家可不希望将来她像她姐姐那样嫁去荒蛮之地，也不希望她们两个万一遇到什么事情，哀家没有周旋的余地。"

福珈垂下脸，踌躇道："先帝驾崩，皇上刚登基，外头的事千头万绪，皇上已经两日没来请安了。哪怕是来了，皇上要不提，难道咱们就僵在这儿？"福珈看一眼桌上的名位册子，劝道，"且说了，您这不给皇后明示定下后宫名位，这嫔妃挪宫的事儿办不了。皇上也知道您还没给青樱小主位分，也拖着不办册封礼的事儿呢。"

福珈话音未落，却听外头通报晞月来了。福珈与太后互视一眼，知道这两年晞月对太后还算巴结，便也许了晞月进来。晞月千伶百俐，请了安，尽了礼数，见太后捏了捏手臂，立刻上前替她捶着肩膀，嘴里叽叽喳喳的："太后，臣妾听说青樱妹妹一直守在景仁宫尽孝磕头呢。臣妾是想，景仁宫生前冒犯先帝，又妄想尊封，不停生事。青樱妹妹身在宫中，当知自己身份乃皇家儿媳，而非罪妇侄女。怎的这般轻重不分，心念罪人？"太后不耐烦地闭上眼睛，晞月没有察觉，口里却越发地甜，"臣妾一片孝心，都是为太后着想。如果青樱妹妹心中一直记挂景仁宫那位，难免对太后心生怨怼，这样的人留在宫里，实在叫人夜不安寐。"

太后睁开眼，脸上是不可挑剔的和悦笑容："好孩子，你的孝心哀家明白。哀家记你这个好。"

晞月见太后如此好应对，直以为说到了太后心里，便也喜滋滋告退了。人一走，太后的笑便瞬即消散。福珈倒是笑："晞月小主言辞直白，一点心思也藏不住。不过啊她本来就得宠，再心计深沉，倒不好了。"

太后深以为然："就让她以为哀家收了她这份好心吧。毕竟高斌为了自己的女儿不被乌拉那拉氏压一头，也是力劝皇帝三思尊封景仁宫之事。"

太后虽是这样说，口中却无一点感激之意。福珈明白，太后心里再怨恨高斌，明面上也不能太为难高氏，毕竟那是先帝看中给皇帝的人。可是太后远嫁女儿的痛楚，自己是看得明明白白的。福珈低低道："您的难处，奴婢都知道。所以这些年，咱们一直让齐太医给晞月小主治她的寒症。晞月小主的身子，如今还没什么，至于将来如何……"福珈看了太后一眼，没再往下说。

太后挑了挑烛台上垂下的猩红烛泪："皇帝明着说孝顺，暗里却一声招呼不打就把哀家送来了寿康宫，心意颇难揣测。"她伸出护甲，在名位册子上"乌拉那拉氏"一行后虚虚一划，"皇帝宫里头的人虽不多，但从潜邸里一个个熬上来的，哪一个不是人精儿似的？总有一个聪明伶俐的，比别人警醒的，知道怎么去做了。如果哀家想早日住进慈宁宫以正名分，那就得借一把东风，也看看那个人到底有没有用。若是这样拖着不给名位，青樱都不知警醒效力，那这个人,无名无分在宫中混下去,便是哀家的仁慈了。"

养心殿里皇帝的小书房在西暖阁的末间。地方虽不大,却布置得清雅肃穆,窗明几净。东板墙上疏疏朗朗地挂着十几只壁瓶,满架子的书卷整整齐齐地放着,都是皇帝素日爱读的那些。

皇帝身边的大太监王钦替她打了帘子进来,想来是刚刚换过家常衣衫,皇帝身上是一袭月白色纱缀绣八团夔龙单袍。皇帝坐在窗下长榻上,闲闲捧一卷书在手,淡金色的澄澈秋阳自雪白的明纸窗外洒落全身,任由光晕染出一身清绝温暖的轮廓,紫铜嵌珐琅的龙纹香炉里燃着琥珀似的龙涎香,整个屋子里弥漫着龙涎香幽宁沉郁的气味,也变得幽幽袅袅,衬着满架书香,倒像是一轴笔法清淡的写意画卷。

皇帝见青樱穿着一身月白缎织彩百花飞蝶夹衬衣①,虽然素净,却不失华艳。

他仰起身笑道:"你倒巧,都与朕穿了一样的颜色。"

青樱含笑行礼:"没有打扰了皇上读书,就算是巧了。"

皇帝搁下书,朝她招招手:"过来坐。"见青樱在榻边坐了,方才笑道,"朕刚登基,前朝的事没个完,一直不得空去看你们。如今你过来,倒也正好。"他看见青樱身后的忍心手里捧着一个红箩小食盒,"带了什么好吃的,好香!"

青樱扬一扬脸,示意忍心一样样取出来,不过是四样小点心,糖蒸酥酪、松子瓤、藕粉桂糖糕和玫瑰山楂馅儿的山药糕。

皇帝笑道:"朕正好有些饿了,陪朕一起用一点。"

青樱取了银筷子出来,递到皇帝手中,笑道:"别的三样是皇上素来爱吃的,臣妾做惯了。这一味藕粉桂糖糕是太后喜欢的,臣妾学着做了,一直还未来

---

① 衬衣:清代女式衬衣为圆领、右衽、捻襟、直身、平袖、无开禊、有五个纽扣的长衣,袖子形式有舒袖(袖长至腕)、半宽袖(短宽袖口加接二层袖头)两类,袖口内再另加饰袖头。是妇女的一般日常便服。以绒绣、纳纱、平金、织花的为多。周身加边饰,晚清时边饰越来越多。常在衬衣外加穿坎肩。秋冬加皮、棉。

得及请太后品尝。"

皇帝取了一块慢慢吃了:"你就算怎么用心,皇额娘也未必喜欢。"

"凡事勿要说尽,指不定哪日太后就会疼臣妾了。"

皇帝轻吁一口气,点点头,亲手递了一块山药糕给她:"这山药糕酸酸甜甜的,你喜欢这个口味。"

青樱谢过,打量着四周道:"皇上喜欢壁瓶,本可四时插花,人做花伴,取其清芬满床,卧之神爽意快之效,只是如今点着龙涎香,反而不用花草好,以免乱了气味。"

皇帝笑吟吟道:"朕也这样想。所以宁可空着,闲来观赏把玩,也是好的。"

青樱立起身,望着其中一尊瓶身道:"这个图案倒好,不比其他吉祥图案,倒像个什么故事。"

皇帝笑话她:"老莱子彩衣娱亲,这个你也忘了?"

青樱望一眼书架,又见皇帝案上空着,便笑:"皇上素日常看的那本《二十四孝》,怎么如今不在身前了?"

皇帝随口道:"大概是随手放哪里了,回头让王钦去找找。"

青樱似是凝神想着什么:"皇上,臣妾记得《二十四孝》里第一篇是不是闵子骞单衣奉亲?"

皇帝失笑:"你今儿是怎么了?《二十四孝》第一篇是虞舜孝感动天,第五篇才是闵子骞单衣奉亲。"

青樱敛容道:"皇上心存孝道,自然记得清楚明白。《二十四孝》第一篇便是讲虞舜孝感动天,可见世人心中,总是百善孝为先,更以君王作为其中典范,宣扬孝道。"她沉吟片刻,"皇上才登基,诸事忙乱,忘了太后还屈居在寿康宫里。"

皇帝扬了扬眉毛:"皇额娘自己不提,朕就让慈宁宫修葺之事慢慢行进。"

青樱微微一笑:"照臣妾看,不是太后不提,而是太后存心将这个表示孝道的机会留给皇上您。"

皇帝静了片刻,面色一沉:"朕也想让皇额娘移居慈宁宫,可是你姑母过身,皇额娘独断专行，丝毫不顾朕的心意。"

青樱心底一软，他是在意自己的。她想了想道："太后与姑母积怨已久，难免要发泄。皇上不该为臣妾与姑母之事伤了母子天和。"

"皇额娘对朕有多年养育之恩，实难还报，朕自然希望可以凭天下之力奉养皇额娘晚年。但朕刚登基，皇额娘便如此雷厉风行……"

青樱柔声劝："臣妾只望皇上为天下表率，得百姓敬服。万不要以臣妾一己之身为念。"

皇帝的目光转向窗外，有些痴惘："可朕心里，总还是有道过不去的坎。朕的亲生额娘……"

青樱巴望地看着皇帝，按住了他的手，轻轻摇了摇头，坚定道："皇上的亲生额娘，只有太后，就住在寿康宫，等着阜卜请她老人家移住慈宁宫。"

皇帝的目光沉静若深水："皇额娘多年专宠，在朝中与宫中都颇有权势。只一个讷亲，便是皇额娘族人，权倾三朝。若事事都要朕迁就皇额娘，往后朕不是都要被皇额娘牵着鼻子走。"

"皇上不是迁就，是孝顺。在后宫，您可以对太后孝敬有加。在前朝，您的魄力和才干足以让您威慑天下。皇上胸中有万千韬略，何惧区区一女子。"青樱定定地望着皇帝，"慈宁宫，只是皇太后名正言顺居住的一个地方。"她反握住皇帝的手，以自己手心的冰凉，慰他掌心的潮热，"皇上，委屈了太后的住所，天下臣民会指责您。而把太后送进慈宁宫，是点醒了天下人，皇上以天下养太后，请她颐养天年。"

皇帝有些心疼："景仁宫暴毙，你就力证皇额娘清白。皇额娘要知道你这么来求朕，一定会后悔这么为难你。"

青樱抿嘴一笑："真能如此就好。那就请皇上放下心结，不要计较了。此事已经拖延了好些日子了，太后也够尴尬。"

皇帝目光微沉，片刻，露了两分笑意："那朕就依你所说，尽心孝敬，请太后颐养天年，好生养息。青樱，谢你与朕说话这般坦诚。"

青樱面上微微一红："臣妾珍视的，是与皇上的情分，自然坦诚。"

皇帝握住她的手腕："朕知道。你我相知，朕才格外怜惜你。"他想一想，"今时不同往日，朕刚登基，虽然有心护着你，可也有种种掣肘之处。你要学着多护着自己。"

青樱望住他，眸中澄澈，用力点了点头。

第八章 名分（上）

青樱入寿康宫时，太后正坐在大炕上靠着一个西番莲十香软枕看书。殿中的灯火有些暗，福姑姑正在添灯，窗台下的五蝠捧寿梨花木桌上供着一个暗黝黝的银错铜錾莲瓣宝珠纹的熏炉，里头缓缓透出檀香的轻烟，丝丝缕缕，散入幽暗的静谧中。

太后只用一枚碧玺翠珠扁方绾起头发，脑后簪了一对素银簪子，不饰任何珠翠，穿着一身家常的湖青团寿缎袍，袖口绲了两层镶边，皆绣着疏落的几朵雪白合欢，配着浅绿明翠的丝线花叶，清爽中不失华贵。她背脊挺直，头颈微微后仰，握了一卷书，似乎凝神端详了青樱良久。

青樱福了福身见过太后，方才跪下道："深夜来见太后，实在惊扰了太后静养，是臣妾的罪过。"

太后的神色在荧荧烛火下显得暧昧而混浊，她随意翻着书页，缓缓道："皇帝说你求见他，只为了替哀家移宫进言？"

青樱俯身磕了个头，仰起脸看着太后："臣妾擅自向皇上进言，请太后恕罪。"

太后轻轻地"哦"了一声，只停了翻书的手，静静道："哀家不承想自己这般可怜，连移宫之事都要你一个守孝之人去劝皇帝。"

青樱仍是不动，直挺挺地跪着："皇上为求慈宁宫尽善尽美，是以未能请太后早日移宫。臣妾进言，只是以为慈宁宫已极尽华美，若再有修缮，也该以太后入住后心意为准。"

太后的声音淡淡的，并无半分感情，道："难为你有这份心。"

太后声音虽轻，语中的寒意却迫身而来。有清风悠然从窗隙间透进来，殿外树叶随着风声沙沙作响，不知不觉间秋意已经悄无声息地笼来。

青樱不自觉地耸了耸身子："臣妾有此心，是因为无论今时，还是往后，太后都是后宫之主。"

"后宫之主？"太后轻轻一嗤，撂下手中的书道，"哀家已经老了，不中用了。"

青樱以寥寥一语相应："您是皇上的额娘，后宫里毋庸置疑的长辈。"

太后目视四周，轻叹一声："难为皇帝还肯听你的劝。哀家还以为皇帝的孝心还不如你？"

青樱即刻道："臣妾的孝心哪里比得上皇上。皇上说您是天家最尊贵的长辈，紫禁城唯一的太后，必得有配得上您的殿阁。也是皇上的这般孝心，才会对慈宁宫极尽要求，以致稍稍耽误了。不过说到底，只要皇上的孝心在，太后哪里有不宽容的呢？到底是至亲骨肉啊！"

太后的眼睛有些眯着，目光却在荧荧烛火的映照下，含了蒙眬而闪烁的笑意："你这番话，既是维护了皇帝，也是全了哀家的颜面。"

青樱咬了咬唇，闭目一瞬，很快答道："皇上忙于朝政，若一时顾不到，那就是后妃们的职责，该提醒着皇上。"

太后瞥了青樱一眼，柔和的语调中带了几分警戒，似是玩笑一般："哀家以为你恨毒了哀家呢。"

青樱脑中一蒙，全然一片雪白。她很快反应过来："恨只会让人做蠢事。臣妾无依无靠，只能求太后庇护，绝不敢与太后作对。"

太后目光一转，只打量着青樱："可是你的姑母怎么死的，你比谁都清楚，居然还肯为哀家说话？"

青樱低首含胸，诚恳道："姑母确是因病暴毙，臣妾不容许有污言秽语辱及太后。从今往后,若还有闲言碎语,臣妾都会一力证明。"

过了片刻,太后方低声说:"福珈,你扶青樱起来说话。"

福珈伸手要扶,青樱慌忙伏身于地:"臣妾有罪之身,不敢起身答太后的话。"

太后微微叹一口气,柔声道:"青樱,你姑母是你姑母,你是你。虽然你们都是乌拉那拉氏之人,但先帝的孝敬皇后就是皇后,景仁宫是罪妇,而你是新帝的爱妃。个中关系,哀家并没有糊涂。"

青樱眼中一定,稍稍安心几分:"臣妾多谢太后垂怜。"

太后微微一笑:"虽然你是景仁宫的至亲,可事事以孝敬哀家为先,也算功过相抵了。"她稍稍一停,笑意暗淡了三分,"人死罪孽散,景仁宫离世,哀家不会再怪责你。"

青樱终于敢抬头,再次叩首,热泪盈眶:"多谢太后恕罪。"

太后似笑非笑,似有几分不信,只斜靠着软枕,拔下发间的银簪子拨了拨灯芯。

青樱起身,只觉得心里空落落的,此刻大方也不是,客气也不是,左右为难,到底露出了几分小儿女情态。此刻她心中说不出是害怕还是敬畏,只望着太后,坦诚道:"有太后这句话,臣妾就不算委屈。"青樱福一福身,"臣妾还有一事求告太后,青樱之名,乃臣妾幼年之时所取。臣妾觉得……这个名字太不合时宜。"

太后微眯了眼睛:"不合时宜?"

青樱有些窘迫:"是。樱花多粉色,臣妾却是青樱,所以不合时宜。"青樱仔细窥着太后神色,鼓足勇气,"何况……臣妾是乌拉那拉氏的女儿,更是爱新觉罗的儿媳,恳请太后亲赐一名,许臣妾割断旧过,祈取新福。"

太后凝神片刻:"你这样想?"

青樱恳切望着太后:"若太后肯赐福……"

太后托腮片刻,沉吟道:"你最盼望什么?"

青樱一愣,不觉脱口道:"情深意重,两心相许。"话未完,脸却烫了。太后微微震惊,颇有些动容,姣好如玉的脸上分不清是喜还是悲。

良久,太后轻声道:"如懿,好不好?"

"如懿?"青樱细细念来,只觉舌尖美好,仿似树树花开,真当是岁月静好,"可是事事如意的意思?"

太后见青樱沉吟,亦微笑:"如意太寻常了。哀家选的是懿德的懿,意为美好安静。《后汉书》说'林虑懿德,非礼不处'。人在影成双,便是最美好如意之事。这世间,一动不如一静,也只有静,才会好。"

青樱欢喜:"多谢太后。"她微微沉吟,"只是臣妾不明白,懿便很好,为何是如懿?"

太后眉间的沉思若凝伫于碧瓦金顶之上的薄薄云翳,带了几分感慨的意味:"你还年轻,所以不懂这世间完满的美好太难得,所以能够如懿,便很不错。"

青樱心头一凛,恍若醍醐灌顶,瞬间清明:"太后的意思是完满难求,有时候退而求其次便是满足。"她深深叩首,"太后的教诲,臣妾谨记于心。"

太后微微颔首,含了薄薄一缕笑意:"好了。夜深了,你也早些回去歇息。等名位一定,便是新生了。"

青樱起身告辞。太后见青樱出去了,才缓缓露出一分笃定的笑容。福珈为太后披上一件素锦袍子,轻声道:"移宫的事儿,太后嘱咐皇后一声就行了,或者晞月小主如今得皇上的器重爱惜,她去说也行。倒是如懿小主这么一说就说动了皇上,便宜她了。"

太后拾起书卷,沉吟道:"哀家看是皇帝护着她,故意显得她有用,想让哀家以后也不轻易动她。所以她一劝,皇帝便答应了移宫的事,还知会礼部给哀家定了'崇庆'二字为徽号。"

福珈迟疑道:"看来皇上很是在意如懿小主,否则哪肯费这个心思。"

太后道:"能让皇帝费心,可见她有些本事。且她事事撇清,请哀家赐名,又表明心意,只说是爱新觉罗家的儿媳,就是为了消哀家这口气,更是为了求她的一己存身之地。"

福珈明白过来,只是叹息道:"昔年乌拉那拉氏这样凌辱太后,这口气一时如何能消得掉?"

"不管消不消得掉,她要求的是安稳。宫里有皇后,又有高晞月新宠当道,如懿的日子不好过。若哀家再不放松她些,她就真当是举步维艰了。就因为这样,她才会想方设法去皇帝面前提移宫的事,也会想方设法做好,不容有失。而皇后既有地位,又有皇子和公主,儿女双全;高晞月有恩宠有美貌,她们什么都不用向哀家求取,自然不会用心用力了。"

福姑姑恍然大悟:"所以太后才会容得下如懿小主。不过她那本事得为太后所用才好。只怕呢她还没为太后效力,就被六宫嫉妒。"

太后凝眉一笑,从容道:"那就看她自己的修为了,六宫嫉妒还能活下来的,才是真正有用。否则,随时丢弃就是了。"

青樱得太后赐名如懿,宫中很快尽人皆知。琅嬅知道,也颇为感叹:"能让皇额娘不讨厌,才是她的本事。皇额娘还给她赐名如懿,连皇上都亲自去看她了。"

彼时晞月和玉妍都伴在皇后身边,晞月闻言不觉勾起旧恨,霎然变色:"如懿?什么如懿?老叫臣妾想起当年选福晋,皇上赐了一把如意给她,选她为嫡福晋。"

琅嬅听晞月如此说话,唇际温和笑色变得有了苦意:"这名儿是不错,提醒你和本宫都不要忘了昔年的事。本宫与你,都不是皇上倾心之选。"

玉妍身份低些,不敢这般变了神色,还是笑悠悠的:"太后下旨放如懿姐姐出来,皇上立刻就会定了封号,给咱们行册封礼了。看来得多谢如懿姐姐了。"

晞月越发恼恨,白了玉妍一眼:"皇上就如此看重她么,臣妾实在不能忍。一个如懿便罢了,偏有那个海兰老是鞍前马后,为她出力。"

琅嬅欲言又止,终究是叹了口气:"海兰向来不得皇上宠爱,所以一直依附如懿。也是奇怪,那么个标致人儿,皇上怎么就不喜欢?"

玉妍撇嘴笑,毫不掩饰:"人长得再美,却没什么趣儿。见了皇上就躲,躲不过也瑟瑟缩缩的,哪个男人见了会喜欢?皇上若不是喝醉,怎会宠幸她?不过到底生得模样不差,跟着如懿姐姐也会来事儿,还是得小心。"

晞月气得跺足："臣妾不能让她事事如意，更不能让她和海兰沆瀣一气。皇后娘娘，皇上这么看重如懿，再不防着她些，哪里还有我们的立足之地呀。"

琅嬅沉吟着，不置可否地看向了窗外。

这一日众人皆到琅嬅的长春宫中请安，琅嬅命人赏了一箩红橘下来，含笑道："皇上念着咱们后宫，江南进贡的红橘一到，就先挑了一箩送来。正好咱们也一起尝尝。"

众人起身谢恩："多谢皇后娘娘恩典。"

琅嬅嘱了众人落座，看莲心和素练分了红橘，方慢慢道："咱们这些姐妹，都是从前潜邸时便一起伺候皇上的，彼此知道性情。如今进了紫禁城做了皇上的人，一则规矩是定要守的，二则也别拘了往日的姐妹之情，彼此还是有说有笑才好。"

晞月先站了起来，满面恭谨道："皇后娘娘从前是臣妾们的姐姐和主子，如今更是天下之母。臣妾们不敢不心存恭敬。"

琅嬅淡然笑道："晞月妹妹言重了。本宫比你们虚长几岁，自然在教导之余，更要好好顾全你们。"

晞月领着众人起来："谢皇后娘娘隆恩。"

如懿看着琅嬅与晞月一唱一和，只低了头慢慢剥着红橘把玩，面上略含了一缕笑，淡淡不语。

琅嬅对晞月的应答甚是满意，含笑点了点头："皇上已经拟定了你们的位分，也各自安排了宫室与你们居住。如今皇太后已经先移居了慈宁宫。晌午旨意一下来，就各自搬过去住吧。为着这些日子替大行皇帝哭灵，挤在一块儿住也是为难了你们。"

众人闻言一凛，哪有心思再坐，便纷纷告辞了。琅嬅独留下了如懿说话。

琅嬅对如懿颇有几分关切："事儿过了就好了。以后在宫里，皇上一样疼你，本宫也会顾惜你。"

如懿谢了琅嬅关怀，念着海兰的好处，便想如潜邸一般与海兰同住。琅嬅含笑听了她的请求，只是笑："本宫是想着海兰该和得宠之人住在一起，也可见到皇上，或许能多几分雨露恩泽。难道她真要一世无宠，孤独度日么？"

如懿听琅嬅想得这般周详，便也不能多说了。琅嬅又道："其实你和海兰一起住也没什么，只是今时不同往日，也不知皇额娘到底如何待你。若和海兰一起……当然，皇额娘大度，自然不肯牵连人的。本宫再想想吧。"

如懿暗暗心惊，自愧不如琅嬅的心胸，思虑又周全，当下便谢了。二人还要再说话，莲心已经来请："皇后娘娘，时辰到了，郎世宁大人在隆禧馆等着您和皇上了。"

这是太后和皇帝独给琅嬅的恩典，安排了西洋画师郎世宁来为皇帝和琅嬅画像。二人可以同在画中，此情长存。

到了隆禧馆，皇帝换了正装过来，琅嬅着中宫吉服静静等候，显得无比安详娴雅，端庄大方。皇帝细细看了几眼，深为自己这位嫡妻骄傲，远远便伸出手与她相握，示意琅嬅与自己并肩坐下。

郎世宁是个圆脸花胡子的半老头儿，金发碧眼，穿着大清的臣子袍服，显得格外有趣。他很娴熟宫廷规矩，请安行礼如行云流水。

琅嬅含情脉脉看皇帝一眼，很快恢复雍容的神色，执手依靠在一起。郎世宁画得极认真，端详二人一眼，很快又能下笔精准。饶是如此，那厚重的袍服与凤冠压在身上，半个时辰下来，琅嬅背后也是香汗涔涔。皇帝怜她辛苦，悄声道："正襟危坐，可是累了？"

琅嬅神色端正："当其职，担其责，不累。"

皇帝含笑赞许："你一言一行，总是琅嬅该有的样子。午后你额娘进宫，好好陪她说说话。"

琅嬅柔情一笑，二人俱是欢悦。

果然到了晌午，皇帝册定位分的旨意遍传六宫。如懿站在廊檐下逗着一双蓝羽鹦哥儿，只听着阿箬掰着指头嘟囔道："立后大典之后，皇后已经挑了长春宫去住。长春长春，真是个好意头，只盼着皇上春恩长在呢。苏格格新添了三阿哥，封了纯嫔，陈格格本来就是出身低下的汉人女子，又不得宠，因她的名字叫婉茵，便只封了婉答应，都住在钟粹宫。黄格格封了仪贵人，住在景阳宫，她倒挺高兴的。本来嘛，皇上也不是很宠爱她，给个贵人就不错了。金格格只封了嘉贵人，住在启祥宫，她不高兴又不敢说。金格格一直因为自己北族宗室女的身份便觉得高人一等，眼下也只不过是个贵人，看她还有什么好神气的！"

如懿取过鸟食撒在鹦哥儿跟前："你说话便说话，背后议论人家做什么？"

阿箬吐了吐舌头："奴婢知道了。另外就是海兰格格了，皇上只封了她常在，也没说住哪个宫，大概位分不高，随便跟着哪个主位住着吧。倒是咱们和月福晋那里，还不知是什么旨意。"阿箬说着往门外看了看，不免有些焦灼，"太阳都快落山了，别的小主都住进新殿去了，怎么咱们这儿还没圣旨来呢？"

如懿心里虽有些着急，却不能在阿箬面前流露出来，便拿给鹦鹉取食的小勺子搅着水。阿箬忙道："小主，咱们的鹦鹉好干净，拿取食的勺子搅了水，它们就不喝那水了。"

如懿正不耐烦，却见蕊心领着传旨太监王钦并两位大臣进来。

王钦打了个千儿道："启禀小主，圣旨下。大学士礼部尚书三泰为正使，内阁学士岱奇为副使，行册封礼。"

如懿忙忙低首跪下，院子里的人也跟着跪在后头。

王钦取过圣旨，朗声念道："奉天承运，皇帝诏曰：朕惟教始宫闱。式重柔嘉之范。德昭珩佩。聿资翊赞之功。锡以纶言。光兹懿典。尔庶妃那拉氏，持躬淑慎。赋性安和。早著令仪。每恪恭而奉职勤修内则。恒谦顺以居心。兹仰承皇太后慈谕。以册印封尔为娴妃。尔其祗膺巽命。荷庆泽于方来。懋赞坤仪。衍鸿休于有永。钦哉。"

如懿双手接过圣旨："臣妾谢皇上隆恩。"

如懿使个眼色，蕊心忙从袖中取过三封红包，一一交到三人手中。

王钦满面堆笑："多谢娴妃娘娘赏赐，皇上说了，延禧宫就赐给娘娘居住。请娘娘即刻迁往延禧宫。"

如懿心中一沉，勉强笑道："多谢公公。阿箬，好生送公公和两位大人出去。"

阿箬答应着，王钦拱手道："奴才还要去皇上那儿复命，娘娘别忘了明日一早换上吉服去长春宫给皇上和皇后娘娘谢恩。"

如懿颔首道："有劳公公提醒。"

院中众人尚跪在地上，叩头道："恭喜娴妃娘娘，娘娘万安。"

如懿道："本宫乏了，等下阿箬会给你们赏钱，你们再把东西收拾了去延禧宫。"

惢心忙跟着如懿走到内殿。

如懿屏息静气，问道："月福晋那儿有消息了么？"

惢心低声道："刚得的消息。月福晋封了慧贵妃，皇上的口谕，贵妃之外戚，着出包衣，入于原隶满洲旗分。果然满门抬镶黄旗，赐姓高佳氏，贵妃也迁往咸福宫居住了。"

如懿淡淡笑一声，更觉烦恼不堪："咸福宫？可不是福泽咸聚么？"

惢心柔声劝道："小主别烦恼！延禧宫虽然偏僻，虽然……"惢心想要宽慰如懿，也觉得皇帝恩义悬殊，实在也无从宽慰起。

如懿摇头道："延禧宫偏僻却不冷清，旁边就是宫人来往的甬道，嘈杂纷扰。且从康熙爷二十五年之后，足有三十多年未再修葺，乃是六宫之中最破败的宫苑。"如懿不安道，"难道太后和皇上，就厌弃我至此么？"

惢心道："皇上和小主多年情分，断不会如此。即便是太后，不也说不怪罪小主么？"

如懿心中烦乱如麻："口中所言，只怕是说说而已。算了，此时此刻，我也不能争什么，先收拾了东西去延禧宫吧。"

旁人忙着分宫册封之事，皇后安坐在长春宫和母亲富察夫人说话。母女二人几日不见，就亲热得很。富察夫人是个很会拿主意的人，皇后孝顺，自然愿意听母亲说话。

富察夫人一溜儿将长春宫看遍了，连连颔首："皇上将嫡庶尊卑分得那么清楚，额娘真高兴。看这长春宫的布置，都是皇上对你的心意啊。"

花梨木桌上的贡橘红艳艳的，如富察夫人打心里满溢出来的高兴。皇后听着母亲的夸赞，亲手剥好了一个橘子递到富察夫人手里："额娘，皇上是对我爱重有加，可对娴妃，也是很用心的。"

富察夫人替她将发髻上一只青玉凤凰口中落下的米珠流苏细细理好，爱怜道："皇上敬你爱你，是因为你是嫡妻，可不是像那起子身份卑微的姬妾可以轻狂，自然这也是你自重身份的好处。如今哪，你有中宫之位，又有嫡子。皇上也厚待咱们富察氏一族，什么都好。"

皇后露出一个心满意足的笑容，低首抿嘴不言。

富察夫人自幼对这个女儿教养极严，养在深闺，教之礼法，待出落成闺阁明珠，是左看也好，右看也满意。无非是选福晋那儿打了个绊儿，但富察氏百年家声在，也不过是个小事。接着为皇子嫡福晋，生嫡子，又为皇后，无一不顺意，但凡有些妻妾龃龉，也有她和素练帮着料理了。如今但看女儿高兴，为娘的又忧虑起来，当下叮嘱道："是好。可人一高兴，不能忘记看着远处。"她凑近了些，低低私语，"大阿哥是富察氏族女所出是不错，可咱们当年看错人，误选了诸瑛入府，不仅没帮你分宠，还和你争宠。"

皇后与诸瑛颇有心结，但还是公允："诸瑛是不好，但永璜这个孩子不坏。"

富察夫人知道女儿是这个心性，心底的不安又浓了一些，好言教导道："不坏也得防。也不看大阿哥是谁生的。大阿哥年纪大些,懂得讨皇上喜欢争宠了。前朝立太子不都是立贤立长立嫡这么乱着吗？别让大阿哥太出挑了。"

皇后知道皇帝一向对嫡子另眼看待，很是疼爱，也不十分把母亲的话放在心上。富察夫人却是见多识广，不似皇后这般乐观。放眼朝中，皇帝显然要抬举高氏一族，要捧为新贵。一边又厚待乌拉那拉氏，表示不忘九勋。尤其乌拉那拉氏，那个如懿，当年若不是先帝和太后看重富察氏全族，看重皇后伯父马齐的威望与资历，说不定被景仁宫一争，如今这中宫之位就是如懿坐着了。万幸的是，高氏与乌拉那拉氏虽然得宠，但一直没有生育，失了子嗣这个最重要的依靠，还成不了气候。她对皇后左右教导，催着她严于防范，不可松懈。皇后知道她每每来就要提此事，当下便也点头应承："额娘。我在一日，便是为了永琏，为了宗室的嫡亲血脉，为了皇上的一切。"

"还有为了富察氏一族，为了朝廷的脸面。"富察夫人追着叮嘱，她见皇后连声答应，想想也是可怜，年轻轻的登上凤位，要这样处处周全，真是辛苦，便也松了口气，"可中宫母仪天下，最要紧的是无为而治。要争要抢，那都是底下侍妾们的轻薄作为，你犯不上。"

皇后的心性，是一心只想守住了皇后的位子，便什么都有了。既然嫁了皇帝，她就知道。这会子有潜邸的旧人，往后还有数不清的新人。她不必、不肯也不屑事事和她们争，侍妾们也不敢轻易来冒犯。

富察夫人明白皇后的心思，叹道："你是我生的，我怎不知你打小的脾气。做正妻的，什么都得想到，但不必什么都做，有底下的奴才替你效劳。不必脏了你的手。"

母女二人虽然亲热，但近晚时分，富察夫人也只得去了。临别也是难过："如今成了皇后娘娘，不比在潜邸时，还能多来看您。皇后娘娘得自己保重。"见皇后不舍，又劝，"不过皇上恩典，日后自有进宫给娘娘磕头的机会。娘娘千万保重凤体就是。"皇后别情依依，还要再说，隆禧馆那边已经有人来请，等着皇后去让郎世宁作画。

皇后只得与莲心去了。素练依言送了富察夫人出去。素练是皇后的陪嫁，其母又是富察夫人的陪嫁，伺候了半辈子的老人儿，直到病了才放出去另有宅子安养。皇后出阁前素练也伺候了多年，最是心腹。莲心虽然是潜邸就跟着皇后的大丫头，也不能和素练相较。许多话富察夫人不便与皇后说的，都说与了素练，细细叮咛她要为皇后分忧。

素练当下便道："娘娘居上位，很多事未必都能想到。就算想到了也不能脏了娘娘的手。凡事都有奴婢呢。夫人放心。"

素练做事，富察夫人是放心的，心中感慰有这么个得力的人陪在女儿身边。如此细细吩咐了一番，才安心出宫去了。

第九章 名分（下）

住进延禧宫中，已经是夜来时分。所幸延禧宫虽然靠近宫人进出的甬道，但关上大门，也还清静。宫中虽不是新修葺的，但前后两进院落各五间正殿，又有东西配殿三间，倒也宽敞。如懿本是喜静之人，宫人们仔细打扫之后，反觉得室内古朴，也不是十分简陋。

如懿往延禧宫中看了一圈，庆幸道："你们打扫得仔细，总算还不是太差。"

阿箬撇嘴，有些不满道："小主也太知足了。东西六宫之中，哪一个不比延禧宫好？奴婢瞧着承乾宫、翊坤宫，个个都是顶好的，景致又美，离皇上的养心殿又近。住在这儿，不知道皇上多久才来一次呢。"

如懿瞥了她一眼，只看着梁上的雕花叹了口气。

惢心笑着拉住阿箬道："好姐姐，皇上要愿意来，不会嫌路远；若是不肯来，哪怕住进养心殿后头的围房，也不济事。"

阿箬正要回嘴，如懿淡淡道："愿意来的总不在乎远近，满肚子的心思未必要挂在嘴上。阿箬，你说是不是？"

阿箬有些气馁，只得诺诺地道："幸好小主搬过来之后，皇上也赏赐了好些东西添补宫里的摆设，皇上心里总是有小主的。"

如懿颔首道："皇上今晚宿在长春宫，咱们也早些安置。新换了地方，也不知道会不会睡得香。"

惢心眼珠一转,笑吟吟道:"就怕小主觉着换了地方睡不香,奴婢已经在寝殿点了安神香了。"

如懿赞许地点点头,阿箬却只是暗暗翻了个白眼,垂了手站到了后头。

主仆三人正准备往寝殿走,外头守着的小太监进来道:"启禀娘娘,海常在来给娘娘请安。"

如懿不觉诧异:"这个时候,怎么海兰还来请安?快请进来吧。"

如懿方走到西暖阁坐下,海兰已经带着侍婢叶心进来了。

如懿含笑道:"怎么这么晚还来请安?可是长夜漫漫睡不着么?"

海兰倒不似往日一般,只是拘谨。惢心斟了茶上来,谦恭道:"海常在请用茶。"

海兰也不喝茶,只是盈盈望着如懿,一脸委屈地不作声。

如懿暗暗纳罕,便笑道:"妹妹有什么话尽管对我说。对了,今日圣旨到的时候还不知道妹妹住在哪个宫里,不知皇后娘娘可安排了?"

海兰眼圈微微一红,低首道:"嫔妾人微言轻,自然是皇后随手安排了哪里就是哪里了。"

如懿奇道:"是什么地方?难道不好么?"

叶心忍不住道:"皇后娘娘说慧贵妃的咸福宫宽敞华丽,就指了小主去咸福宫。这本也没什么,可是咸福宫那位向来是不容人的,如今抬了旗,那是更不得了了。譬如仪贵人,就是从前伺候皇后娘娘的侍女。可慧贵妃那里,从前有个丫头在她不方便的时候伺候了皇上,就被她想了法子撵出去了。"

如懿柔声打断:"这也是从前的事了。如今她是贵妃,自然要比从前显得温柔大方些。"

叶心愤愤道:"我们小主好性儿,总被人欺负。到了咸福宫先听了慧贵妃一顿训,又被拨到了一间西晒的屋子里住。"

如懿闻言皱眉:"那哪里是住人的地方?夏天暴晒,冬天冷得冰窖似的,便是一般的奴才也不住那里,不过就是平日里放放不要紧的东西罢了。慧贵妃也不怕皇上看见么?"

海兰微微啜泣:"皇上素来就少去嫔妾那里,如今在慧贵妃眼皮子底下,那更是不能了。今日慧贵妃还说,若皇上真问起来,便只说嫔妾自己爱住那里,她还劝不住。嫔妾……其实皇上哪里会管嫔妾呢?"

如懿心中不忍:"她既这样待你,那你现在这般出来,她可不忌讳?"

海兰泣道:"她有什么可忌讳的?这会儿咸福宫里不知道多热闹呢,人人都趋奉着她封了贵妃,更抬了旗呢。"

如懿沉吟片刻道:"那你如何打算?"

海兰泪汪汪看着如懿:"嫔妾只敢来求娴妃娘娘恩典,希望能与娘娘同住,便心满意足了。"

如懿忙道:"你素来只叫我姐姐,如今还是叫姐姐。口口声声'娘娘'、'嫔妾',倒生分了。"

海兰怯怯点头,感动道:"是。"

如懿想了想道:"你要过来住,也不是不行,只消我回禀皇后娘娘……"

如懿一语未完,惢心上前道:"小主,茶凉了,奴婢再替您换一盏。"

如懿正点头,却见惢心深深望了自己一眼,也是心知肚明,只得暗暗叹了口气道:"你要过来住,也不是不行,只消我回禀皇后娘娘就是了。只是你知道我如今的情境,一来不能像以前一般开口向皇后求什么,二来我真求了,皇后也未必会答应。只怕还要怪你不安分守己,若是慧贵妃因此迁怒于你,你以后的日子更不好过。"

惢心替海兰添了茶水,装作无心道:"其实海兰小主在潜邸时就住咱们小主旁边的阁子里,若说和咱们一起住延禧宫那也说得过去。这下子硬生生要分开那么远,真不知是什么道理。"

海兰泪眼迷蒙,低头思忖了片刻,才低低道:"原是我糊涂了,怎好叫姐姐为难呢。"

如懿过意不去:"若是在从前,我没有不帮你的道理。可是眼下,你看看我的延禧宫便知,我实在没有开口的余地。且你搬来延禧宫这种偏僻地方,也未必是好事。若是被我牵连失宠于皇上,就更不好了。"

海兰环视延禧宫,也不觉叹了一口气:"姐姐在潜邸时乃是侧福晋中第一人,何曾住过这样委屈的地方?"

如懿拍了拍她的手:"委屈不委屈,不在于一时。你我都好好的,还怕来日会不好么?"

海兰拿绢子拭去泪痕,展颜道:"姐姐说得是。"她微微含笑,"从前我在潜邸的绣房做侍女时也被人欺负,是姐姐偶尔看见怜惜我,劝我要争气。后来皇上宠幸了我又忘了,是姐姐将我绣的靴子进献皇上,让皇上想起我给我名分。姐姐帮我的,我心里都记得。"

如懿温和道:"好了。你有你的忍耐,我也有我的。咱们都忍一忍,总会过去的。"

海兰这才起身,依依道:"时候不早,妹妹先告退了,姐姐早点歇息吧。"

如懿送至廊檐下,心中略略不安:"慧贵妃若真难为你,你还是要告诉我。再不济总能和你分担一些。"

海兰感激道:"多谢姐姐,我都记得了。"

如懿见海兰和叶心出去,庭院中唯见月色满地如清霜,更添了几分清寒萧索之意,不知不觉便叹了一口气。

惢心取了披风披在如懿肩上,方才跪下道:"小主叹气,可是怪奴婢方才劝阻小主?"

如懿摇头道:"你做得对。我自身难保,何必牵连了海兰。"

惢心道:"从前在潜邸时,慧贵妃的性子并不是这样骄横,倒常见她温柔可人,怎么一入宫就成了这样呢?"

如懿望着庭院青砖上摇曳的枝影,心事亦不免杂乱如此,只是耐着性子道:"得意骄横,失意谦卑乃是人之常情。若能在得意时也谦和谨慎,温容待人,才是真正的修为。"

惢心沉吟道:"皇上一向称赞小主慧心兰性,嘉许慧贵妃娴静温婉,怎么到了今日给小主的封号是娴,慧贵妃反而是慧?"

如懿紧了紧披风，淡淡道："皇上做事别有深意，咱们别胡乱揣测了。"

夜色如墨一般，安静得让人如同被抽离了生气一般。

也不知过了多久，外头突然吵闹了起来，似乎有人声喧哗，惊破了她孤独的自省。如懿蹙了蹙眉头，还未来得及出声询问，外头守着的阿箬已经推了门进来，惊惶道："小主，纯嫔像是疯了呢，满脸是泪跑到咱们这里来，一定要闹着见小主。天这么晚了……"

阿箬话音未落，却见苏绿筠已经跑了进来。她想是准备歇息了，只穿着家常的玉色薄绸长衫裙，外头罩着浅水绿银纹重莲罩纱氅衣，跑得鬓发散乱。这样夜寒露冷的秋夜里，她居然跑得满脸是汗，和着泪水一起混在脸上，全然失了往日的娴静温懦。

如懿乍然变了脸色，大惊失色道："绿筠，这是在宫里，你这是做什么？"

绿筠的脸全然失了血色，苍白如瓷，她仿佛只剩下了哭泣的力气，扑通跪下，倒在如懿身前，放声大哭："姐姐，姐姐，你救救我！皇后娘娘派人带走了永璋！永璋才几个月大，他实在离不得我呀！"

如懿当下明白，皇后在太后跟前言及自己所亲生的二阿哥永琏已经在撷芳殿抚养，那么身为一个嫔位所生的三阿哥，更没有留在生母身边养育的理由了。

绿筠哭得头发都散了，被汗水和泪水混合着腻在玉白的脸颊上，仿若被横风疾扫过一般。她伏在地上，哀哭道："姐姐，我求求你，帮我去求求皇后娘娘，让她把永璋还给我，还给我！"

如懿忙伸手扶她，哪知绿筠力气这般大，拼命伏在地上磕头不已："姐姐，我人微言轻，太后不理我，皇后娘娘也帮不了我。可是你不一样，你和皇上有情分！"

同在潜邸多年，皇帝对她的情分，诸人多少都知晓。

如懿使个眼色，阿箬与蕊心一边一个半是扶半是拽地扶了绿筠起来坐定。她见绿筠哭得声嘶力竭，心下亦是酸楚，只得劝绿筠："永璋是皇后娘娘派人带走的，但不是皇后娘娘能带得走永璋的，是祖宗规矩要带走永璋！这件事，太后是知道的。"她顿一顿，"你觉得太后会听我的么？"

绿筠登时怔住，想了片刻道："姐姐有皇上疼爱，太后虽然不喜欢姐姐，也会考虑姐姐的请求吧。或许皇后娘娘也会听姐姐的……"

如懿好言劝道："这是祖宗规矩，我们去求也只会让皇后娘娘难做。即便皇后娘娘允准了，可懿旨是太后下的，太后也不会允准。"

绿筠双肩瑟瑟颤抖："哪怕是祖宗规矩，可是永璋还那么小……"

如懿按着她的肩头，柔声道："若按着后宫规矩，从三阿哥一出生就该被抱去撷芳殿了。听说二阿哥是最早被送进撷芳殿的，皇后娘娘也奈何不得。"

绿筠身子一晃，眼看就要晕过去，如懿赶忙扶住了她。阿箬赶紧喂了绿筠一口热茶："小主别这样，我们小主怎么扭得过祖宗家法呢。"

绿筠痴痴怔怔地流下泪来，哀哀道："姐姐，你去求求皇上，好不好？皇上会听你的，让我们母子团聚。"她越说越凄楚，"我求求你姐姐，母子连心啊。而且一直以来我都尊重姐姐，不像嘉贵人她们，只和贵妃交好。求姐姐去跟皇上说一声吧。"

如懿按住了她，低柔道："你让我去求皇上固然不难。可皇上若不答应也罢，若答应了才糟呢。"见绿筠怔住，她缓缓解释，"皇上若答应，太后就会不喜。为子为媳违背母后心意，是不孝。皇后娘娘也不会高兴，凭什么嫡子进了撷芳殿，庶子却不去。你可知道太后震怒的后果。"

绿筠寻思片刻，还是爱子之情占了上风，发狠一般道："大不了罚我就是！只要我和永璋不分开，我什么责罚都受得住。"

如懿直言："若太后因此不喜三阿哥呢？"

绿筠受不住，捂着嘴惶然落泪，不敢哭出声音来。

"方才那一闹，若被那些好事的嘴传出去，可多了多少是非。"如懿取过自己妆台上的玉梳来，一点一点替她篦了头发，绾起发髻，"咱们一进了宫里，就由不得自己了。你比我还好些，还有个儿子。三阿哥养在撷芳殿里，有太监嬷嬷精心照顾，每到初一、十五，她们就会让你和三阿哥见上一个时辰。

其余的，求谁都没用，只能自己受着。"

如懿的手摸到绿筠的脸颊上，脂粉是湿腻的，泪水是灼人的滚烫。绿筠的泪落到手上，如懿才觉出自己双手的凉，竟是一丝温度也没有。这些话，她是劝绿筠的，也是劝自己。事到临头，若是求谁都没用，只有自己受着，咬着牙忍着。

她读过那么多的宫词，寂寞阑干，到了最后，只有这一点顿悟。

绿筠的眼泪吧嗒吧嗒落到衣襟上，转瞬不见。她满眼凄凄，悲泣伤心："那么以后，难道以后，我就只能这样了。只要生一个孩子，这个孩子就得离开我，是么？"

如懿为她正好发髻，取过一枚点蓝点翠的银饰珠花，恰到好处地衬出她一贯的柔顺与温和。如懿扬了扬脸，示意惢心绞了一把热帕子过来，重新替绿筠匀脸梳妆。如懿侧身坐下，轻轻道："绿筠，不管你以后有多少个孩子，唯有这些孩子，你才能平步青云，在这宫里谋一个安定的位子。如果你真的伤心，你就记着一个人。康熙爷的德妃，先帝的生母孝恭仁皇后，她生先帝的时候，自己身份低微，只能将先帝交给当时的佟贵妃抚养。可是后来她诞育子女众多，最后所生的十四王爷便留在了自己身边。如今你刚刚在宫里，大家也是一同入宫的，交给谁抚养也不合适，送进撷芳殿是最好的。往后，往后你一切平安顺遂，你也能抚育自己的孩子。明白么？"

绿筠怔怔地坐着，由着宫女们为她上好妆，勉强掩饰住哭得肿泡发红的双眼，泪汪汪道："姐姐，那我该怎么办？"

如懿拿过绢子，替她拭了拭泪："忍着。忍到自己有能力抚育自己的孩子。所以，现在你不能出错，不能出一点点错。"

惢心低声道："皇后娘娘把嫡子都送去了撷芳殿，就是在告诉你，求谁都没用。皇后娘娘是一定站在规矩礼法这一边的。"

绿筠素知富察氏重规矩，尊礼法，更觉无奈到了极处。

如懿拉着绿筠的手起身："你明日一早就去皇后娘娘那儿，再去太后那儿，向她们谢恩。你刚才哭，跑到我宫里，是因为你伤心过度，一时昏了头。现在你明白过来了,这是恩典,你都欢欢喜喜受着了。"

绿筠咬着嘴唇,悒惶地摇头:"姐姐,我说不出来。我怕我一说,就会哭。"

如懿安慰似的抚着她单薄的肩:"别哭,想着你的将来、三阿哥的将来。流泪是为了他,忍着不哭也是为了他。"

绿筠死死忍着泪,点了点头,向外走去。庭院内月光昏黄,树影落在青砖地上稀薄凌乱,静谧中传来一阵阵枝丫触碰之声,那声音细而密,似无数细小的虫子在啃噬着什么东西似的,钻在耳膜里也是钻心的疼。如懿看着绿筠的影子拖曳在地上,单薄得好像小时候跟着嬷嬷们去看新奇的皮影戏,上头的纸片人被吊着手脚欢天喜地地舞动,谁也不知道,一举一动,半点不由人罢了。

今时今日的她与绿筠,又有什么不一样呢?

这一夜,琅嬅本就睡得不深,又经了绿筠为永璋挪去撷芳殿伤心一事,也勾起了思子之情,怎么也睡不安稳。窸窸窣窣地翻个身,陪夜睡在地下的素练便听见了,起来点上蜡烛,倒了盏安神汤递到琅嬅跟前,体贴地道:"都三更了,娘娘怎么还睡不安?"

"纯嫔舍不得永璋去撷芳殿,本宫看着也伤心。想想纯嫔也可怜。听说她哭着跑去娴妃那儿了,娴妃也不敢留她。"

素练衔了一丝冷笑:"这是应该的。娴妃受尽了太后的挫磨,早就泥菩萨过江,自身难保了。而且您和太后的意思,谁敢驳呢!"

琅嬅本无睡意,便支着身子起来:"话是这么说,可就因为本宫是皇后,才得以身作则,为后宫表率。要不是为了守着祖宗家法,又何尝舍得永琏去撷芳殿呢。"

素练塞了个白菊青叶软枕在她腰间垫着,温言劝道:"娘娘安心。三位阿哥都在撷芳殿了,一切都好。那些奴才对咱们的二阿哥最尽心了,生怕有一点照顾不到。还有三阿哥那里,那些乳母奶水养得又好又足,轮流喂着,嬷嬷们也伺候得精细,一点都不敢疏忽。"

琅嬅叹了口气，道："那就好。你去撷芳殿吩咐，一定要好好待永璋，比待永琏更好更精细。不许约束他，冷暖要注意着，不能让人觉得本宫偏心了。永璋养得好，纯嫔也好安心。至于永琏，祖宗规矩在那儿，我不能常去看，你一定要替我尽心着。"

素练忙答应了。

琅嬅就着素练的手慢慢啜饮着暗红色的安神汤，沉吟着道："还有永璜……"琅嬅不得不叮嘱，"没娘的孩子可怜，也得顾着些。"

"您还想着诸瑛格格做什么？"素练有些气不平，"都是富察氏，怎么差得那么远呢。您就这么谦恭礼让，诸瑛格格就那么轻狂。您为着分高氏和乌拉那拉氏的宠爱，从族中找了诸瑛入府为格格。结果她假借着帮您的手生了个庶长子，就掉转头和您争宠了。"

若说潜邸内争宠，旁人怎样乌眼鸡似的闹琅嬅都可以不在意。唯有诸瑛，是她托了额娘又自己从富察氏族女中挑出来的人，后来借着自己的便宜抢着生下了庶长子，便日渐不驯，反倒掉转枪头和自己争宠。这简直是当众打她的脸，叫旁人看笑话。本以为这日子就这样难堪下去了，谁知诸瑛再度有妊，到了临产却是难产，一尸两命，连肚子里的皇二女都没生下来，就一起去了。

也是自己没看对人，自食苦果。或许是老天爷都怜悯，不想她再受这份气了吧。

素练愤愤不已："她拼命抢在您前头生了儿子，又借子争宠，全然不顾您是嫡福晋，也不顾同族情谊。"

琅嬅抚着胸前一把散着的青丝，虽然不喜永璜的生母，到底也不愿迁怒孩子："到底是富察氏族女的儿子，本宫心里再不喜欢也不能为难他。素练，你吩咐撷芳殿上下对永璜用心看顾，别欺负了这没娘的孩子。"

素练见琅嬅这样郑重吩咐，只得答应了，想了想还是劝："您也别太好心了。宫里除了太后，您是唯一的皇后娘娘。嫔妃也好，皇子，你要他们怎么着，他们就只能怎么着，就像那戏台上的皮影似的，一举一动，线儿都得在您的手里。"

琅嬅点头，是听进了心里。素练这才放心些，取过她手中喝完的安神汤，重又垂下了水墨青花帐。

养心殿书房的明纸窗糊得又绵又密，一丝风都透不进来，唯见殿外树影姗姗映在窗栏上，仿佛一幅淡淡水墨画。

皇帝只低头批着折子，王钦悄声在桌上搁下茶水，又替皇帝磨了墨，方低声道："皇上看了一个时辰的折子啦，喝口茶水歇歇吧。"

皇帝"嗯"了一声，头也不抬。王钦又道："皇上，张廷玉大人来了，就在殿外候着呢。"

皇帝停下笔，朗声道："快请进来吧。"

张廷玉一进殿门，老远便躬身趋前，端端正正行了一礼："微臣恭请圣安。"

皇帝微笑道："王钦，快扶张大人起来，赐座。"

王钦扶了张廷玉起身，养心殿太监李玉已经搬了一张梨花木椅过来，张廷玉方才敢坐下。

皇帝关切道："廷玉，你已年过花甲，又是三朝老臣，奉先帝遗旨为朕顾命。到朕面前就不必这样行礼了。"

张廷玉一脸谦恭："皇上恩遇，微臣却不敢失了人臣的礼数。先帝器重，微臣更要勤谨奉上，不敢辜负先帝临终之托。"

皇帝颔首道："这个时候，你怎么还进宫求见朕？"

张廷玉欠身道："皇上封慧贵妃，抬旗赐姓是莫大的荣耀，微臣方才正是从慧贵妃母家大学士高斌府第喝了贺酒回来。"

皇帝"哦"了一声，淡淡道："这是慧贵妃的荣耀，也是高氏一门的荣耀。连你都贺喜，那朝中百官，想是都去了吧。"

张廷玉不假思索道："皇上皇恩浩荡，高府宾客盈门，应接不暇。"张廷玉觑着皇帝神色，小心翼翼道，"本来鄂尔泰还和微臣玩笑，说这么多人怕是要踏烂了高府的门槛，想来高大学士思虑周详又见多识广，一早命人换了紫檀木的门槛。"

皇帝素来知道张廷玉与皇后富察氏的伯父马齐、马武交好，一向最支持中宫，自然看不惯慧贵妃的父亲高斌新贵得宠，当下只是微微一笑，似乎不以为意："紫檀木虽然名贵，但也不算稀罕东西。"

张廷玉越发笑容可掬："微臣也是这么想，只是今日和内务府主事郎大人闲话，郎大人说这两年紫檀短缺，两广与云南皆无所出，只有南洋小国略有所献，漂洋过海过来，所费不下万金。更难得的是高大学士府上所用的紫檀，入水不沉，高大学士深以为傲，约了百官同赏，臣也是大开眼界。"

皇帝笑着饮了口茶水，唤过王钦道："朕记得，高斌府上所用的紫檀……"皇上似乎在思索，只看了王钦一眼。

王钦一愣，还未反应过来，伺候在殿角的太监李玉已经抢着道："回皇上的话，高大人府上所用的紫檀是前两日皇上赏的，为着事多，皇上交代了王公公，王公公嘱咐奴才去内务府办的。"

王钦回转神来，忙拍了拍脑袋："皇上，瞧奴才这记性，居然浑忘了。"王钦忙跪下道，"还请皇上恕罪。"

皇帝并不看他，只道："你初入宫当差，大行皇帝身后留下的事情多，忘了也是有的。起来吧。"

王钦松了口气，赶紧谢恩爬起来，擦了擦额头的冷汗。

张廷玉微笑道："原来是皇上赏的，这是天大的恩典，自然该百官同庆。"他略略思忖，"皇后册封以来，臣一直未向皇后请安，心中惭愧。还盼年节下百官进贺时，可以亲自向皇后娘娘问安。"

皇帝道："那有什么难的？到时朕许你亲自向皇后问安便是。"

张廷玉再度欠身："臣谢皇上隆恩。皇后娘娘是先帝亲赐皇上为嫡福晋，皇后娘娘出身于名门宦家，世代簪缨，伯父马齐与马武都是两朝的重臣。富察氏又为咱们满洲八大姓之一，为大清多建功勋。臣敬慕娘娘仁慈宽厚，才德出众，能得皇上允许亲自向娘娘问安，乃是臣无上荣耀。"

皇帝微微正色："你的意思朕明白。皇后乃后宫之主，执掌凤印，朕自然敬爱皇后，不会因宠偏私。"

张廷玉肃然道："臣听闻两宋与前明后宫宠妾凌驾皇后之举屡屡发生，导致后宫风纪无存，影响前朝安定。皇上英明，微臣欣慰之至。"张廷玉望着皇帝案上厚厚一沓奏折，关切道，"先帝在时勤于朝政，每日批折不下七个时辰。皇上得先帝之风，朝政虽然要紧，也请皇上万万保养龙体，切勿伤身。"

皇帝略有感激之色："廷玉对朕，亦臣亦师。将来朕的皇子，也要请你为师，好生教导。"

张廷玉诚惶诚恐："微臣多谢皇上垂爱。天色不早，微臣先告退了。"

皇帝道："李玉，好生送张大人出去。"

李玉忙跟着张廷玉出去了。

皇帝嘴角还是挂着淡淡笑意，十分温和的样子，眼中却全无笑色，取过毛笔饱蘸了墨汁，口中道："王钦，你是朕跟前的总管太监，事无大小都要照管清楚，总有疏漏的地方。有些差事，你便多交予李玉去办吧。"

王钦心头一凉，膝盖都有些软了，只支撑着赔笑道："奴才遵旨。"

皇帝埋首书案："出去吧，不用在朕跟前了。"

王钦诺诺退出去，脚步声极轻，生怕再惊扰了皇帝。出了养心殿，王钦才发觉脖子后头全是冷汗，脚底一软，坐倒在了汉白玉石阶上。

门口的小太监忙殷勤过来扶道："总管快起来，秋夜里石头凉，凉着了您就罪过了。"

王钦硬生生甩开小太监的手，远远望见李玉送了张廷玉回来，恨恨骂小太监道："王八羔子，也敢到我跟前来耍机灵了！"

跟在他后头的李玉知道他是指桑骂槐，指着自己，也不敢回嘴，忙缩了头回去。王钦正站着，皇帝的声音已经从里头传出来："去长春宫。"

王钦一骨碌站起来，用尽了嗓子眼儿里的力气，大声道："皇上起驾啦——"

第十章

哲妃

太后站在慈宁宫廊下,看着福姑姑指挥着几个宫人将花房送来的数十盆"黄鹤翎"与"紫霞杯"摆放得错落有致。彼时正黄昏时分,流霞满天如散开一匹上好的锦绣,映着这数十盆黄菊与紫菊,亦觉流光溢彩。

福珈笑吟吟过来道:"慈宁宫的院子敞亮了许多。若是在寿康宫,这几十盆菊花一摆,脚都没处放了。"她见太后欢喜,接着道,"也是皇上的孝心,那日携了皇后亲自来请您移宫。如今有什么好的都先尽着您用。连花房开得最好的紫菊,也都送来了您这里。"

太后微笑颔首,扶着福珈的手走到阶下,细细欣赏那一盆盆开得如瀑流泻的花朵:"如此,也算哀家没白疼了皇帝。只不过那日虽然是皇帝和皇后来请,可这背后的功劳,哀家知道是谁。"

"太后是说娴妃?"

太后拈起一朵菊花仔细看了片刻:"颜色多正的花儿,和黄金似的,可惜了,还没开出劲儿来。"

福珈笑道:"有您爱护调教,要开花不是一闪儿的事?"

"这也急不得。满园子的花,前面的花骨朵开着,后面的也急不来。由着天时地利吧。"太后松开拈花的手指,拍了拍道,"皇上只给她一个妃位,是可惜了。按着在潜邸的位分，怎么也该是贵妃或者皇贵妃。"

福珈取了绢子替太后抹了抹手："有福气的，自然不在这一时上看重位分。往后的时间长着呢。"

太后颔首道："慧贵妃是会讨人喜欢。有时候跟着皇后来哀家这里请安，规矩也一点不差。"

福珈思忖着道："照规矩是该晨昏定省的，但皇后和嫔妃们，也不过三五日才来一次。这……"

太后一副从容淡然，看着天际晚霞弥散如锦，缓缓道："哀家住在这慈宁宫里，便是名正言顺的太后，一日来两次也好，三五日来一次也罢，都不是要紧事。要紧的是哀家的眼睛还看着后宫，太后这个位子原不是管家老婆子，不必事事参与介入，大事上点拨着不错就是了。这样，才是真正的权柄不旁落，也省得讨人嫌。"

福珈这才笑道："太后的用心，奴婢实在不及。"

夜来的长春宫格外静谧，明黄色流云百蝠熟罗帐如流水静静蜿蜒而下，便笼出一个小小天地，由得琅嬅伏在皇帝肩上，细细拨着皇帝明黄寝衣上的金粒纽子，只是含笑不语。

皇帝本无睡意，便笑："皇后一向端庄持重，怎么突然对朕这么亲昵起来了？"

琅嬅轻笑道："皇上只看见臣妾端庄持重，就不见臣妾也很依赖皇上么？"

皇帝望着帐顶，嘴角含了薄薄一缕笑意："皇后在后宫一力独断，为朕分忧，朕很高兴。不过见惯皇后的正室样子，小儿女模样倒是难得了。"

琅嬅默然片刻，盈盈笑道："后宫小儿女情长多了，难免争风吃醋的小心眼儿多些。臣妾若再不持重，岂不失了偏颇，叫人笑话？"她停一停，小心觑着皇帝道，"皇上的意思，是嫌臣妾今早提议让娴妃居住延禧宫有些失当了？"

皇帝略略含了一丝笑影，松开被琅嬅倚着的肩膀："皇后是六宫之主，后宫的事自然应当由皇后决断。皇后的提议,朕自然不会不准的。"

琅嬅心头微微一惊,不免含了几分委屈:"皇上这样说,真是低估了臣妾了。难道臣妾跟随了皇上这些年,还会似几位贵人一般不懂事,只晓得争风吃醋?臣妾不过是以为,皇上近日抬举慧贵妃,自然是恩宠有加,慧贵妃贤淑安静,也受得起皇上这点眷顾。只是娴妃在潜邸时位分既高,性子又傲,如今被贵妃高了一头,难免气不顺,要与人起争执,不若将她放到安静些的地方,也好静心些。等她心气平复些许,皇上再好好赏赐她,给她些恩典就是了。"

皇帝伸手抚了抚琅嬅的头发:"皇后思虑周详。"

琅嬅这才松了口气,伸手揽住皇帝的手臂,笑意盈盈道:"臣妾的愚见,怎么比得上皇上的圣明?往日里皇上一向称赞娴妃慧心兰性,而慧贵妃娴静温婉,怎么到了今日给娴妃的封号是娴,贵妃反而是慧?臣妾却不懂了。"

隐隐有风吹进,帐外的仙鹤衔芝紫铜烛台上烛火微微晃了一晃,映着拂动的帐幔,如水波颤颤,明灭不定。皇帝的脸色落着若明若暗的光影,有些飘浮不定,他的笑影淡得如天际薄薄的浮云:"朕也是随手择了两个字罢了。"他低下头看着琅嬅,"朕嘱咐了内务府,用心布置你的长春宫,你可还满意?"

琅嬅笑意深绽,仿佛烛火上爆出的一朵明艳的烛花:"皇上在后宫的第一夜是留在臣妾宫中,便是对臣妾最大的用心与恩典了。"

皇帝轻轻拍着琅嬅的肩膀,声音渐渐低微下去,却依依透着眷恋与温柔:"朕的用心,你懂得就好了。你是朕的皇后,又一向贤惠,后宫的事你打理着,朕很放心。"

因出了丧,也立后封妃,嫔妃们也不再一味素服银饰了。海兰一早换了一身如意肩水蓝旗装,只衣襟袖口绣了星星点点素白小花,如她人一般,清新而不点眼。自然,这也是她一贯的生存态度。

海兰照常来候着如懿起身,又陪她一同用了早膳,才去长春宫中向皇后请安。

琅嬅气色极好，又精心修饰过容颜，换了芙蓉蜜色绣折枝蝴蝶花氅衣①，头上只用一支镏金扁方绾住如云乌发，端正的发髻上只点缀了疏疏几点银翠玛瑙珠钗，并几朵通草花朵而已。虽然简单，倒也大方爽朗。一大早二阿哥也被乳母抱来了，琅嬅愈加高兴，嫔妃们也少不得热闹起来，说着二阿哥又壮了或是看着聪明伶俐。

　　唯有嘉贵人金玉妍打量着琅嬅一身的打扮，笑吟吟不说话。琅嬅一时察觉，便笑道："素日里嘉贵人最爱说笑，怎么今日反而只笑不说话了，可是长春宫拘谨了你了？"

　　玉妍忙笑道："臣妾是看皇后娘娘身上绣的花儿朵儿呢，虽然绣的花朵少，可真真是以清朗为美，看着清爽大气。"

　　琅嬅略略正了正衣襟上的珍珠纽子，含笑道："嘉贵人一向是最爱娇俏打扮的，本宫倒想听你评说评说。"

　　玉妍斜斜行了一礼，如风摆杨柳一般，细细说来："臣妾看娘娘身上的绣折枝花，只在领口和袖口满绣，衣襟和裙裾全是布料本来的纹样，像是从前大清刚入关的时候，宫眷们最时兴的绣法。那是往往以旗装绣疏落阔朗的图案为美，用的也是京绣手法，讲究的是大气连绵，富贵吉祥。而时下宫里最时兴的，是用轻柔的缎料，追求轻盈拂动之柔美，往往在袖口、领口、衣襟和裙裾上满绣轻巧花样，多用江南的绣法，或用金银丝线和米珠薄薄织起，虽然花枝繁密，但追求越柔越好。如今看皇后娘娘的装扮，真是颇有入关时的古风呢。"

　　众人听玉妍娓娓道来，再看自己身上旗装，虽然颜色花色各异，但比之皇后身上的绣花，或用金线或用米珠点缀，果然是轻盈精巧许多。

　　琅嬅听她说完，不觉叹道："同样是穿衣打扮，本宫一直觉得嘉贵人精细，

---

① 氅衣：氅衣与衬衣款式大同小异。小异是指衬衣无开气儿，氅衣则左右开气儿高至腋下，开气儿的顶端必饰云头；且氅衣的纹饰也更加华丽，边饰的镶绲更为讲究，在领托、袖口、衣领至腋下相交处及侧摆、下摆都镶绲不同色彩、不同工艺、不同质料的花边、花绦、狗牙等，尤以江南地区，素以多镶为美。为清宫妇女正式的穿着。

如今看来，果然她是个细心人，能察觉本宫的心意。今早起来，本宫查看内务府的账单，才发觉后宫女眷每年费制衣料之数，竟如斯庞大。本宫身上的衣衫虽然绣花，但花枝疏落，只在袖口和领口点缀，又是宫中婢女或京中普通衣匠都能绣的式样。而你们所穿，越是轻软，就必得是江南织造苏州织造所进贡的，加上织金泥金的手法昂贵，其中所费，相差悬殊。而且后宫所饰，往往民间追捧，蔚然成风，使得京城之中江南所来的衣料翻倍而涨，连绣工也愈加昂贵。如此长久下去，宫外宫中，奢侈成风，还如何了得？"

琅嬅一句一句说下去，虽然和颜悦色，但众妃如何不懂其中意思？都垂下头不敢再多言。唯有纯嫔不知就里，赔笑道："皇后娘娘说得是，只是皇上一向都说，先帝与康熙爷励精图治，国富民强……"

琅嬅淡淡一笑，取过茶盏定定望向她道："民间有句老话，叫富不过三代。即便国富民强，后宫也不宜奢华挥霍。否则老祖宗留下的基业，能经得起几代？不过话说回来，纯嫔你刚诞下了三阿哥，皇上看重，自然要靡费些也是情理之中。本宫不过是拿自己说话罢了。"

素练会意，往皇后杯中斟上了茶水道："可不是呢，昨儿皇后就吩咐了内务府，以后哪怕是长春宫的饰物，也顶多只许用鎏金和寻常珍珠，最好是银器或是绒花通草，赤金和东珠、南珠是一点不许用的呢。"

晞月闲闲一笑，看着手上的白银镶翠护甲："皇后娘娘的话，臣妾自然是听着了。不比纯嫔妹妹，有了三阿哥，说话做事的底气，到底是不同了。"

纯嫔虽然单纯胆小，但话至于此，还有什么不明白的？她不觉苍白了脸，腿下一软便跪下道："皇后娘娘恕罪！还请娘娘明鉴。臣妾虽然诞下阿哥，但都是皇后娘娘福泽庇佑，臣妾不敢居功自傲，更不敢靡费奢侈。"

琅嬅淡淡一笑："好了，别动不动就跪下，倒像本宫格外严苛了你们似的。起来吧。"

纯嫔这才敢起身，怯怯坐下。

玉妍很是得意，扫了一眼众妃，上前一步笑道："皇后娘娘的话说得极是。只是如今风气已成，别说宫里宫外了，连皇上赏赐给北族的衣料首饰，也无不奢丽精美。臣妾听来往北族的使者说起，北族国中也很是风靡呢。若咱们改了入关时的衣饰，也这般赏赐亲贵女眷或属国，岂不让外人惊异？"

她这一番话，自以为是体贴极了皇后，也能顾全自己的喜好。如懿与海兰对视一眼，当下只是笑而不语。

琅嬅轻轻啜了一口茶水，方徐徐道："嘉贵人的话自然也是有理的。皇上恩赏外头，那是免不了的。只是在内，咱们深居六宫的，凡事还是简朴为好。"她微微正色，"更要紧的是，如今天下安定，咱们也别忘了祖宗入关平定天下的艰难。咱们身为天下女子的表率，更得时时记着自己的身份，事事不忘列祖列宗才是。"

这番话极有分量了，饶是金玉妍伶牙俐齿，也只得低头称是。

晞月第一个站起来道："既然皇后娘娘做出表率，臣妾等定当追随。今日起，不再华服丽饰，一定效仿皇后娘娘，追思祖宗辛苦，简朴度日。"

琅嬅颔首，轻叹道："本宫一番良苦用心，你们千万别以为是本宫有心苛责了你们。后宫人多，若人人多花费些，家大业大，总有艰难的时候。"

这时，坐在一旁闷声不语的仪贵人小声道："奴婢伺候皇后娘娘多年，皇后娘娘一直不事奢华，直到如今，连衣襟上用的珍珠纽子，也不过是内务府最寻常的那种，连上用的珍珠都觉得太过浪费了。"

纯嫔忙赔笑道："仪贵人从前是贴身伺候皇后娘娘的，自然无事不晓。看来是臣妾们一直太粗心了，不曾好好追随皇后娘娘。"

琅嬅笑盈盈看着仪贵人道："好了。如今都是皇上正式册封的贵人了，还一口一个奴婢，成什么体统呢？"

仪贵人忙恭恭敬敬道："臣妾谨遵皇后娘娘吩咐。"

晞月忽地转首，看了如懿一眼："娴妃妹妹一直不言不语，难道不服皇后所言，还是另有主张？"

如懿抬了抬眼帘，徐徐道："所谓言传身教，皇后娘娘身体力行，咱们自然只有听其言随其行的份儿，何须再多置喙呢？"

海兰亦忙低低道了"是"，又道："臣妾不敢多言，是怕自己蠢笨失言，所以仔细学着皇后，不敢再多言了。"

如懿微微一笑："可不是！皇后的意思，就是皇上的意思。咱们好好听着学着，便是受益无穷了。"

晞月轻笑一声，掩唇道："娴妃妹妹这句话，倒是意在皇上昨夜留宿长春宫了，好像有些酸意呢。"

如懿淡淡笑道："我方才说的话，心存和睦的人自然听出帝后一心，后宫和睦的意思；心存酸意的么，自然也听出酸意了。"

晞月秀眉一挑，似有不忿。琅嬅和悦一笑："好了。昨夜是皇上眷顾本宫这个皇后的面子罢了，来日方长，你们都精心准备着，皇上自然会一一来看你们。"

众人答了"是"，如懿举起手腕上的翡翠珠缠丝赤金莲花镯道："这镯子虽是臣妾入潜邸不久后皇后娘娘亲自赏赐的，但如今宫中节俭，臣妾也不敢再戴了。还请皇后娘娘允准。"

她这般一说，晞月也忙站了起来。

琅嬅神色微微一沉，如秋日寒烟中沾上霜寒的脉脉衰草。然而旋即秋阳明艳，那寒意便蒸发得无影无踪。皇后还是那样温静的笑容："既是本宫从前赏的，那也无妨。何况你们俩到底一个是贵妃一个是娴妃，不能委屈了。"二人答应了，方才告退。

外头秋色明丽如画卷，绿筠与海兰陪着如懿出来，三人都是默默的。金玉妍与黄绮沄走在前头，犹自有些埋怨："哎呀，从今往后，再不能穿这样的江南软缎子了，我一想着皇后娘娘身上的旗装，虽然好看，但只用丝线绣花，普普通通的，一点也无精致飘逸之美，唉……"

仪贵人淡淡笑道："嘉贵人美貌，自然穿什么都是好看的。再不济，你一向在梳妆打扮上用心，皇上一定会留意的。"

玉妍轻轻"呀"了一声，便道："仪贵人在皇后身边久了，自然懂得皇后的心思。有皇后娘娘这个榜样，我哪里敢不跟随呢？罢了，如今金珠玉器都用不得了，要打扮便插了满头花做个疯婆子吧。"两人说说笑笑，便走到前头去了。

如懿安慰地拍拍绿筠的手："今日的事别往心里去。皇后只是看重祖宗家法，并不是有意指责你。"

绿筠愁眉微拢："皇后的意思我如何不明白？先头大阿哥的亲娘是皇后族人，虽然殁了，但身份依旧高贵。二阿哥是皇后娘娘亲生的，那更是尊贵无比的嫡子。只有我，身份不尴不尬的，我阿玛不过是笔帖式，要不是我侥幸生养了三阿哥，皇上怎么会给我嫔位？我自知出身不高，平时已经恭谨安分，可是皇后仍然在意……"她再要说下去，已经含了几分泪意。海兰赶紧拿绢子挡在绿筠口边，轻声道："好姐姐，你对皇后当然是恭谨安分，只是姐姐心思单纯，有什么说什么。这儿是在外头，叫人听见又多是非了。"

绿筠吓得一噤，忙取了绢子赶紧擦去泪痕。四周静寂无声，连陪侍的宫女也只远远地跟在后头。

如懿赞许地看了海兰一眼，柔声道："好了。有什么事尽管到了我宫里再说。如今，可别再失言了。"

绿筠连连点头，三人便说着话往御花园去了。

彼时秋光初盛，御花园中各色秋菊开得格外艳丽，姹紫嫣红，颇有春光依旧的绚美繁盛。美景当前，三人也少了方才的沉闷。一路绕过斜柳假山，如懿见前头亭中玉妍和仪贵人正坐着闲话，便与绿筠和海兰看着池中红鱼轻跃，自己取乐。

玉妍和仪贵人背对着她们，一时也未察觉，只顾着自己说得热闹。

玉妍笑道："其实姐姐被封为娴妃，我倒觉得皇上选这个'娴'字为封号，真是贴切。"

仪贵人拈了绢子笑："妹妹说来听听，也好叫我们知道皇上的心意。"

"皇上刚登基，皇后娘娘整日忙于后宫事务。哪像咱们封了嫔妃还是整日闲着无所事事，请了安就回到宫里待着，盼着皇上来。说起闲啊，其实宫里最闲的就是娴妃了。"玉妍拔下头上福字白玉镏金钗，蘸了茶水在石桌上写了个大大的"娴"字,笑吟吟道,"闲字,女旁。可不就是个闲着无所事事的女人。"

仪贵人拿绢子捂了嘴笑,倒是仪贵人身边的宫女环心机灵,看见如懿就站在近处,忙低呼一句:"贵人乏了,不如咱们早些回宫歇息吧。"

这样突兀一句,连玉妍也觉着不对,回首看见了如懿一行人。玉妍并不畏惧,索性轻蔑地看着如懿,娇滴滴道:"嫔妾不过是说文解字,有什么说什么,娴妃娘娘可别生气。"

仪贵人瞟了如懿一眼:"娴妃娘娘哪里会生气,一生气可不落实了嘉贵人的话么?不会不会。"

如懿听着她们奚落,心头有气,只是硬生生忍住。

海兰实在听不下去了,大着胆子回嘴道:"嘉贵人,娴妃娘娘的封号是皇上定的,咱们不能这样不敬。"

玉妍微眯了双眼,招了招手道:"海常在,快过来说话。"

玉妍的位分比海兰高,海兰见玉妍召唤,稍稍犹豫,还是不敢不去。待海兰走到近前,玉妍伸手托起海兰的下巴,仔细端详着:"绣房里的侍女,要不是皇上喝醉了,你还能得宠幸封常在?也不知那时候皇上喝的是什么酒,要不就是你趁皇上喝醉故意去招惹皇上的吧?"

这件事乃海兰生平最窘迫之事,她不堪被人当众提起此事受辱,一时又羞又气,满脸通红,只说不出话来。金玉妍越发得趣,银嵌琉璃珠的护甲划过海兰的面庞便是一道幽艳的光。

忽地,玉妍的手被如懿一把撩开。如懿冷然一笑,将海兰护在身后。

绿筠忙劝道:"嘉贵人,咱们都是侍奉皇上的姐妹,何必提那些陈年旧事。"

玉妍轻哼一声,蔑然道:"虽说是陈年旧事,我可是记得清清楚楚,当年若不是娴妃求着皇上给了海常在格格的名分,海常在怎能和我们做姐妹?我瞧海常在敢这么对我不敬,就是被娴妃护惯了。"

如懿瞥她一眼,缓缓道:"嘉贵人,海常在名分已定,皇上与她姻缘结成,轮不到你来评头论足。若嘉贵人非要以位分压人,那么本宫身在妃位,要责备你也是情理之中。"

玉妍嘴角一扬，毫不示弱："你虽然是妃位，位分远在我之上，可你是乌拉那拉氏的后代，我却是北族宗室王女，若论身份，我自然比你高贵许多。虽然我位分一时在你之下，你便以为你坐稳了妃位，我也没有出头之日了么？"

　　如懿微微一笑："你自恃北族宗室王女，却不想想，北族再好，也不过是我大清臣属之国。小国寡民，连国君都要俯首称臣，何况是区区宗室女？你若真要与本宫讨论何谓身份何谓高贵，就好好管住自己，做合乎自己身份的言行，才能让人心悦诚服，才是真正的高贵。"

　　如懿话音未落，却听得身后一声婉转："本宫当是谁呢？这样牙尖嘴利不肯饶人的，只有娴妃了。"

　　如懿微微欠身，冷眼看着她："昔日在潜邸中，贵妃温顺乖巧，可不是今日这副模样。"

　　晞月瞥如懿一眼，大是不屑："此一时彼一时，当日你位序在我之上，我自然不得不尊崇你。而今本宫是贵妃，你只是妃位，尊卑有序如同云泥有别，你自然要时时事事在我之下。若连这个都不知道，你便不用在这后宫里待下去了。"

　　如懿默然不语，晞月描得细细的柳眉飞扬而起："怎么？你不服气？今日我就以贵妃身份责罚你与海常在无礼挑衅。娴妃，你跪在外头，替我掌海常在的嘴。"

　　如懿哪里肯退缩，叫海兰受了委屈："贵妃若以懿德服人，这责罚我心服口服。若只是以威势压人，我虽受责，但心中不服，往后您在后宫也难服人。"她再度福身，"但请贵妃明白，您的高贵应当来自敬服，而非威慑。"

　　晞月冷笑："看来太后禁足了你，没禁了你这张利嘴啊。"

　　如懿笑意淡然："太后虽然禁足了我，可也疼惜我。"

　　晞月皱眉，全然不信："是么？"

　　如懿的笑多了几分顽色："贵妃姓高，这是无法改变的。我原叫青樱，却是太后亲自赐名如懿。其实，咱们都是太后的臣媳，太后一样疼惜。"

　　晞月得意："太后自然是疼我的。否则当年我也不会进了潜邸伺候皇上。"

"当然了。太后如珠如宝的长女嫁到蒙古准噶尔大部,结此良缘全赖您的阿玛高斌大人成全。"

这话说得尖厉,晞月的脸色登时有些不好看了。如懿见她有些心虚,又道:"这些年来,太后每日想念爱女,虽然不能亲见,但想着女儿姻缘顺谐,对高大人总是心存感激。"

晞月脸色有些苍白:"娴妃想得也太多了。你还是顾着自己,别以为太后给你赐名如懿,你就事事如意了。"

绿筠看了看晞月气势退却,也跟着帮腔:"是了。说起如意,当年选福晋的时候,皇上是先把如意给娴妃娘娘您的吧?"

如懿淡淡一笑:"如意是不是皇上给我的已是旧事,如懿这个名字是太后恩赐,却是千真万确,众人皆知。若是贵妃还是不信,不如咱们同去慈宁宫请安,问个明白。"

玉妍见情形不对,立刻道:"贵妃娘娘,起风了,咱们先回去更衣,再去给太后娘娘请安吧。"

说罢,玉妍半扶半拉着气得发怔的晞月离开,一壁低低道:"娴妃在您之下,将来还怕不能收拾了她么?倒是您看清楚了,海常在跟娴妃是一条心。"

晞月眉头微松,笑向玉妍道:"有嘉贵人与本宫一心,本宫有什么可担心的呢?"

如懿看了看绿筠,护着犹自含泪惊魂未定的海兰,笃定地握住了她的手。

有了这一场发作,接下来的日子便安静许多,晞月也未再来吵扰。

新帝登基,日子是喜滋滋的,如懿也是极欢喜的。曾经,新帝毕竟不是先帝最爱的儿子,可她的夫君虽然谨慎小心,但极有抱负与才华,更具耐心。一点一点地熬着,如冒尖的春笋,渐渐为先帝所注意,渐渐得到先帝的器重。他的努力不是白费的,终于有了今朝的喜悦荣光。那,也是她的喜悦荣光。

晚膳时如懿情不自禁地嘱咐厨房多做了两道皇帝喜爱的小菜,虽然明知这样的夜里,皇帝是一定不会在后宫用膳的,前朝有着一场接一场的大宴,那是皇帝的欢欣,万民的欢腾。可是她看着那些他素日所喜欢的菜肴,也是欢喜的,好像她的心意陪着他一般,总是在一块儿。

用膳过后也是无事。皇帝的心思都在前朝,还顾不上后宫,顾不上她们。她的欢喜时光,也是寂寞。如懿只能遐想着,想着皇帝在前朝的意气风发,居万人之上。他有抱负,有激情,有着对这片山河热切的向往。她想得出他嘴角淡而隐的笑容底下有着怎样的雄心万丈。

紫禁城中的夜仿佛格外深沉。如懿记得在潜邸的时候,院子也是大院子,福晋侍妾们也各有自己的阁子院落,但那夜是浅的,这头望得到那头。站在自己的院中,默默数着,往前几进院落便是弘历的书房了。夜晚乏闷了,出了阁子几步便是旁的妾室的阁院。虽然见面也有龃龉,也有争宠,但那都是眼皮子底下的事。总有几个稍稍要好些的,斟着茶水,用着点心,说说笑笑,便也填了寂寞。连弘历走进谁的阁楼了,那得宠的人的楼台灯火也格外明艳些,心酸醋意都是看得见的,也越发有了新的盼望。

可是如今,规矩越发大了,宫墙深深,朱红的壁影下,人都成了微小的蝼蚁。长街幽深,哪怕立满了宫人侍婢,也是悄然无声,静得让人生怕。很多次如懿坐在暖阁里,安静地听着更漏滴滴,以为四下里是无人了,一转头,却是一个个泥胎木偶似的站着,殿外有,廊下有,宫苑内外更多的是人。但那都是说不上话的人。一众入宫的嫔妃里,格外要好些的,只有苏绿筠与珂里叶特氏海兰。陈婉茵虽也来往,但她少言寡语,脸都不敢随便抬起来。她们都是性情平和的人,从前如懿的性子尖锐孤傲,与高晞月一向是彼此看不过眼的。高晞月身边有黄绮沄和金玉妍,更依附着富察氏琅嬅,她也只是冷冷地不与她们多言。可如今,苏绿筠沉浸在儿子去了撷芳殿不得相见的愁苦里,每常见了也总是郁郁寡欢。海兰呢,当年一夕承欢就被弘历忘在脑后,受尽了奚落白眼。如懿虽然不喜弘历有新宠,但到底也看不过人人都欺负她,偶尔在弘历面前提了一句,才成全了海兰的身份,在府里有了一席栖身之地。为着这个缘故,海兰总是喜欢跟着她,怯怯的,像是在寻找羽翼荫庇的受伤的小鸟,总是楚楚可怜的样子。现下海兰与晞月同住,她也不便总和海兰来往,免得晞月介意，让海兰的日子越发难过。

如此一来，如懿便更觉得寂寞了。像一根空落落燃烧在大殿里的蜡烛，只她一根，孤独地燃烧着，怎么样也只是煎熬烧灼了自己。

皇帝刚刚登基，进后宫的日子并不多。每日敬事房递了牌子上去，三四日才翻一个绿头牌，先是皇后，然后是慧贵妃，仿佛是按着位次来的，如懿盼着数着，以为总该轮到自己了，皇帝却又久久地没有翻牌子了。

渐渐地，她也晓得这寂寞是无用的了。宫中的日子只会一天比一天长，连重重金色的兽脊，也是镇压着满宫女人的怨思的。

这一夜晚来风急，连延禧宫院中的几色菊花也被吹落了满地花瓣。京城的天气，过了十月中旬，便是一日比一日更冷了。如懿用毕晚膳，换过了燕居的鸦青色绸绣枝五瓣梅纹衬衣，浓淡得宜的青色平纹暗花春绸上，只银线纳绣疏疏几枝浅绛色折枝五瓣梅花，每朵梅花的蕊上皆绣着米粒大的粉白米珠，衬着绾起的青丝间碧玺梅花钿映着烛火幽亮一闪。地下新添了几个暖炉，皆装了上等的银屑炭，燃起来颇有松枝清气。

如懿捧了一卷宫词斜倚在暖阁的榻上，听着窗外风声呜咽如诉，眼中便有些倦涩。她迷蒙地闭上眼睛，忽然手中一空，握在手里的书卷似是被谁抽走了。她懒怠睁眼，只轻声道："阿箬，那书我要看的。"

脸上似是被谁呵了一口气，她一惊，蓦然睁开眼，却见皇帝笑吟吟地俯在身前，晃了晃手里的书道："还说看书呢，都成了瞌睡猫了。"

如懿忙起身福了一福，嗔道："皇上来了外面也不通传一声，专是来看臣妾的笑话呢。"

皇帝笑着搓了搓手在榻上坐下，取过紫檀小桌上的茶水就要喝。如懿忙拦下道："这茶都凉了，臣妾给皇上换杯热的吧。"

皇帝摇手道："罢了。朕本来是去慈宁宫给太后请安的，内务府的人晌午来回话，说明日怕是要大寒，太后年纪大了受不住冷，朕去请安的时候就看看，让内务府的人赶紧暖了地龙，别冻着了太后。这一路过来便冷得受不住，想着你这儿肯定有热茶，便来喝一杯，谁知你还不肯。"

如懿夺过茶盏，虎了脸道："是不给喝。现下觉得凉的也无妨，等下喝了肚子不舒服，又该埋怨臣妾了。"她回头才见守在屋里的宫人一个也不在，想是皇帝进来，都赶着退下了。如懿朝着窗外唤了一声"阿箬"，阿箬应了一声，便捧了热茶进来，倒了一杯在金线青莲茶盏中。

皇帝捧过喝了一口，便问："是齐云瓜片？"

阿箬娇俏一笑，伶俐地道："齐云瓜片是六安茶中最好的。这个时候奴婢估摸着皇上刚用了晚膳，天气冷了难免多用荤腥，这茶消垢腻、去积滞是最好的。"

皇帝向着如懿一笑："千伶百俐的，心思又细，是你调教出来的。"

阿箬笑生两靥："奴婢能懂什么呢？这话都是小主日常里颠来倒去说的，惦记着皇上用了什么，用得好不好。奴婢不过是耳熟，随口说出来罢了。"说罢她便欠身退下了。

皇帝握了如懿的手引她一同坐下："难怪朕会想着你的茶，原来你也念着朕。"

如懿低了头，笑嗔道："皇上也不过是惦记着茶罢了。明儿臣妾就把这些茶散到各宫里去，也好引皇上每宫里都去坐坐。"

皇帝握了握她的手："天一冷就手脚冰凉的，自己不知道这个毛病么，也不多披件衣裳。"他见榻上随手丢着一件湖色绣粉白藤萝花琵琶襟夹马褂，便伸手给如懿披上，叹口气道，"这话便是赌气了。"他摊开如懿方才看的书，一字一字读道，"十二楼中尽晓妆，望仙楼上望君王。遥窥正殿帘开处，袍袴宫人扫御床。①"

如懿面红耳赤，忙要去夺那书道："不许读了。这词只许看，不许读。"

皇帝将书还到她手里："是不能读，一读心就酸了。"

---

① 出自薛逢的《宫词》。宫怨是唐诗中屡见的题材。薛逢的这首《宫词》，从望幸着笔，刻画了宫妃企望君王恩幸而不可得的怨恨心理，情致委婉，有其独特风格。全诗为：十二楼中尽晓妆，望仙楼上望君王。锁衔金兽连环冷，水滴铜龙昼漏长。云髻罢梳还对镜，罗衣欲换更添香。遥窥正殿帘开处，袍袴宫人扫御床。

如懿不好意思，亦奇道："宫词写的是女人，皇上心酸什么？"

皇帝静静道："朕在太和殿里坐着上朝，在乾清宫里与大臣们议事，在养心殿书房里批阅奏折。你想着朕，朕难道不想着你么？你在'锁衔金兽连环冷，水滴铜龙昼漏长'的时候，朕也在听着更漏处理着国事；你在'云鬟罢梳还对镜，罗衣欲换更添香'的时候，朕在想着你在延禧宫中的日子如何，是不是一切顺心遂意？"

如懿动容，伏在皇帝肩头，感受着他温热的气息。皇帝身上有隐隐的香气，那是帝王家专用的龙涎香。那香气沉郁中带着淡淡的清苦气味，却是细腻的，妥帖的，让人心静。暖阁里竖着一对双鹤比翼紫铜灯架，架上的红烛蒙着蝉翼似的乳白宫纱，透出的灯火便落成了十八九的月色，清透如瓷，却昏黄得温暖。皇帝背着光站着，身后便是这样光晕一团，如懿只觉得沉沉的安稳，再没什么不放心的了。

良久，如懿才依偎着皇帝极轻声道："臣妾初初嫁给皇上之时，其实内心忐忑。可是成婚之后日夕相对，皇上体贴入微，臣妾感激不尽。如今皇上身负乾坤重任，虽然念及后宫之情，却也隐忍以江山为重，臣妾万分钦佩。"

皇帝的声音沉沉入耳："朕忍的是儿女私情，不过一时而已。而你也要和朕一样，有什么委屈，先忍着。朕知道入宫之后，你的日子不好过，可再不好过，想想朕，也该什么都忍一忍。朕才登基，诸事烦琐，你在后宫，就不要再让朕为难。"

如懿双眸一瞬，睁开眼道："皇上可是听说了什么？"

皇帝道："朕是皇帝，耳朵里落着四面八方的声音，可以入耳，却未必入心。但朕知道，住在这延禧宫是委屈了你，仅仅给你妃位，也是委屈了你。"

如懿道："延禧宫出入嘈杂，但宫里哪里没有人？臣妾只当闹中取静罢了。至于位分，有皇上这句话，臣妾什么委屈也没有了。"

皇帝微微松开她："有你这句话，朕就知道自己没有嘱咐错。"他停一停，朝外头唤了一句，"王钦，拿进来吧。"

王钦在外答应了一声，带着两个小太监捧了一幅字进来，笑吟吟向如懿打了个千儿:"给娴妃娘娘请安。"

如懿含笑颔首:"起来吧。"

王钦答应着,吩咐小太监展开那幅字,却是斗大的四个字——慎赞徽音。

皇帝笑道:"朕亲手为你写的,如何?"

如懿心头一热,便要欠身:"臣妾多谢皇上。"

皇帝忙扶住了她,柔声道:"《诗经》中说'大姒嗣徽音,则百斯男'。徽音即为美誉,这个'慎'字是告诉你,唯有谨慎,才能得美誉。日后宫中度日,朕是把这四个字送给你。"

如懿明白皇帝语中深意,沉吟着道:"那臣妾便嘱咐内务府的人将皇上的字做成匾额,放在延禧宫正殿,可好?"

皇帝拢一拢她的肩:"你与朕的意思彼此明白,那就最好。"

第十一章 琵琶

往下的日子，皇帝依着各人位分在各宫里都歇了一夜，是谓"雨露均沾"。之后皇帝便是随性翻着牌子，细数下来，总是慧贵妃与嘉贵人往养心殿侍寝的日子最多。除了每月朔望，皇帝也喜欢往皇后宫中坐坐，闲话家常。如懿的恩宠不复潜邸之时，倒是随着纯嫔、仪贵人和海常在一般沉寂了下来。

无宠，无子，无显赫家世，突然成了清静自然身，如懿再无人理会。

纷纷扬扬地下了几场雪之后，紫禁城便入冬了。内务府忙碌着各宫的事宜，渐渐也疏懒了延禧宫。这日午后如懿正坐着和海兰描花样子，却听阿箬掀了帘子进来道："内务府越发会看脸子欺负人，皇后娘娘今儿赏给各宫的白花丹和海风藤是做成了香包的，说是宫里湿气重，戴着能祛风湿通络止痛的。可是奴婢打开一看，里面塞的白花丹粉末全是次货，想要再跟内务府要，他们说太医院送来的就是这些，没更好的了。奴婢想，慧贵妃那儿，他们敢送这样的？连缝制的香包都松松散散的，针脚不成个模样……"

海兰停了手，含了一缕忧色："姐姐这儿都是这样的，我那里就更不必说了。"

如懿抬头看了看阿箬："既是次的，也比不用好。先搁着吧。"

海兰道："也是。外头快下雪了。省得来回折腾。这样吧，阿箬，你先把这些香包都送到我那儿去，我替姐姐把针脚都缝一缝吧，省得用着便散了。"

如懿道："这些微末功夫，叫她们做便罢了，你何必自己这么累？"

海兰静静一笑："姐姐忘了，我本闲着，最会这些功夫了。就当给我打发时间吧。"

这一日下了一上午的雪点子，皇帝身边的大太监王钦亲自过来了。那王钦本是先帝时的传奏事首领太监，因皇帝为皇子时侍奉殷勤，十分得力，皇帝登基后便留在了身边为养心殿副总管太监。因总管太监的位子一直空缺，他又近身伺候着皇帝，言语讨喜，所以宫中连皇后也待他格外客气。

王钦进来时，皇后穿了一身藕荷色缎绣牡丹团寿纹夹衣，外罩着米黄底碧青竹纹织金缎紫貂小坎肩，笼着一个画珐琅花鸟手炉，看着素练与莲心折了蜡梅来插瓶。

王钦见了皇后，忙恭恭敬敬行了一礼，道："奴才王钦给皇后娘娘请安。"

皇后含笑道："外头刚下了雪，地上滑，皇上怎么派了你过来？可是有什么要紧事？"说着一壁吩咐了莲心上茶赐座。

王钦诺诺谢恩，方道："谢皇后娘娘的赏，实在是奴才不敢逾越。话说完了，还等着别的差事呢。"又道，"皇上吩咐了，明儿是十五，要在娘娘的长春宫用晚膳，也宿在长春宫，请娘娘预备着接驾。"

皇后眉目间微有笑意，脸上却淡淡的："知道了。夜来霜雪滑脚，你嘱咐着抬轿的小太监们仔细脚下，还有，多打几盏灯笼，替皇上照着路。"

王钦忙道："娘娘放心，奴才不敢不留心着呢。"

皇后微微颔首，扬了扬脸，道了句"赏"。莲心立马从屉子里取出十两银子悄悄儿放在王钦手心里。

王钦嘴上千恩万谢了，眼睛往莲心脸上一瞟，莲心红了脸，忙退到后头去了。王钦又道："还有一件事。昨儿夜里下了一夜的雪，皇上想起去年潜邸里殁了的大阿哥的生母，道了好几句'可惜'。"

皇后惋惜道："诸瑛是本宫族姐，伺候皇上也久。谁知难产而亡，也是没福。"说罢便拿绢子按了按眼角，慢慢说，"诸瑛是大阿哥的生母，当年也只是潜邸里的一位格格，位分不高。如今她虽福薄弃世而去，但皇上也不能不给她一个恩典，定下名分，给个贵人或嫔位，也是看顾大阿哥的面子。"

王钦恭谨道："皇后娘娘慈心，皇上昨夜便说了，是要追封为哲妃，过两日便行追封礼，要在宝华殿举行一场大法事，还请皇后娘娘打点着。"

皇后微微一怔，旋即和婉笑道："还是皇上顾虑周全，先想到了。那你去回禀皇上，哲妃与本宫姐妹一场，又是本宫的族姐，她的追封礼，本宫会命人好好主持的。"

王钦笑道："是。那奴才先告退。"

皇后眼看着王钦出去了，笑容才慢慢凝在嘴角，似一朵凝结的霜花，隐隐迸着寒气。素练素知皇后心思，忙端了一盏茶上来，轻声道："纯嫔生了三阿哥，皇上不也只给她嫔么？诸瑛格格人都去了，还能追封个妃位，皇上真是长情之人。皇上给哲妃脸面，也是看在她与皇后娘娘同宗的面子上。可诸瑛格格忘恩负义，她生的儿子实在难让人喜欢。"

皇后接过茶盏却并不喝，只是缓缓道："额娘是额娘，孩子是孩子。诸瑛已经去了，还说这些做什么。"

素练看了皇后一眼，低婉道："大阿哥本是长子，生母又封妃，地位更加尊贵。"

皇后郁然叹了口气，望着榻上内务府送来的一摞精心绣制的幼儿衣裳："古来立太子，有立嫡、立长，也有立贤的。永璜年长好学，也算贤德。"

素练慨然道："就算大阿哥年长，是庶长子，可中宫所生的第一个儿子才是嫡长子，他可不能和您的二阿哥比。而且素来什么花儿结什么果子。哲妃不知廉耻，她的儿子也小小年纪就拔尖要强了，您不能不管束。"

皇后摇摇头，双眉微蹙："永璜年纪长成了，皇上在意他的学业，定要严格管教，不许纵着他吃喝玩乐。万不可亏待了这没娘的孩子。"她神色端然，"太后和皇上素来夸本宫是贤后，本宫自然要当得起这两个字。"

素练怔了怔，想起富察夫人素日的嘱咐，很快拿定了主意："奴婢记下了。"

皇后正嘱咐素练，却听外头传来太监特有的尖细悠长的通传声："慧贵妃到——"

皇后点一点头："传吧。"

只见白藤间紫花绣幔锦帘轻盈一动，外头冷风灌入，盈盈走进来一个单薄得纸片儿似的美人儿，素练已经先屈膝下去："慧贵妃万福金安。"

曦月忙笑道："快起来吧。日常相见的，别那么多规矩。"

说着由侍女茉心卸了披风，曦月才轻盈福了福身："给皇后娘娘请安，娘娘万福金安。"

皇后忙笑着道："赐座。本宫也是你的那句话，日常相见的，别那么多规矩。"

曦月谢了恩，往下首的蝠纹梨花木椅上坐下，方才笑道："才刚午睡了起来，想着日长无事，便讨来和娘娘说说话，没扰着娘娘吧？"

皇后笑道："正说着你呢，你就来了。"她打量着曦月，天气还未到最冷的时候，曦月却早早换上了一袭水粉色厚缎绣兰桂齐芳的棉锦袍，底下露着桃红绣折枝花绫裙，行动间便若桃色花枝漫溢无尽春华。她外头搭着深一色的桃红撒花银鼠窄褃袄，领子和袖口都镶饰青白胀镶福寿字貂皮边，那风毛出得细细的，绒绒地拂在面上，映着漆黑的发髻上一支双翅平展镏金凤簪垂下的紫晶流苏，越发显得她小小一张脸粉盈盈的，似一朵新绽的桃花。

曦月好奇："皇后说臣妾什么？"

皇后见素练端了茶点上来，方道："说下了几场雪冷了起来，你原是最怕冷的。果然现在看你，连风毛的衣裳都穿上了。这若到了正月里，那可穿什么好呢？"

曦月捧着手里的珐琅花篮小手炉一刻也不肯松手："皇后娘娘是知道我的，一向气血虚寒，到了冬日里就冷得受不住。整日里觉得身上寒浸浸的，只好有什么穿什么吧。"

茉心笑道："皇后娘娘不知道呢。虽说到了十一月就上了地龙，可我们小主还是冷得受不住，手炉是成日捧着的，脚炉也踩着不放呢。"

皇后叹了口气道："你年轻轻的，也该好好保养着。如今不比在潜邸的时候，什么好太医没有？尽着你瞧的。好好把身子调养好了，也像纯嫔一样给皇上添个阿哥才好。"说到子嗣上，晞月便有些伤感，忙低了头低低应了一声。

皇后唤了莲心上前，道："本宫记得长春宫的库房里有一件吉林将军进贡的玄狐皮，皇上前儿刚赏的，你去取了来。"莲心忙退了下去，皇后见左右都是心腹之人，方肯推心置腹地道，"其实你的年纪比本宫还长些，侍奉皇上的日子又久。说句不见外的话，皇上也是宿你宫里最多，怎么会到了如今还没一点儿动静？你也该好生留意着了。"

晞月眼圈儿一红，低声道："皇后这么说，满心里是疼臣妾，臣妾都知道。可是太医也一直调理着，还是皇上求了太后指的太医院院判齐汝齐大人，不能不说是用心替臣妾看着的，只臣妾自己福薄罢了。"

皇后叹了一声，也是感触："皇上膝下才三位阿哥，本宫的二阿哥是不消说了。大阿哥和三阿哥的出身都是一般，本宫是有多指望你也能有个阿哥，聪明灵慧不消说，二阿哥也有个伴儿了。那才是真正的亲兄弟呢！"

晞月听了这句话，满心里感激，急忙跪下，含泪道："皇后娘娘一直眷顾臣妾，臣妾都是知道的。有娘娘这句贴心话，臣妾万死也难报娘娘的垂爱了。"

皇后忙扶起她道："这样的话就是见外了。本宫与你相处多年，也不过是格外投缘，才把你视若姐妹一般。"她抬首见莲心捧了那件玄狐皮进来，便道，"交给茉心吧，本宫赏给晞月的。"

晞月素知皮货有"一品玄狐，二品貂，三品狐貂"之说，又见那狐皮毛色深黑如墨，唯有顶上一须银毫明灿，整张皮子油光水滑，更兼是吉林将军的贡品，一年也不过一两件，自知是一等一的好货，忙谢恩道："这样贵重的东西，臣妾怎么敢用？又是皇上赏赐给娘娘的。"

皇后和颜道："既是皇上赏给本宫的，本宫自然可以做主了。你且收着吧，明儿叫内务府做件保暖的衣裳，自己暖了身子就不枉费了。"

晞月再三谢过，方命茉心仔细收了。皇后一双碧清妙目，往那狐皮上一转，蓦然叹了口气："其实本宫给你的东西，再好也就是样贡品罢了。左不过今年没玄狐，明年后年也总还有的。哪里比得上旁人，连宫里挂着的一幅匾额，都是皇上御笔亲赐的。"

晞月似是不解，忙问："什么匾额？"

皇后本要回答，想了想还是摆手："罢了，什么要紧事呢，本宫也不过随口一说罢了。"

晞月见她宁愿息事宁人，愈加不肯放松："娘娘是有什么话连臣妾也要瞒着么？"

素练见晞月盏中的茶不冒热气了，忙添了点水，为难道："娘娘哪里是要瞒着贵妃，只是怕说了也只是添气罢了，便也懒怠多言。奴婢可是眼里揉不得沙子的。今儿上午内务府来回禀，说皇上御笔写了幅字给娴妃的延禧宫里，娴妃就忙不迭地嘱咐了人做成了金漆匾额挂在了正殿里。其实皇上谁不赏赐？偏她这样抓乖卖俏，生怕人看不见似的硬要挂在正殿里，还一路宣扬着，以为这样就得了恩宠了么？其实奴婢看，哪怕皇上要赐字悬匾，那也是该先在皇后和贵妃宫里，哪里就轮到她了？"

晞月贝齿轻咬，冷笑一声道："臣妾还以为这些时日皇上都没召她侍寝过，她便会安分些，原来还是这泼辣货野路子好强的性格。臣妾倒不信了，皇上御笔而已，一块匾额就这么难了。"她说罢起身，匆匆告辞去了。

皇后望着她背影，只是淡淡一笑，道："本宫惦记着二阿哥，你带上本宫亲手缝给二阿哥的那些衣裳，咱们去撷芳殿走一趟。"

素练道："今儿上午内务府不是送来了好些上用的衣裳么？奴婢瞧着都挺好，娘娘总熬着夜给二阿哥做衣裳，自己也仔细凤体才好。"

皇后瞥了眼那堆五颜六色的衣裳，不放心地摇头："旁人送来的东西，再好本宫也不放心。宁可自己辛苦些，哪怕你们经手也放心些。"

素练闻言一凛，答应了道："奴婢明白了。"

晞月离了长春宫，坐在辇轿上支腮想了片刻，便道："茱心，你带着这件玄狐皮先回宫。彩珠、彩玥留下，陪着本宫去养心殿看望皇上。"

茱心答应了声"是"，嘱咐彩珠、彩玥好生照看着，便先回去了。

晞月不顾雪后路滑，催促了抬轿的太监两声，紧赶慢赶着便去了养心殿。

才到了养心殿门外，王钦见是晞月来了，忙迎上来打着千儿亲手扶了晞月下轿，一迭声道："贵妃娘娘仔细台阶滑，就着奴才的手儿吧。"

晞月漾起梨窝似的一点笑意："有劳王公公了。这个时候，皇上在做什么呢？"

王钦赔了十足的笑意："贵妃娘娘来得正巧，皇上歇了午觉起来批了奏折，现下正歇着呢。挑了南府乐班的几个歌女，正弹着琵琶呢。"

晞月笑了笑道："皇上好雅兴，本宫进去怕扰了皇上呢。"

王钦笑道："这宫里说到音律，谁比得过娘娘？要不是怕雪天路滑，皇上肯定请了您来了。"

晞月这才道："那就劳公公去禀一声吧。"

王钦答应着去了。晞月在廊下立了一会儿，果然听见里头琵琶铮铮，正出神，王钦已出来请她了。

因着皇帝在听曲，她入殿便格外轻手轻脚，见皇帝斜坐在暖阁里，闭着眼打着拍子。数步外坐着三五琵琶伎，身着羽蓝宫纱，手持琵琶挡住半面，纤纤十指翻飞如莹白的蝶。

晞月见皇帝并未察觉她的到来，便也垂手立在一边静静听着。等到一曲终了，方欠身见过皇帝。

皇帝见了她来，倒是十分高兴，牵过她手一同坐下道："本想叫你来一同听琵琶，又怕外头天寒地冻的，你本来就畏寒。"皇帝关切道，"朕命齐太医替你调理身体，如今觉得还好么？"

晞月低眉浅笑："臣妾身子虽然羸弱，但有皇上关怀，觉得还好。所以今日特意过来养心殿一趟。"

皇帝握着她的手，眼中微微一沉："手还是这样凉，王钦，叫人再添两个火盆来，仔细贵妃受寒。"

晞月本来就是弱不胜风的体态，皇帝这般关切，更多了几分女儿娇态："皇上龙气旺盛，臣妾在旁边，也觉得好多了。"

皇帝眉眼间都是温润的笑意，道："好好坐着，也就暖过来了。"说罢指着几个琵琶伎道，"方才你在旁边听着，觉得如何？"

晞月娇盈盈道："如今南府里竟没有好的琵琶国手了么？选这几个来给皇上清赏，也不怕污了皇上的耳朵。"

那几个琵琶伎听了，不由得慌了神色，忙跪下请罪。

皇帝扬扬手，示意她们退在一边，微微一笑道："论起琵琶来，有你这个国手在这儿，朕还听得进别人弹的么？不过是你不在，所以听别人弹几曲打发罢了。"

晞月盈然一笑，愈加显得容光潋滟，一室生春。她随手取过其中一个琵琶伎用过的凤颈琵琶，微微疑道："怎么现在南府这般阔气了？寻常琵琶伎用的也是这种嵌了象牙的凤颈琵琶么？"

皇帝唇角的笑容微微一滞，那退在一边的琵琶伎便大着胆子道："奴婢技艺不佳，未免污了皇上清听，所以特别用了最好的琵琶。"

晞月蔑然望了她一眼，见那琵琶伎不过二八年纪，姿容虽不十分出众，却别有一番清丽滋味，更兼身形略略丰腴，恰如一颗圆润白滑的珍珠，比得慧贵妃怯弱的身量更单薄了似的。她心下便有些不悦："若没有真本事，哪怕是用南唐大周后的烧槽琵琶，也只是暴殄天物而已。"

那琵琶伎垂着脸不说话，便低首立在一旁。晞月一眼望去，琵琶伎所用的器乐中，只有这把凤颈琵琶音色最清，便横抱过琵琶，轻轻调了调弦，试准了每一个音，才开始轻拢慢捻，任由音律旋转如珠，自指间错落滑坠，凝成花间叶下清泉潺潺，又如花阴间栖鸟交颈私语，说不尽的缠绵轻婉，恍若窗外严寒一扫而去，只剩了春光长驻，依依不去。

一曲而过，皇帝犹自神色沉醉，情不自禁拊掌道："若论琵琶，宫中真是无人能及晞月你。"

晞月扬了扬纤纤玉手，颇为遗憾道："可惜了，今日臣妾手发冷有点涩，又用不惯别人的琵琶，此曲不如往常，让皇上见笑了。"

皇帝颇为赞许："已经很好了。"他似想起什么，向外唤了王钦入内道，"贵妃说手冷。朕记得吉林将军今年进贡了玄狐皮，统共只有两条，一条朕赐给了皇后。还有一条，就赐给贵妃吧。"他含笑向晞月道，"若论轻暖，这个不知胜了紫貂多少倍，给你最合适了。"

晞月一双剪水秋瞳里盈盈漾着笑意："这倒是巧了。方才皇后也赏了臣妾一条玄狐皮，也说是吉林将军进贡的，看来这样好东西，注定是都落在臣妾宫里了。"

皇帝眼中闪过一丝欣慰之色："皇后贤惠大方，对你甚是不错。如此，这两条都给你就是了。只不过朕的心意比皇后多一分，王钦，你便拿去内务府着人替贵妃裁制了衣裳再送去咸福宫吧。"

王钦答应着，又招了招手，引了一班乐伎去了。皇帝不动声色地望了一眼其中一个，只见那羽蓝宫装消失在朱红殿门之后，方低低笑道："如何？"

晞月哧地一笑，别过身子道："什么如何？皇上疼臣妾是假的，疼娴妃才是真的。"

皇帝笑着摇首："这样的话，也就你说罢了。朕难得才去看娴妃一次，怎么倒是不疼你了？"

晞月露出三分委屈的样子："臣妾今儿听说，皇上特赐御笔给娴妃，娴妃兴兴头头让内务府做了匾额挂在延禧宫的正殿里。偏臣妾的咸福宫里那块匾额都不知道是谁写的，金粉也不足了。娴妃这样的荣耀，臣妾都指望不上。"

皇帝扬了扬唇角，失笑道："原来你是喜欢那个。朕不过是想娴妃住的延禧宫不如你的咸福宫多了，怕看着寒酸才随手写了一幅字给她。哪里比得上你的咸福宫，东室的画禅室和西室的琴德簃都是朕亲手题写的。为着你喜欢搜罗乐器，雅好琴音，朕还特意把圣祖康熙皇帝最为珍爱的古琴，包括宋琴鸣凤、明琴洞天仙籁都放了那里供你赏玩。还命人在咸福宫院中栽种莲藕，朕便可以与你在荷风中对景抚琴，平添清暇幽远的意境。这样还不足么？"

晞月含情脉脉道："皇上曾说，每来咸福宫，见佳景如斯，每一静对，便穆然神移。"晞月牵住皇帝的衣袖盈盈道，"可是咸福宫什么匾额都有了，就缺正殿一块皇上的亲笔御书。既然是随手，皇上不如也赐给臣妾和皇后一幅。省得满宫里只有娴妃有，臣妾羡慕还来不及。"

皇帝刮一刮她小巧的鼻头："你有什么羡慕的，朕什么好的没给你？只这一样，你也喜欢？"

晞月半是委屈半是撒娇："皇上终日忙于朝政，臣妾在后宫日夜盼望，若能见字如见人，也可以稍稍安慰。"

皇帝微微沉吟，顷刻笑道："好了。你非要这般贪心不足，有什么难的？你既惦记皇后，朕赐给你和皇后就是了，也许你们做成匾额，挂在正殿里。这下可满意了么？"

晞月这才娇俏一笑，温顺伏在皇帝肩头，柔声道："臣妾就知道，皇上最疼臣妾了。"

晚膳过后，皇帝着人送了晞月回去，便留在书房摊开了纸行云流水般写起字来。王钦见皇帝在绵白的销金大纸上写了十一幅字，便在旁磨着墨汁贴笑道："皇上对皇后和慧贵妃实在是格外恩典。奴才愚心想着，皇上的字自然都是好的，原来皇上还要在这十一幅里选了最好的赏赐呢。"

皇帝见他满脸堆笑，也不说话，只将毛笔搁在青玉笔山上，含了笑意一张张看过去。皇帝侧首，见侍奉在书房门口的李玉一脸了然而谦卑的笑意，便问："王钦是这个意思。李玉，你怎么看？"

李玉怔了一怔，回道："奴才愚笨，以为皇上恩泽遍布六宫。延禧宫已然有了一幅字，这十一幅自然是六宫同沐恩泽了。"

皇帝击掌笑道："好，算你聪明。"皇帝一幅幅细赏下来，自己也颇得意，一一念道，"咸福宫是滋德合嘉，许慧贵妃福德双修的意头；皇后的长春宫是敬修内则，皇后最敬祖宗家法，这幅字最适合她不过；钟粹宫是淑慎温和，与纯嫔的心性最相宜，也算安慰她亲子不在身边的失意；启祥宫是淑容端贤……"

王钦忙凑趣道："嘉贵人该是容色冠后宫。"

皇帝微微颔首："景阳宫是柔嘉肃静，承乾宫是德成柔顺，永和宫是仪昭淑慎，储秀宫是茂修内治，翊坤宫是懿恭婉顺，永寿宫是令仪淑德，景仁宫是德协坤元。"

王钦奇道:"景仁宫也有?"

皇帝道:"景仁宫那位已经过身,你着内务府好好修整下,以后总要有人住进去的。"

王钦忙答应了,皇帝瞟了眼伺候在旁的李玉,笑道:"方才你机灵,那朕就把这十一幅字送去内务府制成匾额的事,交给你了。"

李玉受宠若惊,只觉得光彩,忙恭声道:"奴才谢皇上的赏。"

皇帝奇道:"这赏干你什么事?"

李玉喜滋滋道:"这赏是皇上给六宫小主娘娘的,奴才有幸接了这个差事,自然是沾了福气的,所以谢皇上的赏。"

皇帝忍不住乐道:"是会说话。朕用剩下的这张销金纸,就赏给你了。"

李玉喜得忙磕了头,起身才看见王钦脸色阴沉,吓得差点咬了舌头,忙捧着纸退下了。

皇帝似乎有些倦了,便问:"什么时辰了?"

王钦忙道:"到翻牌子的时候了。皇上,敬事房太监已经端了绿头牌来,候在外边了。"

皇帝凝神片刻:"今儿南府来弹琵琶的那个琵琶伎,抱着凤颈琵琶的那个……"

王钦一怔,即刻回过神来:"是南府琵琶部的乐伎,叫蕊姬。"

皇帝按了按眉心,嘴角不自觉地蕴了一分笑意,简短道:"带来。"

王钦只觉得脑袋一蒙,嘴上却不敢迟疑,忙答应了赶紧去了。

长街的积雪已被宫人们清扫得干干净净,缓步走在青石花砖上,两旁堆雪映着红墙碧瓦,越发觉得雪光炫目,犹如白日一般。

如懿扶着惢心的手慢慢走着,前头两个小太监掌着羊角宫灯,只见冷风打宫灯走马灯似的乱走,四周唯有阴森寒气贴着朱墙呼啸而过,卷起碎雪纷飞,海兰便有些害怕,更紧紧依偎在如懿身边。

如懿安抚似的拍拍她的手,歉然道:"这么晚了,还要你陪我去宝华殿祈福,实在是难为你了。"

海兰靠在她身边挽着手慢慢走着,眼里却有几丝欢悦:"我一个人待在宫里也闷得慌,贵妃她又……"她欲言又止,"还好能陪姐姐去宝华殿听听师父诵经,心里也安静许多。"

如懿道:"佛家教义,本来就是让人心平气和的。我去和法师们一同念念经文,将这些日子抄的《法华经》烧了,也是了了自己的一桩心愿。"

海兰往四下看了看,紧张地道:"姐姐别说,别说了。"

如懿含了一脉坦然笑意:"别怕,只有你明白罢了。亲人不在身边,咱们在世的人也只是尽一点哀思罢了。"

海兰微微点头,触动心事,眉梢便多了几分落雪般的伤感:"海兰父母早亡,只有姐姐在身边,不过姐姐在,我心里也安稳多了。"她说着,将自己单薄的身体更紧地往如懿身边靠了靠,仿佛只有这样,才能抵御冬日里无处不在的侵骨寒意。

如懿懂得地握了握她削薄的手腕,仿佛形影相依一般:"你常来看我是好的,但被贵妃知道,只怕又要刁难你。"

海兰轻声道:"我都惯了。"

两人正低声说着话,忽然听得车轮辘辘碾过青砖,一辆朱漆销金车便从身畔疾驰而过。如懿将海兰拦在身后,自己躲避不及,身上的云白青枝纹雁翎氅便沾了几点车轮溅起的浊泥。

犹有余香散在清冷的空气中,缠绵不肯散去。海兰诧异道:"是送嫔妃去侍寝的凤鸾春恩车!"

如懿顾不得雁翎氅上的污浊,惊异道:"今夜并不曾听说皇上翻了牌子,这凤鸾春恩车走得这样急,是谁在上面?"

海兰嗅了嗅空气中残余的甜香,亦不免惊诧:"好甜郁的香气!贵妃都不用这样浓的熏香,是谁呢?"

二人相视疑惑,只听得宫车辘辘去得远了,袅袅余音。那车过深雪,两轮深深的印迹便似碾在了心上,挥之不去。

第十二章 蕊姬

这一日清晨，嫔妃们一早聚在皇后宫中，似是约好了一般，来得格外整齐。殿中一时间莺莺燕燕，珠翠紫绕，连熏香的气味也被脂粉气压得暗淡了不少。

皇后尚在里头梳妆，并未出来。嫔妃们闲坐着饮茶，莺声燕语，倒也说得极热闹。仪贵人忍不住道："昨儿夜里吹了一夜的冷风，呜咽呜咽的。也不知是不是妹妹听岔了，怎么觉得好像有凤鸾春恩车经过的声音呢？"

嘉贵人冷笑一声，扶了扶鬓边斜斜堕下的一枚镏金蝉压发，那垂下的一绺赤晶流苏细细地打在她脂粉均匀的额边，随着她说话一摇一晃，眼前都是那星星点点的赤红星芒。嘉贵人道："不是仪贵人你听岔了，而是谁的耳朵也不差，扫过雪的青砖路结了冰，那车轮声那么响，跟惊雷似的，谁会听不见呢！"

海兰忍不住道："别说各位姐姐是听见的，嫔妾打宝华殿回来，正见凤鸾春恩车从长街上过去，是载着人呢。"

这下连近来一直沉默寡欢的纯嫔都奇怪了，便问："我明明记得昨夜皇上是没有翻牌子的，凤鸾春恩车会是去接了谁？"说罢她也疑惑，只拿眼瞟着剥着金橘的慧贵妃，"莫不是皇上惦记慧贵妃，虽然没翻牌子，还是接了她去？"

慧贵妃水葱似的手指，慢慢剥了一枚金橘吃了，清冷一笑："本宫怎么知道是谁在车里？这种有违宫规又秘不告人的事，左右不是本宫便罢了。"

如懿端着茶盏，拿茶盖徐徐撇着浮沫，淡淡道："不管是谁，大家要真这么好奇，不如去唤了王钦来问，没有他也不知道的道理。"

慧贵妃媚眼微横，轻巧笑了一声："这样的事只有娴妃敢说，也只有娴妃敢做。不如就劳驾娴妃妹妹，去扯了王钦来问。"

如懿只看着茶盏，正眼也不往慧贵妃身上瞟，只淡淡道："谁最疑心便谁去问吧。金簪子掉在井里头，不看也有人急着捞出来，怎么舍得光埋在里头呢？"

嘉贵人拿绢子按了按鼻翼上的粉，笑道："也是的，什么好玩意儿，只怕藏也藏不住。等着看就是了。"

众人正说着，只听里头环佩叮咚，一阵冷香传至，众人知是皇后出来了，忙噤声起身，恭迎皇后出来。

皇后扶着素练的手，行走间沉稳安闲，自有一股安定神气，镇住了殿中的浮躁心神。皇后往正中椅上坐下，昐咐了各人落座，方静声道："方才听各位妹妹说得热闹，一句半句落在了耳朵里，什么好事情，这么得各位妹妹的趣儿？"

众人面面相觑，到底是嘉贵人沉不住气先开了口："臣妾们刚才在说笑话儿呢，说昨夜皇上并没有翻牌子，凤鸾春恩车却在长街上走着，不知是什么缘故呢。"

皇后淡淡一笑，那笑意恍若雪野上的日光，轻轻一晃便被凝寒雪光挡去了热气："能有什么缘故？不过是咱们姐妹的福分，又多了一位妹妹做伴罢了。"

"多了位妹妹？"嘉贵人忍住惊诧之情，勉强笑道，"皇后娘娘的意思是……"

"连着天寒，本宫嘱咐你们不必那么早来请安，所以你们有所不知。方才你们来前，皇上已经让敬事房传了口谕，南府白氏，着封为玫答应。本宫也已经拨了永和宫给她住过去。"

慧贵妃攥紧了手中的绢子，忍不住低呼："南府？那不是……"

如懿心里虽也意外万分，却也忍住了，只与海兰互视一眼，暗暗想，难怪这么重的熏香气息，果然是这么一个玉人儿。

皇后面上波澜不惊，只抬了抬眼皮看了慧贵妃一眼："照理说贵妃应该是见过的，听说是一个弹琵琶的乐伎。"

慧贵妃眉头微锁，凝神想去，昨日所见的几个乐伎里，唯有一个眉目最清秀，身形又丰腴多魅，想来想去，再无旁人。她咬了咬牙，忍着道："是有一个弹凤颈琵琶的，皇上还嫌她们弹得不好……"

纯嫔郁然吁了口气道："琵琶弹得好不好有什么要紧，得皇上欢心就是了。"

旁人听了这一句还罢了，落在慧贵妃耳中，虽然说者无心，却直如剜心一般，一刀一刀剜得喉咙里都忍不住冒出血来。她死死抓着一枚金橘，直到感觉沁凉的汁液湿润地染在手上，才意识到自己的失态，忙喝了口茶掩饰过去。

嘉贵人柳眉扬起，不觉带了几分戾气："南府乐伎，那是什么身份？比宫女还不如。宫女晋封还得一级级来，先从无名无品的官女子开始呢，她倒一夕之间成了答应了。"

皇后和蔼道："乐伎虽然身份不如宫女，但总比辛者库贱奴好多了。康熙爷的良妃，不是还出身辛者库么？照样生下皇子封妃，一生荣宠。也因着乐伎不是宫女，皇上格外恩赏些，也不算破了规矩。"

嘉贵人眉心微蹙，嫌恶似的掸了掸绢子："乐伎是什么低贱身份，来日在这里与我们平起平坐，是要和我们闲话南府里的哪个戏子有趣呢，还是她穿上哪身乐伎的衣裳弹起琵琶来最勾魂？咱们已经有一个海常在平时陪着说说丝线刺绣了，如今倒来了个更好的。"

海兰听说到她，却也闷闷地不敢说话。皇后脸上一沉，已带了几分秋风落叶的肃然之气："好了！"

嘉贵人一惊，自知失言，也不敢多说了。皇后缓和了口气道："不管怎么说，玫答应都是皇上登基后纳的第一个新人，皇上要喜欢，谁也不许多一句闲言碎语。本宫只有一句话，六宫和睦，才能子嗣兴旺。谁要拈酸吃醋，彼此间算计，本宫断断容不下她！"

众人诺诺答应了。一时间气氛沉闷了下来，倒是纯嫔大着胆子道："皇后娘娘，臣妾有一个不情之请，实在是……"

皇后温和道："有什么事，但说无妨。"

纯嫔踌躇片刻，还是道："娘娘，昨儿夜里刮了一夜的风，臣妾听着怕得很。臣妾的三阿哥还在襁褓之中，一向怕冷畏寒的。臣妾心中挂念，想请皇后娘娘允准，允许臣妾今日去撷芳殿多陪陪三阿哥。"

皇后一时也未置言，只是抿了口茶，方微笑道："今儿本就是十五，你可以去看三阿哥。祖宗规矩，半个时辰也够尽你们母子的情分了。"

慧贵妃笑言："可不是！除了皇后娘娘，后宫妃嫔每月初一十五可去撷芳殿探望，但都不许过了半个时辰。皇后娘娘常去探望几位阿哥和公主，本宫也跟着去过一次，三阿哥受的照顾比皇后亲生的二阿哥和三公主还好呢。饶是这样，皇后娘娘还丁叮万嘱了三阿哥年幼娇嫩，要万事小心。有皇后娘娘这么眷顾，纯嫔你还有什么不足？难道多陪了一会儿，你的三阿哥到了冬天便不知道冷了么？"

纯嫔被她一席话说得哑口无言，只得黯然垂下了眼眸。

皇后宽和一笑："好了。你在意儿子本宫是知道的。只是撷芳殿的事，你放心就是。再这样成日记挂着儿子，还怎么好好伺候皇上呢？"

至此，众人再无闲趣，便各自散了。

慧贵妃本在最后，正起身要走，见皇后向她微微颔首，便依旧坐在那儿，只剥着金橘吃。

待到众人散尽了，皇后方叹了口气，揉着太阳穴道："暖阁里有上好的薄荷膏，你来替本宫揉揉。"

慧贵妃答应着跟着皇后进了暖阁。素练取出一个暗花纹美人像小瓷钵搁在桌上，便悄然退了下去。慧贵妃会意，打开一闻，便有冲鼻清凉的薄荷气味，直如淬入霜雪一般，登时清醒了不少。她用无名指蘸了一点替皇后轻轻揉着，低声道："不是臣妾小心眼儿，皇上纳了这样一个人，实在……"

皇后轻轻吁了口气："身份低贱也就罢了，只要性子和顺总是好的。你却不知道她的来历……"

慧贵妃愈加惊疑："什么来历？"

皇后仿佛无限头痛，冷然道："本宫只当皇上封了个嫔妃，也没往心里多想。谁知才让赵一泰去南府问了底细，那白氏竟是和她有关的。"

慧贵妃大惊失色："娘娘的意思是……娴妃！"她愈想愈不对，恨声道，"果然呢！臣妾以为皇上不太去她那里，她便安分了。原来自己争宠炫耀不算，暗地里竟安排了这个进来，真是阴毒！"

皇后用手指蘸了一点薄荷膏在鼻下轻嗅片刻，才觉得通体通泰许多："不是她阴毒，是咱们整日里以为高枕无忧，疏忽大意了。一个不留神就出来一个玫答应，她若是个好的也罢了……"

慧贵妃切齿道："南府里出来的，能有几个好的？一个个狐媚惑主，轻佻样儿。臣妾方才想起来，昨日臣妾觉着她们琵琶技艺不佳，白说了一句，便有一个胆子大的敢当着皇上回臣妾的话。一个两个都是这样胆大包天的，能有什么好的？"

皇后倒吸一口凉气，诧异道："当着你的面也敢如此，那就真不是个安分的了。"她隐然忧道，"本宫顾着后宫千头万绪的事情，总有顾不到的地方。你是贵妃，一人之下众人之上，你若不替本宫看着点警醒着点，哪日我们姐妹被人算计了去都不晓得！娴妃近来无宠，可她才十八岁，来日方长……"

慧贵妃微微失神，按着太阳穴的手也不觉松了下来："臣妾已经二十五了……"

皇后的手轻轻搭在慧贵妃纤白的手上，低低道："你二十五，本宫也已经二十五了。"她语气一凛，旋即沉声道，"二十五又如何？只要咱们眼光放得长远，万事顾虑周到，一个人眼睛不够，另一个人帮衬着，总不会有顾不到的地方，也容不得狐媚子媚宠。当日本宫分配殿宇的时候，特意把海兰放在你宫里，你知道是为何么？"

慧贵妃听得皇后语气沉稳，心下也稍稍安慰，忙道："潜邸之时，除了臣妾与娴妃、嘉贵人，其余人等都不算得宠。皇后娘娘将海兰放在臣妾宫里，是要防着她哪一日又偷偷狐媚了皇上。皇后娘娘放心，皇上快连她是谁都不记得了呢。"

皇后的目光在她脸上轻轻一转,见她只是一副笃定的样子,不觉摇头道:"这虽然是其中一个原因,但不是最要紧的。海兰向来不得宠,所以对皇上而言,既是一个记不得的人,也很可能会成为一个新鲜人儿。你防着她不错,但更要防的是娴妃与海兰的亲近。"

慧贵妃旋即会意:"娘娘的意思是说,海兰也会成为第二个玫答应?"

皇后沉静道:"那也未必。但凡事不能不多长个心眼。你自己宫里的人,自己留心着吧。"

这边厢延禧宫里也不安静,如懿正站在廊下看着从内务府领来的冬日所用的炭火份例。小太监三宝领着几个人数清了,上来回话道:"娘娘,已经数清了,按着皇后娘娘要求节俭,份例减半,如今得的是黑炭六百斤,红箩炭一百五十斤,都已经在外头了。"

如懿点点头,问道:"海常在那儿如何?"

三宝道:"按着常在的位分,没有红箩炭,只有按着每日十斤的黑炭算。但是奴才方才打内务府过来,听说……"

如懿蹙眉:"说话不用吞吞吐吐,听说什么?"

三宝吓得吐了吐舌头,忙说:"听说海常在宫里总说黑炭不够用,可那份例是定了的,哪有再多?怕是海常在正受着冻呢。"

阿箬替如懿将刚笼上的手炉捧了来,细心地套上一个紫绒炉套才送到如懿手里,轻声道:"外头风大,小主仔细被风扑了脑仁,回头着了风寒。"

如懿笑道:"总关在屋子里闷得慌,这儿避风,倒也不怕。"

阿箬又道:"听三宝说这话,海常在一向是老实的,若不是冻得受不住,怕也不会去跟内务府再要炭了。只不知她宫里统共就两个人,怎么会不够呢?"

如懿叹息道:"这就是她的难处了。昨儿夜里我和她都在宝华殿诵经祈福,才摸到她的手炉温温的,居然都不热。我还以为是伺候她的叶心和香云不仔细,谁知道问了一句,她眼睛都红了,说是份例的炭根本不够用,她那朝西的屋子本来就冷,平日里烧一个火盆就勉勉强强了,哪里还顾得到手炉脚炉。我这才知道,她的日子竟这样难过。"

阿箬正了正身上一色儿的暗紫色宫装,宽慰道:"这也不能怪小主。贵妃向来和小主不睦,小主自然不便去她的咸福宫看海常在,否则怎会顾不到?要说起来,也是贵妃太不当心了,由着自己宫里人受苦。"

如懿心下难过,忍着气道:"按理说海兰只有两个丫头,两个太监,东西自然不会不够。但她告诉我,贵妃怕冷,总嫌着宫里不够暖和,内务府送来的炭都是克扣了大半才给她的。贵妃自己也就罢了,连奴才的屋子里都烧得暖烘烘的,也不顾着海兰。"

阿箬倒抽了一口凉气:"那怎么成?再往下正月里二月里冻得不行,海常在怎么受得住?"

如懿叹了一声:"这何尝不是我的不是,为了避嫌避祸,这样委屈了她。若我仔细些早发觉了,她也不必这样受冻。"她唤过三宝,"你仔细些,悄悄儿送些炭到海常在那儿,别叫人留意着。还得记得只能是黑炭,她的位分不能用红箩炭,那红箩炭烧了的炭灰是银白的,一眼就叫人认出来了,反而不好。黑炭却是看不出多少的。"

三宝应了一声道:"奴才明白。会趁贵妃去请安时隔几天送一次,免得送多了点眼。"

如懿满意微笑:"那就赶紧去吧。还有,内务府拨来的冬衣,你也挑一批好的,悄悄儿送过去。"

阿箬看三宝下去了,便道:"小主待海常在也算有心了,天刚冷的时候就送了好些新棉去,如今又送衣裳。"

如懿颇有触动:"这宫里有几个人是好相与的?海兰也算和我投契了,彼此照应些也是应当的。"她转过脸问阿箬,"方才让你去永和宫送些薄礼给玖答应,可打听到了什么?"

阿箬眼光往四周一转,忙轻声道:"奴婢奉小主之命送了两匹妆花缎过去,谁知道永和宫可热闹了呢，嘉贵人和仪贵人都送了东西去，连慧贵妃也赏了好些东西呢。"

如懿念及什么，便问："那纯嫔……"

"奴婢去的时候纯嫔宫里还没送东西去呢。"

如懿明白，刚离了皇后宫里，纯嫔一定是紧赶着去了撷芳殿看望儿子。即便回来了，也必定伤感儿子不在身边，一时也怕顾不到这些礼数。她便道："那等下我去钟粹宫看看纯嫔，她也可怜见儿的。"

阿箬又道："奴婢特意拜见了玫答应。虽然是答应，但永和宫的布置，玫答应的打扮，比仪贵人还尊贵呢。可见虽然才侍寝了一次，皇上却是极喜欢的。"

话音未落，却听嘉贵人婉转的嗓音自院外传入："皇上怎么会不喜欢玫答应，吹拉弹唱的有什么不会？又是人家一手调教出来的好人儿！"

如懿微一扬眸，就见金玉妍穿了一身玫瑰紫柳叶穿花大毛斗篷，扶着侍女丽心的手风摆杨柳似的进来。玉妍见了如懿便躬身福了一福，笑声冷冽如檐下冰："恭喜娴妃，贺喜娴妃了。"

如懿一怔，旋即笑道："嘉贵人这句话合该对着永和宫的玫答应说。怎么错到了延禧宫呢？"

嘉贵人冷笑一声："嫔妾没这样好的本事，调理得出花朵儿一样的人儿吹拉弹唱，歌舞迎人。娘娘一手栽培出了这样得意的人来，怎么不算喜事呢？"

如懿心下含糊，虽不知出了什么事，却听得金玉妍句句话都冲着自己来，便也不假辞色："嘉贵人一向快人快语，今儿有话不如直说，本宫洗耳恭听。"

"洗耳恭听？"嘉贵人盈盈一笑，那笑意却似这天气一般，带了犀利的寒气，"娴妃娘娘琵琶曲儿听得熟了，何必今日早上要和咱们一样糊涂，还议论玫答应的来历呢？"

如懿听她提得"来历"二字，心中越发糊涂。却见金玉妍一脸了然，想是什么都知道，与其自己揣测，还不如听她说来。如懿只得道："不管嘉贵人说什么，关于玫答应的来历，本宫真是懵然不知。若是嘉贵人觉得不必白来这一趟延禧宫，不如赐教告诉本宫一声，也好叫本宫落个明白。"

嘉贵人姣好的长眉轻轻一挑，疑道："你是真不知还是假不知？"

如懿坦白："真不知。"

嘉贵人似信非信地挑眉看着她，缓了口气道："玫答应不是娘娘母家乌拉那拉府邸送进南府的么？"

如懿与阿箬对视一眼，彼此俱是愕然，嘉贵人见她神色不假，也有几分信了："你真的不知道？"

如懿走到廊下，坦诚道："这件事本宫也是毫不知情，正打算让阿箬去打听了的。妹妹若是知道，不妨直言。"

嘉贵人冷冷看了她一眼："玫答应是先帝雍正八年，你母家乌拉那拉府邸送进来的人。"

如懿凝神想了一想："雍正八年本宫才十三岁，如何能得知这些事？"

嘉贵人抚着指上尖尖的护甲："你不知道，不代表当年的景仁宫不知道。慧贵妃和嬿婈已经查问过，当年玫答应入南府，是景仁宫允许的。你当年虽不知情，难道后来也一无所知么？何况玫答应突然得宠，也太奇怪了些。其中的关节，也只有娘娘你自己知道了。"

金玉妍言毕，扶了丽心的手径自离去。唯余如懿站在院中，听着檐下冰柱滴答落下冰水来。滴答，滴答，敲在她疑惑不定的心上。

这一日是腊月初一，皇帝照例宿在皇后宫中。如懿听着窗外风声凄冷，雪落绵绵，正对着灯花想着心事，却见阿箬进来，抖落了一身的雪花，近前道："小主。"

如懿将自己壶中的茶倒了一碗递给她，又将暖炉给她捧在怀里："先喝杯热茶暖一暖。"

阿箬冻得哆哆嗦嗦的，一气把那茶喝尽了，方暖过来道："都打听清楚了。玫答应的确是出自咱们府里，也是老主子手里进来的人。不过那年先帝选充南府的乐伎，各府里都挑了好的送进来，倒也不止咱们一家。奴婢问过了，玫答应今年十七，是十二岁的时候送进来的。"

火盆里一芒一芒的红箩炭烧得极旺，不时迸出几星通红的火点子。如懿慢慢地拨着指甲，凝神道："难不成姑母这么早就布置下了人在宫里？只是有这么个人，姑母也不曾向我提过一句呀。"

阿箬搓着手取暖道："奴婢也是这么想。只不过最后那几年老主子自顾不暇，与小主也来往不多，浑忘了也是有的。"

如懿点点头："也许也是咱们想多了，不过是各府里都送了人进来，咱们恰巧也有一个罢了。落在别人眼里，疑心便生了暗鬼，以为是我唆使了送去皇上那儿的。"

阿箬冷笑道："可不是！什么乱七八糟的都往咱们头上栽，小主可别再那么好性子了。什么时候冷不丁给她们一下，她们就都知道厉害了。"

如懿一笑："再厉害也厉害不过你的嘴！"她蹲下身，拿起乌沉沉的火筷子拨着火盆里的炭，底下冒出一阵香气，阿箬吸了吸鼻子，喜道："好香！是烤栗子的味道！"

如懿笑道："知道你爱吃，你刚出去我就往火盆里扔了好几个栗子，这会儿正好。你自己拿火筷子夹出来，仔细烫手。"

阿箬忙不迭地笑着答应了，取出烤得爆开的栗子，顾不得烫，就剥开吃了起来。

暖阁里灯火通明，隐隐地透着栗子的甜香，主仆俩相视一笑，倒也开怀。

此后连着几日，但凡有侍寝，必是永和宫的玫答应，得宠之深一时风头无两。加之数日鹅毛大雪，出门不便，皇后免了晨昏定省，一时之间众人对这位未曾谋面的玫答应存了无数好奇之心。

好容易五六天后雪止晴霁，终于能出门了。这日的宫中请安，众人便到得格外早。

果然才坐定陪皇后聊了几句，殿外便有太监通传："玫答应到了。"

听得这一声，本来还在笑语连珠的嫔妃们都静了下来，不自觉地向外看去。

只见殿门豁开，一个身着浅橘色绣碧桃花蝶苏缎旗装的女子低着头盈盈走进,她梳着精巧的发髻,发间不用金饰,只以碧玺花朵零星点缀,髻上斜两支雪色流珠发簪,卷起的鬓边嵌着一粒一粒莹莹的紫瑛珠子。待到走得近了,才看出她的衣裙上绣着一小朵一小朵浅绯的碧桃花瓣,伴着银线湖蓝浅翠的蝴蝶,精绣繁巧轻灵如生,仿佛呵口气,便会是花枝展天地,春蝶翻飞于衣裙之上。

慧贵妃见她早不是昔日打扮,不觉搁下茶盏,冷笑一声:"狐媚!"

因是玫答应一直低着头,虽未看清模样,嘉贵人已然奇道:"咱们冬日的衣衫厚重,怎么她这一身却轻薄,好像不怕冷似的。"

纯嫔坐在她身旁,低低道:"听内务府说江宁织造新贡了一种暖缎,虽然轻薄,却十分暖和。"

嘉贵人郁然叹了口气道:"自从皇上登基,皇后下了命令,不许用纯金的首饰,不许金线织衣,更不许用江南的好料子,说是靡费。如今看她这一身衣裳便是苏缎的料子,只是个答应也用了银线织绣,虽未用金饰,可那碧玺又如何不贵重了?"

纯嫔轻轻摇了摇头,示意她噤声。嘉贵人没好气地收敛了神色,只拧着绢子不作声。

玫答应低头欠身,行了一礼:"臣妾永和宫答应白氏参见皇后娘娘、各位小主。皇后娘娘万福金安,各位小主顺心遂意。"

皇后含了一缕妥帖雍容的笑意,和言道:"这便是玫妹妹了,本来早应相见的,只是一直大雪,到了今日才得见。起来吧,莲心,赐座。"

玫答应抬起头来,众人见她这般盛装打扮,只以为是个千娇百媚的绝色美人,谁知仰起面来,不过是个白净娇丽的面孔,虽然十分清秀,但也只是中上之姿而已。旁人倒还不觉得怎样,嘉贵人先不由自主地松了口气,只低头拨着自己手腕上的银镶珠翠软手镯,笑吟吟地不说话。

莲心在海常在之后添了一张椅子请玫答应坐了,又殷勤端上茶来。

玫答应倒也不羞怯,朗声道:"本该早些来拜见皇后娘娘的,可惜一直天公不作美,到了今日才能来。"

皇后向上挑起的唇勾勒出一朵和婉的笑纹："来与不来，都只是一份心意。以后朝夕相见，你就知道各位姐妹都是好相处的了。"说罢便由莲心一一指了妃嫔引她见过。

嘉贵人轻声笑道："不仅咱们是好相处的，皇上也格外疼妹妹啊。妹妹这身料子，轻薄暖和，是江宁进贡的暖缎吧？"

玫答应淡淡笑道："嘉贵人好眼力。"

嘉贵人唇际欲笑未笑："不是我好眼力，而是乍一看见妹妹穿得单薄，害怕冻着了妹妹。原来是皇上的一片心意。只是这暖缎难得，连皇后宫里也都没有，我也只是听说了胡乱一猜罢了。"

嘉贵人娓娓道来，众人心里难免多了一分醋意，玫答应还是那样淡淡的神情："是么？皇上只是赏了我衣裳，别的我不多问，也全不知道。"

嫔妃们见她只是这样疏懒的神情，也知道不好相与。倒是慧贵妃说了一句："皇上登基后皇后娘娘就一直主张后宫简朴。妹妹只是区区一个答应，这身衣服也略奢华了些。"

玫答应懒懒抬了抬眼："是么？皇上喜欢嫔妾这样穿而已。"

慧贵妃一时噎住，不觉有些气恼。

皇后看出几分端倪，朗然道："好了。外头虽然雪停了，但天寒地冻，路滑难行，大家还是早些回去吧。快到年下了，别冻着身子才好。"

众人答应着散了，便各自上了辇轿回宫。

第十三章 风波

　　阿箬替如懿围上云白青枝纹雁翎氅，兜好风毛和暖炉，扶了她的手出去。如懿看着满世界冰雪银装，便道："别传辇轿了，这么好的雪景，咱们从御花园慢慢走回去。"

　　阿箬笑道："也好。好些天没出来了，闷得慌呢。"

　　二人正要迈步出去，忽听身后一声唤"娴妃娘娘留步"。如懿转过头去，却见玫答应携了一个小宫女的手盈然上前，笑道："娴妃娘娘好雅兴，嫔妾正好想去御花园中赏雪，不知娘娘可否愿意与嫔妾同行？"

　　如懿笑道："既然妹妹愿意，独行不如结伴罢了。"

　　二人慢慢踱步向前，雪后的阳光虽无多少暖意，但与雪光相映更加显得明亮。多日来的积雪更是将御花园映得白光夺目，恍若行走在晶莹琉璃之中。偶尔有树枝上的积雪坠落至地发出轻微的簌簌之声，越发衬得周遭安静得仿佛不在人世。此时积雪初定，间或有几株蜡梅正开得繁盛。那蜡梅素黄粉妆，色如蜜蜡，金黄灿烂一树，加上梅枝间新雪相衬，呼吸间只让人觉得清芬馥郁，冷香透骨。

　　如懿不觉深吸了一口气，玫答应察觉，便笑："娴妃娘娘喜欢梅花？"

　　如懿伸手攀住一挂蜜冻似的花枝轻轻嗅了嗅，沉醉道："是，尤其是绿梅，清雅宜人，不落凡骨。"

玫答应道："娘娘见过绿梅？"

如懿颔首："小时候和阿玛去苏州，在那时见过两次，实在是人间至美之物。"

玫答应淡淡一哂，唇边露出三分清冷之意："嫔妾也是因为善弹月琴，才被人从苏州买来。后来才机缘巧合被送进宫来。"

如懿奇道："听闻玫答应出身南府琵琶部，不是应该善弹琵琶么？"

玫答应幽然凝眸，墨灰色的忧伤从眸底流过："嫔妾本来擅长的是月琴，只因入了南府，教习师傅说先帝喜欢琵琶，才改学的。"她伶仃的叹息转瞬落在寒风里，"哪里不都一样？喜欢什么，中意什么，都由别人说了算，半点由不得自己。"

如懿听她感伤身世，便试探道："这句话，你是在怪乌拉那拉府当年把你送进南府么？"

玫答应冷然一笑："送嫔妾是送，送旁人也是一样，有什么可怪的？不送嫔妾进南府，嫔妾也不过是府里一个乐伎，漂若浮萍罢了。哪里比得上娴妃娘娘金尊玉贵，连喜欢的花都是骨骼清奇的稀世绿梅，相形之下，嫔妾不过是风中柳絮，蒲柳命数了。"

如懿正不知如何接话，只听得后头一个声音道："只可惜这绿梅实在是难得。凡事太过清奇，终究不容于世长久。娴妃，你说是不是？"

如懿闻声抬首，却见慧贵妃携了宫女站在不远处一树蜡梅下，手中折了两枝蜡梅，盈盈向她笑语。

如懿见了她，便与玫答应屈身行礼道："给贵妃请安。"

慧贵妃盼咐了"起身"，笑道："风吹得顺，听见娴妃与玫答应闲聊，倒惹得玫答应自伤身世了。"她笑着向玫答应瞥了一眼，"士别三日当刮目相待，说的就是玫答应啊。"

玫答应微微低首："再相见，贵妃娘娘雍容华贵，风姿依旧。"

慧贵妃细细打量着她，最后将目光落在她水葱似的纤纤指尖上："这么会说话，南府里应该选你去唱曲儿，只弹琵琶是可惜了。倒还没问过妹妹，叫什么名字呢？"

玫答应不信她不知，却还是答道："嫔妾姓白，名蕊姬。"

慧贵妃唇角漾着甜美的笑意，眼中的清冷却与这冰雪并无二致："果然是个好名字，一听生来就是供人赏玩取乐的。"

玫答应眉心一跳，脸上却平静无波："命里注定的缘分，若能供皇上一时之乐，就是嫔妾的无上福泽了。"

慧贵妃听她句句仗着皇帝的恩宠，笑意顿敛，冷冷道："别以为封了个答应，你的荣宠就长久了。你那一手琵琶，皇上闲时当麻雀叽喳似的听个笑话儿，还真当自己成了凤凰清啼么？"

玫答应不卑不亢，只蕴了一抹淡淡笑意，悠然望着天际道："嫔妾自知琵琶不如贵妃娘娘，姿容也不如贵妃娘娘。可是娘娘想过没有，为什么皇上放着娘娘这一手琵琶绝技不听，只喜欢嫔妾这些不入流的微末功夫呢？"

慧贵妃神色一冷，还不及回嘴，玫答应眼波悠悠在她面上一转，恍若无意般望着近处一树怒放的蜡梅，悠然道："岁月匆匆，不饶人哪！"

慧贵妃脸色大变，只见一张粉面渐次苍白下去，直如枝丫上透白的积雪一般，脚下微微一个踉跄，身边的宫人忙牢牢扶住了。

如懿听得不对，立刻呵斥道："放肆！贵妃和本宫面前，岂容你胡言乱语，肆意犯上！"

玫答应毫不畏惧，她的笑声落在雪野中恍若檐下风铃一般清脆玎玲："娴妃娘娘别吃心，娘娘只比嫔妾长了一岁，岁月怎舍得薄待了娘娘？嫔妾说的是谁，那人心里自然清楚！"

如懿本是好意，念在同出于乌拉那拉氏门下，想替她圆了过去。谁知蕊姬毫不领情，越发指着慧贵妃不依不饶。饶是如懿这样的外人，听了亦觉得下不来台。

慧贵妃才一站稳，听得这一句，脸上腾地红了起来，显是怒到了极点。她的目光如利剑一般，恨不能在玫答应年轻饱满的面孔上狠狠刺出两个血洞来。片刻,只听她口中迸出两个字:"掌嘴!"

话音掷地有声,不容半句辩驳。慧贵妃身边的首领太监双喜一个抢身,按住了玫答应的肩就要往下摁。偏是那玫答应是南府出身的,身段水蛇儿似的轻灵,轻轻一拧便扭开了。双喜一个手快,这下再不留情,往她膝弯里狠狠一踢,玫答应吃痛,一下就跪在了雪地里。双喜一个耳光就要扇上去,玫答应如何肯受辱,喝道:"我是皇上亲封的嫔妃,怎容你一个奴才欺辱?"

双喜稍一犹豫,按着玫答应肩膀的手却丝毫不肯放松。

如懿看情势不好,忙求道:"贵妃娘娘,蕊姬刚成答应不久,宫中的规矩礼数还没有都懂得,但请贵妃宽恕,饶了她一遭吧。"

慧贵妃冷冷一笑,根本不去理睬如懿,只看着玫答应道:"自己才从奴才堆里爬出来,就嫌弃人家是奴才不配动你了?你是皇上亲封的答应,本宫是皇上亲封的贵妃,云泥之别,你敢冒犯本宫,就活该要受责罚!双喜,给本宫狠狠掌她的嘴!"

话音刚落,玫答应雪白娇嫩的脸颊上便已经狠狠挨了一掌。双喜显是用足了力气打下去,玫答应的左侧脸颊立刻高高肿起,嘴角溢出猩红一抹血痕。她犹自不怕,仰着头道:"旁人说'奴才'两个字就罢了,贵妃娘娘自己也是包衣出身,和嫔妾有什么两样?又谁比谁高贵了!"

慧贵妃自抬旗为高佳氏之后,平生最恨人提起她是汉军旗包衣出身,生生地比如懿矮了一截。此时又正当着如懿的面,她愈加气得浑身发颤,指着玫答应厉声道:"双喜,她这样不知死活,你也不必留情!给本宫狠狠地打,打到她老实为止!"

这一吩咐,双喜更落了十二分的力气,又狠狠扇了两下。如懿转过头不忍去看,那声音却噼啪响亮入耳,想躲也躲不过去。

突然耳边利落一声"住手",众人闻言转身,举目却见洋洋洒洒一行人,前导四人执销金凤首提炉,随侍太监在后执翟扇、掌曲柄五色九凤伞,色彩灼灼,在纷白雪地中格外夺目。皇后身边的赵一泰走在前头,喝道:"皇后娘娘驾到!"

众人一个醒神，忙一齐屈身下去，齐声道："皇后娘娘万福金安。"

皇后的神色并不好看，一时也未叫"起来"，居高临下看着众人："本宫本想去撷芳殿探视几位公主阿哥，谁想才走到这里，就听见你们喧哗吵闹，毫无体统！"她的目光从贵妃、娴妃、玫答应身上从容滑过，带了几分沉肃之意，"这里是宫中御苑，不是你们自家的刑场，容得你们在这儿失了皇家的体统。"

慧贵妃恨恨瞪了玫答应一眼，努力挤出几分笑色，回禀道："皇后娘娘息怒。娘娘有所不知，玫答应出言狂妄，肆意犯上，不仅讥笑臣妾出身包衣，又讥讽臣妾人老珠黄……"

玫答应毫不示弱，仰起脸露出唇角两道血痕，她雪白的面孔尤显得凄厉狰狞："皇后娘娘明鉴，臣妾是说过慧贵妃出身包衣，但就因贵妃出身包衣才有今天的荣宠，这话并没有错。但贵妃娘娘所言'人老珠黄'，臣妾绝对没有说过这四个字，只是叹息岁月匆匆罢了。"她转头看了如懿一眼，"皇后娘娘若是不信，大可问一问娴妃娘娘。"

如懿听她辩驳，虽然意指贵妃人老珠黄，但的的确确没有说出"人老珠黄"四个字，只得回道："方才玫答应的确是出言不敬，但'人老珠黄'四个字，确实是没有说过。"

慧贵妃愈加不忿："她虽没有说过这四个字，但的的确确就是这个意思。娴妃你如此纵容包庇，要说和玫答应绝无勾连，本宫实在不信！"

如懿心中一惊，再想分辩，想想慧贵妃已然认定，再多言也是无济于事，索性别过脸去不再应对。

皇后脸色一沉，喝道："好了。各人有各人的意思，一时误会也是有的。"她缓了缓声气，和言道，"玫答应新晋嫔妃，自然有礼数不周的地方。你是仅次于本宫的贵妃，管教约束也是应该的。既然嘴也掌了，脸也成了这个样子。罢了，都起来吧。"

众人忙谢过起身，玫答应倔强道："皇后娘娘，臣妾的确言语有失，但贵妃娘娘气急败坏便叫掌嘴。臣妾新侍皇上不久，就损伤了容颜，皇上若是问起，臣妾不敢不答。"

皇后看她的目光并不含任何温意:"皇上若是问你,你们各执一词,皇上谁的也不会听。本宫只会秉公直言。你错在言语犯上,贵妃罚你不错,只是罚你的人下手太重罢了。你要再不安分,频频生事,本宫也不会容你!"

皇后甚少以这样的口吻说话,如懿知道利害,忙在后头悄悄拉了拉玫答应的披风。玫答应听得皇后如此语气,一时也不敢再言。

皇后见众人都是默然无声,便向如懿温和道:"娴妃,这件事你未曾过多参与。这样吧,就由你送玫答应回去,好好劝解她几句。"

如懿本不欲接这差事,免得众人都以为她真与蕊姬有何勾连。可偏偏方才有些话没有问完,想想既然身在这嫌疑里,一时也避不开,便也答应了。

慧贵妃见二人去得远了,忍不住愤愤道:"皇后娘娘宽厚仁慈,只是这种小婢子出身寒微,轻狂骄纵,若不好好教导规矩,只怕仗着皇上宠爱要翻了天了。"

皇后冷然瞟了她一眼:"打你也打了,雪地里你也让她跪着了。你还要怎样?真打破了脸,跪伤了膝盖,皇上问罪下来,你怎么回话?"

慧贵妃赌气道:"臣妾就实话实说罢了。左右也是玫答应自己先错了。"

皇后看了她一眼,摇头道:"她的确是错了,但你是贵妃,是居上位者,应该有容人之量,这样发作闹起来,只为了几句言语口角,即便真是玫答应错了,皇上也只会怪你心胸不够开阔。"她推心置腹道,"好妹妹,不是本宫要说你,她是皇上的新宠,无论如何,你都应该要忍过这一时之气。等到时日长了,皇上冷了下来,你要打要罚,皇上不会心疼,反而还觉得你对。你可明白么?"

慧贵妃这才露出几分懊丧之情:"那臣妾已经把她的脸打成那样了,皇上会怪罪臣妾么?"

皇后微微叹息:"你呀!好了,这件事皇上要真过问,本宫会替你圆过去。另外,本宫会让人从太医院拿些清凉消肿的药膏替你送过去。这件事毕竟她也有错,若她知道其中的利害,也不敢随意去皇上那儿哭诉。"

慧贵妃这才稍稍放心，心悦诚服道："有皇后娘娘做主，臣妾就安心了。"

皇后转头吩咐："素练，你即刻去太医院拿些膏药送去永和宫，别耽误了。"

素练答应着去了。慧贵妃感激道："臣妾谢过皇后娘娘。"

皇后含了一分欣慰的笑，道："好了。你若有空，就陪本宫去撷芳殿吧。"

慧贵妃忙扶过皇后的手，两人携着手踏雪而去。

如懿陪着蕊姬一路自御花园返回永和宫。因大雪初停，一路上扫雪的宫人并不少，见了二人同行，忙不迭跪下行礼请安。然而蕊姬因掌掴而受伤的面颊格外惹人注目，即便宫人们在低头行礼时，亦不免拿眼偷瞧，并用眼色来交换彼此诧异与惊奇的心情。蕊姬对此似乎浑不在意，既不借阔大的风帽掩饰伤口，也不喝止宫人们看似无礼的行径，只是施施然行走，仿佛浑不觉旁人的目光与私语。

回到永和宫中，侍婢们赶忙迎接上来，替如懿和蕊姬接过风帽与斗篷，又换过新的手炉。她们见到蕊姬红肿的脸颊，虽然面色惊疑却不敢相问，想是蕊姬这里规矩极严，自己不说，旁人问都不许问一句。如懿四下里扫了一眼，这才察觉，装饰一新的偌大的永和宫中，侍奉的宫人竟比身为贵人的黄绮沄更多。而殿中所用的炭火，也是身为答应根本用不上的红箩炭，烘得一室洋洋如春。阿箬侍奉在侧，不觉露出几分惊异之色。如懿察觉，旋即道："阿箬，去问问她们有没有消肿的药膏，若没有，赶紧着人去太医院领。"

阿箬答应着出去了，恰好外头小太监进来通报，说内务府送了新做的匾额来要挂在正殿。蕊姬颔首道："让他们拿进来吧。"

内务府的执事太监恭恭敬敬捧了匾额进来，却是斗大的金漆大字，写着"仪昭淑慎"四字。

如懿即刻便认了出来，含笑道："玫答应，这是皇上的御笔呢。"

执事太监笑道："可不是呢。娴妃娘娘好眼力。"

蕊姬将那四个字轻轻读了一遍，道："这几个字我倒是都认识，但搁在一块儿就不知是什么意思了。娴妃娘娘，你若知道，还请告诉一声儿。"

如懿微微一笑："《仪礼》中说，敬尔威仪，淑慎尔德。意思是要求女子和善谨慎，以保仪德。"

蕊姬轻轻一嗤，带了几许轻蔑之色："那么娴妃，你觉得我配不配得上这四个字？"

如懿从容自若："皇上是将这匾赐给永和宫的，既然皇上许你住了永和宫，自然是以为你担得起这四个字。"

蕊姬的目光逡巡在匾额之上，只是含了一抹冷淡的笑意："多少人要看见了都会觉得我不配，可是配不配，这都是归了我的。"

执事太监赶着差事，忙请示蕊姬："请问玫小主的意思，是不是即刻挂上去？"

蕊姬点点头："这样的荣耀，当然不能藏着掖着，赶紧挂起来吧。"

执事太监响亮地应了一声，便带着几个赭衣的小太监开始动手。执事太监一脸的谄媚："娴妃娘娘，玫小主，这儿钉起匾额来声音太大，怕吵着二位。不如请两位小主挪动玉步，去旁边暖阁稍事休息，奴才们马上就好。"

蕊姬道："我听了这些声音就烦，娴妃娘娘跟我往暖阁里间去坐坐吧。"如懿本不想在她这儿多留，想了想还是陪她进去了。

暖阁的里间倒还安静，如懿见服侍的宫人们并没有跟进来，便问："脸上的伤肿得厉害，叫下人们煮了鸡蛋给你揉揉。"

蕊姬轻笑一声："这些下人的功夫，我比她们清楚，娘娘放心就是了。"

如懿闻言微微蹙眉："眼看着你得宠，听你的话，倒像是很介意自己的出身。"

蕊姬举着护甲轻轻划在黄杨木小几上，冷笑道："能不介意么？从我第一次侍寝被封答应，一个个乌眼鸡似的盯着我，动不动就拿我的出身来笑话，恨不能生吞了我。"

如懿正坐着："人的出身是不能选的，你比别人更介意，别人就得意了。"

蕊姬黑冷的眸子在她面上轻轻一刮："原来出身乌拉那拉氏，也是娴妃娘娘的痛处。"

如懿不意她言辞这般犀利，于是凝了一缕静和的笑意："若本宫不把这个当痛处，别人也不会让本宫觉得痛。"她目光流转，"倒是你，却是被人认定了和本宫一路人，受了不少委屈。其实本宫也很想知道，到底你为何会一夕得幸，平步青云？"

蕊姬的护甲划在小几上发出刺啦的锐声，她的容色并不好看："旁人都以为嫔妾出自乌拉那拉府第，是受了娴妃娘娘的指使才得幸于皇上，原来娘娘还疑心嫔妾受了旁人的指使。嫔妾若有本事受谁的指使就好了。这一辈子都是只由得命，由不得人。"她冷然道，"原以为娘娘生性有几分傲气，才与娘娘多言几句。既然如此，嫔妾要休息了，请便吧。"

她话音未落，却见小宫女进来："小主，皇后娘娘跟前的素练姑姑来了，在外边候着呢。"

蕊姬不耐烦道："她来做什么？"

小宫女道："回小主的话，说是送太医院的药来。"

蕊姬点头："那就让她进来吧。"

如懿起身要走，蕊姬便道："方才说话得罪了，但请娴妃替我看一眼，别是送了什么别的来我也不懂。"

如懿想着到底是皇后嘱咐了自己送她回来的，此刻素练来了，若自己不在，只怕又是是非，便又重新坐了下来。

素练进来福了一福道："娴妃娘娘，玫答应，奴婢奉贵妃娘娘的旨意，特意从太医院取了上好的消肿药膏来给玫答应。"

蕊姬冷笑一声："慧贵妃好善的心哪！刚打了我就送药来，以为打一巴掌给个甜枣就完了么？这药我还真不敢用。"

素练不防吃了这句话，捧着药膏进退不得，只好求助似的看着如懿："娴妃娘娘……"

如懿伸手向她："给我看看。"入手是一个粉瓷圆钵，钵中盛的是淡淡绿色的半透明膏体，扑鼻便是一股清凉香气，隐隐有蜂蜜、薄荷、丹七的气味。她取过一点轻轻一嗅，的确是寻常所用的消肿良药，并无二致，她点头，"宫中平常所用的消肿药膏,的确是这种。另外,冰敷,用鸡蛋揉,服食山药、薏仁和三七粉,都可以活血消瘀。"

素练这才松了口气:"娴妃娘娘说的不假,红豆薏仁汤的确是可以消肿的。其实贵妃娘娘责罚您之后自己也很后悔了。又被皇后娘娘训斥了一顿,所以忙不迭吩咐奴婢送药来,以免皇上召见小主时小主无法侍奉。小主放心,只要用这个药,三天就会消肿的。"

"三天?"蕊姬哧笑道,"你能保证这三天皇上都不宣召我?"

素练欠身道:"皇后娘娘说,如有宣召,也请小主顾全大局,切勿动气喧嚷。毕竟贵妃那儿,皇后娘娘已经狠狠训斥过了。若再生枝节,只怕今日的事小主自己也脱不了干系!"

蕊姬微微语塞,旋即语气凛冽:"那就替我谢过贵妃和皇后。只要这张脸没事,这次的事我罢休就是。"

素练微笑道:"这就是了。玫答应新获圣宠,一定希望以后步步顺利,事事遂心。小主这么聪明识大体,一定会心想事成的。"

说罢,素练便退下去了。如懿稍稍坐过,亦起身告辞离去。

慧贵妃扶着宫女的手顺着长街慢慢走回去,一路看着雪景,胸中郁气总是未平。想着玫答应如此轻狂嘴利,就算会弹琵琶,也不能和自己相较,也不知皇帝究竟看上她什么。其实满宫里论姿色,玉妍数第一,她和如懿也不逊色,再下来便是海兰和绿筠,仪贵人就算姿色最逊,但到底是皇后亲自提拔的侍女,也无人敢当面说什么。玫答应姿色不过与海兰等人齐衡,就算略出挑些,也断难敢说她高晞月人老珠黄。思来想去,除了玫答应青春可人,便是打扮上格外出挑华丽,显得一张素白脸儿也莹然生光。

晞月想埋怨,出口却换了尽量婉转的口气:"皇后娘娘行事大方妥帖,无可挑剔。就是太爱追溯祖宗法度,事事俭省。若不是她总要嫔妃们朴素,咱们一个个打扮得灰扑扑的不讨皇上喜欢,那南府的贱婢能入了皇上的眼么?"

是了,人靠衣装。堂堂贵妃打扮得如此寒素,难怪会被一个小小贱婢当面取笑。便是每日晨起,晞月揽镜自照,看了这刻意低调的打扮也是极不顺眼。而玫答应这般艳丽,无非也是皇后看她是新宠,才格外优容罢了。这样想着,便极不服气,立刻叮嘱茉心回宫后将从前那些好衣裳都理出来,预备着皇帝来时都如从前清艳华贵的装束,只每日去皇后宫中时,才换了简朴衣衫。

这一来连茉心都赞晞月机变聪颖。

主仆俩说笑着,正过了建福门的甬道,忽见前面一个绿衣的小太监鬼鬼祟祟领着两个人背着身从咸福宫的角门出来。慧贵妃一怔,立刻吩咐身边的宫女茉心道:"去看看,什么人鬼鬼祟祟地在咸福宫附近晃荡。"

茉心追上去两步,厉声喝道:"谁在那里?见了娘娘怎么也不跪下!还不快转过身来!"

那绿衣太监脚下一迟疑,知道是走不脱了,转身跪下请了个安:"奴才参见慧贵妃,贵妃娘娘万安。"

"万安?"慧贵妃不悦道,"你们见了本宫就跑,本宫还安什么安?抬起头来!"

那绿衣小太监犹豫不决,只得抬起头来。茉心诧异道:"三宝?"

慧贵妃脸色微微一沉:"你是延禧宫的人,跑到本宫的咸福宫来做什么?"

三宝机灵地磕了头道:"都怪这场大雪,奴才走得冻死了,想靠在咸福宫的墙根下取会儿暖再走。谁知见到了娘娘过来,怕娘娘责骂,所以背着身就跑了。"

慧贵妃蹙眉,似是不信:"咸福宫在西边的最末,延禧宫在东边的最前头,你要取个暖也走得太远了吧。"她瞥见三宝按在雪地上的两手洇出乌黑的痕迹来,便抬了抬眼,示意茉心上前看一眼。茉心会意,往前几步,拉起三宝笑道:"好了,你喜欢往咸福宫跑又怎么了?咸福宫的地气暖,连皇上都爱来,别说你了。"她别过脸,朝慧贵妃点点头。

慧贵妃会意,便换了和缓的笑意:"没事就走吧。记得告诉你们娴妃,有空常来咸福宫走动。"

三宝受了这一场惊吓,正恐瞒不过去,却不想这般轻轻揭过,忙不迭谢了恩走了。慧贵妃见他们走远，盯着地上发黑的六个掌印，鄙夷地笑了笑："敢在本宫面前装鬼，茉心，去看看是什么？"

茉心蹲下身看了一眼，奇道："回娘娘的话，那乌黑的东西是炭灰，是黑炭的灰。"

慧贵妃疑道："黑炭又不是什么上好的东西，难道延禧宫还缺了这个来偷？"她一回神，暗暗咬牙，"不对，她是给海兰的！"

茉心点点头。慧贵妃愈加恼恨，一张粉面紫涨着："算她珂里叶特氏厉害，本宫用了她一点儿炭，她就敢到处喊冤哭诉去了！弄得旁人来周济，还当本宫怎么苛待了她！"

茉心连忙道："可不是！皇后娘娘一直说后宫里要节俭，她屋里就那么几个人，能用得了多少，娘娘也是为宫里替她俭省罢了。谁知道海常在这么不惜福！"

慧贵妃贝齿轻轻一咬，仿若无意道："她跟延禧宫是一条心，本宫算是看得真真儿的，这个吃里爬外的东西……"她抿了抿唇，再没有说下去。

茉心不自禁地闪过一丝寒意，便也低下了头去，忙道："娘娘，外头冷，咱们赶紧进去吧。"

慧贵妃微微颔首，扶着茉心进了宫。正巧内务府的执事太监从永和宫出来，在咸福宫挂完了匾额，抹了手正要走。回头却见慧贵妃进来，忙堆了一脸的笑意，又是打千儿又是奉承，直哄得慧贵妃万分高兴，嘱咐了宫里的首领太监双喜道："这么冷的天还要顾着差事，替本宫好好打赏他们。"

执事太监高兴，越发说了许多锦上添花的话："皇上说了，咸福宫这块匾额是'滋德合嘉'，许慧贵妃娘娘福德双修的意头。这层意思，听说是皇上斟酌了好久才定的呢。说是给咸福宫的东西，不能轻易下笔了，必得是最好的。"

慧贵妃深有兴致，细细赏着皇帝的御笔，笑若春花："皇上的御笔难得，这个匾额是独本宫宫里有呢，还是连皇后那里都有？"

内务府执事太监愣了一愣，一时答不上话来。慧贵妃瞟了他一眼，轻笑一声道："你怕什么？皇后娘娘那里有是应该的，难不成本宫还会吃皇后的醋么？"

那执事太监只好硬着头皮道："不只皇后娘娘宫里，按皇上的吩咐，东西六宫都有。"

慧贵妃的笑意在一瞬间似被霜冻住，眉目间还是笑意，唇边却已是怒容。她的笑和怒原本都是极美的，此刻却成了一副诡异而娇艳的面孔，越发让人心里起了寒噤："那么，连永和宫都有么？"

那执事太监连头皮都发麻了，只得战战兢兢答道："是。"

慧贵妃森然问："是什么字？"

执事太监道："是'仪昭淑慎'。"

慧贵妃神色冰冷，厉声道："她也配！"

执事太监吓得扑通跪下，忙磕了头道："玫答应自己也知道不配，还特意去问了娴妃，结果娴妃说皇上是给永和宫的匾额，她住着永和宫，肯定是她担得起。玫答应这才高兴了。"

晞月脸色变了又变，最后沉成了一汪不见底的深渊，慢慢沉着脸道："下去吧。"

那执事太监听得这一句，巴不得赶紧走了，立刻带人告退。

慧贵妃走到正殿门前，看着外头天色净朗，阳光微亮，海兰所住的西房里，叶心正端了炭盆出来，将燃尽的黑色炭灰倒在了墙角。

慧贵妃冷冷看着，目光比外头的雪色还冷："双喜，你给本宫好好盯着海常在那儿，看延禧宫的人多久悄悄来一次。"

双喜看慧贵妃神色不似往常，也知道利害，忙答应了。

第十四章 凌辱

连着几日忙着年下的大节庆，戊寅日，皇帝为皇太后上徽号曰"崇庆皇太后"，加以礼敬。接着又因准噶尔遣使请和，命喀尔喀扎萨克等详议定界事宜，一连忙碌了好几日。

这一夜雪珠子咯棱咯棱打着窗，散花碎粉一般下着。如懿坐在暖阁里，惢心拿过火盆拢了拢火，放了几只初冬采下的虎皮松松塔并几根柏枝进去，不过多时，便散出清郁的松柏香气来。阿箬见惢心忙着在里间整理床铺，如懿靠在暖阁的榻上看书，便抱了一床青珠羊羔皮毯子替她盖上，又给踏脚的暖炉重新拢上火，铺了一层暖垫。

阿箬见如懿捧着书有些怔怔的，便问："小主这两日最喜欢捧着这本《搜神传》看了，怎么今儿倒像没趣了似的？"

如懿笑道："都是神鬼古怪的东西，看得多了，越发觉着待在这儿闷闷的。"

阿箬笑嘻嘻道："可不是！小主从前在老宅的时候，最喜欢偷偷溜出去跑马了。如今下了雪这般闷，难怪小主觉得没劲儿。"

如懿闷了一会儿，便问："皇上有好几日没召人侍寝了吧？"

阿箬添了茶水，道："可不是！听说为了准噶尔的事一直忙着，见不完的大臣，批不完的折子。敬事房送去的绿头牌，都是原封不动地退了回来的，说皇上看也没顾上看一眼。"

如懿凝神想了想："这样也好，就这三四日，用着那药，玫答应的脸也该好全了。"

阿箬轻哼一声："倒是便宜了慧贵妃！"她稍稍迟疑，还是问，"不过小主，奴婢也是想不通，皇上到底是看上了玫答应什么，要容貌不算拔尖儿的，性子也不算多温顺，出身就更不必提了，竟连婉答应都比不上。婉答应从前好歹还是潜邸里伺候皇上的通房丫鬟呢。"

如懿轻轻瞥了她一眼，叹道："阿箬，你这个人平时最机灵不过。只一样不好，太喜欢背后议论。这样的话传了出去，旁人听见了，只当我的延禧宫里成日就是坐了一圈爱嚼舌根的。"

阿箬看惢心也在，不免脸上一红："奴婢也是在小主跟前罢了。若是对着别人，咬断了舌根也不会嚼半句的。"她绞着发梢上的红绳铃儿，"奴婢就是想不通嘛。"

如懿指着瓶中供着的一束金珠串似的蜡梅，问道："这四时里什么花儿不好，怎么偏折了蜡梅来？"

阿箬一愣："小主说笑呢，不是冬日里没什么别的花，只能折几枝梅花么？"

如懿抿了抿唇道："是了。别人没有，只有她有，自然是好的。你看咱们宫里这几个人，皇后宁和端庄，贵妃温柔娇丽，纯嫔憨厚安静，嘉贵人是最妩媚不过的，仪贵人和海常在呢，话也不多一句，婉答应更是个没嘴的葫芦。但不论怎么说，咱们这些人都还是有些出身的，也多半顺着皇上。皇上见惯了咱们，偶尔得了一个出身低微却有些性子的，长相也清秀脱俗，怎么会不好好疼着她宠着她？何况宠爱这样出身的人，自己也满足些。"

阿箬怔了片刻，回过神来道："奴婢听出小主的意思了，男人对着出身低微的女人，宠着她给她尊荣，看她高兴，比宠着那些什么都见过什么都知道的女人，要有成就感得多。"

如懿握着书卷，意兴阑珊："因为她们曾经获得的太少，所以在得到时会格外雀跃。也显得你的付出会有意义得多。"

阿箬若有所思："那仅仅因为这样，皇上就会一直宠爱她么？"

炭火噼啪一声发出轻微的爆裂声，越发沁得满室馨香，清气扑鼻。如懿道："那……就是她自己的本事了。"

一时间，两人都沉默了，阿箬低低道："原来一个男人喜欢一个女人，还有这么多的缘故。"

如懿无声地笑了笑，那笑意倦倦的，像一朵凋在晚风中的花朵。惢心放下帐帷，轻声道："康熙爷喜欢的良妃出身辛者库，不也一路升至妃位么？其实哪有那么多喜欢不喜欢的缘故，不过是一念之间，盛衰荣辱罢了。"

正说着话，外头三宝急匆匆赶了进来，打了个千儿慌慌张张道："娘娘，咸福宫出事了，您快去瞧瞧吧。"

三宝话音刚落，偏偏炭盆里连着爆了好几个炭花儿，连着噼啪几声，倒像是惊着了人一般。

如懿心头一惊，声气倒还缓和："出了什么事？好好说话。"

阿箬撇撇嘴道："三宝越来越没样子了，咋咋呼呼的，话也说不清楚。要是慧贵妃出事，我先去放俩鞭炮偷乐子。要是海常在，那也不打紧，慢慢说呗。"

如懿蹙了蹙眉头："要是慧贵妃，三宝会这么不分轻重么？"

三宝擦了擦额头的汗，马上道："是海常在出了事儿。两个时辰前慧贵妃宫里闹起来，说贵妃用的红箩炭用完了。可今儿才月半，按理是不会用完的。贵妃怕冷，又不肯用次些的黑炭，一时受了冷，结果发了寒症。"

如懿颇为意外："寒症？着太医看了么？"

"请了太医了。这事也罢了，但贵妃身边的茉心盘算着用了的红箩炭数目不对，便留心查问宫里。结果在海常在房里倒出来的炭灰里发现了不妥。那黑炭的炭灰是黑的，红箩炭的炭灰是灰白的，所以茉心就闹了起来，说海常在房里偷盗了贵妃所用的红箩炭。"

如懿盯着三宝，肃然问："本宫记得当初命你悄悄送炭的时候就吩咐过，贵人以下是不能用红箩炭的，未免麻烦。你可是老老实实每次只送黑炭的？"

三宝忙磕了个头道："是是是，小主的远见，奴才一次都不敢误了。"

如懿心中着紧，越发担心起海兰来："那就好。别的本宫不敢说，海兰不是那种僭越的人，她必不敢偷的。阿箬，替我更衣，咱们就去看看。"

如懿霍地站起来，阿箬急得拉住了如懿的袖口："小主不能去！"她虎着脸，向三宝喝道，"咸福宫就是一摊浑水，贵妃的位分又比小主高，小主哪里能管得上！咱们不去，要去也是该皇后去的事儿！"

如懿静静神，即刻问："皇后呢？"

三宝向养心殿努了努嘴儿："今晚皇上翻的是皇后娘娘的牌子。这个时候，皇后娘娘怕是在养心殿歇下了。"

如懿倒抽一口冷气："皇上忙了这么多天的政务，眼下又是皇后侍寝，谁敢去打扰！"她只觉得掌心湿湿地冒起一股寒意，"可要不惊动皇后，宫中贵妃的位分最高，这件事怕是要掩下去了。"

阿箬急忙劝道："咸福宫出了事情，小主巴巴儿地赶去，即便是到了门口，也帮不上什么呀！"

三宝焦惶惶道："可是奴才听到消息的时候，说海常在马上要给上刑了，要再不去，若出了什么事……"

如懿大吃一惊："上刑？上什么刑？"

"杖刑！"三宝见如懿一时没反应过来，忙解释道，"不是用板子责打大腿，而是脱了鞋子，用棍子责打脚心，那可比打在腿上痛多了。"

如懿失声道："打脚心？"

三宝点头道："可不是！咱们当奴才的谁不知道，打在腿上只是肉疼，伤不了筋动不了骨。可脚多细嫩哪，几下下去，那都是伤身的。"

如懿定一定神："除了皇后和贵妃，宫中便是我位分最高，我若不去，海兰要是被上了刑，还不知道要被伤成什么样子。事不宜迟，阿箬，快替我更衣。三宝，去传轿。"

阿箬待要再劝，看如懿着急之下不失决绝，只好答应着去了。

外头下着搓絮似的小雪。如懿坐在暖轿里,抬轿的太监们走得又稳又急,只闻得靴底与石砖摩擦的轻响,飞也似的往咸福宫方向而去。

如懿捧着手炉,平时觉得暖暖的,此刻捧在手里,却仿如灼心一般,烫得刺手。她不时地打起帘子往外张望,三宝一路小跑跟着,喘着气道:"小主别急。延禧宫和咸福宫本就隔得远,咱们已经很快了。"

如懿无奈地垂下帘子,正焦心着,却听得三宝在外道:"到了,到了!"

夜来的咸福宫灯火通明,如懿扶着阿箬的手下了暖轿,快步走进院中。只听得太监尖着嗓子通报:"娴妃娘娘到——"

尖细的尾音尚自袅袅飘在空中,如懿人已经到了廊下。只见咸福宫正殿的镂花朱漆填金大门豁然洞开,廊下自台阶左右两列站满了满宫的宫人,一个个噤若寒蝉,只望着廊下一个跪着的宫装女子。

慧贵妃穿着一身锦茜色彩绣花鸟纹对襟长衣,肩上披着一件大镶大绲的紫貂风领玄狐大氅①,人坐在正殿中央的牡丹团刻檀木椅上,旁边七八个暖炉和炭盆众星拱月似的烘着,如懿才一靠近正殿,便觉得暖洋如春,整个人都舒展了过来。可慧贵妃的脸色并不好看,她本是小巧细弱的柳叶身段,大约为着动怒,又过了病气,底下雪里金遍地锦绲花镶狸毛长裙絮絮掠动着,漾起水样的波纹。她照常淡扫蛾眉、敷染胭脂,可病中的一张脸雪白雪白的,显得上好的玫瑰丝胭脂也一缕缕地浮在面上,吃不住似的。如懿见她面色不善,忙欠身请安道:"给贵妃娘娘请安,贵妃万福金安。"

慧贵妃坐在椅上一动不动,只冷笑道:"自皇上分封六宫之后娴妃就未曾踏足过咸福宫,怎么今儿什么风连你也惊动了,深夜还闯进本宫宫里来?"

如懿见她左右太阳穴上都贴了两块乌沉沉的膏药,额上一抹深紫色水獭皮嵌珍珠抹额勒着,真当是憔悴得楚楚可怜。

如懿忙低着头道:"听闻贵妃娘娘发了寒症,所以漏夜过来探视。"

---

① 大氅:披用的外衣,又称"披风"。无袖、颈部系带,披在肩上用以防风御寒。短者曾称帔,长者又称斗篷,斗篷一般连帽。披风多为一片式结构,多为北方人和儿童在冬季穿用。后也泛指斗篷。中国古代有虚设两袖的长披风。

慧贵妃扬了扬唇角："本宫有什么可值得娴妃你劳心的？倒是咸福宫里闹了贼，娴妃你的耳报神快，就紧赶着来看热闹了。"

如懿越发低首："臣妾不敢。"

身后的海兰嘤嘤低呼一声："贵妃娘娘，嫔妾……嫔妾不是贼！"

慧贵妃陡地敛起笑容，森冷道："还敢狡辩，人赃俱获了还要嘴硬！双喜，再给本宫狠狠地打！"

如懿方才匆匆进殿，不敢细看海兰。此刻回头，只见海兰被强行剥去了鞋袜跪在廊下冰冷的石砖上，近台阶的砖边结了薄薄的碎冰，一望便生寒意。一双青缎绣喜鹊登梅花盆底鞋被随意抛掷在阶下的雪中，渐渐被落下的小雪浸湿了小半，如它的主人一般全无尊严。

如懿留神去看她的脚，冻得通红的赤足之上有着细密的血珠沁出。海兰见如懿注目，羞愧地极力想缩着足把它藏到裙底下去，茉心一言不发，立刻用手撩起她的裙角，冷冷道："常在不好好招供，也不老实受刑，别怪奴婢不留情面，掀起您的裙角来。在奴才们面前露足已经够丢脸了，要再让人看见您的小腿，这种丢了脸面的事就是您自作自受了。"

海兰大惊，极力低着头以散落的发丝遮蔽自己因羞愧和愤怒而紫涨的面庞，她忍着痛分辩："贵妃娘娘恕罪，嫔妾真的没有偷盗娘娘的红箩炭啊！"

如懿忙赔笑道："贵妃娘娘发了寒症，脸色不太好。病中原不宜动气，不知娘娘到底为什么责罚海常在，而且要动用杖刑责打海常在双足？"

慧贵妃转过脸微微咳嗽了几声，彩玥和彩珠忙上前递茶的递茶，捶肩的捶肩。茉心清了清嗓子道："海常在偷盗贵妃娘娘所用的红箩炭，犯上僭越，以致娘娘缺了炭火寒症发作，损伤凤体。这样的罪过，还不够受杖刑的么！"

如懿连忙道："海常在向来安分守己，而且贵人以下是不许用红箩炭的，海常在也不是第一天知道，怎还会如此？"

茉心鄙夷道："那就要问海常在自己了。奴婢在海常在屋里倒出的炭灰里发现了红箩炭烧过的灰白色炭灰。而且海常在几个奴才那里也问过了，伺候海常在的宫女香云已经招了，是海常在指使她去偷盗红箩炭的。"

如懿看着跪在阶下战战兢兢的香云，起身走到她跟前："香云，茉心说的是真的么？"

香云脸色煞白："方才奴婢已经招了，海常在指使奴婢偷盗红箩炭，一是不服气贵妃娘娘用着好东西，二是嫉妒贵妃娘娘得宠于皇上，想害贵妃罢了。"她拼命磕了两个头，乞求道，"贵妃娘娘恕罪，奴婢已经知错了，再也不敢了。"

海兰忍着疼，别过头看着香云道："香云，你跟了我两三年，我自问待你并不薄……"

香云并不畏惧，迎着海兰的目光，定定道："小主，不管您待我如何，这种昧着良心的事奴婢是再也不敢了。奴婢也劝您一句，人赃并获，您还是认了吧。"

"知错能改，善莫大焉。所以香云，本宫也不会责罚你。但知错不改，还死不承认，那就要好好责罚了。"慧贵妃不觉微微作色，冷笑道，"这宫里头谁不知道本宫畏寒体弱，是最禁不得冷的。海常在用心这样恶毒！双喜，给本宫再打！"

随着慧贵妃话音利落而下，双喜已经取过一旁的荆条，道一声"得罪了小主"，立刻便要打下去。如懿仔细看去，才发觉那并不是寻常的荆条，不仅格外粗大，而且未剥皮，也未去刺。两指粗的荆条上利刺凸起，沾了鲜红的血点。想来海兰足上的血珠，便是由此物造成的。

双喜二话不说，举起棍子便向着海兰脚心狠狠猛击数下，海兰惨叫一声，几乎晕倒在地，足上鲜血淋漓，简直惨不忍睹。如懿既惊且忧，她虽知道足心受痛远胜于他处，但看海兰如此吃痛，亦知道不好。情急之下，她只得伸臂拦下双喜手中的荆棍，喝道："慢着！"

海兰痛得伏在地上，慧贵妃优雅地扬起细长的眼眸，唤道："茉心！"

如懿赶忙上前扶住了海兰，茉心哧笑道："娴妃娘娘来了没关心我们娘娘几句，倒先忙着帮扶海常在，这可真是是非不分了。何况方才海常在受了几下棍子没事，现在怎么弱不禁风了，可不是看人来了，就这般乔张做么？"

海兰瘫倒在如懿怀里，满脸湿腻腻的冷汗黏住了头发，狼狈之中仍喃喃道：

"娴妃姐姐，嫔妾……我，没有偷。真的……"她话未说完，人便痛晕了过去。

如懿心疼地抱着海兰，用裙摆遮住她的双足，心中揪痛不已，只得强忍着怒气道："贵妃娘娘以炭灰和香云的供词便认定海兰偷窃红箩炭逼害娘娘。可娘娘细想，今儿是腊月二十，娘娘的红箩炭是内务府按着每月的份例给的，每日八斤，一个月便是二百四十斤。海兰若是真的全偷去了害得您无红箩炭可用，那至少也得偷了十天的份额，一共八十斤红箩炭。她的宫室就那么点大，能藏到哪里去？贵妃一查便知。"

慧贵妃的脸微微变色，朝着茉心扬了扬脸。茉心从如懿怀中一把抢过海兰，顺手端过廊下搁着接檐下冰水的铜盆，哗一声兜头全泼在了海兰身上。如懿惊怒交加，喝道："茉心，你做什么！"

茉心笑吟吟道："海常在痛得晕过去了，不拿水泼醒，怎么问她剩下的红箩炭藏在哪儿啊！"

如懿怒视着她道："这么冷的天气，你拿冷水泼她，岂不是要了她的命！"

茉心见海兰痛苦地呻吟了一声，笑道："只要海常在醒了，一切都好说。您看，这不奏效了么？"

如懿连忙取下绢子替海兰擦拭，阿箬站在一旁也吓呆了，忙不迭取下绢子和如懿一起擦拭。慧贵妃双眼微眯，抬了抬下巴，茉心即刻会意，转身从廊下蓄水的大缸里舀了一盆，不管不顾一泼，将如懿浇得如落汤鸡一般。如懿只觉得一个激灵，浑身上下都已经被冰水浇透了，从骨子缝里直透出寒意来，兼着院中廊下冷风灌入，立时间像被堆在了冰雪中，冷得全身发颤。

茉心"哎呀"一声，忙道："娴妃娘娘，真是对不住。谁让您离海常在这么近呢？奴婢原以为一盆水下去不能让海常在醒过来，所以加了一盆。这可怎么好……"

慧贵妃微微坐直身子，曼声道："茉心，你也太不当心了。"她努一努樱唇，"彩珠、彩玥，还不搬几个炭盆过去，替娴妃和海常在暖一暖。"

彩玥和彩珠答应着，却只拣了几个快熄了的炭盆搁在如懿与海兰身边，那火光微弱，实在是无济于事。

如懿死死地握着拳头，以指尖触进手掌的疼痛，提醒着自己要忍耐，将海兰紧紧拥住，希望以彼此的体温来温暖些许。天寒地冻的时节里，浑身湿透的彻骨寒意逼上身来，除了忍耐，还有什么办法？贵妃与妃位不过差了一个位次，地位却是千里之别。晞月，她是正当宠的贵妃。自己呢，不过是一个久未见君面的妃子罢了。她没有别的办法，只能忍耐着，只盼能救出海兰，拉扯她一把。

如懿垂首，冰冷刺骨的水珠滑过她一样冰冷而麻木的面孔，她只觉得头越来越重，声音也有点缥缈："贵妃娘娘，海常在已经受过责罚，现下全身也湿透了。能否容许我带她去换一身衣裳？否则这样冻下去，她的身子也吃不消的。"

慧贵妃轻咳几声，慵然看着手上的镏金镶珐琅护甲，微微含了一抹舒展的笑意。然而她眼中却一分笑意也无，那种清冷之光，如她小指上金光闪烁的护甲一点，尖锐而冷清："方才娴妃有句话说得很好，八十斤的红箩炭呢，一下子也烧不完，保不准是藏在哪儿了。既然这样，不能不仔细搜一搜。"只听她曼声唤道，"双喜！"

双喜答应着凑了上前："奴才在。"

慧贵妃慵懒道："去海常在那几间屋子里好好搜一搜，连着海常在的寝殿，仔仔细细，哪儿也别放过。好好查查那些红箩炭放在了哪里，也好叫她们死心。"

如懿听她死死咬着"她们"二字，知道是不得好过了。这一搜也不知要搜到什么时候，自己和海兰冻在这儿，当真是求生不得求死不能。

海兰本已幽幽醒转，听得这句话，不禁失色，哭求道："娘娘要搜查是不错，可嫔妾的寝殿也要搜么？嫔妾……"

如懿矍然变色，怒意浮上眉间，只得强压了怒火道："贵妃的意思是要搜宫？那不是半点脸面也不给海常在留了！此事若传出去，海常在还如何在后宫立足呢？"

茉心笑滋滋，伸手向海兰身上，作势就要翻开她湿答答的袍子，道："不仅是海常在的寝殿，哪怕是海常在身上，奴婢也不能不瞧一瞧。"

海兰见她伸手过来,又气又怒,却也不敢反抗,只得拼命缩向如懿怀中。如懿忍无可忍,一手护住海兰,劈面一个耳光打在茉心脸上,怒道:"放肆!小主身上岂是你能乱碰的!"

茉心挨了重重一掌,一时也被打蒙了。她是晞月身边第一得意的侍女,又是侍奉多年的,自认为十分得脸,连晞月的一句重话都未受过,何曾受过这样的委屈?她还尚未从那一巴掌里醒转过来,慧贵妃已经按捺不住,从座椅上霍然站起,三寸长的护甲敲在手炉上叮然作响,在静夜里听来与她的嗓音一般尖锐而令人不适。

慧贵妃厉声道:"来人,给本宫搜检珂里叶特氏的寝殿,箱笼衣物,一律不许放过!娴妃深夜咆哮咸福宫,给本宫跪在院中思过。没本宫的吩咐,不许起身。"

海兰脸色惨然,望一眼如懿,终于伏下身叩头哭泣道:"贵妃娘娘,都是嫔妾的错。嫔妾不是有心偷盗的。"

如懿紧紧攥住她的手,决绝摇头:"没有做下的事,不许乱认!"

海兰满脸是泪,在她冰凉的面庞上泛起雪白的热气:"娴妃姐姐,我已经连累了你,不能再害得你浑身湿透了跪在雪地里……"

她凄楚的哭声在落着簌簌细雪的夜里听来格外凄凉。如懿无助地搂着她,感受到身后巨大的拖力要将自己拽到廊下去。阿箬急惶的哭声响在耳边,是在对贵妃哭求:"贵妃娘娘,贵妃娘娘,奴婢求求你,哪怕是要跪,也让我们小主先换身衣裳。她会冻坏的呀,贵妃娘娘!"

慧贵妃站在殿内居高临下看着众人,眼神冻得如檐下能刺穿人心肺的冰凌一般。海兰伏在地上,像一只卑微的蝼蚁,慧贵妃的语气没有任何温度:"茉心,给本宫扒开珂里叶特氏的外裳,一寸一寸仔细地搜查,不许她藏匿了半分!"

茉心响亮地答应了一声,恨恨地咬了咬牙,伸手就上去拉扯。海兰护着自己的衣襟,拼命挣扎着,无助的哭声悲戚地飘在夜空中,像一缕没着落的孤魂一般,又被绵绵的雪子掩埋了下去。

如懿被拽到了阶下跪着，雪子沙沙地打在脸上，像打在冻僵了的肉皮上，起先还觉得疼，渐渐也麻木了。不过片刻，衣襟上结了薄薄的冰凌。她眼见海兰受辱，一时间急怒攻心，仿佛一把野火从心头蹿到了喉咙里，再也忍不住道："贵妃娘娘，您要责骂海常在或是动手打她，我都无话可回。但海常在到底是皇上的嫔妃，您不能这样羞辱她，尤其是当着奴才们的面。若海常在真被剥了衣衫搜身，您就真是要逼死她了！"

海兰呜呜地哭着，如同一只小小的困兽，做着徒劳而无力的挣扎。她领口的一粒如意扣已被生生拽开，露出生绢色的中衣。慧贵妃只是含了一缕闲适的笑意，好整以暇地看着廊下，如同坐在戏台下看一出精彩绝伦的戏码。她轻蔑地瞟一眼如懿："本宫也知道她身上藏不了红箩炭。可是她能偷炭，保不准还偷了什么其他贵重东西。既然做了贼，就别怕没脸，若是想不开，那横竖也是她自己逼死自己的。"

如懿见她丝毫没有转圜的余地，挣扎着便要起身。奈何她是冻透了的人，手脚完全不听使唤，才站起来便禁不住一阵冷风，又被人七手八脚地按了下去。

心中的焦苦直逼舌尖，她只觉得舌头都冻木了，唯有眼中的泪是滚热的，一滴一滴烫在脸孔上，很快也结成了冰滴子。这样的痛苦，就如吹不尽的寒风，没有尽头。

正混乱间，外头忽然有击掌声连连传来，有太监的通报声传进："皇上驾到——皇后驾到——"

心口几乎就是一松，整个人都软倒在地，于悲戚之中生了一丝欢喜。他来了，他终于来了。

晞月立刻扬了扬脸，示意所有人停下手中的动作。阿箬眼明手快，忙脱下自己身上的弹花袄子，披在了如懿身上。

门口明黄一色倏然一闪，皇帝已经疾步进来。皇后穿了一身烟霞蓝底色的百子缂丝对襟如意袍，虽是夜里歇下了又起来的，鬓发却一丝不乱，疏疏地斜簪着几朵暗红玛瑙圆珠的簪子。虽然急迫，神色却宁静如深水，波澜不惊，连簪子上垂下的缠丝点翠流苏，亦只是随着脚步细巧地晃动，闪烁出银翠的粼粼波光。

晞月领着人在院中接驾。皇帝见了她，忙一把扶住了："朕一听说你发了寒症，赶紧就过来了。"他握住晞月的手，焦急道，"怎么样？要不要紧？"

皇后跟在身后，沉静中带了几分关切的焦虑："皇上一听人禀报说你发了寒症又动气，急得什么似的。本来皇上都睡下了，还是赶紧盼咐了起来，和本宫一起过来了。"

皇帝眉眼间都是急切，道："太医来看过没有？到底怎么样？"

晞月娇声道："臣妾谢皇上皇后关爱。臣妾这儿缺了红箩炭，一时顾不上暖着，结果引发了寒症。太医已经来瞧过了，说臣妾因受寒而伤了阳气，以致身寒肢冷，气血凝滞，因而身上疼痛。"她身子一歪，正好倒在皇帝的臂弯里，"此刻臣妾便觉得头晕体乏，膝盖酸疼呢。"

皇帝心疼不已，一迭声道："来人！快扶了贵妃进去坐下。多拿几个手炉暖着。"

晞月就着彩珠的手迈了两步，脚下一个虚浮，差点滑倒。皇帝叹了口气，伸手揽过她道："朕陪你进去吧。"

如懿和海兰湿淋淋地站在檐下，冷风一阵阵逼上身来，似钢刀一刀一刀刮着。海兰浑身哆嗦着，站也站不稳，被如懿和阿箬搀扶着才能勉强站住脚。皇帝经过如懿，扶着她的手："浑身湿透了，去换件暖和衣裳。"

皇后温言道："去吧。都去海兰屋子里换件衣裳再来见驾。"

如懿知道皇帝到底还是怜悯，忙领着海兰退下了。

进了暖阁坐下，皇帝唤过随行的太医："齐汝，你是太医院的院判，一直照管着贵妃的身体，你赶紧再替贵妃瞧瞧，别落下什么症候才好。"

齐汝忙答应着取过诊脉的药包，搭了片刻道："贵妃娘娘的寒症发得不轻，加之又动了怒气，只怕得好生将养些日子。"

皇帝微微松了口气，怜惜道："往日到了冬天你的身体便格外弱些，今儿又是为了什么，动这样的气？"

晞月眼中有盈盈泪光，别过头去轻轻拭了拭眼角，方哽咽道："臣妾管教无方，竟叫自己宫里人生了偷盗这样的丑事。海常在偷了别的也罢了，臣妾不能不顾恤着姐妹情分，偏偏是臣妾冬日里最不能缺的红箩炭。"

皇帝颇为意外，与皇后对视一眼，问道："海常在偷那个做什么？"

皇后吁了口气，惋惜道："怕是满宫里只有海常在和婉答应位分低用不上红箩炭，所以海常在一时糊涂了吧？"

晞月似要落泪："每次臣妾奉召侍寝，茉心她们总听见海常在摔摔打打的不乐意。臣妾心想也算了，可是这次想不到她竟这样恶毒，臣妾闻不得黑炭的烟气，一向只用红箩炭取暖，她偷取了臣妾的红箩炭害得臣妾寒症突发……"她说着咳嗽起来，抚着额头道，"臣妾气怒攻心，实在是受不了了，一审之下人赃并获，可海常在还是抵死不认。"

她正暗暗垂泣，如懿已经换过了海兰的衣衫，携了海兰一同进来，嘴上道："没有做过的事情，叫海常在怎么认？"

如懿领着海兰行了礼，海兰仍是怯怯的，像是一只受足了惊吓的小鸟，浑身颤抖着，缩在如懿后头。

皇后摇头，亦是似信非信的口吻："看着海常在柔柔弱弱一个人，怎么心思这么毒？"她看着如懿，"娴妃，听说你在咸福宫肆意喧哗，到底怎么了？"

如懿欠身恭谨道："回禀皇上皇后，臣妾怎敢肆意喧哗，只是看海常在在所谓的'人赃并获'之下，受了足杖，还要被搜身，臣妾实在不能不替海常在分辩几句。而且臣妾若真喧哗，怎会被人泼了一身冰水也不吭声呢？"

皇帝温和道："喝了姜汤才来回话的吧？别带了寒气进来。"

如懿见海兰只是一味缩在自己身后，连头也不敢抬，越发生了怜惜爱护之意，回道："是。都喝了的，不敢让贵妃娘娘沾了寒气。只是皇上……"她仰起头注视着皇帝冷峻的面庞，"皇上，虽然贵妃在海常在用过的炭灰里找到了红箩炭的灰，也有香云做证，可是……"

皇帝的口气淡淡的，像是说着一件极不要紧的事："什么可是？朕记得上回天刚冷的时候嘱咐过你一句，说宫里就海常在和婉答应用不上红箩炭，怕黑炭熏着了她们。婉答应位分实在低也罢了，海常在那里要你从自己宫里拨出些给她。朕记得那日也嘱咐了你，这件事不宜声张，免得生是非。你也太老实了，贵妃都气成这样了，你也不肯告诉她一声。"

如懿立刻明白过来皇帝的维护之意，满脸自责道："都是臣妾的不是，一心想着皇上嘱咐过不许说，所以也特意叮嘱了海兰妹妹。她原是跟臣妾一个心思，不敢说出来惹来是非，没想到还是惹了是非。"

皇帝的眼睛只看着一脸震惊的晞月，心疼不已："原是娴妃她们太痴了，不懂转圜。贵妃本就身子弱，哪里禁得起这样气？"他转头吩咐，"王钦，以后咸福宫缺什么少什么，立刻从养心殿拨了给贵妃用。"

晞月的脸色本是青红交加的难看，听到这一句才缓过来，盈盈道："多谢皇上关爱。"

皇帝的口吻轻柔如四月风："好了。既发了寒症，怎么不好好将养着，还要这样折腾？岂不知自己的身体最要紧么？"

晞月犹自有些不服："虽然皇上吩咐娴妃暗中照顾海常在，可是香云也明明看见海常在偷盗了。海常在她……"

皇帝的语气淡得不着痕迹，口吻却极温和："这件事说白了也是小事，能有贵妃你的身子要紧么？至于海兰，她既惹你生气，朕便不许她在咸福宫住就是了。"

如懿闻言一喜，赶紧看一眼身后的海兰。海兰一直苍白的面色上微微浮了一丝绯红，只是紧紧攥着如懿的衣袖，像抓着救命稻草一般。

晞月急道："偷窃也算了，但犯上都是宫中大罪，皇上就这样轻易饶过了么？还有娴妃，这样莽撞无礼……"

皇帝笑道："打也打了，罚也罚了。娴妃和海常在一身的冰水也算是责罚过了。今日的事，朕是要赏罚分明，才能解了你的气，平息这件事。"他转头问道，"今儿的事，人证是谁？"

香云怯怯地膝行上前，道："是奴婢。"

皇帝眼皮也不抬一下，王钦便道："是伺候海常在的宫女，叫香云的。"

皇帝这才瞟了她一眼："模样挺周正的，舌头也灵活。能招出今晚的事，这舌头活灵活现的。"

香云喜道："多谢皇上夸奖。"

皇帝把玩着腰间一块镂刻海东青玉佩，漫不经心道："王钦，带她下去，乱棍打死。"

王钦吓得一抖，赶紧答应了："是。"他一扬脸，几个小太监会意，立刻拖了香云下去。香云吓得求饶都不会了，像个破布袋似的被人拖了出去。

只听得外面连着数十声惨叫，渐渐微弱了下去，有侍卫进来禀报道："皇上，香云已经打死了。"

海兰打了个寒噤，如懿只是含了一缕快意的笑意，很快又让它泯在了唇角。

皇帝微微颔首，浑不在意："拔了舌头悬在宫门上，让满宫里所有的宫人都看看，挑拨是非，谋害主上，是什么下场！"

如懿陡地一凛，目光撞上皇帝深渊静水似的眼波，心头舒然一暖，像是在雪野里迷了路的人远远望见灯火人家，便有了着落。皇帝的目光旋即移开，仿佛对她只是那样的不上心而已。

晞月又惊又怕，浑身止不住地打起冷战，皇帝怜爱地替她紧了紧大氅，柔声道："别怕！都是下人们的不是，你安心养好身子暖着才要紧。"

晞月在皇帝的安抚下微微放松，咬了咬牙强笑道："是。这样嚼舌的奴才是留不得的，皇上不发落，臣妾也要杀了她以儆效尤呢。"

皇帝眉目间带着疏懒的笑意，抚了抚她的手。很快，他目光一沉，环视众人，已是不容置疑的口吻："贵妃今日立下的规矩，后宫里都要谨记，任何一个奴才，都不许挑拨是非。否则不是主子的错，朕只问你们的罪！"

满宫的宫人们吓得魂飞天外，立刻跪下道："是香云自己生是非，奴才们都不敢的。"

晞月犹不甘心，才唤了一句"皇上"，皇帝便看向齐汝："齐汝，你说贵妃要将养一段时日，那是多久？"

齐汝思忖皇帝话中之意，揣度着道："总得一两个月吧。"

皇帝关切道:"那贵妃这两个月不宜伴驾,安心静养。"皇帝生了几分倦怠,打了个哈欠,"皇后,咱们回去。"

晞月气得怔住,只得随众人行礼:"恭送皇上,恭送皇后娘娘。"

皇帝携了皇后的手一同出去,在经过如懿与海兰时稍稍驻步:"海常在,你再住在咸福宫也只是让贵妃生气,换个地方住吧。"

如懿忙道:"皇上,延禧宫还空着……"

皇帝叮嘱道:"那你好好调教海常在,别再生出这么多事来。"

如懿答应一声,心口松畅,拉了海兰一同跟着出去了。

第十五章 君心

回到延禧宫中已是深夜。安顿了海兰在后殿住下，又请了太医来给她诊治，如懿才回到寝殿里稍稍歇息。虽然早换上了厚实的暖袄，如懿又抱着几个手炉取暖，仍是觉得身上一阵阵发冷，便命小宫女又端了几个火盆进来烧着。小丫头绿痕用松纹银漆盘端了几大碗浓浓的红糖姜汤喂了如懿喝下，又替她加了个貂皮套围得严严的。如懿取过一碗给裹着大袄蹲在火盆边取暖的阿箬："快酽酽地喝一碗，去去湿冷。"阿箬忙仰头喝了，如懿也喝出了一身的热汗，忍不住打了几个喷嚏，才觉得身上松快快了些。

惢心已经陪着太医看过了海兰，此刻又跟过来请许太医给如懿诊脉。许太医取出朱紫色的请脉包垫在如懿手腕下，又搭上一块洁白的绢布，告一声"得罪"，才敢把两指落在如懿的手腕上。

片刻，许太医松了口气道："娴妃娘娘万幸，素昔身子强健，只是受了一点风寒。微臣会开些发热疏散的方子，只要娘娘连着喝几天药和姜汤，注意保暖，再用生姜和艾叶熬的热水多泡澡，就会好的。但切记切记，这几天不许再见风了。"

如懿取过绢子按了按塞住的鼻子，闷声道："多谢太医。海常在如何了？"

许太医摇了摇头，似是沉吟不已。

如懿愈觉得不安,便道:"许太医是常来常往,专照顾本宫的,有什么话不妨直说。"

许太医思量再三,沉声道:"受寒和惊吓都是小事,微臣开了安神药给海常在喝下,已经安稳睡了。风寒虽重,调理着也无大碍。要紧的,是海常在的足伤。"

许太医道:"海常在是足心的涌泉穴挨了打受了伤,才会如此虚弱,形同重病。"

如懿奇道:"涌泉穴?"

许太医沉声道:"是。涌泉穴又名地冲穴,乃是肾经的首穴,又是肾经与心经交接的要害。微臣查看过小主的足心,涌泉穴的位置乃是被荆棍重创之地,说明下手之人是特意挑了这个地方的。此穴一旦受损,等于肾经与心经同时受损,便有失眠倦怠、精力不足、晕眩焦躁、头痛心悸等症并发,加之小主受寒,真是险之又险。"

如懿大惊失色,只觉得心头沉沉乱跳,忙问:"太医,可有什么法子医治么?"

许太医沉吟许久,才道:"微臣会仔细掂量着开个方子,再请小主用热水浸足,使寒气外泄,伤口愈合。另外每日正午用艾灸熏涌泉穴,熏好之后敷上用酒炒过的吴茱萸护着。等到伤口好了之后,再每日按摩,但求见效。"

如懿听他细细说了医治之法,知道还是有法子的,也稍稍安心些,眉头也松开了一些:"那就有劳许太医了。绿痕,好好送许太医出去。"

许太医告辞退下,如懿向着后殿方向张望了片刻,蕊心忙道:"小主放心,一切都打点好了。海常在服了安神汤药,此刻已经熟睡,想是连番折腾,人也累坏了。您若想看她,还是等明日自己养足了精神再去吧。"

如懿掩不住眉目间的倦怠之色:"好了。我也乏了,准备着安置吧。"

蕊心答应着去捧了热汤水来伺候,阿箬拍打着如懿换下来的海兰那身衣裳,满肚子压抑不住的怒气,手上的力气就大了,噼噼啪啪的。如懿听着发烦,蹙眉道:"什么事情,粗手大声的?"

阿箬径自道："小主身上冷，奴婢心里冷，心里更是有气。慧贵妃是什么人？从前在潜邸的时候是矮了小主一头的……"

如懿心中不快，打断她道："好了！如今是如今，不要再说从前的事！"

阿箬憋了口气道："如今竟敢这样折辱小主。小主，你一定得想想法子，不能再这样受委屈了。"

如懿转过身，将手里的汤盏递给蹲在地上拨火的小宫女："收拾了都下去吧，火盆不必拨了。"

宫人们退了下去，惢心在一旁静静地立着往案上的绿釉狻猊香炉添了一把安神香。那雪色的轻烟便从盖顶的坐狮口中悠悠逸出，温暖沉静的芬芳悄无痕迹地在这寝殿中萦纡袅袅，散出定心安神的宁和飞香。

如懿拨着手炉上的珐琅盖子，轻声道："阿箬，那么依你的意思，我该怎么办？"

阿箬将拍好的衣裳往花梨木衣架子上一摺，眼睛扑闪扑闪，瞬间亮了起来："按奴婢的意思，好办！人活一口气，树活一张皮，一定要好好争了这口气回来。"她走近如懿身边，推心置腹道，"小主怕什么？小主什么都不必怕！论家世，乌拉那拉氏是出过中宫皇后的，门楣比富察氏还高，何况她一个包衣抬旗的。论位分，妃位和贵妃就差了那么一阶儿，哪天冷不丁就越过她了。论恩宠，小主从前和她平分秋色，只要放出点手腕来好好笼络皇上，皇上也会常来延禧宫了。"

如懿啜了口热茶，慢慢搓着手背暖手，淡淡道："你的话是不错，什么理儿都占全了。可是你的眼界太高，只看见了我的长处，却未看见短处。"

阿箬不解："短处？"

暖炉的热气氤氲地扑上脸来，蒸得室内供着的蜡梅香气勃发，让人有片刻的错觉，恍若置身四月花海，春暖天地。可是，窗外明明是严寒时节，数九寒天。而宫中的际遇，只会比这寒天更寒，怎么也暖不过来。

如懿出神片刻，沉稳道："一个人的长处和优势，只会锦上添花，让她往高处走得更高些。而她的短处和缺失，却是能拉着她一路跌到深渊再爬不起来的。所以我看人，不看她的长处能带着她走多高，而是看她的短处会让她摔得多重！"

阿箬一时答不上嘴，只得问："那小主打算一直这么忍下去？"

如懿的手微微一颤，郁然叹了口气："现在的境况对我并不好，一味去争，只有摔得头破血流。忍一忍过去了，以后的日子便松快些，也觉得没那么难忍了。要是不忍，永远都挤在一条窄道上，那就真的为难了自己。"

阿箬嗫嚅着嘴唇说不出话来。如懿支着额头，轻轻挥手："今儿晚上你也累了，着了气又受了冷，赶紧去歇下吧。"

阿箬答应着下去了。惢心扶了如懿上床歇下。如懿看着她放下茜紫色连珠缬罗帐，她穿着墨紫色弹花上袄，花纹亦是极淡极淡的玉色旋花纹，底下着次一色暗紫罗裙，这样站在薄薄的帐帘外，仿佛整个人都融了进去，只余一个水墨山水一般暗淡的身影。

如懿淡淡地吁了口气，惢心忙问："小主，是焐着汤婆子不够暖么？"

如懿拍一拍她的手臂："方才阿箬说了那么一大篇话，你只在旁边安静听着。但我知道，今儿晚上没有你去养心殿报信，皇上来不了那么快。"

惢心的面色沉静如水："奴婢候在咸福宫外，看见小主受辱，当然要去禀报。只是……"

"只是什么？"

惢心低低道："奴婢见着王公公，王公公说既是咸福宫的事，就由咸福宫的主位定夺，就轰了奴婢出来。幸好李玉公公要轮到上夜了，看见了奴婢才去告诉皇上的。否则，事情也被耽搁了。"

如懿沉吟片刻，含笑道："王钦哪里是个好相与的？他一向只听皇后和贵妃的话。"

惢心的眉眼恭顺地垂着，低声道："王公公不好相与，是被人定了的。但是李公公……"

如懿眉心一动，笑着拍了拍她的手："这就是你比阿箬细心的地方了。言语不多，但眼睛都落在了实处。我没有白疼你。"

惢心直直地跪在床前的架子上，眼中微微含了一丝晶莹，道："奴婢刚进潜邸的时候，不过是被人牙子卖来的小丫鬟，只值两百个钱，被发配在伙房砍柴，是打死也不作数的贱民。是小主可怜奴婢，把奴婢从伙房的柴火堆里拣出来，一路抬举到了今天这个地位。奴婢没什么可说的，只有尽心尽力护着小主，伺候小主罢了。"

　　如懿拉着她的手，心头暖暖的，一阵热过一阵："好，好，不枉我这些年一直这么待你。阿箬机灵，嘴却太快。你心思安静，就替我多长着眼睛，多顾着些吧。"

　　惢心恳切道："奴婢一定不辜负小主的期望。"

　　宫中的夜如许深长，如懿从未受过这般折辱委屈，原是乏极了。她原本以为靠着软枕就能沉沉睡去，谁知听着窗外风声凄冷，刮得寝殿外两盏暗红的宫灯风车似的转着，仿佛两只睁大的猩红鬼眼，直愣愣地盯着她不放。如懿看着外头的灯火，心里思绪翻腾不定，仿如千丝万缕都缠在了心上，一丝一丝紧紧地勒着。榻下惢心的呼吸声已经沉稳而均匀，显是睡得熟了。如懿油然便生了一星羡慕之情，若都像惢心一样，无知无觉，能安稳睡到天亮，也是一种福气。她侧过身，将脸埋在丝缎的菀花软枕间，极力闭上了眼睛。也不知过了多久，她睡得其实并不沉稳，半梦半醒的恍惚间，窗外穿行枝丫的风声犹如在耳畔，像是谁在低低地哭泣，幽咽了整整一夜。

　　醒来时是在后半夜了，如懿觉得烦渴难耐，便唤了一声"惢心"，惢心立刻从榻下的地铺上起身，问道："小主是要喝水么？"

　　如懿道了声"是"，惢心披着衣裳起来点上蜡烛，倒了一碗热茶递到她手边，轻声道："小主慢点喝。"

　　如懿酽酽地喝了一碗，便说还要，惢心搭了把手在她额头一按，惊呼道："小主额头有点烫，怕是发烧了呢。"

　　如懿觉得身上软软的，半点力气也没有，口中腹中都是焦渴着，只得懒懒道："喝了那么多姜汤，怕还是着了风寒了。"

惢心道："现下晚了，也不便请太医再过来，明儿先把太医院的方子开上喝一剂。"

如懿抚着头道："还是老法子，煮了浓浓的姜汤来，我再喝一碗发发汗。"

惢心想了想道："那奴婢用小银吊子取了来在寝殿里头熬着，随时想喝就喝着。奴婢醒着点神看着就是了。"

两人正说着话，只听得后殿忽然几声惊叫，如懿怔了怔，便问："什么声音？"

惢心竖着耳朵听着："怕是风声吧？"

那尖叫声连绵几声，夹杂在风里也显得格外清晰。如懿心头一沉，忙披了大氅起身道："不对！是海兰！"

夜里惶急起身，如懿只趿了双软底鞋便匆匆赶出来。海兰缩在寝殿的桃花心木滴水大床上，那床原是极阔朗的，越发显得海兰蜷在被子里，缩成了小小一团。叶心早吓得跪在了床边，和伺候海兰的一个小太监一起苦苦哀求着，海兰却似什么也听不见一般，只是捂在被子里捂住耳朵发出尖锐而战栗的尖叫。

如懿忙挥了挥手，示意众人噤声，才在床沿上坐下，轻声哄着道："海兰，是我，是我来了。"

海兰睁大了惶恐的双眼，像是一只刚刚逃脱了死亡袭击的小小的幼兽，无助地裹着被子，想要把自己缩进看不见的角落里。床上的湖水色秋罗帐子随着她剧烈的颤抖像是被厉风刮过的湖面，无声地漾起起伏不定的波毂。她喃喃地低诉着，带着深受刺激后的低沉与惊悚："他们打我的脚，他们，他们要搜我身上！姐姐！我受不了，我再也受不了了！"

情绪激烈地波动间，海兰的双足从被子底下露了出来，厚厚地缠着一层层白纱，隐约还有暗红的血点子干涸了凝在上头。如懿轻轻地抚了抚她足上的白纱，挪到床里，隔着被子揽住她，柔声道："别怕，别怕，这儿是延禧宫了，你就在我身边住着。什么都不用怕，再没人冤枉你了。"

海兰伏在她怀里，呜呜咽咽地抽泣着。那声音低低的,惶惑的，又那样无助，含了无穷无尽的委屈和畏惧，一点一点地往外倾吐着。如懿抱着她，她的眼泪是滚烫的，身体也是滚烫的，可是这滚烫底下，她的心却是和外头冻实了的冰坨子一样，寒到了极点。如懿由着她哭，仿佛海兰的眼泪也是替自己流着，热热地洇在皮肤上，慢慢渗进肌理里去，那样灼热的，好像灼伤了肌肤，就能连带着心里也暖和点似的。

也不知过了多久，海兰才慢慢平复下来。如懿伸手搭了搭她的额头，柔声道："额头比我还烫，今儿是冻着了吧？没事儿，太医院的药好得很，喝下去就好了。"她轻轻地拍着海兰的肩膀，像哄着婴儿似的，"药是治病的，别管是你身上的风寒还是脚上的伤，都会好起来。要是心里还害怕，你就想着，这儿是延禧宫，离她的咸福宫远远的。有什么事儿，你说一声我在前殿就听见了。"

海兰呜咽着埋首在她怀里："姐姐，还好你在。"

如懿替她绾一绾松散的鬓发，语气温沉沉的："我在这儿呢。"

海兰紧紧地攥着如懿的手腕："姐姐，我没想到你会来，如果你不来，我一定被她们……"她哽咽着说不下去了。

如懿取下绢子替她擦着额角沁出的汗："今儿晚上，我本不想来，别说你，我也忌惮她。可是我不能不来，心在嗓子眼儿里跳着，催着我来。从潜邸到如今，多少年来，我也只和你还有纯嫔说得上话。我要不来，或许从此就不知道你在哪儿了。还好，还好事情都过去了。"她看着叶心，"太医开的药还在吗？端来给你们小主喝下去发发汗，再喝一剂安神汤。"

海兰死死攥着如懿的手不肯放，哀哀道："姐姐，你别走。"

如懿忍着手腕上的疼痛，微笑道："我不走，我看你睡下了再走，好么？"她接过叶心递来的药，"喝下去，喝下去病就好了。"

海兰顺服地一口一口咽了下去，如懿替她抹了抹嘴角，扶她躺下，替她掖好了被角。海兰安静地蜷缩着，闭上了眼睛。

次日外头落着雪雨，越发冻得人不愿意出去了。屋子里点了沉水香，透着木质淡若轻岫一般的雅淡香气。饶是如此，因着炭盆生得多，犹是闷闷的，唯有几上青花缠枝美人觚里插着几枝新开的淡红色玉蝶梅上,那鲜妍的色彩才让人心头稍稍愉悦。如懿倚在暖阁里养神,正眯着眼睛,忽然见帘下站了一个湖蓝宫装女子,不由得起身招手道:"天寒地冻的,你怎么来了?"

绿筠笑盈盈侧了侧身,施了一礼,上前坐下道:"原本想去看看海常在,听叶心说昨儿后半夜喝了安神汤还睡着,所以先过来看你。"她看如懿额上围着大红猩猩毡镶碎玉粒子昭君套,披着一身厚厚的多宝丝线密花锦袄,身上还严严实实盖着一床青红狻猊皮镶边的红缎锦被,便关切道,"海兰病着,你也没好多少,这些天可不许见风了。"

如懿含笑道:"一早皇后宫里来嘱咐过了,免了我和海兰这些天的晨昏定省,只叫我们歇着。"

绿筠点头道:"这是应该的。现在可好些了?"

如懿举过茶盏给她看:"眼下都不许我喝茶了,都换成了姜茶。从昨儿起就喝了好多的姜汤了,太医院的药也喝下去发汗了,现在只觉得热得慌。"

绿筠伸手替她披了披锦袄,叹道:"昨儿夜里闹成这样,我早早睡下了竟不知道。今儿一早听说了,我还以为是宫人们乱嚼舌根呢。直到见了嘉贵人才知道是真的。"说到这里,她念了句佛道,"阿弥陀佛,福祸相依,还好海兰搬离了咸福宫,也算没白受罪。倒是你,怎么把你也扯进去了呢?"

如懿按了按额头上勒着的昭君套,低声道:"我只问姐姐一句,姐姐相信海兰会偷盗么?"

绿筠微微吃了一惊,笃定地摇摇头:"皇上不是说那红箩炭是他悄悄儿赏送的么?"

如懿伸手拨弄着瓶里供着的那几枝玉蝶梅:"皇上也是为了息事宁人,顺嘴儿安抚过去罢了。我只有那一句话,既说海兰都偷了,那剩余的炭海兰能藏到哪儿去?这件事若再查下去,谁都不好看。"

绿筠眉心微蹙,如曲折的春山逸远:"我还以为是皇上心疼你们,把挑拨是非的香云打死了,又让贵妃将养两个月,其实就是冷落了她。可今儿一早就听说皇上又心疼贵妃受气抱病,叫人赏了茯苓糕去。"

如懿寸把长的指甲掐在梅枝上:"皇上自然顾着贵妃的。"她按着鼻翼,"昨儿这一闹,我就鼻塞头昏的。"

纯嫔轻轻一嗅:"既然还鼻塞头昏的,就该点点冲鼻醒神的藏香。这沉水香好闻是好闻,却太清淡了。满宫里也只有你喜欢用,旁人是看都不看一眼的。"

如懿看着地下香坛清水里浸着的一块陡峭似山形的黑釉色的木块,静静道:"倒也不只是为了这个味儿。沉香如定石,能沉在水底,故名沉水香。我只是觉得,若是能心若沉水香一般,世事再缭乱,也可以不怕了。"

纯嫔微微出神,盯着如懿的面庞道:"我刚认识你的时候,你并不是这样的性子。"

如懿的笑意淡得若一缕轻烟:"从前事事有人惯着护着,如今可没有了。"

纯嫔似是触动了心事,眉间也多了几许清愁:"你只想着要静下心来,却没想过,慧贵妃如今敢这样嚣张,无非是她有着'欢作沉水香,侬作博山炉'的恩情宠幸。妹妹要是想一改境况,也该好好留心着圣宠,别让贵妃和新人占尽了恩宠。"

如懿明白她意下所指,便问:"这几天皇上似乎都没召见玫答应,这是怎么了?"

纯嫔微一凝神,靠近如懿道:"别说是你,我也觉得奇怪。这些天虽说皇上忙于朝政,除了昨夜召幸皇后之外,都没翻过别人的绿牌子。可是我听说,其实有两日午后皇上是召了玫答应去弹琵琶曲的,玫答应却推辞身体不适,并未奉召前去。"

如懿心下也生了一层疑云:"照理说她新得圣宠,应该极力固宠才是,怎么会自己推辞了呢?"

纯嫔摇了摇头:"谁知道呢?我只听说她脸上不大好,难不成那天贵妃让双喜下的手太狠,怎么都好几日了还没见好呢?"她想着忍不住低低笑了一声,"算了。这件事玫答应自己是打落牙齿和血吞,也没闹出贵妃的事来。左右她没在皇上跟前,昨儿咸福宫的又说发了寒症,今儿皇上已经传旨了,早膳和晚膳都留在咸福宫陪着她用,又左赏赐右赏赐的,太医一趟趟地往咸福宫跑了。"

如懿心中皱得跟一团揉碎了的纸似的,只勉强笑道:"皇上一向喜欢她,你是知道的。"

纯嫔聊了几句,见扯上了"恩宠"这样的话,也是伤感,便嘱咐了几句让如懿好好调养的话,便也走了。惢心端了药进来服侍如懿喝了,又拿清水漱了口,阿箬便端了几颗酸渍梅子过来给如懿润口。

惢心倒了漱口水进来,道:"小主,方才海常在醒了,烧也退了。"

如懿想了想道:"那就好。如今叶心一个人伺候着不够,内务府拨过来的人也不敢用,再出一个香云这样的可怎么好?"

惢心含笑道:"小主放心。奴婢已经拨了咱们宫里的春熙过去了,那丫头老老实实的,言语也不多,是潜邸里用老了的人了。"

如懿正要说话,阿箬横了惢心一眼,道:"光惦记着别人那里有什么用呀?小主,叫奴婢说,一个香云出在海常在宫里就够让人寒心的了,要是咱们宫里出了这样的奴才,那可就倒了八辈子霉了。"

如懿赞许地看了阿箬一眼,吩咐道:"满宫里的宫人,除了你们两个和三宝,其他人,哪怕是绿痕这样的,都要仔细留意着。香云平时不言不语的,算是个没嘴儿的葫芦了吧,一被人收了去,就能张嘴咬自己的主子,还不往死里咬便不罢休。"这时,她沉下脸,眼中闪过一丝狠意,"这算是前车之鉴,咱们宫里,绝不能出这样的人!"

惢心与阿箬互视一眼,俩人一凛:"奴婢们会仔细防查,断不能这样。"

如懿松了口气,往后殿张望一眼:"我去看看海兰,她精神好些了么?"

惢心忧心忡忡道:"精神是好些了。可人还是那样子,不肯见人,不肯见光。即便是大白天也扯上了厚厚的帘子,将自己裹在被窝里一动不肯动。"

如懿理了理鬓发,起身道:"那我更得去看看了。"

后殿里静静的,安神香在青铜鼎炉里一刻不停地焚着,由镂空的盖中向外丝丝缕缕地吁着乳白的轻烟。朦胧的烟雾袅娜如絮地散开,弥漫在静室之中,像一只安抚人心的手,温柔地拂动着。

海兰的精神好了许多,只是人干巴巴的,头发也蓬着,唯有一双眼睛睁得老大老大，像两个深不见底的黑洞，警觉地望着外头。整个人嵌在重重帷幔中，单薄得就如一抹影子。如懿才进来，海兰便吓得赶紧缩到床角拿被子捂住自己。待看清来人是如懿，方敢露出脸来。如懿心中一阵酸楚。太医的话其实错了，海兰脚上的伤虽重，延及心肾二脉，但她的心志所受的摧残更厉害。昨晚的羞辱，已经彻底损伤了她的尊严与意志。

雨中的竹叶随风摇曳，竹影轻移，淡淡地映在碧罗窗纱上。海兰立刻惊慌地回头，慌不迭地喊："拉上！把帘子都拉上。"

宫人们忙碌着，海兰睁着惊惶的眼，一把拉了如懿坐下："姐姐，在这儿，坐在这儿，哪里都别去，外头都是要害咱们的人！"

如懿抚着她的肩，安慰道："别怕，天已经亮了，事情也过去了。皇上还是心疼咱们的，这么大的事儿，说揭过去就揭过去了，还让你在我宫里住着。这不是你一直盼着的么？"

海兰呆呆地坐着，任由泪水无声而肆意地滑落："可是姐姐，只要我一起来，我就觉得好多好多的眼睛看着我，看着我赤足受刑，看着我被人诬陷偷窃，看着我险些被人扒了衣裳搜身。那么多奴才的眼睛看着，我……"她浑身战栗着，大口大口地喘息着，神色惊惧而不安。

如懿紧紧搂着她："妹妹，我知道你是吓着了。可我们在潜邸里住了这些年，如今待在后宫里，过一天，你应该更明白一天。"海兰憔悴的脸孔对着如懿，露出惶惑的神情，如懿继续道，"昨儿的日子过去，今儿你应该活得更明白。活在这儿的人，风刀霜刃，口蜜腹剑，什么没受过，什么使不出来？昨天一盆冷水浇下来的时候，我真是恨极了。可是恨有什么用？我还得抬起脊梁骨来，受完了继续把日子过下去，然后防备着这样的明枪暗箭再过来。"

海兰怔住了，伸手想要替如懿去擦眼泪，才发觉她的眼窝边如此干涸，并无一点泪痕。海兰的声音低沉又柔和："姐姐，你要是委屈，就哭一哭吧。"

如懿的嘴角蓄起一点笑意，那笑意越来越深，慢慢攀上她的笑靥，沁到了她的眼底，那笑却是冷冰冰的："哭？海兰，她们不是就盼着我哭么？我偏不哭，人人当我昨夜在咸福宫受了委屈，我偏不委屈。忍不过的事，咬着牙笑着忍过去，再想别的办法。我哭？我一哭是乐了她们。"

海兰畏惧地耸了耸肩："姐姐，不，我不行，我做不到！她那样羞辱我，还有香云……"

如懿扶着她坐直身子："害你的香云已经被乱棍打死，死了还不算完，还让人塞了一嘴热炭烫烂了嘴。至于其他的人，如果你自己都觉得羞耻，那么人人都会把你当笑话羞辱你。你自己打起精神不当回事儿，人家笑话你，你便冲着她笑笑，怎么也不当回事，那便谁也不能再笑话你了。"

海兰出了半天的神，睫毛微微发颤："姐姐，我做不到……我……我怕做不到……"

如懿站起身，问叶心："小主今儿的药都吃了么？"

叶心忙道："都喝下了，一滴不剩。"

如懿沉声道："海兰，吃了药慢慢医你的病。至于你的心病，医治的法子我已经告诉了你。你若自己不肯用，就当我昨夜拼死护着的，是一个不中用的人。我护了你这回，却护不了下回。"

海兰怔怔地听着，她的影子虚浮在帐上，单薄得好像唱皮影戏吹弹可破的画纸人。如懿待要再劝，三宝蹑手蹑脚进来，低声道："小主，皇上宣您即刻去养心殿暖阁见驾。"

阿箬满面喜色，笑道："小主昨儿夜里受足了委屈，皇上一定是宣您去好好安慰几句呢。"她转脸见海兰颓丧地低着头，忙道，"自然还有话让您带给海常在。"

如懿点了点头，便道："可说是什么事？"

三宝道："来传旨的小太监面生得很，只说是要紧事，请小主快去。"

如懿只得起身离去，走了两步又嘱咐海兰："我的话不好听，可良药苦口，你自己掂量着吧。"

外头下着冻雨，地上湿湿滑滑的，连着雨雪不断的天气，长街的砖缝里一溜一溜地冒着湿腻的霉气，连带着朱红色的宫墙亦被湿气染成了一大片一大片泛白的暗红，好似失去了往日被岁月沉淀后的庄严与肃穆，只剩下累卵欲倾般的压抑。

因是皇帝传召，暖轿走得又疾又稳，不过一炷香工夫，便到了养心殿前。惢心正打了伞扶了如懿下轿，却见一旁的白玉台阶下面，跪了湿淋淋一个人。如懿扬一扬脸，惢心忙扶了她过去，仔细一看，却是皇帝跟前伺候的李玉。

如懿微微吃了一惊，忙道："李玉，这是怎么了？"

李玉见是如懿，抬起被雨淋得全是水滴子的一张脸，苦着脸道："娴妃娘娘别问了，无非是奴才做错了事挨罚。"

如懿目光一低，却见李玉并非跪在砖石地上，而是跪在敲碎了的瓦片上。她吃了一惊："到底怎么回事？"

李玉含着泪道："左不过是王公公罚奴才罢了。这儿冷得很，娘娘快进去吧。"

如懿见旁人也未注意，低声道："跪这个太伤膝盖，得了空来趟延禧宫，本宫让惢心给你备下药。"如懿还欲再说，却见王钦迎了出来，皮笑肉不笑道："娴妃娘娘来了，怎么不进去，在这儿跟奴才说话呢。"

如懿恍若不在意似的："好好儿的，李玉怎么跪在这儿了？"

王钦冷笑道："伺候得不当心，拿给皇上的茶热了几分，烫了皇上，可不该挨罚么？娴妃娘娘，下贱人的事儿您别操心了，往里请吧。"

如懿才跨进暖阁，却见皇帝与皇后都正襟危坐着，脸上一丝笑容也无。她心头一沉，便福身下去："皇上万福，皇后万福。"

第十六章 玉面

　　暖阁的窗下铺着一张樱桃木雕花围炕，铺着一色青金镶边明黄色万福闪缎坐褥，炕中设一张白檀木刻金丝云腿细牙桌，上头放了些茶点，想是帝后二人本在此闲话家常。因是寻常对坐，皇后只简单绾了个高髻，簪了小朵的攒珠樱桃绢花压鬓，并几支小巧的流苏银簪，身上一件紫棠色芍药长寿纹缂丝袄，被暖阁里地龙的暖气一烘，倒衬得面容微红。皇后见了她请安，便让素练端了小机子来让她在跟前坐下，方微微扬了扬嘴角："娴妃，下着冻雨还叫你过来，实在是有件要紧事得问问你。"

　　皇后正要说话，皇帝慢慢拣了一枚剥好的核桃肉吃了，淡然道："昨夜的事，你和海常在都好些了吧？"

　　如懿心中一暖，欠身道："臣妾本就无碍，海常在倒是受了惊吓，加上足上的伤，还得好生将养着。"

　　皇帝道："既然在你宫里，你就费心些照看着吧。嘱咐她宽心些，已经过去的事便不要想了。"

　　如懿答应着，皇后含了谦和的笑容，向皇帝道："午后冷清清的，这个时候要是玫答应来弹奏一曲琵琶，倒也清闲。只是她五六日不肯面圣了。"

　　皇帝的笑意极淡，却似这阁中的静尘，亦带了暖暖的气息："她总说脸上的伤没好,不宜面圣,由得她去。"

听这话,皇帝是知道那天事情原委了。

皇后微笑道:"皇上,那日贵妃是气性大了些,可玫答应也有不是之处,皇上心里惦记着玫答应,却不纵容她,臣妾很是欣慰。"

皇帝的茶盏里翠莹莹如一方上好的碧玉,他悠然喝了一口:"虽然没见着,心里想着,就如见着了一样。"

如懿入宫后才陪了皇帝一次,久久未见圣驾,虽然心里是存着皇帝的叮嘱的,却难免有那么几丝寂寞。那种寂寞,是欢悦明媚的曲子唱着,却知道下一出的唱词里是男欢女爱的失散,是相思相望不相亲的分离;那种寂寞,是花好月圆的美满里,想得见残月如钩的凄冷;那种寂寞,是灯火辉煌,半壁盛世里的一身孤清的影子;可是再寂寞,那滋味却是温凉温凉的,凉了一阵儿,总还有盼望,有希冀,那便是温热的一层念想。直到昨儿夜里匆匆相见,原本以为皇帝是护着自己的,可是他的眼风却没几次落到自己身上,便是落到了,也像天际远远飞着的鸽子,落不到绵白的云彩里。

她的目光忽然凝在皇后的衣衫上,那样沉稳而不失艳丽的紫棠色,热闹簇绣的芍药蜂蝶图案,绣着万年青的寿字绲边,映得自己身上一袭梅子青绣乳白色凌霄花的锦衣,是那样暗淡而不合时宜。而凌霄,本就是那样孤清的花朵。

如懿的喉咙里像含着一颗酸透了的梅子,吐不出也咽不下,她脸上挂着勉强的笑意,忍不住问道:"玫答应伺候皇上的日子也不久,怎么皇上这样喜欢她?"

皇帝原本些微的笑容渐渐多了几分暖色:"正是因为她跟在朕身边的日子不久,却事事遂心,像一个跟朕久了的人似的,朕才觉得她贴心投意。"

如懿听了这一句,哪怕心底里再酸得如汪着一颗极青极青的梅子,也只能垂下了眼睛。

皇后的笑意凝在唇角,似一朵将谢未谢的花朵,凝了片刻,还是让它张开了花骨朵:"说起这个事儿来,臣妾有句话不知当说不当说。"

皇帝微笑道："皇后跟朕，有什么不当说的？"

皇后笑容微微一滞："晚膳过后，玫答应来找臣妾，给臣妾看了看她的脸，臣妾一时间不敢定夺，只好带了她过来见皇上。玫答应哭哭啼啼的，臣妾想那日玫答应被掌掴的事娴妃是亲眼看着的，又送她回了永和宫，所以急召娴妃过来。也请皇上看一看玫答应的脸吧。"

皇帝颇为意外："蕊姬来了？人在哪里？"

皇后道："人在偏殿等着，就是不敢来见皇上。"皇后见皇帝眉心渐渐起了曲折，便道，"素练，你去请玫答应进来，有什么委屈自己来说吧。"

素练出去了片刻，便领了玫答应进来。玫答应如常穿着娇艳的衣裳，只是脸上多了一块素白的纱巾，用两边的鬓花挽住了，将一张清水芙蓉般的秀净面庞遮去了大半。

她眼里含着泪花，依足了规矩行了礼，皇帝未等她行完礼便拉住了道："这是怎么了？即便是受了两掌，这些日子也该好了啊。"

玫答应撑不住哭起来，娇声娇气道："横竖是伤在臣妾脸上的，皇上看个乐子，还觉得红肿着挺喜兴的呢。"

如懿听着她与皇帝这样说话，蓦然想起自己初嫁的时候，晨起时对着菱花镜梳妆，也和皇帝这样有一搭没一搭地玩笑着，撒着娇说着贴心话儿，并无尊卑之分。那年岁，真当是一生中最天真无忧的好时候。只是就这么着弹指过去了，到了眼下，见皇帝一面不易，却眼睁睁看着他与新人亲近欢好，一如对着当日的自己。

她想着，便抬眼看了看皇后，皇后只是垂着脸，像庙宇里供奉着的妙严佛像，无喜无悲，宝相庄严。如懿把玩着衣襟上垂下的金丝串雪珠坠子，那珠子质地圆润而坚硬，硌得她手心一阵生疼。她越发觉得风寒没有散尽的晕眩逼上脸来，少不得按了按太阳穴，替自己醒醒神。

玫答应哭着，便将脸上的纱巾霍地扯下，如懿瞥了一眼，差点没吓了一跳。玫答应的脸原本只是挨了掌掴红肿，嘴角见了血，此刻不仅肿成青紫斑驳的一块一块，嘴角的破损也溃烂开来，蔓延到酒窝处，起了一层层雪白的皮屑，像落着一层霜花似的，底下露出鲜红的嫩肉来。

皇帝惊得脸色一变："你的脸……"他未说下去，与皇后对视一眼，皇后即刻道："这个样子，断不是掌掴造成的，必是用错了什么东西，或是没有忌口。"

玫答应立刻跪倒在地上，眼波哀哀如夜色中滴落的冷露，哭诉道："臣妾爱惜容貌，不敢破了面相惹皇上不高兴。得罪了贵妃是臣妾的不是，挨了打臣妾也该受着，但臣妾已经饮食清淡，按时用药了。可是脸却坏得越来越厉害，臣妾心里又慌又怕，不敢面见皇上，只得告诉了皇后娘娘。"

皇后担心道："臣妾问过伺候玫答应的人，都说她这几日饮食十分注意，连喝水都特意用了能化瘀解痛的薏仁水，也不忘拿煮熟的鸡蛋揉着，是够当心了。"

皇帝微一沉吟："你说你用药了？是哪儿来的药？"

玫答应停了哭泣："是太医院拿来的，说是贵妃打了臣妾，也愿意息事宁人，所以特意送了药来，略表歉意。"

皇帝目光微冷："那药你带来了么？"

玫答应从袖中取出一个小小的圆钵，素练忙接了过去，打开一闻，道："当日是奴婢去太医院领的药，是这个没错。"

皇帝的眼神微有疑惑，皇后便道："那日臣妾也在，为了后宫和睦，是臣妾劝贵妃送药给玫答应，也是臣妾让素练以贵妃的名义去取的药。"

皇帝眼中闪过一丝赞许的光彩："皇后有心了，朕有你周全着，后宫才能安稳如斯。"

皇后安然一笑："皇后的职责，不正是如此么？臣妾只是做好分内之事罢了。"

皇帝便不再言，只问道："王钦，朕记得刚有太医来替朕请过平安脉，还在么？"

王钦恭声道："是太医院的赵铭赵太医，此刻还在偏殿替皇上拟冬日进补的方子呢。"

皇帝微微一凝："着他过来，看看这药有什么名堂。"

王钦立刻去请了赵太医进来，赵太医是个办事极利索的人，请过安一看玫答应脸上的红肿，再闻了闻药膏，沾了一点在手指上捻开了，忙跪下道："这药是太医院的出处没错，只是被人加了些白花丹，消肿祛瘀的好药就成了引发红肿脱皮的下作药了。"

皇后蹙眉道："白花丹？怎么这样耳熟？"

赵太医恭谨道："是。入了冬各宫里都领过白花丹的粉末，配上晒干的海风藤的叶子，是一味祛风湿、通经络、止痛的好药。宫里湿气重，皇后娘娘恩典，每个宫里都分了不少，做成了香包悬在身上。只有玫答应新近承宠，她的永和宫刚收拾出来，所以是没有的。"

如懿亦道："是。臣妾的宫里上个月也领了不少。"

皇后连连道："可不是！臣妾与娴妃身上都挂着这样的香包。"

皇帝避免目光与玫答应的脸相触，只道："白花丹到底是什么东西？"

赵太医道："白花丹若与其他药配用，那是一味好药。但若单用，却是一种极霸道的药物，是有毒性，会使肌肤红肿溃烂，流脓见骨。答应小主的病症，便是这药膏里被掺了白花丹。"

玫答应一听便哭了出来，指着素练道："皇上，皇上，臣妾不知得罪了什么人，竟叫素练拿了这样的药来害臣妾！"她虽说的是素练，眼睛却瞪着皇后，恨声道，"臣妾自知出身微贱，要是有人容不得臣妾侍奉皇上身侧，臣妾宁可一头碰死在这里，也受不了这些下作的手段！"

皇后神色大变，立刻起身道："皇上明鉴。药虽然是臣妾让素练去拿的，可若是臣妾做下的这等天理不容之事，臣妾还怎敢带玫答应来养心殿，一定百般阻挠才是啊。"

皇帝忙扶住皇后道："皇后一向贤惠，朕是有数的。只是素练……"

素练慌得双膝一软，立刻跪倒在地："皇上明鉴，皇后娘娘明鉴，那日是奴婢亲自取的药，亲自交到玫答应手里，可奴婢不敢往那药里掺和别的东西呀！"她忽地想起什么，撩起袖子道，"那日臣妾取药的时候在太医院被裁药的小剪子误伤了，当时太医们就指点着奴婢用这钵里的药取了一点涂上，说有止血的功效。奴婢当时用了，也没溃烂哪。"

素练的手腕留着指甲大的一个红色的疤痕，显然是几天前伤的。她急急地辩道："奴婢不敢撒谎，这事儿太医院好些太医见着的，都可以为奴婢做证。"

赵太医便道："皇上，皇后娘娘，那日微臣也在太医院，是有此事。因这种药膏配制不易，那日只有这一瓶了，就从钵里取了一点给素练姑姑用了。"

皇后凝神一想："当时用了没事，那素练，你一路上过去，有谁碰过这个药膏没有？"

素练斩钉截铁道："绝没有了，奴婢赶着过去，到了永和宫只有娴妃娘娘陪着，奴婢给了药便走了。"

玫答应绞着帕子，恨得银牙暗咬："是了。那日素练送了药，娴妃陪臣妾坐了会儿也走了。之后再没旁人来探视过臣妾了。"

皇帝的目光落在如懿的面庞上，带了一丝探询的意味："娴妃，你待在那里做什么？"

殿内龙涎香幽暗的气味太浓，被暖气一熏，几乎让人透不过气来。如懿面色沉静如璧："皇后娘娘让臣妾陪玫答应回永和宫，臣妾说了几句话就走了，并没有多留。"

皇后眼波似绵，绵里却藏了银针似的光芒："那么其实除了娴妃，便没有别人再能碰到那瓶药膏了。永和宫里，也没轮到给这个。娴妃，你能告诉本宫，是怎么回事么？"

如懿跪在寸许长的"松鹤长春"织金厚毯上，只觉得冷汗一重重逼湿了罗衣。她从未这样想过，从那次掌掴开始，到她送玫答应回永和宫以及药膏送来，种种无意的事端，竟会织成一个密密的罗网，将她缠得密不透风，不可脱身。

心中惊悸如惊涛骇浪，她脸上却不肯露出分毫气馁之色，只望着皇帝道："皇上，臣妾没有做过，更不知道其中原委。"

皇后颇有为难之色，迟疑道："皇上，玫答应出身乌拉那拉氏府邸，想来娴妃顾念情谊，一定不会做这样的事。"

玫答应转过脸，逼视着如懿，语气咄咄逼人："嫉妒之心人人有之，嫔妾也知道自从承蒙皇上恩宠，便被人觊觎陷害，却不想这样的人竟是娴妃娘娘！敢问娘娘一句，那日除了你，还有别人有机会在嫔妾的药膏里下白花丹的粉末么？"

如懿平视于她，并不肯有丝毫目光的回避，平静道："当日本宫一直在你跟前，说了几句话就走，如果你认定本宫会当面害你，那本宫无话可说。"

皇后歉然向皇帝道："嫉妒乃是嫔妃大罪，何况暗中伤人。后宫管教不严，乃是臣妾的罪过。"

皇帝凝眉道："皇后是有过失，但罪不在你。"他眼底闪过一丝不忍，恰如流星闪过的尾翼，转瞬不见。

皇后思虑片刻，道："娴妃，无论是不是你做的，总要问一问。去慎刑司吧，有什么话，那里的精奇嬷嬷会问你。"

如懿身上一凛，慎刑司掌管着后宫的刑狱，上至嫔妃，下至宫人，一旦犯错，无一不要在里头脱一层皮才能出来。她忍着身上汗毛竖起的不适，强撑着身体俯身而拜："事关臣妾清白，臣妾不能不去。只是请皇上相信，臣妾并非这样的人。"

皇帝微微颔首，语意沉沉："你放心。"

不过三个字，如懿心中一稳，觉得浑身都松了下去。

皇帝又看皇后："事情查了就会清楚，记着，不许逼问娴妃，也不得伤她分毫。"

蕊姬不满道："皇上，这样如何问得出？"

皇帝温和道："娴妃要是做了，便会有蛛丝马迹。精奇嬷嬷们老于问询，不会被蒙蔽的。"

蕊心忍不住恳求："皇上，慎刑司苦寒，小主已经着了风寒，禁不起这样折腾。皇上！"

皇帝犹豫片刻："朕会让太医跟着去，但话总是要问一问清楚。"

皇帝话语的尾音尚未散去，只听外头"砰"的一声响，有人用身体撞破了门冲进来道："皇上，不是姐姐干的！不是！是臣妾做下的事情，您带臣妾去慎刑司吧！"

随着冷风重重灌入，海兰扑到皇帝跟前，死死抱住皇帝的腿道："皇上，是臣妾嫉妒，臣妾看不惯玫答应得宠，一时起了坏心，是臣妾害她的！不干姐姐的事！"

皇帝皱眉道："你怎么来了？"

外头小太监怯怯道："海常在来了好一会儿了。跟着她的叶心说常在见娴妃娘娘久久未回宫，一时担心所以出来了。因为听见皇上在里头问话，所以一直在殿外不敢进来。"

皇后看着海兰的样子，忧心道："海常在刚受了足伤，身子又不好，你们怎么不拦着？"

那小太监吓得磕了个头："奴才，奴才实在是拦不住啊！"

皇后忙示意素练拉开海兰，道："海常在，本宫知道你担心娴妃，但这样的大事，不是谁都能担得起的。你说是你下的白花丹，那本宫问你，你何时去过永和宫，何时下的药？"

海兰微微语塞，立刻仰起脸一脸无惧道："只要臣妾想下药，何时何地都能下！左右这件事不是娴妃做的！"

皇后神色肃然："海常在，本宫知道你与娴妃姐妹情深，但这种事岂能是你替她背的！"

海兰本伏在地上，听得这一句立刻仰起脸来，梗着脖子倔强道："不是臣妾要替娴妃姐姐背，只是这件事，一定不会是姐姐做的，但若真要认定是姐姐，那就算是臣妾做的。"

海兰一向怯怯的不太言语，骤然间言辞这样激烈，连皇帝也有几分信了："那么海兰，你为什么认定不会是娴妃做的？"

海兰一把扯下如懿纽子上佩着的芙蓉流苏香包，由于用力过大，将香包上垂着的精致缨络也扯了好几缕下来，颤颤地缠在指尖上。海兰用力解开香包：

"因为姐姐香包里根本没有白花丹,她又如何能拿白花丹来下药?"

香包里的东西在她掌心四散开来,唯见几片枯叶与深红色的粉末。赵太医忙取过细看:"皇上,白花丹的粉末为青白色,此物深红,乃是大血藤磨粉而成。"

如懿又惊又疑,只得道:"臣妾记得当日内务府送来的白花丹粉末成色不佳,本说要换的,后来海常在看香包缝得不严实,将延禧宫的都拿去重新缝了一遍。至于里面的白花丹为何不见了……"

海兰戚戚然道:"臣妾知道内务府敷衍娴妃姐姐,送的都是些次的东西。延禧宫地冷偏僻,只怕那些白花丹粉不顶用。正好臣妾宫里有多余的大血藤粉,与白花丹一样都是祛风湿通络止痛的。所以就用上好的大血藤粉换了白花丹。试问姐姐的香包里没有白花丹,又怎能害人?"

玫答应横了海兰一眼,旋即道:"既然大血藤与白花丹功效一样,谁知有毒还是无毒?"

皇帝看一眼赵太医,赵太医立刻道:"皇上,大血藤无毒,绝不会损伤答应小主容颜。"

如懿绷紧的身体终于松懈下来,紧紧握住海兰的手,忍不住热泪盈眶:"海兰,我此身能得分明,都是靠你。"

海兰不知哪来的勇气,沉声道:"姐姐不用谢我。要谢就谢内务府藐视姐姐,敷衍姐姐,才使姐姐逃脱一难,免于受苦。"她直挺挺跪着道,"皇上若是不信,大可一一去查。若还有人觉得是姐姐做的,就带臣妾去慎刑司吧。"

皇帝伸手扶起海兰与如懿,温和道:"好了。海兰,从前见你不言不语的,原来如此勇气可嘉。"他的手拂过如懿的手背,有一瞬的停留,"你的委屈,朕都知道。这件事朕会再查,你放心。"

海兰羞得满面通红:"臣妾没什么勇气,只是姐姐怎么拼死护着臣妾的清白,臣妾也怎么护着姐姐就是了。"

皇帝的目光扫过皇后的面庞微微一滞,很快笑道:"这么说,朕没有白白让你住进延禧宫去。倒成全了你们俩好生照应着。"

皇后忙含笑起身，凛然道："这件事，臣妾以为一定要彻查到底。否则无以肃清宫闱，以正纲纪。"

皇帝道："既然这件事由贵妃而起，也差点蒙蔽了皇后，不如还是交给娴妃去查。后宫琐事众多，又到了年下，皇后安心于其他事务吧。"

皇后身子微微一晃，脸上却撑着满满的笑意："是。从前潜邸的时候，娴妃就很能帮得上忙。"

皇帝又道："娴妃，不管查出什么来，这件事朕就交给你去处置。"他转头吩咐赵太医，"赵太医，你好好给玫答应治治，该不会落下什么疤痕吧？"

玫答应闻言又要落泪，但见皇帝脸色不好，只得硬生生忍住了。赵太医忙道："还好下的白花丹分量不多，微臣仔细调治，不过半个月就能好，断断不会留下什么疤痕。"

皇帝道："那便好。都下去吧。"他见如懿和海兰欠身离去，温言嘱咐，"海常在，你仔细着自己的身子，娴妃也别再着了风寒。"

二人答应着退下了。皇帝见四下再无旁人，伸手接过皇后剥好递过来的橘子，却也不吃，只道："这件事虽是由贵妃莽撞而起的，玫答应也有些娇气。但你是皇后，事情未查清楚，便对娴妃有了疑心。后宫之事虽繁杂，但只讲究一个持心公正。"

皇后安静地听着，也有些愧悔自己莽撞："臣妾也是看见玫答应的脸有些吓着了，娴妃又接二连三地扯进是非里去，所以有些着急。"

皇帝克制着语气："那些是非是娴妃自己要扯进去的么？你是中宫，朕的皇后，这个位子你坐着，便不能急，只能稳。这样朕的后宫才能稳。"

皇后只得笑道："是臣妾年轻不够稳重，处事毛躁，以后断断不会了。臣妾会加倍当心的。"

皇帝嗯了一声："那朕去和嘉贵人用晚膳，你也早些回去吧。"

皇后答应着出去，她素来端正持重，这般失了脸面，心里实不好受。她原想借着玫答应的事整肃后宫，将娴妃、玫答应和莽撞的贵妃都稍做提点，反而叫皇帝觉得不够稳重。又怪自己轻忽，以为六宫里好弹压，行事鲁莽了些。

外头的冷风如利刃刺进眼中,她都感觉要沁出滚热的血了。片刻,眼中只有发白的雾气,她扬一扬脸,再扬一扬脸,忍耐了下去。

如懿和海兰的软轿一前一后回了延禧宫。踏过朱红色的宫门槛的时候,如懿才觉得脚下有点发软。海兰忙搀住了她,从叶心手里接过伞举着。

如懿扶着她站稳了,嗔怪道:"你刚才这样不要命地冲进来,真当是不顾自己了么?"

海兰黯然道:"我只有姐姐了,若是姐姐被她们冤枉了去,我还有什么依靠?何况姐姐昨夜怎么救的我,我以后也一样救姐姐。"

如懿看着她,心底的感动难以言语,只是牢牢握住了她的手,以彼此的温度温暖着对方:"我以为你怕成那样,以后都不敢走出延禧宫了。"

海兰眼中的光彩渐次亮起来:"怕过了昨日,今日还有更怕的。姐姐说得对,我若是一直这样怕下去,别人还没把我怎么样,我自己先掐死了自己。"

如懿稍稍宽慰:"但愿我们以后,只这样扶持着走下去,不要再有昨日和今日这样的事了。"

两人撑着伞走在凄凄冷雨之中,如懿挽紧了她的手臂,彼此的身影依偎得更紧了。仿佛只有这样,才能抵御这深宫中无处不在的寒冷与阴厉。

入了宫中,如懿先陪海兰回了后殿看她足上的伤口上了药,等着天色擦黑了,便见惢心悄悄带着李玉进了暖阁。

李玉在门口踌躇了一会儿,如懿向他招手道:"怎么不进来?"

李玉迟疑着:"娘娘,奴才是怕给您招麻烦。"

如懿停了手里拣艾叶的功夫,笑道:"本宫自己还不够麻烦的么?要是怕麻烦,便不叫你来了。你放心,这个时候王钦跟着皇上在启祥宫伺候,没空理会你了。"

惢心扯了李玉一把,李玉拐着腿便坐下了,如懿让惢心搬了个小杌子过来让李玉坐下,惢心手脚麻利地替李玉卷起裤腿,李玉忙遮了一下,惢心笑道:"好吧,你要害羞就自己动手。"

如懿忍不住笑:"卷起来看看,在本宫这儿怕什么?"李玉燥眉耷眼地卷了裤腿起来,如懿见膝盖上又红又紫一片,夹杂着青肿,跟油彩似的,翻起的皮肉还往外渗着血,不由得变了神色,便问,"跪了多久?"

李玉带了几分伤心委屈:"一个时辰的碎瓦片,瓦片都跪得碎成渣了,又换了铁链子跪了一个时辰。"

如懿带了几分探询的意味打量着他:"就为你伺候皇上一时有不周到的地方?"

惹出了李玉的伤心,他抽抽搭搭道:"就为了几桩差事,奴才露了几分乖,讨了皇上的喜欢。王副总管就不高兴了,做什么都挑奴才的刺。这不今天被他逮了机会,就狠狠罚了一通。"

如懿叹了口气,伸手从紫檀架子上取下一瓶药粉,小心翼翼地往他伤口上撒了。李玉疼得直龇牙,忙拦着道:"娴妃娘娘,您玉手尊贵,怎么能麻烦您替奴才做这样的事?"

如懿撩开他的手:"这是云南剑川上贡的白药粉,兑着三七和红花细磨的,止血祛瘀最好不过了。你要想明天还站起来在御前伺候,当着这份差事,就乖乖坐着上药。"

惢心笑着在李玉额头戳了一下:"瞧你这好福气。我伺候小主这么久,也只一回烫伤的时候小主替我上过药。"

李玉感激得热泪盈眶:"多谢娴妃娘娘。"

如懿叹道:"你不必谢,要不是昨晚惢心通报的时候你替她向皇上传了话,本宫还不知道落到什么田地呢。"

李玉微微正色:"那是因为王副总管不肯,惢心又与奴才是一早相识的。奴才想着,总不能让娘娘在咸福宫遭难。别看皇上平日里不太到延禧宫,心里却是在意的。"

如懿微微失神,旋即道:"这就是你比王钦聪明的地方了。可是王钦资历老,位次高,你的聪明要是随随便便露了出来,不好好藏在心里,就是害了自己了。"

李玉若有所思:"娘娘的意思是……"

如懿取过蕊心递来的白纱,替李玉将膝盖包好:"居人之下的时候,聪明劲儿别外露。尤其是上头还不容人的时候。皇上喜欢你的聪明,别人却未必。回去的时候也别露出怨色来,好好奉承着王钦,毕竟在他手下当差呢。"

李玉拐着腿起来,打了个千儿道:"原是奴才糊涂了,多谢娘娘指点。"

如懿将药瓶塞到他手里:"好生收着药,偷空就上上药。伺候皇上的时候当心点,亮着一百二十个心眼子。"

李玉答应着去了,蕊心抿着嘴笑道:"小主终于也肯上心了。"

如懿怔了片刻,慢慢挑拣着艾叶:"能不上心么?连环套这么落下来,差点怎么死的都不知道!王钦是什么人?皇后一早收服了的,只有李玉,聪明,又是你一早结识的可靠人儿。"

蕊心低声道:"听说,皇后为了拉拢王钦,打算将身边的莲心给王钦配了对食。"

如懿睁大了眼睛:"真的?"

"可不是呢!王钦看上莲心都好久了。只是皇后这么打算着,还没松口。"

如懿出神了一会儿:"皇后也是可怜,万人之上有万人之上的孤寂害怕,就像站在塔尖上,一阵小风都成了大风,吹得人站不稳。"她将手上拣好的艾叶递给蕊心,"算了,别想这些事了。把这些艾叶送去给海常在。"

皇帝是夜深时分来看的如懿。如懿原本没想到皇帝会过来,已经在寝殿里卸了晚妆,正拿热水兑了玫瑰花拧的汁子浸手。冷不防三宝喜滋滋地从外头进来,一脸捡了元宝的欢喜样子:"小主,皇上来了!皇上……您快接驾吧!"

如懿连忙擦净了手,才站起身子,皇帝已经进来了,笑道:"好香的玫瑰花味儿,倒叫朕忘了是在冬天了。"

如懿只穿着一身水玉色的萱草纹寝衣,也不及换衣衫,只得福身下去请安。皇帝忙扶住了她,柔声道:"受了两日的委屈了,还不赶紧坐下。"

如懿凝视着他纹丝不动的衣裾,湖蓝底银白纹饰,是那样熟悉,又带了久未见的陌生。不知怎的,如懿心中蓦然一软,忍了两天的眼泪便清清落了下来。众人会意,赶紧退了下去。"

四下里寂静无声，唯有沉默的哽咽。大颗大颗的泪珠顺着脸颊滑落在衣襟上，洇出斑驳的泪痕，仿佛夜来霜露，无声地染上了衣裳上的花枝。

皇帝搂过她，静静地按在自己的肩头，唏嘘道："朕以为冷着你一些日子，会对你有好处。至少不会人人的目光都盯着你不放……"他拥得更紧一些，"是朕疏忽了。"

如懿忍一忍泪："皇上是疏忽了。外头这么冷，夜深了还过来……"

皇帝握住她的手按在自己心口："不过来，这里不安稳。"

如懿忍不住低低笑了一声："那臣妾可以去养心殿。"

说着，眼底也含了泪。

话音未落，皇帝伸手沾了她的泪："你不是爱哭的人。这回哭了，是真难为了你。如懿，是朕想错了。朕以为你景仁宫姑母刚过世，对你少些恩宠，便少些妒恨……是朕疏忽了。"他以他的温热来安抚她这几日的惊辱，"朕昨天看你在咸福宫浑身湿透了，很想来拉你一把，给你披上衣裳，狠狠责罚那些欺辱你的人。可是如懿，朕不能那样做。因为从你禁足出来，皇额娘提醒过朕，一朵花开得太盛，容易叫人注目，然后攀折了去。直到那一刻，朕还以为，朕在人前爱护你，便是害了你。可如今一再出事，朕却改变了主意。一朵花开在墙角，旁人以为无人关怀，便要去踩几脚。朕冷淡了你，所以她们越发以为得了意，以为你失宠，所以敢欺负你，陷害你。"

皇帝的语气低低的，却是那样贴近，就在耳边，也在心上："你放心，朕不会了，以后不会了。朕会坦然与你在一起。你放心，朕不会再忍着不来见你。"

如懿依偎着皇帝，感受着他身上陌生而熟悉的气味。那种气味，是让她在覆劫之中尚且觉得安心的来源。她依依道："臣妾最喜欢皇上说三个字。"

"哪三个字？"

"你放心。有这句话，哪怕臣妾现在身处慎刑司，臣妾也能安心不怕。"

皇帝轻舒一口气："幸好，你是懂得的。"

如懿挽住皇帝的脖子，额头抵着他的下巴："臣妾懂得。臣妾初嫁的那一夜，皇上和臣妾说的，就是一句你放心。臣妾这一世的放心，便是从那天开始的。"

皇帝低首吻住她，呢喃道："你懂得就好。"

如懿是懂得的。但有知心长相重，便是不忧，不惧。即便她受了这些日子的寂寞与冷遇，仍能感受如是情意，脉脉蜿蜒于彼此心上。

紫铜蟠花烛台上的烛火一盏一盏亮着，红泪一滴一滴顺势滑落于烛台之上，映着重重紫绡罗帷，浓朱淡紫，混杂了安神香淡淡的香气，幽幽地弥漫开一室的旖旎。

第十七章　渔翁

第二日起来是格外好的天气，在一片初阳辉照之中醒来，看着天光放明，冬日里难得一见的朝阳洒下薄薄的金粉似的粲然光芒，透过"六合同春"的雕花长窗的镂空，照出一室淡淡水墨画的深浅。

如懿醒来时皇帝正起身在穿龙袍，王钦和几个宫女伺候着忙碌。如懿刚仰起身，皇帝忙按住她温声道："你累着了，好好睡一会儿吧。朕先走。"

如懿脸上一红，嗔着看了皇帝一眼，便缩进了被子里。皇帝刚走，满宫的宫人都喜滋滋的像过节似的，阿箬笑着进来道："小主，您知道皇上出门前说什么了么？"

如懿瞥她一眼，笑道："有什么了不得的话，惹得你这样？"

阿箬拖长了语调，学着皇帝的语气道："皇上说，阿箬，照顾好你们小主，朕晚上再来看她。"

如懿拿被子蒙住脸："我可什么都听不见，那就是告诉你的，你听着就是了。"

阿箬忍不住笑出了声，往外头去了。

如懿再醒来时已经是巳时一刻了，心里无牵无挂的，睡得倒极安稳。起来梳洗了写了几副春联叫宫人们挂上，便邀了海兰一同过来用膳。

小厨房的菜向来清爽落胃，海兰又是个不挑拣的，两人说说笑笑，倒吃了好些。正吃着，三宝忽然进来了，垂手站在门边不吭声。如懿知道他是有要紧事，便盛了一碗酸笋鸡丝汤慢慢啜了一口，大概觉得不错，又给海兰递了一碗，才道："什么事？"

三宝的眼睛只盯着地上，道了声"是"，却不挪窝儿。如懿便挥了挥手，示意伺候的人下去："说吧。"

三宝道："慎刑司刚来的回话，说太医院有个侍弄药材的小太监去自首了。"

如懿一怔："自首什么？"

"说是玫答应用的涂脸的药膏里，是他配药的时候不小心沾上了白花丹的粉末在圆钵内壁上，才惹出这么大的祸事。"

海兰端着碗停了喝汤，道："不对呀，既是沾在圆钵上，怎么素练用了没事，偏玫答应用了有事？"

三宝轻嗤了一声："那玩意儿说，素练是用了上面的，所以没事。玫答应用得多，便沾上了。"

如懿道："那慎刑司怎么办？"

三宝道："已经用刑了，吐来吐去就这两句。所以来请小主的意思。"

海兰放下碗道："姐姐信么？"

如懿一笑："那么，你信么？"

海兰坚决地摇了摇头，如懿淡淡一笑："三宝，去告诉慎刑司，本宫只要他吐完了肚子里的话知道结果可以去回皇上，其余的是他们的差事。"

"可是若逼不出什么了……"

"若是已经吐到底了，就把他打五十大板，打发到辛者库去服役算完。"

三宝答应着下去了。海兰看着她道："姐姐不细细追查了么？这件事早有预谋，存心是要把姐姐害进去，若是不查……"

如懿气定神闲把汤喝完，摇头道："查不出来了。"她看海兰不解，便道，"再查下去，那便只有一个，畏罪自杀。慧贵妃可以把事情做绝了，香云打死了，她还要塞上一嘴的炭。我却不能。"

海兰道:"可是事儿闹得那么大,连贵妃和皇后都吃了挂落。"

如懿拨着筷子上细细的银链子:"就是因为贵妃和皇后都吃了挂落,所以不能再查。从你受委屈那晚就该知道,那点红箩炭的事不是查不下去,是皇上不愿意查了。皇上才登基,后宫需要宁静平和,不能惹出那么大的事了。皇上的意思既然如此,我又何必追究到底?"

海兰嘴角漾起一抹笑意:"左右这件事是贵妃惹起的,皇后替玫答应说了几句姐姐的嫌疑,皇上也忌讳了。玫答应是受了安慰,可姐姐的委屈也平复了。她们两败俱伤,玫答应无功无过,姐姐反而重新得了皇上的眷顾了。"

如懿笑着拍了她一下:"也学会贫嘴了。既然事情都这样了,再查就伤了脸面,便这样吧。"

夜里皇帝过来时如懿便一五一十对他说了。皇帝换了明黄的寝衣躺下了,听她伏在枕边说完,不觉失笑:"你愿意这样便了了?"

如懿伸手捏了捏皇帝的鼻子,带了一丝顽皮的笑意:"皇上的话,好像不信这是事实似的。"

皇帝微笑着揽过她:"朕有什么信不信的。宫里头一团污秽,后宫更是如此。朕还是皇子的时候,看着先帝的后宫就那么几个人,皇额娘和齐妃她们便斗得那样狠。许多事,再查下去便是无底洞,你肯见好就收,那是最好不过的事。"

如懿笑了笑,安静下来道:"皇上所想,就是臣妾所想了。凡事给别人留有余地,也是给自己留有余地了。倒是玫答应,着实是委屈的。"

皇帝唏嘘道:"说到委屈,有谁不委屈的?贵妃觉得她委屈,玫答应也委屈,你和海兰何尝不委屈?朕也十足委屈,前朝的事忙不完,后头还跟着不安静。"

如懿伏在皇帝肩上,柔声低低道:"她们不安静她们的,臣妾安静,皇上也不许不安静。"

皇帝笑着轻吻她的额头,说着后宫里事多,等明年夏天空些,依旧要与如懿去热河行宫避暑。

如懿想起热河行宫的清凉惬意,还有,还有衰草黄烟中那人的孤寂。她低低,低低地道:"臣妾想着伺候过先帝的嫔妃有些还留在热河行宫,若是可以,臣妾想请皇后娘娘安置她们好生养老。"

皇帝也是触动了心事："活着的人都能得安养，过世的人荒草寂寞。"

如懿知道皇帝是想起了生母，却不敢提及。她若还活着，也有四十五岁了，和太后差不多年纪。良久，皇帝轻声如呓语："明日是她的生忌。"

如懿也做不知："宝华殿有法事，臣妾会去宝华殿上炷香。"

皇帝搂住她："那人出身低贱，为皇阿玛不喜，也为皇额娘忌讳。关于她的不可说，不能提，尤其不能被人知。"

如懿默默点头，依在皇帝胸前。西窗下依旧一对红烛高照，灿如星子明光。天地静默间，二人听着檐下化冰的滴水声，自有一分宁静，自心底漫然生出。

次日，如懿便往宝华殿陪同法事，直待了一整日，上香默默祝祷。若李氏还在，如懿也该跟着皇帝叫她一声额娘。可皇帝从未有机会唤过，如懿也不曾见过她一面。如今皇帝为太后子，便是心里挂念，也不能说出口。

如懿想着，对皇帝更多了三分怜惜，三分懂得。

皇帝亦是如此。虽然如懿不再追查蕊姬之事，想息事宁人，皇帝却不能不知道底细。出首认罪的满子，固然受过高斌的恩惠。而那瓶下了白花丹的膏药，除了如懿，经手的也唯有素练。那白花丹原是在香包里的，要什么时候下都方便。皇帝便在晞月和素练之间疑心。

因着蕊姬在养伤，永和宫里也安静了不少。皇帝进来时，蕊姬只顾对着铜镜细心涂药，只想快些养好了伤。见镜子里皇帝进来，刚想起身请安，又盈盈坐倒，背对着皇帝呜咽起来，直云伤了脸面，没脸相见，又道自己鲁莽，顶撞了娴妃。

皇帝轻轻一哂："你顶撞过的人不少。来，给朕瞧瞧你的脸。"蕊姬泪汪汪转身，皇帝打量，"被贵妃掌嘴伤了脸，为什么不先来告诉朕？"

蕊姬半是赌气半是当真："臣妾自知命贱，顶撞贵妃是不得已，都是爹生娘养的，不愿平白受她羞辱。臣妾不肯告诉皇上，也是为了颜面。自己说错话自己受着，是活该！替皇上找麻烦，那臣妾成什么了？找皇后，那是当日臣妾挨打，皇后就维护贵妃，如今臣妾偏要让皇后知道，她维护的贵妃是多么狠毒。"

蕊姬越说越伤心,眼泪涌了出来,轻轻去擦,碰到脸上的伤便疼得嗞一声。皇帝有些怜惜,只问她为何不疑心素练,蕊姬倒也不糊涂,皇后为难一个小小答应做什么?真要容不下,也该容不下差点做了嫡福晋的娴妃。

皇帝自然是不许旁人议论皇后的。皇后的性子他清楚,就算有些旧怨,她也是温厚和婉之人,这些阴恻事,皇后不会做。蕊姬却是有怨气,呜咽道:"出身低贱还想做皇上的女人,是被人瞧不起。可挨打已是受罚,臣妾认了,为何还要被人暗害?"

这一句话平日也罢了,偏是生母李氏生忌这一天,是实实在在戳了皇帝的心肠。出身低贱还被皇帝宠幸,自然是艰难的。自己的生母不也如是么?

蕊姬犹在啜泣,却很硬气:"历来要做皇上的女人,非得出身高贵才名正言顺么?略微低贱些就要挨人欺负,臣妾不服。"

所谓物伤其类。皇帝本意是来问她疑心谁,也想安慰,不想惹出她这一番哭诉,也牵动了自己的心事。当下那三分爱怜也成了十分,抚着她青丝绾髻:"那朕就告诉别人,便是出身低贱,只要朕要你在身边,旁人也不能说什么。养好了伤,早些来侍奉朕。"

蕊姬答应了,想着不好侍奉皇帝,便送了他离去。待再回去照镜时,脸上的笑意便沉定了几分。她从桃木妆台的屉子里摸出一个纸包,露出里头些许用剩的白花丹粉末,眼神妩媚又阴沉。

俗云悄然侍奉在侧,低低道:"太医已经给小主面上上了药,小主别碰这些白花丹了。主子也赞许过您,这件事闹得天翻地覆,娴妃固然洗脱了嫌疑,贵妃和皇后也不能完全清白。"

"我此身荣华富贵都是主子给的,难道还舍不得这张脸。"她自嘲地笑笑,"我原也是个没脸的人,撒泼撒娇,什么都得会。本想赖在贵妃身上,主子却说,赖了娴妃也好。"她想想也是敬佩,"主子缜密细致,娴妃原没做过这事儿,赖了她,才能叫皇上疑心是旁人下的手,要拿我和娴妃一箭双雕呀。如此也不枉我拿自己的脸做文章。不过主子说得也是,光挨几个耳光,皇上是不会偏疼我的。非得伤得可怜,皇上才会动怒。又得主子安排了满子去出首顶罪。我可不能白白被贵妃打了。"

俗云知她受调教,才会从南府里一步登天。当然,光是恩宠,蕊姬自信能够得到。但要此身安稳,连贵妃亦不怕,那唯有来日生下皇帝登基后的第一个皇子,有了这个贵子,便真正飞黄腾达了。

太后也晓得今日是皇帝生母的生忌,生怕皇帝过于牵念生母,与自己疏远,也特意来陪着皇帝说话。蕊姬的事自然会被提起,太后有意体恤皇帝的心意,便言娴妃懂得息事宁人,是个可人疼的。说起慧贵妃也是说她爱吃醋,皇后也偏心了点儿。这般分说算得不偏不倚,皇帝见太后并无怪责如懿的意思,更松了口气。太后也是多年在宫里的,不将这点争风吃醋放在眼里,也劝皇帝:"皇后是正妻,一大堆妾室里,总有个喜欢和不喜欢的,只别太过就成。至于娴妃说不查,那也是她懂事。女人的事,查来查去,到最后大伙儿都难堪,敲打敲打便过去了。你要宠娴妃便宠吧。哀家还是那句话,别让花开得太盛了。"

皇帝沉吟片刻,试探着道:"皇额娘,若是一朵花开在墙角无人怜惜,那不是谁都能去践踏了?"

太后笑语盈盈:"一朵花开得盛自然惹眼,三朵四朵都开得好,便也好些。"

皇帝沉默片刻,会心笑了。

如懿得宠的势头便在这次的因祸得福之后渐渐地露了出来,比起贵妃曾经的宠遇深重,嘉贵人的色选爱升,如懿自然也可相当了。

当然,皇帝还是喜欢和嘉贵人在一起的。同样衣饰简朴,装扮素净,嘉贵人却能别出心裁,而且只在皇帝看到的时候。有时嘉贵人依偎在皇帝身边伺候,红袖添香,语笑嫣然,亲昵时解开素淡的外裳,露出雪白的香肩和一带精致的肚兜,鲜红的底色,明艳的花纹,映得她白腻的肌肤越发如凝脂一般。真是天生丽色,又是直肠子的美人儿,最能解忧,也最轻松。

皇帝看了她一眼,笑着捏她的脸:"你倒藏这样的细巧心思。"

玉妍嘤咛一声,笑倒在皇帝怀里:"皇后娘娘要臣妾朴素,臣妾自然要听。

可待皇上,臣妾不能失了用心。"

外顺皇后,内悦君王,如何不可人。

如懿虽无这样的本事,可如今延禧宫的宫人走到长街上,胸也挺起来了,头也抬高了,再不是以前那低眉低眼的样子。

如懿却不喜欢他们这神色,当着三宝、阿箬和惢心的面再三嘱咐了,要他们叮嘱底下的人,不许有骄色,不许轻狂,更不许仗势欺人与咸福宫发生争执。

叮嘱得多了,别人尚未怎样,阿箬先道:"小主如今这样得宠,何必还怕慧贵妃?再说宫里的人最势利了,老看我们低眉耷脸的,还不知道背后怎么编派呢。"

如懿翻着内务府新送来的冬衣料子,道:"能怎么编派?就因为宫里的人够势利了,你要还自己轻狂,那就是真的眼皮子浅了。得宠不得宠,他们会看不出来?你自己越稳当,别人才越不清楚你的底,越不敢也不能怎样。"

惢心笑着替如懿翻过料子:"这几件大毛的料子原不是份例里的,是内务府额外孝敬了小主的。"她拉过阿箬的手,打开一个包袱道,"这里有两件青哆罗呢羊皮领袍子,一件玫瑰紫的灰鼠皮袄和一条洋红棉绫凤仙裙,是内务府格外孝敬咱们的,我再三问过了小主可以收才收下的。其实那些人的眼睛比刀子还尖呢,什么都看得真真儿的。"

阿箬这才服气,只是抿着嘴笑:"皇上常来,奴婢也替小主高兴嘛。"

如懿道:"越是高兴,越是得不露声色,这才是历练过的人。好了,快年下了,孝敬你们的衣裳都穿上吧,看着也喜兴些。"

阿箬高高兴兴地接过了。过了两日,如懿看阿箬打扮得格外精神,里头穿着青哆罗呢羊皮领袍子和洋红棉绫凤仙裙,外头套着玫瑰紫灰鼠皮袄,头上簪了绯色的绢花和彩胜,通身的贵气,竟不亚于宫里位分低的小主。趁着阿箬在庭院里和三宝清点内务府送来的年货,如懿便问惢心:"我记得内务府额外孝敬你和阿箬的东西,该是你们一人两件的,怎么阿箬一人穿了三件去?我原想着天气冷了,你好歹也该把那件青哆罗呢的袍子穿上了。"

蕊心不敢露出委屈的神色，只如常笑道："阿箬姐姐选了半天，还是件件都喜欢，就都给了她了。"

如懿蹙了蹙眉："都给了她？那两件青哆罗呢的袍子一模一样的，她要来干什么？"

蕊心低了头："冬日的衣裳，总要替换着的。"

如懿转过脸，透过窗上的霞影纱，正看见阿箬在外头响亮地笑着什么，用手指戳着几个小宫女的脑袋，像是调拨着什么好玩的东西似的。

如懿越发有些不高兴，却不肯露在脸上，便道："前几日内务府送来一件青绸一斗珠羔皮袄子，我穿着嫌薄，你拿去套在外裳里头穿，倒是挺好。还有一件一起的桃红色软绸裙子，快新年了，穿着鲜艳些。"

蕊心眼圈微红，低低道："奴婢不是小主的家生丫头，小主不必这么心疼奴婢。"

如懿含笑道："阿箬的性子一向争强好胜，嘴又厉害，你和她住在一块儿，虽然都是大丫头，她明里暗里一定也给了你不少委屈受。就为你什么都没来向我抱怨过，我只要疼你，就是应该的。"

蕊心含泪带笑："那奴婢谢小主的赏。"

如懿笑道："别谢了，穿上了好看让我觉得高兴，便是最好的了。"

这一日是腊月初八，皇帝留在皇后宫里用了腊八粥，便与皇后在暖阁里说话。皇后将内务府的账簿递过道："这是这个月后宫的用度，皇上看一眼，臣妾也算有交代了。"

皇帝慢慢翻了几页，吹着茶水含笑道："皇后厉行节俭，后宫的开支节省了不少，这都是皇后的功劳。今儿是腊八，朕去撷芳殿看了几位皇子，都吃了你亲手做的腊八粥，不忘艰难。永璜懂事，还特意念了一首腊八诗给朕听。"

素练悄悄撇嘴，只叹自家二阿哥年幼憨厚，怎比得上永璜这个庶长子会拔尖儿，连喝碗腊八粥都要讨皇帝喜欢。

皇后哪知素练心思，只点头称是："可怜永璜没了亲娘，能这般敏慧知礼，哲妃在天之灵也可安慰了。"

皇帝点头："哲妃给朕生了个好儿子。对了。如今快年下了，朕见嫔妃们的衣着老是入关时的花色式样，未免在古风之余有些呆板了。不如多几身鲜艳富丽的衣裳。"

皇后笑得极为谦和："皇上说得是。只是皇上初掌大权，前朝尚有许多要用银两的地方，后宫里能省则省些。至于嫔妃们的衣裳，臣妾倒以为她们不能忘了祖宗立国的艰难，不该一味追求妆饰华丽，失了祖宗入关时的俭朴风气。"

皇帝啜了一口茶水，闭目片刻，似乎对茶水的清冽格外满意："朕才说一句，原来皇后思虑已经这样周详。朕以为，皇后所言，便如这一盏清茶，虽然入口苦涩，回味却有余香。"

皇后恭谨答了句"是"："若是皇上觉得茶味太清苦，臣妾让人再换一盏八宝茶来。"

皇帝摆摆手："不必。皇后的意思，朕都明白了。只是朕初立后宫，也就潜邸几个人伺候着，一时裁减了她们的，朕也不忍心。何况她们都还年轻，喜欢娇俏些，只要不过分就是了。而且别的也罢了，那几位皇子那里也不可裁撤保姆过多，尤其是永琏身边，朕看只留了一半的人，怎能照顾好他？"

皇后颔首应了，笑道："皇上说得极是。只是永琏是嫡子，更不能娇气，要为兄弟们的表率。其他皇子也不能娇惯。至于嫔妃们，与民间的妾室不同，讲究端正庄严为美，若一个个只晓得打扮，妖妖调调的，也不像皇家的体统呢。"

皇帝正捧着茶盏，听到此节，杯盖不由轻轻一碰，磕在了杯沿上。暖阁中本就安静，冬阳暖暖地隔着明纸窗照进来，连立在阁外伺候的宫人们也成了邈远的身影。青瓷的茶盏本就薄脆，这样一碰，声音清脆入耳，皇后遽然一凛，立刻起身道："臣妾失言，还请皇上恕罪。"

皇帝静了须臾，伸手向皇后道："这么多年夫妻了，皇后何必如此。"

皇后就着皇帝的手站起来，他的指尖有一缕隔夜的沉水香的气味。皇后心中一动，便能辨出那是延禧宫的香气。皇后稳了稳心神，掩去心中密密渗透的酸楚，一如旧日，微笑相迎。皇帝眷念夫妻之情，一向是常来宫里坐坐的，可是皇后分明觉得，那种熟悉已经渐渐淡去。

皇后想着，还是恢复了如常淡定的笑容："臣妾只是为皇上着想。如今新年里，各宫都盼着皇上多去坐坐，譬如仪贵人、海常在和婉答应。"

皇帝扬了扬嘴角算是笑："朕明白。皇后总提醒朕六宫雨露均沾。既如此，朕去看看海常在。对了，说来海常在当日被责，也是皇后减了嫔妃份例的炭火而起。可见压得过了，反要生事。"

皇后盈盈望着皇帝的眼睛："皇上的话，臣妾记下了。"

皇后看着皇帝出去，不知怎的，满腹心事，便化成唇边一缕轻郁的叹息。

到了正月初一那一天合宫陛见，嫔妃们往慈宁宫参拜完毕，太后一身盛装，逗了几位皇子公主，也显得格外高兴。太后又指着大阿哥道："旁人还好，三阿哥尤其养得胖嘟嘟的，怎么大阿哥倒见瘦了？"

大阿哥的乳母苏嬷嬷忙道："大阿哥年前一个月就一直没胃口，又贪玩，一个没看见就窜到雪地里去了，着了两场风寒。"

太后脸色一沉："阿哥再小也是主子，只有你们照顾不周的不是，怎么还会是阿哥的不是？下次再让哀家听见这句话，立刻拖出去杖刑！"

苏嬷嬷忙讪讪地退下了，永璜也跟着走了。苏嬷嬷带着永璜心里有气也不敢发作，拉着永璜的手出了慈宁宫的院子，方才抱怨道："大阿哥，奴婢尽心尽力伺候您，您可不能这么当着太后娘娘的面编派奴婢啊。"永璜却是一脸天真："嬷嬷，是我自己风寒，并无提到你啊。你多心了。"

苏嬷嬷语塞，回头看见素练走到门外，朝她扬了扬下巴。苏嬷嬷会意，立刻让旁的乳母带着永璜走了，自己与素练走到墙根下说话。苏嬷嬷方才被太后斥责，对永璜怨气更深，直说他越长大越有心思，皇帝偶尔来撷芳殿，大阿哥便处处比着要强，压过二阿哥的风头。如今病着还不忘在太后面前搬弄是非，自己越发不敢当差了。

素练最听不得这样的话，当下便恼了："庶长子非要压在嫡子前头，简直是造反！"她想了想，咬牙低声道，"病着能说能动自然会告状，可要不能动了呢？"

苏嬷嬷怔住了。

为了永璜的病，太后便有点不高兴。皇后见状，忙引了二阿哥、三阿哥和三公主去太后膝下陪着说笑了好一会儿。永琏很乖巧，永璋更是讨太后喜欢，惹得太后十分亲昵。和敬却站得稍远，静静看着。皇帝有三位阿哥，公主只璟瑟一位，格外娇惯。太后自己女儿不在，也想疼和敬，便唤她过来，和敬却迟疑着不动。皇帝微微皱眉。

皇后如何不懂，忙赔笑："臣妾的大公主没有养大，哲妃的二公主没能降生，可怜跟着哲妃去了，唯有璟瑟一个，臣妾娇惯得她不太懂事。璟瑟，还不到皇祖母身边去。"

和敬依言上前几步，唤了一句"皇祖母"，神色却依旧不那么亲近。太后看出和敬的疏远，也懒得多理会，只道嫡出的公主，金枝玉叶，自然矜持。

嫔妃们告退之后，太后便只留了皇帝和皇后往暖阁说话。

福珈站在暖阁的小几边上，接过小宫女递来的香盒，亲自在银错铜錾莲瓣宝珠纹的熏炉里添了一匙檀香。她看着袅娜的烟雾在重重的锦纱帐间散开，便无声告退了下去。

太后让了帝后坐下，笑道："听说最近宫里出了不少事，皇后都还应付得过来么？"

皇后安然笑道："后宫的事，儿臣虽还觉得手生，但一切都还好。"

太后的笑意在唇边微微一凝："可哀家怎么听说皇后忙于应付，由着妃妾们闹完了咸福宫又闹养心殿，没个安生。"

皇后脸上一红："臣妾年轻，料理后宫之事还无经验……"

皇帝便道："皇后没有经验，皇额娘却有。"他含着笑意看向太后，"皇额娘，后宫的事，还劳您多指点着。有您点拨，皇后又生性宽和贤惠，她会做得更好的。"

太后道："哀家有心颐养天年，放手什么都不管。可皇后仿佛心有余而力不足啊。这后宫统共就这么几个人呢，你还管束不住，是得好好学着些。"

皇后低着头，一眼望下去，只能看见发髻间几朵零星的绢花闪着，像没开到春天里的花骨朵，怯怯的，有些不知所措："回皇额娘的话，儿臣明白了。"

太后捻着手里的枷楠香木嵌金寿字数珠，慢悠悠道："满宫里这么些人，除了宫人就是妃嫔，她们见了哀家，是自称奴婢自称臣妾的。唯独你和皇帝是不一样的，你们在哀家面前是'儿臣'，既是孩儿，又是臣下。所以皇后，哀家疼你的心也更多了一分。"

皇后恭谨道："是。"

太后微微闭眼，仿佛是嗅着殿内檀香沉郁的气味。那香味本是最静心的，可是皇后腔子里的一颗心却扑棱棱跳着，像被束着翅膀飞不起来的鸽子。她抬眼看着太后，那略显年轻却稳如磐石的面孔在袅袅升起的香烟间显得格外朦胧而邈远。好像小时候随着家里人去庙宇里参拜，那高大庄严的佛像，在鲜花簇拥、香烟缭绕之中，总是让人看不清它的模样，因而心生敬畏，不得不虔诚参拜。

皇后一直对太后存了一分散漫之心，只为她知道，当日迁宫的风波，种种起因，不过是因为太后并非皇帝的生身母亲。却从未想到，这样与世无争安居在慈宁宫的深宫老妇，会突然这样警醒，字字如锋刃挑拨着她的神经。呵，她是失策了，她以为自己是六宫之主，却不承想，这个在紫禁城深苑朱壁里浸淫了数十年的妇人，才是真正的六宫之主。

太后的声音不高，却沉沉入耳："哀家疼你，却也不能不教导你。皇后，你失之急切了。"

皇后身上一凛，只觉得后颈里一凉，分明是有冷汗逼迫而出。这可是冬日啊，滴水成冰的冬日，她居然沁出了汗珠。她只得道："臣妾恭听皇额娘教诲。"

"你要节俭，哀家只有夸你，不能指摘你。可是皇后，你厉行节俭是不错，但也要顾着后宫和皇上的颜面。康雍盛世近乎百年，国库丰盈，百姓安居乐业。年节下命妇大臣们朝见的时候，不能看着他们心目中住在紫禁城里的高高在上的妃嫔主子们穿得还不如他们。臣民对咱们可以敬畏，可以崇拜，却不能有一丝轻慢之心。就譬如庙里的菩萨，没了金身，没了紫檀座，百姓们还能虔诚拜下去么？他们只会说，寒酸，太寒酸。"

皇后满头冷汗，已经说不出话来了。太后继续道："再者皇上膝下才这几个皇子，正是要开枝散叶为皇家绵延子嗣传承万代的时候，你让嫔妃们一个个打扮得跟刚入关的女人似的，你让皇帝愿意睁开眼看谁？女人的心思不落在打扮自己上，自然就只盯着别人去了，后宫里也不安宁起来。因小失大，皇后，你实在太不上算！"她停一停，"还有，哪儿的人都可以裁撤，撷芳殿却不可以，皇嗣为重。大阿哥是长子，这就闹了两场风寒。宫里的孩子难养大，一场风寒就要了性命的多的是。永璜要有个三长两短，你怎么对得起哲妃的在天之灵？"

皇帝见太后的口吻中带着不容置疑的沉稳，而皇后早已而红耳赤，少不得为皇后解围："皇额娘教训得是，皇后有皇额娘教诲，应当不会再有差错了。"

太后微笑道："皇后聪明贤惠，自然是一点就通。可是皇后，你知道你眼下最要紧的是什么？"

皇后已经无力去想，只道："请皇额娘指教。"

"你膝下已经有了一双儿女。但，这是不够的。你还年轻，又是中宫，应该让后宫多些嫡出的孩子，把他们好好抚养长大。你驾驭嫔妃，怎么样都不为过，但有一点，那就是六宫平静，让皇上无后顾之忧。其余的事，放在中宫都算不得什么顶天的大事。"

皇帝道："那么六宫的事……"

太后沉吟着看了皇帝一眼，慢慢捻着佛珠不语。太后的眼眸明明宁和如水，皇帝却觉得那眼神犹如一束强光，彻头彻尾地照进了自己心里。他明白了太后的意思，斟酌着道："那么六宫的事，由皇后关照着，每逢旬日，再拣要紧的请示皇额娘，如何？"

太后笑着理了理衣襟上的玉坠子流苏："皇上的意思，自然是好的。只是慈宁宫清静惯了，皇上不肯让哀家清闲了么？"

皇后立刻明白，恭声道："是臣妾有不足之处，还请皇额娘多多教导。"

太后笑了一声："好吧。那就如皇帝和皇后所愿，哀家就劳动劳动这副老骨头吧。"她瞥了皇后一眼，"那么皇后所行的节俭之策照旧，嫔妃的日常所用也是如常裁减，至于穿着打扮，不必过分就好，也不用事事按刚入关的样子来。撷芳殿那里，皇子们的人手要添够。"

皇后答应着，又听了太后几句吩咐，方才随着皇帝告退了。

福姑姑见皇后与皇帝出去，方才为太后点上一支水烟，道："太后苦心经营，终于见效了。"

太后长叹一声："你是觉得哀家不该争这些？"

福珈低首道："太后思虑周全，奴婢不敢揣测。"

太后举着乌金烟管沉沉磕了几下："哀家若是不费这点心思，慈宁宫除了点卯似的来请个安，哀家也要成了无人理会的老废物了。哀家成了老废物不要紧，哀家还有一个亲生的女儿恒媞，若不靠着哀家，来日和哀家的恒娖一样被许婚去了准噶尔这样的偏远之地，哀家却连个置喙之地也没有了。而且皇后母家的富察氏，原是满洲八大姓之一，皇后又好强，一旦成了大气候，如何还有哀家的立足之地呢？"

福珈感叹道："素日皇后虽也常来，但奴婢看她今日这个神情，方是真正服气了。奴婢冷眼瞧着今日来请安的嫔妃，娴妃仿佛比往日得意多了，想是皇上又宠爱了。"

太后微微一笑："上回咱们用的人用的心思，不就为了这个么？慧贵妃好驾驭，娴妃却是个有气性的。有她在那儿得皇上的欢心，皇后才没工夫盯着中宫的权柄，咱们才腾得出手去！"

福珈会心一笑："那也因为，太后挑了个可意的人儿，才做得成太后的交代啊！"

第十八章　永璜

从慈宁宫出来，皇帝的脚步就有些快。琅嬅有满腹话语对皇帝倾诉，急欲跟随，奈何花盆底不好走，紧跟了两步，皇帝已经回头："皇后若有空多教教璟瑟。公主固然该矜持，可也得孝顺。幸好永琏懂事得体，未曾失礼于皇额娘。"

皇后窘迫，连连答应了。

皇后气了半日，回到宫中，见赵一泰带着和敬过来，便气不打一处来。和敬年幼不会看脸色，只顾着亲热请安，满口里说着"想皇额娘了"。皇后见女儿亲昵，有心训斥那怒心也淡了，抚着她的头道："方才对着皇祖母冷淡，这是公主该有的分寸么？"

和敬替皇后委屈，也不喜欢贵妃、娴妃那些庶妾，立刻嘟了嘴："您是儿臣的亲额娘。可皇祖母却不是亲祖母。她不过是皇祖父的贵妃。贵妃就是妾，就是庶。皇额娘是皇阿玛的嫡妻，儿臣是皇阿玛的嫡女。光论这嫡庶，皇祖母就……"

皇后虽然知道这层缘故，但尊亲的道理是牢记心中的，立刻推开和敬道："住嘴！你拿嫡庶说事，难道忘了你皇阿玛便是庶出？这是伤你皇阿玛的心。且慈宁宫是你皇阿玛名正言顺的额娘，大清朝的太后。这种话若出了长春宫你还敢胡说,我便不疼你了。"

和敬吓了一跳,她年纪小,不过是偶尔听人说起皇帝另有生母,才有了小觑之心,如今见母亲动怒,也不敢说了。皇后着意教导她把事情存在心里,又夸永琏懂事,和敬便越发委屈了。皇后叹了口气,深知女儿终究是要嫁出去的,不可过于骄纵。若和敬是个皇子,永琏也好歹多个依傍。可偏偏,永琏竟没个嫡亲兄弟。

这样想着,便叫赵一泰带了和敬公主出去,让嬷嬷带着读书知礼不提。

皇后见女儿不懂事,后宫又有暗箭,恼道:"本宫总以为自己是六宫之主,却不承想,皇额娘才是真正的六宫之主。这回的事,是谁去太后面前嚼舌根了?"

莲心啐了一口道:"自有那得了便宜还卖乖的去说娘娘的是非。"

素练担心道:"那娘娘如何打算?"

皇后想了又想,头一件要紧的便是让素练去撷芳殿,把永璜和永璋那儿的人手补上。这句话里没提自己亲生的永琏,素练自然为二阿哥心疼少了一半伺候的人手,皇后却很有主意:"庶子可以娇惯,嫡子却不可以。永琏那儿这些人伺候足够了,不许铺张。"

素练暗暗叹口气,看来皇后还是要以身作则拿自己这边俭省。

"原以为后宫里清静些了,稍不留神就有人咬你一口。"皇后微笑,"不过,既然皇额娘要她们打扮得喜兴漂亮些,也无妨。她们奢华她们的,本宫是皇后、是中宫,自然得节俭尊重。"

莲心笑道:"也是。她们越爱娇争宠,越显得娘娘沉稳大气,不事奢华,才是六宫之主的风范。"

皇后咔地折下连珠瓶中的一枝梅花:"至于皇额娘要本宫旬日回话,也是应该的。有一句话,皇额娘说得很对,中宫只有一儿一女是太少了。永琏在咱们眼里是金尊玉贵的苗子,可落在别人眼里,怕是恨不得要压他下去才好呢。所以中宫的孩子,自然是越多越稳当。"

素练虽然担心,嘴上却笑道:"中宫权柄外移,未必是好事,也未必是坏事。

娘娘有太子在手,便什么都不必怕了。"

莲心亦说得中肯:"中宫最要紧的是子嗣,其余的娘娘都可以放一放。"

皇后淡淡一笑:"你们有这份见识和心胸,也是难得。当得起本宫疼你们。"她又看莲心,"莲心,本宫记得,你快二十五了吧。素练的额娘病着,你却是无父无母的可怜儿,娘家也只剩几个弟妹了吧。你放心,本宫一定给你指一门好婚事,让你终身有靠。"

莲心连忙谢恩不迭。

过了新年便是元宵,因是乾隆元年的好日子,每一日都是热热闹闹地过,百戏、杂技、歌舞,没有一日是断的。连清音阁的戏曲,也是流水似的在宫苑的朱墙底下,在水磨青砖的缝隙里,在宫灯微朦的火光里,在曲院亭台的玉栏上四散开去。这才是宫里的日子,天家富贵不只是外人传闻里的锦绣堆砌,金碧辉煌,而是那种戏文曲子里天上人间流水落花缓缓流淌似的沉静。日子一点一点淌过去了,到了明日,还是那样花团锦簇,繁华是淌不尽的,也是望不到头的。

皇帝虽然为了咸福宫那一夜大闹冷了晞月两个月都未去看她,但东西照样地赏赐,对高斌也很看重。唯有晞月为了皇帝不来暗暗着急,便答应了父亲所求,悄悄在御前的太监们身上下功夫,探知皇帝消息。

到了二月二"龙抬头"的日子,宫中的地龙收了起来,天气也一日暖似一日了。京城里的开春,未见新绿,总是先带了一点风沙的干冽气味,所以人便成了花,成了叶,宫女们换上了春夏时节浓碧浅绿的宫装,那是鹅黄翠绿的叶,新鲜的,带着汁水丰盈的气息,越发衬得满宫的嫔妃们成了娇艳的花朵,不,是花朵的蕊,一星儿一星儿柔软的身段,争着最娇的艳。

宫中的琐事虽还是皇后管着,但每逢旬日便拣些要紧的说与太后听。太后若想知道得深些,便自己等内务府总管的回话,一宗宗、一件件理起来,皇后倒是比素日清闲了不少,得了空,除了陪着皇帝,便往撷芳殿多走动些。

这一日延禧宫的小厨房里做了些鱼茸荷花糕,拿鲢鱼的脊肉磨细了兑了浆细了的荷花糕,是做给婴儿的吃食。如懿又让惢心收拾了两样时新点心,一并拿去撷芳殿给了三阿哥,又道:"年下纯嫔是来得最勤的,她心里除了儿子没别的牵挂。大家常来常往的,你便多送些东西去撷芳殿给三阿哥。"

惢心笑道:"说也奇怪了,纯嫔娘娘的三阿哥养得又肥又壮,都三月里了还裹得严严实实的,撷芳殿伺候的嬷嬷们连对皇后的二阿哥都没这么上心呢。"

如懿笑道:"三阿哥年纪最小,他们上心也是应该的。你把东西交到三阿哥的嬷嬷手上,看着她喂了三阿哥,看合不合口味。"

惢心答应着去了。才到御花园中,见假山上薜荔藤萝,杜若白芷,在几场春雨过后,藤蔓也泛出青翠的颜色,散发出草木萌发时特有的微微的清香。惢心正贪看着,冷不丁手里的朱漆祥云如意食盒被人撞了一下,她吓得差点叫出声来,顾不上看是谁,忙护住了食盒打开一看,幸好是点心,没散没撒,倒也不妨。她这才回过神来,看了一眼,却是大阿哥永璜。她忙收敛了神色请了个安道:"大阿哥万福。"

大阿哥随口嗯了一声,抽着鼻子蹭到惢心跟前,盯着点心盒子道:"这是什么?"

惢心忙笑道:"大阿哥,这是延禧宫新做的点心,奴婢送去撷芳殿给三阿哥的。对了,今儿是三月三,御膳房给各宫里都送了豌豆黄,大阿哥在撷芳殿没看见么?"

大阿哥摇了摇头,一脸不高兴,两只眼睛却盯着点心盒子,目光有些贪婪:"这个是给三阿哥的,我能吃么?"他低低地嘟囔,"三弟什么好吃的都有,吃也吃不完,我却什么也没有。"

惢心有些疑心,脸上却仍笑盈盈的:"大阿哥很想吃这个么?奴婢拿给大阿哥一些吧。"

大阿哥有些胆怯地看着惢心:"这是娴娘娘给三弟的点心,你给了我,不怕娴娘娘责罚你吗?"

惢心微笑:"娴妃娘娘一直疼爱大阿哥,在潜邸时就是这样。大阿哥吃两块点心,怕什么呢。"

蕊心说罢打开盒子，取了两块芙蓉糕放到大阿哥手里："大阿哥快吃吧。"

大阿哥看了蕊心一眼，方才敢拿起来，立刻狼吞虎咽吃了，才吃完，又眼睁睁盯着蕊心的点心盒子。

蕊心不觉生疑，微笑道："大阿哥还想吃么？糕点吃多了容易撑着，再过半个时辰就是晚膳的时候了，阿哥用完膳再吃点心吧。"

大阿哥难过又畏惧地摇摇头，搓着衣角道："她们总不许我吃饱，才吃了半碗就收了饭菜，我总是饿。"

"她们？她们是谁？"

大阿哥向四周看了看，见没人跟过来，才肯说出来："就是伺候我的乳母嬷嬷们啊。"

向来年幼的皇子出门，都是由七八个宫人跟着的。蕊心看了看并没人跟着大阿哥，便问："大阿哥，跟着您的人呢？"

大阿哥掰着指头道："他们都不喜欢跟着我，由着我逛。"

蕊心更觉奇怪，也不敢再问，便取出两块奶黄酥交到大阿哥手中："大阿哥悄悄儿藏着吃吧，可不能说是奴婢给的。奴婢先走了。"

大阿哥小心翼翼地张望着："那你也不能说我偷偷吃了点心啊，否则我也要挨骂的。"

蕊心心头一沉，忙笑问："奴才们也敢责骂阿哥？"

大阿哥垂下脸点点头，怯怯地似乎不敢多言。蕊心知道不好再问，连忙点点头往撷芳殿去了。

延禧宫里静悄悄的，阿箬带着宫人们轻手轻脚地换上春日里用的珠绫帘子。如懿站在窗前赏玩内务府新送来的一盆玉石珊瑚花，听得蕊心回禀，不觉回头道："那么你见到大阿哥的时候，他身边并没有奴才们跟着？"

蕊心点头道："大阿哥一个人从假山后面跑出来，身上衣衫都沾了泥灰，定是没有人跟着。"她仔细想了想，"还有，奴婢记得大阿哥的衣领上沾了些油渍，这个时候还没到晚膳，阿哥公主们的早膳清淡，不见油腥。这油渍一定是隔夜的。"

如懿思忖片刻:"这么说,撷芳殿的嬷嬷们并没有好好照顾大阿哥。"

蕊心道:"奴婢一直听人说起,说撷芳殿照顾大阿哥的奴才比照顾皇后亲生的二阿哥的人还要足足多上一倍。或许大阿哥顽劣,也未可知。"

珊瑚花冰冷的花瓣硌在手心里,腻腻的有些发滑。如懿道:"是大阿哥顽劣还是奴才们有心怠慢,要仔细查查才知道。但你说大阿哥吃了点心怕挨骂,倒真有奴才欺凌阿哥的可能。今日之事你先别往外说,免得错失。"

蕊心点头:"奴婢知道。"

如懿叹口气:"大阿哥也是可怜,才八岁的孩子,额娘死得早,没人看顾着,什么也不周全。"

蕊心笑道:"小主担心这个做什么?如今小主得皇上的宠爱,迟早也会有个有福气的小阿哥的。"

如懿的叹息便无声地蔓延出来:"我何尝不想有个阿哥,哪怕是公主也好。虽然皇上眼下还宠着我,但膝下总得有个依靠。只是,总没有动静。"

蕊心抿着嘴儿笑道:"小主别急,只要皇上常来,指不定哪天就有了呢。"

如懿有些不好意思,便急着去拧她的嘴:"嘴这样坏,还什么都懂!"

蕊心笑着躲开了:"小主小主,奴婢再不说就是了,饶了这遭吧。"

如懿抬头看了看天色:"时候不早了,你去看看小厨房的燕窝可炖好了,若是好了,就陪我把燕窝送去养心殿。"

天色阴沉沉的,看着像快要落点雨珠子下来。暗沉的铅云闷在头顶,仿佛浓墨般的颜色就要滴下来了似的。

到了养心殿前,一溜儿的太监侍卫立在外头,王钦见了如懿的辇轿过来,便迎了上前:"奴才给娴妃娘娘请安,娘娘万福金安。"

如懿含笑道:"王公公快请起。"

王钦满脸堆笑道:"看这天儿快下雨了,娴妃娘娘怎么还过来?"

如懿笑道:"给皇上炖了燕窝,热热的正好呢。"

王钦道："娴妃娘娘有心。可这个时辰……可不巧。"王钦眼睛一瞟，如懿顺着他目光看去，见莲心站在养心殿廊下，便会意道："皇后娘娘在？"

王钦含笑道："是。皇后娘娘给皇上送来亲手做的豌豆黄。"

如懿微笑："皇后娘娘规矩大，陪着皇上说话的时候嫔妃们等闲不能进去。这样吧，还有劳公公通传一声，本宫放下东西请了安便走，若娘娘见怪，本宫自去领受。"

王钦躬身道："有娘娘这句话，奴才也能安心办事了。"

王钦转身上了台阶，惢心看着他的背影，轻声道："娘娘，王钦这个人不能不留意着。"

如懿点点头，语不传六耳："他为皇后做事，咱们有数就成。你和李玉结识得早，得常来往。"

不过片刻，王钦便下来道："娴妃娘娘，皇上说还有话与皇后娘娘商量，让您把东西交给奴才就成。另外，皇上请娘娘预备着，夜来接驾。"

如懿看着惢心将燕窝交到王钦手中，含了矜持的笑意："那就有劳公公了。"

如懿扶了惢心的手慢慢往回走，才到了长街，便见贵妃乘辇轿赫赫扬扬而来。如懿欠身福了一福："贵妃娘娘安。"

虽然是三月初的天气了，慧贵妃还是穿着二色金花开遍地的锦镶一斗珠的锦袄，那衣裳是用未出生的胎羊皮制成的，因卷毛如一粒粒珠子，故名"一斗珠"，穿在身上十分轻暖柔和。贵妃见了她只是点点头，道："几日不见你，气色越发好了。"

如懿便道："贵妃娘娘的气色也比前些日子红润多了。"

慧贵妃抚了抚自己的脸颊，倦倦一笑："本宫还不是老样子，身上乏。倒劳烦你多伺候皇上了。"

如懿听得这话里有刺，也不欲与她争锋，只是笑笑："皇上来了也只是惦记着贵妃。"

慧贵妃懒懒一笑："本宫有什么可惦记的？自己身子不争气罢了，也只是老毛病了。"

如懿知道她一向畏寒体弱，不由得问："宫里的太医不比外头的，太医院院判齐汝大人又是一等一的国手，贵妃娘娘的身子应该会很快见好的。"

慧贵妃恹恹地捧着手炉："我素来不过是那血瘀的症候。调养了一冬天，原是好了。谁知道中午贪吃了两块御膳房送来的豌豆黄，就闷闷地滞了胃口，有些克化不动似的，所以刚去御花园遛遛弯消食。"

如懿便笑道："眼看着快下雨了，贵妃娘娘别着了风，更别沾雨点儿，免得伤身子。"

慧贵妃点点头，一行人迤逦而去。

如懿见她走远了，才道："她也真是可怜，饶是这般得宠，身子却七灾八难的。"

阿箬撇撇嘴："该！心术坏了，身子也好不了。"

如懿横她一眼，阿箬立刻噤声，也不敢多话，便和惢心扶着如懿回去了。

慧贵妃回到宫中仍不肯换下厚衣服，只是一味皱眉道："还说入春了，走进殿里就寒浸浸的，一点暖和气也没有。"

茉心努了努嘴儿，几个小太监忙生了炭盆端进来，茉心倒了一杯热茶送上来，道："小主尝尝这个，是用大麦和陈皮炒制了泡的茶，闻着倒香，也能开胃消食。是齐太医特意嘱咐给小主用的。"

慧贵妃看了一眼，没好气道："什么低贱玩意儿做的？如今也拿这个来敷衍本宫了。"

茉心赔笑道："大麦和陈皮虽然是容易得的东西，但只要对小主的身子有益，有什么吃不得的呢？只要小主的身子稳妥了，早早儿也能有个阿哥，那就四角齐全了。"

慧贵妃捧着茶有些出神，眼角便有些湿润："这血瘀之症是打小落下的，这些年费神费心，也不能好好养着。再调养下去，本宫岁数也不饶人了！倒是羡慕哲妃，人去了，到底留了个大阿哥。"

茉心不免劝慰，要她先养着大阿哥永璜，慧贵妃连连摆手："罢了。皇后一直多嫌着大阿哥这个庶长子，便是她平日里从来不提，本宫看素练的样子就知道了。"

"就是因为是庶长子，若是由您来养，母凭子贵，您的身份也不一样了。您可听说皇后打发太医去看大阿哥了，就是因为太后器重长孙呀。"

太后看重长子、嫡子，还有皇上登基后生下的第一个皇子，乃是贵子。这些贵妃都是知道的。

茉心替慧贵妃轻轻捶着肩膀，道："您的身子调养好还需时日，若赶不上生下皇上登基后的第一个皇子，不就吃亏了。不如先养着大阿哥，占了长子养母的名分。您若养了大阿哥，也不必事事看皇后脸色了。"

慧贵妃有些动心，只踌躇道："皇后未必肯让本宫养着大阿哥。不过祖宗的家法，本就有将生母卑微的孩子交给高位的嫔妃抚养的先例，哲妃又早年就难产去了。"她想想又有了主意作势拍了她一下，"这倒是名正言顺。哲妃与皇后同宗，但皇后一直不肯抚养大阿哥，就是因为不喜欢哲妃抢在她前头生下了儿子。"

茉心抿唇想了想，压低了声音神秘道："民间有个说法叫招弟，就是富贵人家有没生养的太太，便抱一个孩子过来养着。养得时日长了，自己的肚子也沾了孩子的旺气，就能有自己的孩子了。最好，还得是个男孩子，这样自己怀胎，就能一举得男。"她越说越觉得主意稳当，"左右皇后娘娘不抚养大阿哥，那皇后之下就是您了。大阿哥归您，天经地义。等您将来有了自己的皇子，大阿哥要贴心就继续养着，不贴心就送回撷芳殿去。"

慧贵妃连连点头："这倒是个主意。我若有个阿哥，阿玛在前朝也有个依靠。"

茉心看了看四下无人，便低声道："小主还不知道。今儿奴婢打御花园过，看见娴妃身边的蕊心和大阿哥有说有笑的，小主可得赶紧求求皇上，保不定娴妃也打这样的主意呢。若被娴妃占了先机，她不更得意了？"

慧贵妃目光一亮，冷笑一声，拨着手腕上的翡翠串道："我说她今儿怎么关心起我的身子来了，原来就没安着好心。哪怕不为了自己，也不能遂了娴妃的心！"

　　傍晚的时候下了一场小雨，到了晚上倒放了晴，半弯朦朦胧胧的毛月亮挂在天际，晕黄得像被眼泪泡过似的，笼了一层湿湿的雾气。如懿忍着困意，拿银簪子拨亮了快要熄下去的烛火，看着淡淡月华透过霞影窗纱漏进来，模模糊糊地洒在地上，像落了一摊清水似的晃悠悠的影子。院中几株桃树吐了一点一点粉红色的花苞，娇怯怯的，不愿冒出头来，却带着整个宫里都沾染了春意将临的喜悦。

　　阿箬打着哈欠，脸上却带着笑意："小主再等等，或许今儿折子多，皇上来得晚些。"

　　如懿点了点头，吩咐道："打点冷水来，我敷敷脸醒醒神。"

第十九章　封诰

正说着话，却见王钦摆着身子过来了，笑眯眯打了个千儿道："叫娴妃娘娘久等了。皇上刚从养心殿出来，本来是要过来延禧宫的，奈何慧贵妃身上不爽快，皇上就转道儿去了咸福宫了。这不，让奴才来回禀一声。"

阿箬当下便有些不痛快："王公公辛苦了，只是要说早该来说一声，怎么闹得这么晚？"

王钦像个笑弥陀似的，一点儿也不恼："这不皇上两个月没见贵妃娘娘了，就宿在了咸福宫，奴才还得去敬事房说一声记档嘛，一来二去的，奴才只有这两条腿，就耽搁了。"

如懿笑意淡淡的："皇上歇下了就好，只是有劳贵妃侍驾了。夜深了，公公出去慢走。三宝，替王公公掌灯。"

王钦摆摆手："不敢劳动了，奴才自己走吧。"

阿箬见他出去了，急道："皇上就这么被慧贵妃拉走了，那可怎么办呢？"

"怎么办？"如懿望着"六合春常在"的雕花长窗，那朱红色的细密格子，一格一格的，把人的心也镂成了细碎的漏子，"我什么办法也没有。"

阿箬急得脸都沁红了："宫里的女人眼瞅着是越来越多了，今儿午后还听说，皇上又晋了玫答应为常在了。您瞧，没皮没脸的南府歌伎都能晋封……"

"住口！"如懿冷不丁一声，阿箬一抬头看见她鼻翼微动，知道是生气了，忙吓得不敢抱怨，只委屈道："奴婢是替小主抱屈。小主是什么身份？凭贵妃那妖妖调调、弱不禁风的样子也争着伺候到皇上跟前去，抢了小主的好时候！"

如懿心下烦闷，冷然道："叫你住口了还有这许多话，玫常在身份再低微，那也是个正经的小主，还有贵妃，她是什么身份，由得你议论来议论去么？出了这延禧宫，要让半个人听到你这样的话，立刻就被拖去慎刑司打死了。"

阿箬又气又委屈，只得垂下了脸，默默垂泪。如懿沉吟半晌，见她还在落泪，也难免有点不忍心，便放缓了语气道："你是我的陪嫁丫鬟，事事担心我，我怎会不知道？"

阿箬闻声，低低答了句"是"。

如懿柔声道："你心里不乐意的，正是我心里也不乐意。可是人这心里的不乐意，放在自己心里还行，一旦说出来，那就成了别人的笑话了。更何况还要嘴上不饶人，把皇上心疼的人也绕进去，那不是自己给自己找麻烦么？"

阿箬眼圈红得像两枚樱桃，抬起头来："奴婢知道自己性子急，嘴也快。可要不是奴婢一直跟着小主打小伺候的，有些话也不敢说。这延禧宫里敢说的，也就只有奴婢了。"

如懿本就烦心，见她又自忖着自小伺候自己的情分，只得忍着道："好了。你的心意我都知道，先出去擦把脸吧，这儿由蕊心伺候着就是了。"

阿箬福了一福出去，走到殿外，正见一轮毛月亮晕乎乎的，更觉得自己一片忠心对着如懿，却总是受斥责，当真是委屈到了家。她忍一忍泪，甩着绢子就下了台阶。一旁候着的太监小福子是跟她一块儿从潜邸伺候过来的，叫了声"阿箬姐姐"，便笑鼻子笑脸凑过来："小主安置了么？要不要我叫茶水备上，再送点点心进去？"

阿箬没好气道："要你瞎操心什么，你操心了人家还未必当你是这份心意呢！"

小福子一怔，立刻会意："小主心情不好，又责骂姐姐了？"

阿箬一听便气道："什么叫又责骂了？有什么好责骂的！也不看看我是谁，

我是打小伺候小主,一路从娘家府第进了潜邸,又伺候进宫里的。小主有什么也不过嘴上一说罢了。"

小福子忙赔笑道:"是是是。可不是说么,咱们这群伺候的奴才里,凭谁也比不上您跟小主亲啊!小主啊也是心烦,嘴上说过了,回头照样疼姐姐的。何况姐姐的阿玛桂铎大人都外放出去做官了,以后前程好着呢,小主更疼姐姐了。"

阿箬这才有些高兴,挺了挺腰板道:"好了。里头有惢心伺候着,我就先去歇歇,你勤谨着点儿,留意着小主要什么。"

小福子点头哈腰答应了,往里头瞅了一眼,悄声道:"怎么又是惢心伺候着?咱们伺候小主的这些人里,就她跟着小主最多,巴儿狗似的。其实论贴心、论懂小主的心思,谁能比得上姐姐您哪!"

阿箬撇撇嘴,不屑道:"谁知道呢?平时闷嘴葫芦似的,现在一个人在小主跟前,还不知道说什么呢。算了,反正咱们也不怕她。一个伺候了小主几年的,能和咱们这些伺候了这么多年的比么?"

小福子连连点头:"那是那是,姐姐的心思,那是谁都比不上的。"他打过灯笼,替阿箬照着路,"姐姐小心点儿,我替您看着路。当心,当心脚下。"

如懿托着腮沉思良久,惢心端了碗八宝甜酪送到跟前,小心翼翼道:"小主老想着事情费神,喝点甜汤润润喉咙吧。"

如懿摆了摆手,惢心看着如懿的脸色,轻声道:"其实阿箬姑娘说得也没错,她就是心太直了,什么都放在了嘴上。她替小主担的心是不错的。"

如懿烦恼地拧着绢子道:"她说得是不错。可是皇上多半的时间在前朝,回了后宫也是在各宫里都走一走,是难免好几天不来延禧宫了。"

惢心凝神想了想:"是啊。宫里女人多了,皇上要一一顾及,其实就是一一冷落了。奴婢的意思……"她悄悄看了如懿一眼,"小主是该想个法子,拢住皇上的心才是。"

"拢住皇上的心?"如懿眉心的愁意如同遮住月光的乌云,渐渐浓翳,"皇后是中宫,又有公主和皇子,慧贵妃有身份,纯嫔有三阿哥,再不济嘉贵人也有北族宗女的身份在。我除了皇上眼前的恩宠，还有什么法子呢？自从上次咸福宫的事之后，海兰后怕，其实我也怕，没个依靠，恩宠也是今日在明日走的，不稳当。"

蕊心叹口气："也是。还有太后，太后对小主一直淡淡的……"

如懿眼神一跳，如同被点亮的火苗，熠熠生辉："太后……"

蕊心有些摸不着头脑："太后怎么了？"

如懿静了片刻，有个念头悄无声息地盘上了她的心头，她便问："这个时候，皇后会在哪里？"

蕊心想了想道："这个时辰，应该刚去撷芳殿看二阿哥，然后就去太后那儿请安了。"

如懿微微一笑："晨昏定省，皇后是个好儿媳妇。我怎么能不好好追随皇后，向皇上的额娘尽足孝心呢？"

蕊心愣住了道："小主说什么呢？奴婢都不明白。"

如懿默默望着那碗八宝甜酪出神，手指在桌上慢慢比画着："蕊心，你觉得皇上最缺什么？"

蕊心掰着指头道："皇上有公主，有阿哥，有皇后，有嫔妃，也有兄弟姐妹。前朝有张廷玉大人和高斌大人辅佐着，后宫有太后和皇后掌管着。天下太平，皇上没有什么不顺心的，更没有什么缺的。"

如懿的手指定在了那里，沉思道："不，皇上有一样缺的。"

"什么？"

如懿极力压低了声音："宫里虽然讳莫如深，但是你应该知道的，皇上并非太后亲生。"

蕊心瞪大了眼睛，立刻跑到窗口装作无意瞄了一眼，直到确定门口守着的宫人都站得远远的，方才掩了窗，低声道："风言风语，有人传过，说皇上的生母是热河行宫的宫女李金桂，至今都无名无分。先帝在时也没过问过。"

如懿拧着绢子打着花结，慢慢道："皇上的心愿，总该了了。"

蕊心大惊失色，慌忙跪下道："小主不可，这太冒险了。不要说皇上会不会接受，太后那儿就是一道坎儿。她老人家已经对您不咸不淡了，要再招出生母这回事来，太后会容不下您的！"

"如果我说生母，那李金桂自然是要追封圣母皇太后的。太后当然会容不下我，皇上更会嫌我张扬身世，立刻就将我废入冷宫。你放心，我不会冒险就是了。"如懿转首，见惢心一脸担心地看着她，便笑道，"我在这个宫里，并没有任何稳如泰山可以倚仗的东西，我自然会步步留心，绝不轻易冒险。更要紧的，我要圆了皇上的心愿，补上他心里的缺。"

晞月两月未见皇帝，生怕皇帝不来，把皇帝从长街上拦了回来。二人相对私语，晞月也不瞒着相思之情，只云一日不见如隔三秋，两月不见，便似百多年未见皇上，相思难解，心中郁郁。皇帝好言安慰了她，晞月便大着胆了求告了想要抚养永璜之事，皇帝一时不想她会有此求，便笑着打发过去了。

三月初五原是如懿的生日。皇帝因着前夜失约，便早早知会了王钦前来通传，说是要陪如懿一同过十九岁的生日。

到了如懿生日的那一天，内务府已经忙碌起来，将延禧宫装点一新，又特意做了新式的菜肴点心让如懿一一品尝。皇帝早早叫人赏下了银丝寿面并一应的赏玩器物。

阿箬陪着如懿站在廊下看着太监们打扫院子，又换上时新花草，不觉喜不自禁道："皇上心里到底是有小主的。小主的生辰皇上时时惦记着呢。"

如懿只想着自己那桩心事，一时也未说话，只默默出神。

到了晚间时分，天刚刚暗下来，皇帝便来了。尚未行礼，皇帝便先拦住了她，歉然道："晞月闹了两晚的不舒服，朕陪了陪她，耽搁了你。"

如懿温婉笑道："贵妃身体不好，皇上陪她是应该的。"

皇帝唏嘘道："她身子不好，还给自己闹心，一直跟朕说想抚养大阿哥，就她那身子骨，大阿哥八九岁正顽皮的时候，何必呢？"

如懿心里一动，一个念头转瞬滑过，不及细想，便泯去了。她与皇帝喝了两盏酒，备下的菜也是时新的爽口小菜，不过是菠菜蛋清、口蘑炖鸡、清炒马兰头、炸酥玉兰花片、浓汤菜心、烤鹿脯、瑶柱虾脍、鸳鸯炸肚、芦笋小炒肉、双百合炊鹌子,并一碗燕窝雪梨爽和荠菜肉丝煨的银丝面。

皇帝吃了两口面,赞道:"这时新荠菜的味道,真是什么都比不上。你哪儿找来的这个?御膳房都还没上呢。"

如懿扑哧笑道:"要吃口新鲜的,哪里能等御膳房?是臣妾托了娘家的人一大早去城外摘的,上午送来的时候还沾着露水呢。"

皇帝笑道:"难为你肯用这份心。"

如懿笑盈盈望着他,柔声道:"臣妾的心思不就是这些了?皇上吃得顺口,睡得香甜,左左右右都和气顺心的,那就好了。"

皇帝笑着揽过她:"你这儿朕虽然不是天天来,但心里记挂着,总觉得想着就能静下来。这些年,你的性子也细腻沉静了许多,不比刚嫁给朕那会儿,闹闹腾腾的。"

如懿笑得垂下了脸,在皇帝肩上轻轻捶了一下,方起身行了一礼道:"今日是臣妾的生日,臣妾有一心愿,不知能否借皇上金口,成全臣妾?"

皇帝笑着扶起她道:"朕与你相伴多年,你想要什么,尽管对朕说。"

如懿并不就着皇帝的手起来,只是垂首道:"不管臣妾的心愿有多不知天高地厚,但请皇上成全。"

皇帝笑盈盈道:"只要你不逼着朕立你为皇后,其余也没什么难的。告诉朕,是不是想晋一晋位分?"

如懿忙低首道:"臣妾如何敢这般不顾尊上予取予求?臣妾的心愿与自己无关,是关系皇上的。"

皇帝挑了挑眉,好奇道:"哦?你说来听听。"

有一瞬的犹豫,如懿咬一咬唇,还是让话语从唇齿间清晰流出:"先帝驾崩后留在紫禁城的嫔妃,皇上尽数加封,迁入寿康宫颐养天年。便是行宫里留下的那些嫔妃,皇后娘娘也都安养着。臣妾想的是,活着的得以奉养,去世的难道就不闻不问么?但请皇上顾念她们侍奉过先帝,且尚无名分,也加以追封,以表孝心。"

皇帝的眉心渐渐拧成川字："你说的人是……"

如懿微一踌躇，还是说了出来："是先帝在热河行宫的嫔妃李氏金桂。"

皇帝微微失色："有些人可以心里挂念，断不能嘴上说出来。"

"可李氏不一样。"

皇帝克制着即将闪出的难过，淡淡道："李氏不过是先帝一朝临幸的宫女，从未给过名分，如何能得追封。"

如懿俯下身体，恳求道："李氏对社稷的功劳，皇上一清二楚。只是大清朝立功之人多如过江之鲫，不必事事褒扬。但请皇上看在先帝的面上，哪怕只将李氏追封为太贵人，葬入先帝的妃陵，也算是全她的颜面了。"

皇帝的脸上看不出任何表情："擅自追封先帝未曾给过名分之人，皇额娘知道了会不高兴。"

"只是追封太贵人或太嫔，名位不需太高，尽的只是一份心意。也好过李氏的陵墓远在热河，荒草斜阳，孤坟寒烟，备受凄凉。"

沉默太长久，几乎能听清彼此呼吸的悠长之声。仿佛连时光也就此凝滞不动，化成一层层不见形的凝胶，逼得如懿的额头沁出一滴滴的冷汗。

良久，皇帝终于说了一声："这样做难免会让人揣测她和朕的关系。先帝生前说过，朕是钮祜禄氏的儿子。"

"皇上当然是太后的儿子，所以追封旁人只能是太嫔或太贵人。臣妾明白皇上心中所苦，只想让皇上舒坦些。"如懿额头的一滴冷汗落下，落在厚厚的赤锦荔枝红地毯上，转瞬不见踪影。

"起来吧。"皇帝淡淡嘱咐，"今儿是你生辰，早些歇息。朕去后殿看看海兰。"说罢，他头也不回，便朝门外走去。

如懿只觉得身心虚弱，整个人都颓败到底了，看着皇帝离去的颀长背影，情不自禁地唤了一声："皇上……"

皇帝的脚在迈出门槛的一瞬骤然收住，头也不回地问道："为什么会向朕提出这样的心愿？"

如懿凄然道："臣妾的姑母是大逆罪人，不容于先帝，也不被允许有任何名分。所以臣妾不希望另一位亲人也如姑母一般，一辈子无声无息，连该得的东西都没有得到。"

皇帝停了一瞬，径自向外走去。走到门外的一刻，他忽然觉得眼角微凉，像有什么不能见人的东西瑟缩在眼角，不肯再流露分毫。他伸手，才发觉有一滴泪凝在自己指尖，在月色柔白之下，恍若冷露无声。

蕊心见皇帝出去，慌慌张张进来道："小主，小主，皇上怎么走了？"

阿箬也打了帘子，像丢了魂似的跑进来道："小主，今儿是您的生辰，皇上怎么去了后殿？皇上他……"

如懿失落地摆摆手："别说了。这里也不用收拾，下去吧。"

阿箬见如懿只留着蕊心，却打发自己离开，便有些赌气，撂下帘子便退下了。

蕊心着急道："小主，您是不是还是说了？"

如懿点点头，戚戚道："该说的，不该说的，我都说了。"

"您这是……"蕊心不敢再说下去。

"皇上身为人子，许多事虽然不说，但总是惦记着生母，想要尽一份人子的孝心。今日拼着让皇上责罚，我也要说出这番心意，皇上若能成全，也便是成全了他自己了。"

蕊心急急道："可是今儿是您的生辰，皇上连宴席都没完就走了，显然是生了大气。您实在是不值啊！"

方才点起的成双红烛一明一灭，晃悠悠的，好像随时都会熄去。窗棂开合的间隙，有风直灌而入，带进殿外夜凉疏冷的潮湿，轻易扑熄了紫铜烛台上明炽的烛火。

黑暗如夜凉，悄无声息地弥漫开来。如懿张了张嘴想要出声，可是无尽的孤独与黑暗堵住了她的嘴，让她除了含着温热的泪，发不出任何声音。

蕊心忙道："小主候着，奴婢去点蜡烛。"

如懿静静道："不必了。你出去吧，我自己静一静。"

皇帝径自走到了延禧宫后殿，众人皆不知生了何种变故，慌不迭跟上，皇帝却都打发了。因没想到皇帝会来，后殿中烛火昏暗，想是海兰也已准备安置了。幽暗的殿阁中，正好掩藏皇帝即将汹涌而出的心事，他很喜欢这恰到好处的昏沉，伸手摸到眼角，将凝在指尖的一滴泪迅速擦去。

皇帝坐在寝殿里，唬得海兰手足无措地站着，不敢靠近。侍女们张罗着端茶倒水，都被皇帝赶了出去。海兰想要伺候皇帝就寝，但看他神色郁郁，也不知从何做起。皇帝揶揄道："怎么？许久没伺候朕，规矩也忘了？"

真是忘了。从潜邸到如今，她伺候皇帝的回数用一双手就数得过来。非得皇后、贵妃、如懿、玉妍、绿筠等人都不能承宠，皇帝也不想去别人那里的时候，皇帝才会想起她。这自然是因为海兰天性不善取悦男子也不喜取悦男子的缘故，另则海兰从前战战兢兢的样子，皇帝也实在不喜，故而彼此都疏远。如今皇帝又是突然丢下如懿来了后殿，海兰只记挂发生了什么事，如懿心境如何，在皇帝跟前更是紧张，替皇帝解开盼带时手也在颤抖："臣妾有罪。可是今日是娴妃姐姐的生辰，您来臣妾这儿……"

皇帝只觉得好笑，反问："有什么不合适么？"

海兰哪敢说不合适，只得分辩："不不不！只是臣妾这里简陋，皇上可要去皇后娘娘那儿？"

皇帝根本不想出延禧宫，在如懿殿阁中又待不下去。可要让他去面对别的嫔妃，贵妃定会多言落井下石，皇后贤惠，可要安慰他也到不了点子上。嘉贵人倒是善解人意，可也难免会好奇追问。还不如保持一点对如懿的距离，又不至离得太远。

海兰笨手笨脚的，解下皇帝的衣裳，又替皇帝脱下靴子，放下帐子伺候了皇帝睡下。自己却万分局促，站也不是，坐也不是，只得胡乱躺下了。皇帝背对着她，整个人埋在湖水蓝锦被里，声音闷闷的："不要和朕说话。只有在你这儿，才没人会烦着朕。"

这就是海兰的好处了，仪贵人出身低见识浅，婉常在是个闷嘴葫芦，海兰的安静却不显得笨拙。

不知过了多久，月色转过朱阁绮户，渐渐西斜。海兰听得皇帝的鼾声，尽量保持着和他身体的距离，小心翼翼起身。叶心在外守夜，听得她动静，还以为是要茶水。海兰却道："收拾下，我睡暖阁里。"

　　叶心闻所未闻，只觉得太匪夷所思，哪有皇帝来睡下，嫔妃自己倒跑出来睡外间了。

　　海兰望了眼黑沉沉的前殿，很是坚持："今儿是姐姐的生辰，我不能伺候皇上。否则我成什么了。"

　　叶心叹口气："可您睡这儿，也没人懂您的心，都以为今夜是您侍寝了。"

　　海兰不作声，默然看着叶心收拾床铺。明月皎皎，唯有她自己知道，她是为了如懿，也为着自己。这种情分，要旁人懂什么。

　　面对叶心疑惑的目光，便只道："我多少年没伺候皇上了？一个人睡惯了，皇上在身边，我也睡不着。"

　　叶心看着海兰，晃了晃头，只得随了她。

　　这一夜的异变很快成了宫中的笑柄。金玉妍见到海兰的时候还忍不住悄声问她："昨儿晚上皇上到你那里的时候，是不是很生气？"

　　海兰忙笑道："嘉贵人一向是知道我的，我见了皇上连头也不敢抬，哪里还敢看皇上是什么脸色。"

　　玉妍笑得神秘："那皇上有没有和你说话解闷儿？你也算不错了，自从住在延禧宫后，皇上去看娴妃，总能有几次顺便去看了你。"

　　海兰的神色谦卑而谨慎，带了上回受辱后怯怯不安的紧张："姐姐还不知道我？笨嘴拙舌的，皇上也不大和我说话。不过是和往常一样罢了。"

　　玉妍似有不信，妩媚清亮的凤眼挑起欲飞："真的和往常一样？"

　　海兰的神情看来诚实而可信："真的。"

　　玉妍似有些气馁，挽着仪贵人的手无趣地离开了。

　　回来后，海兰如实地向如懿说起今日的见闻，如懿只是比着唐代李昭道的《春山行旅图》低头在檀木绣架绷紧的白绢上绣着一幅一模一样的绣品。

海兰道:"外头都闹成这样了,个个巴不得看姐姐的笑话呢,姐姐怎么还沉得住气在绣这个?"

如懿淡淡笑道:"好容易让如意馆①的人找出了这幅图来,不沉住气绣出来,难道还走到外面去让人看是非么?"

海兰仔细看着画卷道:"这幅设色画悬崖峭壁,石磴曲盘。树间苍藤萦绕,行人策骑登山。盘行雄峻山间,树藤蔽人眼,总让人有一种山重水复疑无路之感。"

如懿伸手抚了抚垂落的鬓发:"画也罢了,我最喜欢的是画卷下面配的诗。"如懿轻声吟道,"苍崖悬磴迷层叠,树色阴浓远近间。云光岚影都无迹,倦顿何妨暂息肩。仰瞑渴饮聊伦逸,巨坡平掌心亦安。"

海兰双眸清明,已含了几分懂得的笑意:"巨坡平掌心亦安。难道姐姐已经有了解决之法?"

如懿绣了几针,便停下手取了丝线比了画卷上的浓绿深翠的颜色,一色一色选过去。海兰笑道:"绣这一片山峰上一棵树,就要用几十种绿色,姐姐也不怕挑花了眼?"

如懿指着院中含苞待放的桃花:"你瞧那花骨朵粉盈盈的,映着湖绿的珠绫帘子,可不像乱花渐欲迷人眼?既然如此,咱们只要平心静气,守着自己才不会迷进去了。"

海兰也不多言语,在铜盆里浣净了双手,取过一枚银针道:"既然如此,妹妹也怕外头乱花迷眼,便陪姐姐一起绣吧。"

沉溺在丝线翻飞的日子是过得沉静而迅疾的。仿佛是绣架上理不清的各色丝线,明绿、翠绿、深碧、鹅黄、朱紫、傅粉、虾青、芙红……慢慢地选了在银针的孔眼间穿过,一一绣在了雪白的绢地上,仿佛此身分明,渐渐便也安稳住了心思。

---

① 如意馆:清朝以绘画供奉于皇室的一个服务性机构。在此处也汇集了全国各地的绘画大师、书法家、瓷器大师,进入如意馆也成为被肯定画艺的一个重要表现。

第二十章 得子（上）

自如懿生辰之后，皇帝足有一月没有踏足延禧宫。六宫的绿头牌照例在指间翻落，咸福宫、永和宫、启祥宫、长春宫、钟粹宫、景阳宫，仿佛皇帝到了哪里，就将春意带到了哪里。唯有延禧宫，即便是庭院的桃花开了几朵，也是瘦怯怯的冷胭脂红，花色不繁，艳亦失色，开在渐渐暖起的春风艳阳里，亦是孤瘦伶仃的。

帝妃之间闹得这样厉害，皇后那儿自然也知道了。皇后有心去劝和，一时也不知从哪里劝起。这日玉妍带了侍婢贞淑来长春宫，皇后惦记着皇帝去太庙劳累，便让素练去备些麦冬熬了茶水送去养心殿，好为皇帝去火清凉。

玉妍心中暗叹皇后细心，贞淑偶尔提一句说麦冬下火，她便为皇帝记着了。皇后见了贞淑，想起此事，便夸玉妍："亏得你身边有个贞淑，懂些药理。麦冬常见，既可下火又不靡费，最好不过了。"

玉妍知道这些事最合皇后心意，便试探道："都说皇上火气大，是天气的缘故呢，还是还跟娴妃怄气呢？"

皇后欲言又止，想想还是怪如懿不懂事："娴妃气性大，素来在皇上跟前没什么忌惮。"

玉妍连连称是："臣妾知道皇后娘娘关心皇上，说不得要去劝解。可这件事，谁都别过问为好。"见皇后疑惑,她也明说,"让娴妃得一回教训也好。且不知皇上要如何待她,贸贸然关照娴妃,也怕皇上不悦。"

皇后心里过了几回,想着总要让皇帝发泄了心火才是,更为如懿不驯惹了皇帝生气不满,便也撒手不理了。

如懿和海兰的日子也渐渐不好过起来。一开始是春日里该有的衣裳料子没有送来,她们只得拣旧年的衣裳穿了。幸好皇后还惦记,做主赏了一些,才勉强帮补过去。只是她和海兰的衣裳有了,下人们也顾全不周,难免有了怨声。渐渐地,御膳房送来的吃食也不算新鲜了。时新的菜肴是没有的,几道主菜都是煮过再煮,今天送了来没吃,明天还是这道菜,煮得油汤浓腻,菜都老了,根本不能吃。如懿不能事事回禀了皇后做主,既惹人笑话,又得罪了御膳房,少不得自己拿出银子来贴补着小厨房的膳食,可也是万事不周全。再渐渐地,连送来的月银也不齐全了。阿箬数了数目不对,便朝内务府的主事太监秦立嚷起来:"凭什么咱们的银子不对,也不许嚷嚷?"

秦立年纪不大,却在内务府当差久了,当下冷笑一声道:"延禧宫里住着两位小主,原本开销就大。年下的时候用这个用那个都是内务府自己掏了腰包贴补的银子。如今都春天了,还不把这笔银子补上么?我都算过了,按着这么个扣月银的法子,延禧宫欠下的数目该要到明年这时候才还清呢。"

阿箬气得浑身打战,指着他的鼻子骂道:"延禧宫什么时候要这要那欠内务府的银子了,欠条呢?款项呢?一一拿出来我瞧!"

秦立晃着脑袋笑道:"哪有主子欠了奴才的钱不还的?还亏了是小主娘娘呢,这么拿奴才的银子不当银子,说出去都让人笑话。"

阿箬看他大摇大摆走了,气得说不出话来。进了暖阁见如懿只顾着绣那幅《春山行旅图》,越发气不打一处来,红了眼眶道:"小主您听听,内务府的人就这么作践我们!"

如懿平静地理好丝线,道:"是委屈你们了。银子不够,将我旧年的一些衣裳送出去换些钱,再不济便是我们辛苦些,多做些绣活儿叫小福子他们送出去换钱罢了。"

阿箬想了想道:"宫中哪里不要用银子?奴婢想着,与其这样艰难,看人脸色,小主不如与母家商量……"

话未说完,如懿脸色已经沉了下来:"宫里的难堪事自己知道就成了,还要告诉娘家人要他们担心么?何况乌拉那拉氏不比从前,他们都还指望着我,我怎么还能让他们放心不下?"

阿箬噎得一句话都说不出来,只得讪讪道:"奴婢想着,到底是至亲骨肉……"

如懿摆手道:"就是因为至亲骨肉,我才不能拖累了他们。"

阿箬无言,只得忍了气下去。如懿拈着银针的手沾了一手的冷汗,一阵阵发涩,索性丢开了绣架去浣手。

旁人还能跟着如懿挨日子,小福子第一个熬不住了。

启祥宫里照旧是北族风气浓厚。一色的玉白布置,略做洒金点缀,颇为别致。玉妍倚在堆纱软枕上,娇粉色双绣鸳鸯红莲的鞋底翘着,上头还有一簇闪闪的银叶子沙沙如雨。小福子心里发苦,恨不得此身就在启祥宫伺候才好。

玉妍如葱根的纤指微扬,如蝶翻飞,瓜子仁便灵巧地入了她嫣红的嘴唇。小福子看得发呆,痴痴想着,难怪嘉贵人这般得宠,皇帝这样喜欢,果然人美,做什么都好看。

玉妍听了小福子哭诉,奇道:"延禧宫的日子真那么难过了?"

小福子连连点头,便拿袖子抹眼泪。玉妍使个眼色,贞淑拿过两张薄薄的银票塞给小福子。玉妍很是亲切:"知道你家里十多个兄弟姐妹要养,看你可怜,拿去吧。"

小福子感动至极:"小主怎知道奴才的苦楚?"

贞淑道:"是我与你哥哥小禄子常在御膳房见到,一来二去熟了。听他说起延禧宫的苦况,我便忍不住告诉了小主。小主最是热心,最瞧不得人受苦。"

"要不是没钱,谁舍得家里两兄弟都进宫做阉人?谁知道才进宫就跟了延禧宫那位,三天两头受挫磨,怎么养活一大家子人哪。"小福子简直是怨声载道。

玉妍叹口气,像是触动了情肠:"我最见不得离乡背井受苦的人,别怕,我虽是个贵人，好歹能帮你一点儿。还有，你那在御膳房当差的哥哥，也上点儿心。"

小福子连声答应着，千恩万谢，又道："贵妃虽然叫奴才在延禧宫当着差事，可从不理会奴才，遇了难处，奴才也不敢去求她呀。"

小福子才说完，立刻捂了嘴睁大了眼，深悔口快说漏了嘴。玉妍先是一怔，但那神色很快消逝不见，她的笑容越堆越深，如烈日下的玫瑰，娇艳不可直视："我向来跟贵妃要好，你为她办事，和为我办事有什么区别。贵妃顾不到的，我多顾着你就是了。那么……你哥哥也……"

小福子慌忙摆手："不，不……"他见玉妍艳光迫人，又如此和气，怎么也无法对着她说出半句谎话来。他踌躇半日，低头讷讷如蚊，"是，是……"

玉妍微笑着，腰肢越来越直。"你很好。起来吧。"她慢慢倾向了小福子三分，"你知道贵妃最爱多心了。我赏你的那份，不必告诉贵妃知道。就当是我怜惜你们一家子的一片心。"

那日正是黄昏，斜晖落进殿里，被重重绣帷掩映，那光影便散碎了。惢心倒是一声言语都没有，捧过两盏白纱笼的掐丝珐琅桌灯放在绣架旁，安静伺候了道："小主，奴婢方才整理衣裳，找出几匹旧年的料子，花样是不时兴了，但料子却是极好的，不如先裁了给底下人做了春衫，也免得宫里先闹起来。"

如懿道："也好。只是我另外交代你的事，你都做了么？"

惢心轻声道："大阿哥那儿，奴婢知道那些嬷嬷靠不住，所以按小主的吩咐，隔几天就悄悄送些吃食去，避开人给了大阿哥。"

"那就好。我能顾上的也就只有这些了。"如懿拿清水浇了手，无奈道，"原是我鲁莽了，兵行险招，连累了你们。"

惢心淡淡笑道："在这宫里，起起伏伏也是寻常的。旁人看低了咱们，是他们眼力不够罢了。"

如懿摇头，颇为感慨："旁人也罢了，偏偏阿箬也这么沉不住气……"

两人正说着话，三宝打了帘子进来道："小主，奴才刚在外头长街上碰到李玉,他正要去传旨呢,倒是件新鲜事。"

如懿道:"什么?"

三宝道:"皇上不知怎么心血来潮了,说是禀明了皇太后,要替先帝留下的太妃们加以封赏。"

如懿一时没反应过来,便问:"说仔细些,是什么?"

三宝不想如懿这般有兴致,便细细说道:"皇上前几日去太庙祭祖,回来便伤感得很,对太后说未曾好好尽孝道。太后宽慰了皇上几句,皇上便说,当以天下养太后,又增加了寿康宫太妃太嫔们的月银份例。另外,皇上也想追封先帝已故的嫔妃,一同迁入妃陵,与先帝做伴。"

如懿压在心头数十天的大石骤然间四散如沙,松了开来。她忍不住会心一笑:"先帝驾崩,到了地下自然不能没有人陪着侍奉。妃陵里陪葬的人太少,也不像样子。皇上这样的孝心,皇太后自然没有不答应的。"

三宝笑道:"小主远见,太后也是这样说的。所以先是将先帝已故的敦肃皇贵妃从葬泰陵,然后是从前殁了的几位在圆明园和热河行宫伺候的贵人、常在、答应或是侍奉过先帝的官女子,一律追封了太嫔,也迁往泰陵陪着了。"

如懿的心上泛起无声的喜悦,渐渐地迷了眼睛,成了眼底薄薄的泪花。惢心忙递上绢子,见机道:"小主绣花看累了眼睛,快歇歇吧。三宝,你也下去吧。"

三宝答应着退下了,如懿不由得喜极而泣:"皇上这么做了,他还是这么做了。"眼泪是热的,从眼底落到面颊上,那种温热的湿润,提醒着皇帝的在意与孝心。她的高兴是掺着凄楚与欣慰的。这么多年,皇帝避讳着自己的身世,心里何尝不是也如常人一般记挂着自己的生母?她心里知道,至此,哪怕是身份未明,有了追封,到底是了却了皇帝的一桩心事。这么多年他的心事,也渐渐成了她的心事。此刻心愿成真,也是欣慰万分。

惢心笑逐颜开,忍不住带了欣慰的泪:"小主,皇上遂了您的意思。皇上他……他很快就要来了。"

这心思皇帝动了很久，本还在犹豫，真下了决心，却是因为李玉的无心之言。太庙回来皇帝就一直上火红着眼睛，连着好几日没见嫔妃，饮食也不痛快，唯有皇后送来的麦冬茶，喝着倒很合口味。皇帝想着天快热了，随口吩咐李玉给各宫都备上。

李玉答应着道："那奴才得问一声内务府，若是不足，少不得哪个宫里先短着。"

皇帝听说宫里有东西不足的，便追问了两句。李玉便笑："宫里拜高踩低的人多了，内务府办事，一向都尽着得宠的小主们来，其余的难免短些。要是碰上谁失宠，那就顾不上了。"

这倒是实情，有人处便有这样的势利。李玉本是奴才堆里混出来的，见惯了失势的人被欺负，不论宫女太监，嫔妃们也一样。便也顺着皇帝的话头多说了两句。

皇帝心下伤感，道："得过一夕宠幸又被皇帝抛诸脑后视为羞耻的女子，过得更凄惨。"

李玉忙应承道："白头宫女最凄凉。"

是啊。所以如懿会体会李氏的处境，明白皇帝的心情，才会对皇帝那样提议吧。还是因为景仁宫也是如此遭遇，如懿才会由此及彼。说来，他与她算是天涯沦落人，才会那么懂得与明白。

于是就有了这一道恩旨。

太后也是人老成精，看得通透，见福珈为自己担忧，便拔了一支长簪逗着架子上的鸟儿，鸟儿惊叫起来。

太后一笑，丢下了簪子，语中却冷冰冰的："皇帝说要厚养哀家尽孝，要增添寿康宫太妃们的份例，要追封受过先帝恩眷的嫔妃们。拐着弯儿不过是为了李金桂的一点儿死后哀荣。"

福珈皱眉："有人说娴妃提议过皇上什么，但提了什么却也不清楚。"

太后自然猜到娴妃骤然失宠，怕就是因为她和皇帝亲近，知道他时常思念生母，所以提了追封之事。却不想皇帝最要脸面，哪肯承认这种丑事？这才闹了起来。可皇帝最终还是听了娴妃的,那以后娴妃会更得宠了。可那又如何?太后心里暗笑,皇帝永远都不敢光明正大地追封李金桂为太后,更不敢对着世人承认他的生母卑贱。皇帝要安慰自己的孝心,要尽点心意,只是追封一个太嫔,那就成全他。可娴妃……一直以为她识时务了,可以看重可以饶恕,却也疏忽了她是乌拉那拉氏的后人,不会和自己一条心。这次的事,可以容皇帝的孝心,却容不下娴妃的挑唆。

福珈摇头:"难怪娴妃失宠了。"

太后冷冷一笑:"无论她失宠得宠,都是后宫女人的眼中钉。以后少不了有人挫磨为难她,咱们便让她好好得些教训,无须理会。"

福珈颔首:"所以说啊,娴妃认不清后宫真正的主子,一味想讨好皇上,失了您的欢心,真是不上算。"

话虽这么说,都以为皇帝很快又会去看娴妃,如旧宠爱。

然而,皇帝并没有到延禧宫中来。虽然日常朝见总也有见到的时候,皇帝也只是淡淡地和如懿说几句话,和对其他人并无两样。如懿虽然心焦,却也不知是何故。几次召了李玉来问,饶是聪明如李玉,也是说不上缘故来。如懿心知情急也是无用,只得勉强度日。依稀听闻着,皇帝又新纳了一个宫女为答应,已经封了秀答应,住在仪贵人的景阳宫里。即便如此,玫常在却依旧得宠,虽然皇帝有了新人,也半分分不去她的宠爱。这样的事,如懿听在心里,不免有些难过。她也才十九岁,年华正好的时候,旁人是"喜入秋波娇欲溜",自己偏是"玉枕春寒郎知否?①"只能眼睁睁看着皇帝的宠爱,谢了荼蘼春事休。平淡的日子里唯一安慰的,是海兰,常来与她做伴,从晨到晚,也不厌倦。再来,便是纯嫔了,虽然她的宠幸也淡薄,但好歹有个阿哥,明里暗里也能帮着如懿些。

再见到皇帝的时候已经是在五月里了,如懿清楚地记得,那一日下着微蒙的小雨,雨色青青的,隐隐能闻得雨气中的庭院架上满院的荼蘼香。如懿

---

① 出自宋代李祁《青玉案·绿琐窗纱明月透》。

叹口气，手中的《春山行旅图》绣了大半，自己还在群山掩映中迷惑，春日却是将尽了。

来传旨的是皇帝跟前的李玉，他打了千儿喜滋滋道："传皇上的口谕，请娴妃娘娘速往皇后宫中见驾。"

如懿忙起身道："这个时候急急传本宫去，李公公可知道是什么事么？"

李玉忙道："奴才也不知道。只是王公公和奴才是一同出来的，他去了咸福宫，传了一样的口谕给慧贵妃娘娘。小主，您赶紧着吧，辇轿已经在外头候着了。"

如懿立刻更衣梳妆，出门的时候雨丝一扑上脸，才觉得那雨早无凉意，带着甜沁沁的花香和暑气将来的温热。

到了长春宫中，莲心已经掀了帘子在一边候着，见了如懿便笑道："娴妃娘娘来了，贵妃娘娘也刚到呢。"

如懿见慧贵妃与皇后一左一右伴在皇帝身边，似在说笑着什么，极为融洽。这样家常热闹的场景，她与皇帝之间却是许久未见了，不觉眼中一热，低头进来——见过。

皇帝向她招了招手，让她坐下，道："这么急过来，没淋着雨吧？"

如懿随口答应了。慧贵妃娇俏笑道："上次在皇上宫里看到一顶遮雨的蓑衣，臣妾可喜欢了，皇上赏了臣妾吧。"

皇帝失笑道："那是外头得来的，说是民间避雨的器具。还是你父亲高斌找来的玩意儿，谁知他这样偏心，竟没留一件给你。"

慧贵妃噘了樱唇道："父亲是最偏心了，眼里只有皇上，没有女儿。"她本穿了一身樱色挑银线玉簪花夹衣，外面套着薄薄的淡粉色琵琶襟洒金点小坎肩，显得格外娇艳欲滴。领口上的白玉流苏蝴蝶佩随着她一颦一笑，晃得如白雪珠子一般。

皇帝笑道："你父亲偏心朕，朕就偏心你了。你既喜欢，便拿去吧，只一样，不许戴了各处逛去。"

慧贵妃含笑谢了，瞥了如懿一眼，得意扬扬地取了一粒香药李子吃了。

皇帝正色道："今儿这么急着叫你们到皇后宫里来，是有件事与你们商量。"

众人答了"是"，皇帝又道："今儿朕查问永璜的功课，见他瘦是瘦了些，但换了身新衣裳倒也精神。谁知朕才命他写了几个字，那孩子却不太争气，只盯着朕案上的瓜果心不在焉的。"

皇后微微一凛，忙起身道："皇上切勿怪罪。永璜年纪还小，读书写字的时候分心也是有的，臣妾一定会让师傅好好管教约束，这样的事定不会再有了。"

皇帝慢慢啜了口茶道："朕原也这么想着，孩子年幼贪玩总是有的。可是朕看他写字的时候翻出袖口来，手臂上竟带了伤。再三问了，才知道是今天永璜在御花园玩耍的时候在假山上磕的。"他的脸色沉了一沉，旋即又平静道，"可是伺候永璜的几十个人，竟没有一个是知道的。"

慧贵妃"哎哟"一声，便道："那奴才们也太不小心了，既替永璜换衣裳，怎会看不见伤痕？要么是太粗心，要么那衣裳根本就不是他们替永璜换的。"

贵妃说完，皇后便默默横了她一眼，偏偏贵妃尚未察觉，全落到了如懿眼里。如懿不动声色地取了片芙蓉糕慢慢吃了，只见皇帝颔首道："贵妃这话不错。因为朕发觉，永璜外头的新衣裳是临时套上的，里头的衣裳怕是穿了三四日都没换了，油渍子都发黑了。"

皇后满心愧疚和不安："都怪臣妾不好，永璜身边的嬷嬷们裁撤过又补上，新来的奴才疏懒，臣妾一定责罚他们。"

皇帝冷冷道："那些奴才朕自会发落。你也不是没用心，是底下人欺负永璜是没娘的孩子罢了。所以朕想来想去，还是得给永璜寻个能照顾他的额娘。"

皇后一怔，尚未反应过来，慧贵妃已经满面含笑："皇上，臣妾膝下无子，长日寂寞。还请皇上成全臣妾一片盼子之心，将永璜交给臣妾抚养吧。臣妾一定会恪尽为母之责，尽心照料。"

皇帝看了眼如懿，慢慢道："娴妃可有这样的心思？"

如懿微一寻思，便含笑道："皇上若放心，臣妾万分欣喜。"

皇后道："既然贵妃和娴妃都喜欢永璜，皇上的意思是……"皇后沉静一笑，

"其实臣妾好歹生养过,若皇上放心的话……"

皇帝叹口气道:"你们都喜欢孩子,这个朕知道。可是也得孩子与你们投缘才好。朕已经让人把永璜带来了,他愿意选谁为养母,谁有这个福气得了朕的大阿哥为子,让永璜自己决定。"

说着便有人带了永璜进来。永璜已经八岁了,身量虽比同龄的孩子高些,却显得瘦伶伶的,面色也有些发黄,总像是没什么精神。如懿见他虽低着头,却有一分这个年纪的孩子所没有的对于世事的了然。

皇帝温和地招手,示意永璜走近,一指众后妃,慈爱地向他道:"永璜,这是你皇额娘、慧娘娘和娴娘娘。你告诉皇阿玛,你喜欢她们谁做你的额娘?"

永璜逐一看她们,片刻道:"皇阿玛,儿子有额娘。儿子的额娘是富察诸瑛,皇阿玛的哲妃。"

皇帝怜爱地抚抚他的头发:"好孩子,你额娘去了,但谁也替不了你的额娘,皇阿玛只想找个人好好照顾你,像你额娘一样疼你。"

永璜懂事地点点头,伸手按了按肚子,贵妃轻笑出声,伸出双手作势要抱他:"永璜,来,来慧娘娘这边!让慧娘娘抱抱你。"

如懿也微笑着,取过一块芙蓉酥道:"好孩子,先吃点东西再过去吧。"

永璜左看看右看看,忽而一笑,取过芙蓉酥扑进如懿怀中,只看着她不说话。

慧贵妃神色一黯,似是无限失落,便有些懒懒的。皇后倒是和颜悦色,展颜对如懿笑道:"恭喜娴妃了,喜得贵子。"

如懿把着永璜的手,喂他吃了芙蓉酥,又赶紧拿水防他呛着,方笑道:"皇上若放心将孩子交给臣妾抚养,就是臣妾的福气了。"

皇帝的目光温煦如春阳:"这种母子的缘分是前世修来的,永璜既选了你,以后你便是他的额娘了。"

慧贵妃犹自有些不服气:"皇上,永璜只是喜欢那块芙蓉酥才过去的。这样不算,您让永璜再选一次,臣妾也拿块糕点在手里。"

皇帝的目光柔和得如潺湲的春水:"好了。你身子不大好,受不住孩子的顽皮。何况你常要陪着朕,娴妃比你清闲许多,永璜由娴妃照料也是好的。"

如懿原本这两个月受足了委屈,听得皇帝这句话,心下一动,仿佛是明白了什么。她仰起头,对上皇帝的目光,不觉也含了温煦清湛的愉悦。①

慧贵妃陪着皇帝出了长春宫的大门,眼见了皇帝的仪仗迤逦而去,才露出沮丧的神情,悻悻道:"求了皇上这么多次,终于眼见要成事了,谁想便宜了娴妃!那可是皇上的长子啊。"

茉心忙劝道:"小主别生气。也就是个庶长子!"

慧贵妃恼道:"长子的身份有多贵重,原本我和娴妃都没孩子。如今她骤然得子,不是要越过我去?我迟早得抢回永璜来!"

茉心扶着贵妃的手慢慢走着道:"您别急,娴妃不得宠,迟早大阿哥看明白了,会知道跟着您有多大的好处。再说了,咱们还有小福子这个眼线帮忙盯着呢。"她说着下意识地掩住了口,四下里看了看。

慧贵妃抿了抿唇,低声道:"就是一个没福气的孩子。本宫的位分比娴妃高多了,恩宠也多多了,他偏喜欢去那冷窝儿,那就随他去!"

茉心忙赔笑道:"可不是!小主急什么?您自会生下高贵的孩子!"

慧贵妃无限企盼地将手搭在了自己尚且平坦的小腹上,露出几分期许的笑容,步伐放得越发慢了。

皇后看了众人散去,手上微一用力,一双玛瑙缠丝镯敲在紫檀桌上发出清脆欲裂的响声。素练忙笑着捧过一碗燕窝来递到皇后手中,轻声道:"娘娘,这燕窝平肝理气的,您喝一点儿吧。"

皇后重重搁下碗,道:"去撷芳殿狠狠掌那帮奴才的嘴!连大阿哥也照顾不好,惹出这样的事端!"

素练忙赔笑答应了。

皇后郁郁着:"永璜受委屈,皇上难免怪罪本宫这个嫡母不上心。本宫是不

---

① 故事原型参考自《宋史》"伯琮认母"。

喜欢哲妃，也不喜欢永璜好胜，可本宫自问尽到嫡母的职责，并未苛待他分毫。"

素练的语气十分不安："都是那些奴才们的不是，坏了娘娘的好意。不过娘娘，大阿哥没娘的时候就仗着长子的身份想拔尖儿。如今跟了娴妃，岂非心更大了。"

皇后实在想不明白："唉，皇上明明冷落了娴妃，为何还要把永璜给了她？"

素练索性将揣测全部倒出："会不会平时大阿哥已经和娴妃勾结了，所以才和她亲近？奴婢也是揣测。娴妃一直没有孩子，她养了大阿哥，可不像当年太后抚养皇上一般，想着母凭子贵。"

皇后又惊又疑，触动当年选福晋的旧事，又想着如懿的姑母如何心狠有算计，难道如懿真有心算计自己的皇后之位？

素练的话一句句敲打在皇后心上："只怕收了大阿哥，她还想算计二阿哥的太子之位呢。娴妃失宠多口还能捞到一个儿子，那可是庶长子啊。这番心计谁比得上。"

不！谁也别想算计她的儿子！永琏，永琏是唯一的嫡子，继续大清江山的希望，也是富察氏所有的期盼和未来。

皇后咬着嘴唇，深悔自己轻视了如懿，以为她没了景仁宫的依靠，就翻不出天去。可永璜已经送去了延禧宫……

皇后懊恼地摇头："来不及了。"

素练连忙道："来得及。伺候大阿哥的奴才是要发落，但要紧的奶娘乳母是跟过去的，咱们好歹也能知道情形。"

皇后心念一动，还在犹豫，素练追了一句："娘娘放心，老夫人千叮万嘱，一切都有奴婢，您无须劳心。"

幸好有素练！皇后闭上眼睛，这个贴心侍女，跟了自己这么多年，一切都是为了自己。

皇后优美的下颌有了微不可见的弧度，素练一喜，知道皇后终于允准了，立刻抽身去办事。

皇后起身往寝殿走去，唯有裙幅的摆动恍若天际的云霞浮动，余下华光曳然。

第二十一章 得子（下）

永璜跟着如懿到了延禧宫，犹是有些怯怯的。如懿只留了蕊心在身边，亲手取了一套干净衣裳替他换上，又打了水仔仔细细擦了脸和手，方才温声怜惜道："永璜，你已经到了延禧宫，不必再害怕了。"

永璜用力点点头："只要离开撷芳殿，我就不怕了。"

如懿示意蕊心取过架子上的白药粉，自己轻轻地替永璜擦在伤口上："在假山上擦得疼不疼？"

永璜摇摇头："不疼。"

如懿抚着他的手臂，轻轻地吹着："傻孩子，怎么会不疼呢？"

永璜露出一丝顽皮的笑意："我自己撞的，当然不算疼。而且我不说，谁知道我擦伤了呢？"他低下头有些伤感，"嬷嬷们和乳母都不管我。"

如懿柔声道："就是因为她们不管你，你才要管自己。娴娘娘也是没有办法，才让蕊心姑姑给你想了这么个主意。"

永璜乖巧地点点头："您讲的我都知道。要不是您让蕊心姑姑总给我送吃食，她们给我吃得太少了，我每天都饿得肚子疼。您是要救我，我心里都明白。"

如懿搂住他，也不觉带了几分伤感的泪意："好孩子，就因为你明白，我才更心疼你。别的孩子在你这个岁数天天无忧无虑的，偏你要懂得这些，我实在是不忍心。"

永璜伸出小手替她擦了擦欲落的泪,小声地说:"娴娘娘,您别哭,别哭。"

这样温软的小手,碰在脸上有柔软的触感,好像是能抚平一切忧伤的良药。如懿欢喜道:"永璜,有你在,我便高兴多了。"

永璜笑着露出并不整齐的牙齿:"我来这儿,您高兴,我也高兴,所以我是不会选慧娘娘的。"

如懿柔婉笑道:"你若叫不惯我额娘,也可以叫我娴娘娘,反正都一样。你的亲额娘是哲妃,但我会像待亲生孩子一样待你好。"

永璜睁大了乌圆的眼珠看着她,轻轻点了点头:"娴娘娘,我选您是因为您待我好。那么您为什么要选我?"

如懿静静地看着他,这个孤苦伶仃失去母亲庇护的孩子,他的天真顽皮之下有着与年龄不符的思量和远虑。如懿亦不瞒他:"因为我孤零零的没有孩子,永璜孤零零的没有额娘。我们都是孤零零的,所以要彼此靠在一起。就好像冬天的时候,两个不暖和的人靠在一起,就暖和了。"

永璜若有所思地点点头:"我知道,我想暖暖和和的,您也是。所以今天皇阿玛让我选,我便选了您。"他低声道,"从前额娘还在时慧娘娘从不理我。今天哪怕她要我,说喜欢我,我也不信。我猜想着她才不是真心待我好,她是看上了我长子的身份。我被嬷嬷们慢待,多半也是我长子的身份才被人猜忌为难。"

如懿含笑道:"真是好孩子,我说的你都明白。"

"我是宫里的孩子,必须什么都明白。我听额娘说过,皇阿玛原本选了您为嫡福晋,您本该是我的嫡母,可临了换了人。"永璜的天真里闪过一丝慧黠,"我额娘说当年皇额娘从母族寻人帮她分宠,全然不问我额娘自己愿不愿意。所以额娘生下我之后,偏不愿意听皇额娘的。额娘还告诉我,做人要靠自己,不能像她一样因为出身低些就被皇额娘摆布。"

"原来还有这个缘故。"如懿笑了。

两人正说着话,却听阿箬在外道:"小主,海常在过来了。"

如懿忙让了海兰进来，海兰一进来便笑意盈然，道："听说姐姐新得了个儿子，恭喜姐姐了。"

如懿笑道："是大喜。谁也不承想皇上突然召了我去，原是有这样的福气等着我。"

海兰让叶心抱过两匹青缎道："我那儿也没什么太好的东西，寻了两匹缎子出来，给大阿哥做件衣裳。"

如懿眨一眨眼，永璜便明白了："多谢海娘娘。"

海兰笑着道："真是个懂事的孩子。难怪大家都喜欢你。"

如懿笑吟吟道："这么喜欢孩子，就该自己赶紧生一个了。"

海兰唇边的笑容骤然凝住了，像是一朵骤然遇到了严霜的花朵。片刻，她黯然道："我若有了孩子，也不能自己抚养。连纯嫔这样高的位分都逃不脱这些苦楚，我还能怎么样？与其到时母子生离，还不如一个人清静些。"她勉强一笑，"何况皇上如今这个样子，我哪里能指望自己有身孕呢。"

如懿被她无声的感伤蕴染，勉强笑着搂过永璜道："幸好如今有永璜在，日子也好过些。"

海兰稍稍欣慰："也是。有个阿哥在身边，论谁也不敢随意欺负你了。"

正说着，外头忽然热闹起来。如懿隔着霞影纱往外一看，却是内务府的主事太监秦立带着一位乳母并十几个太监捧着抱着一堆东西来了。

阿箬在外冷嘲热讽道："哎哟！哪阵风把秦公公招来了，这么多人和东西，是做什么呀？"

秦立满脸堆笑，恨不得眼缝里也挤出笑意来："皇上说了，娴妃娘娘有了大阿哥，宫里得多添置些东西。这不，内务府赶紧给挑了上好的东西来了呢。"他说罢便探头，"娴妃娘娘和大阿哥呢，我去请个安。"

阿箬伸手一拦，不客气道："可不敢让你进，你可是咱们延禧宫的债主，欠着你千儿八百两银子呢。咱们得找个神位把您供起来才好。"

秦立有些难堪，讪讪地赔笑："阿箬姑娘，那天是我喝醉了说胡话呢，姐姐您别往心里去！"

阿箬叉着腰嚷嚷道："姐姐，谁是你姐姐？我是你姑奶奶，由着你克扣延禧宫到今天！你去回皇上的话，这些东西咱们不敢收，全当是还给你秦公公的债务！我还要去内务府找总管大人问一问，有没有欠条写着的，我要拿去请皇上瞧瞧。"

　　秦立吓得脸都白了，连连作揖打躬地告饶："姑奶奶，好姑奶奶，您饶了我吧。我那是犯浑胡说，您看，这两个月内务府欠了延禧宫的东西，奴才我足足加了倍才敢来的。还请姑奶奶笑纳了。"

　　惢心听着阿箬为难他们，正想出去劝，如懿摆摆手，轻声道："内务府的人狗眼看人低，由着阿箬闹一闹也好。咱们听着别过分就是。"

　　海兰笑道："可不是，这两个月咱们真是委屈够了。"

　　秦立讨饶了许久，阿箬才消停了些，由着他一一说了拿来的东西，殷勤地在一旁奉承。

　　秦立道："原先伺候大阿哥的人都被皇上打发了，这是大阿哥从小的乳母苏嬷嬷，所以留了下来在延禧宫跟着照顾大阿哥。"

　　旁人听得这一声还好，大阿哥不自觉地打了个激灵，往如懿怀里缩了缩。

　　如懿即刻明白："她是你的乳母，却待你不好，是不是？"

　　永璜低头片刻，眼里噙着泪花道："我想不明白，别的奴才也罢了，苏嬷嬷跟着我那么久，为什么也这么待我了？饿着我，冻着我。"

　　如懿低低道："人心会为了利益变，只有亲情才是不变的。"她拉过永璜的手，"走，我也去看看，你的乳母是个什么人物？"

　　如懿牵了永璜从暖阁走到正殿坐下，只见一个三十多岁的妇人从人群后走出来，见了永璜便喜笑颜开，伸手扑过来："我的好阿哥，原来你先来了，叫嬷嬷我好找呢！"

　　惢心蹙眉道："你是什么人，当这儿什么地方，见了娴妃娘娘居然这般不尊重。"

　　苏嬷嬷吓了一跳，打量了如懿两眼，忙赔笑道："娴妃娘娘万福，奴婢是永璜的乳母苏嬷嬷。"

如懿当下皱眉道:"永璜这个名字也是你叫得的吗?没上没下的!"

苏嬷嬷怔了一怔,不情不愿地改口道:"是,是大阿哥。"

如懿听她改口改得快,便也罢了,淡淡道:"你照顾大阿哥多年,以后还是辛苦你了。"

苏嬷嬷满口笑道:"大阿哥自幼是奴婢奶大的,什么都听奴婢的。日后娴妃娘娘若要管教大阿哥,一切都跟奴婢说就是了。"

如懿知苏嬷嬷是永璜的乳母,自幼带着他的,如今看她这般倨傲,倚老卖老,也不觉含了怒气:"你若能管教大阿哥,就不会连大阿哥衣食不周受了伤都不知道。你仔细告诉本宫,去年冬天大阿哥两次着了风寒,是为什么?又为什么绵延两月都未痊愈?若不是你们这帮奴才懈怠,大阿哥会这般可怜!"

苏嬷嬷倚仗着自己的身份,便倔强道:"大阿哥着了风寒自是他自己贪玩不爱多穿衣裳,又不肯好好吃药。奴婢虽然贴身照顾,但哪里能时时刻刻都照顾到?"

永璜倚在如懿身边,神色凄苦而畏惧,轻轻摇了摇头:"母亲,不是这样的。"

如懿突然一怔:"永璜,你叫我什么?"

永璜的声音虽轻,却极坚定,他重复了一声,望着如懿的眼睛唤道:"母亲。"

如懿心底一软,像是婴儿的手轻软拂过心上,那样暖着心口。她攥紧了永璜的手,为了这一声"母亲",从未有人唤过她"母亲",做任何事情,她都能豁得出去。

苏嬷嬷嚷起来:"大阿哥,您虽然是主子,可说话不能这么没良心,您可是喝着奴婢的血吃着奴婢的肉长大的,您可不能睁眼说瞎话!您……"

如懿心思一沉,将手里的茶盏重重一搁,碧绿的茶汤立刻泼了出来,如懿厉声道:"三宝,小福子!把这个藐视主上的刁奴拖出去,立刻给本宫杖打三十,打完赶出宫去!不许她再伺候大阿哥!"

三宝立刻答应了一声,伸手和小福子拖她出去。

如懿又道:"行刑的时候让所有宫人都到院子里给本宫看着,看看背叛主上欺凌主上是什么下场!"

那苏嬷嬷刚被拖出去的时候口中犹自乱嚷,杖板落了几下下去,便只剩下呜呜的讨饶声。如懿拉着永璜的手站在廊下,看着血红的杖板一杖一杖用力落下去,沉声道:"永璜,别怕!你就看着,看着那些欺负你的人怎么败在你的手下,受他们应受的责罚!"

打到二十杖的时候,苏嬷嬷渐渐没了声气,只剩下低低的呜咽声。血渍染红了她的衣裳,每一杖下去,都溅起鲜红的血点子。永璜看得有些怕,晃了晃如懿的手道:"母亲,还要打么?"

如懿的声音平稳得没有一丝波澜,紧紧拥着永璜道:"永璜,你记着,一个人做了什么因,就要承担什么果。他们欺负你的时候,就该知道这个。所以现在哪怕她受不住被打死了,那也是她自己的恶果。明白了么?"

永璜点点头,乌黑的眸闪过一丝沉稳与坚毅,默默站在如懿身边,一直到行刑完毕。

如懿见他们拖了苏嬷嬷出去,地上只留下一摊暗红的血迹,拖出了老远,方才朗声道:"你们都记好了,大阿哥从此之后就是本宫的养子,也是本宫唯一的儿子。谁要敢轻慢了他,就是轻慢了本宫,苏嬷嬷就是个例子!"

众人响亮地答应了一声。

海兰带了一缕赞许的笑意,低声在她耳边道:"我最喜欢看姐姐这个样子,看着姐姐,我便什么都不怕。"

秦立守在一旁,一脸畏惧害怕,终于撑不住扑通跪下,求道:"娴妃娘娘饶命,娴妃娘娘饶命!奴才知错了啊。"

如懿冷笑一声,将一匹腐绸丢在他跟前。秦立吓得一身冷汗伏在地上爬不起来。

阿箬道:"这儿有奴婢呢,小主进去歇息吧。"

如懿点头,带了永璜与海兰进去。

阿箬往中间一立,喝道:"这是你送来延禧宫的绸缎,里头都腐了。你拿着这个上吊去，咱们小主就饶了你。"

秦立哪敢回嘴，吓得腿肚子哆嗦。阿箬见秦立害怕，越发得意，刚想再奚落几句，听了听里头如懿动静，怕她又怪自己刁蛮，便道："腐绸吊不死人。三宝，将秦公公送来的残羹冷炙拿来，咱们看他在这儿吃完了，也叫他长个记性。"

秦立无可奈何，看着三宝端来几碟残羹冷炙，看一眼眼睛就闭上了。

三宝啐了一口，大为泄恨："叫你给咱们吃这个，也该你自己尝尝。"

秦立无可奈何，低着头边吃边恶心。

阿箬撇嘴道："小主没去皇上跟前告状，皇上没要你的命，你就偷乐吧。"

秦立享受惯了，受不住那气味，哇地吐了出来，苦着脸道："我这双狗眼，不该看低了娴妃娘娘哇。"

这一发落，很快六宫里都知道了。长春宫里，玉妍头一个赶了过来，陪着皇后说话。玉妍陪在皇后下首，替她拿晒干的莲子用小石杵研磨成粉，她的话随着小石杵一下一下似砸在心上："打了苏嬷嬷，惩治了秦立。这才像乌拉那拉氏的女儿啊，忍不住要露出尾巴来。"她看皇后心事颇沉，"臣妾想，既然大阿哥已经给了娴妃，那就只能从娴妃着手了。若是大阿哥能离了延禧宫，无论是回撷芳殿还是另选养母，都比跟着娴妃好哇。"

皇后看着玉妍艳红欲滴的嘴皮翻飞着，愈发不顺心，别过了脸。

玉妍还在唠叨："娴妃连长子都能抢去，臣妾真是打心眼里怕她。您是敦厚人，哪比得上娴妃会算计？臣妾怕您吃亏。"

皇后默默片刻后说："她家世没落，倒还好些。"

殿阁里极安静，唯独玉妍的动作夹着闷闷的声音。许是动作重了，玉妍"哎呀"一声，小指上养得寸把长的指甲连根断了。玉妍正要告罪，皇后摆手示意她罢了。

玉妍觑着皇后神色，叹道："偏是这样的人才会拼了命地去争宠夺利。"

天气渐渐暖和起来，向晚时分，斜阳带着妖艳的暗红，烘得满院带着热气。皇后却只觉得背心发凉，再去猜测皇帝的心思，却怎么也猜不明白。到底不是日日陪伴在皇帝近侧,许多事,皇后也迷怔了。

玉妍见皇后神色不好看,忙转了话头:"臣妾听说,皇上身边的王钦总打着娘娘宫女的主意,不知是素练还是莲心呢?"

皇后想起王钦垂涎着的脸就心生不悦:"你也看出来了?王钦寡廉鲜耻。"

玉妍拿着小剪子修好断了的指甲,慢悠悠地将一根素银镂花护甲戴上,端详着满意了才道:"王钦贪财,拿银子笼络他,这样的事谁都能做。若是他肯安心做了娘娘的眼睛和耳朵,娘娘也不必这么悬心了。"

皇后不是不知道这好处,可到底是将宫女配给太监对食,太伤阴骘。

玉妍说来却是满口的好处:"这种事前明宫里多了去。虽说本朝宫女们到了年纪会放出去,可私下里相好的宫女太监也不是没有。娘娘愿意给王钦恩典,赏他一个宫女做妻房就是了。"

皇后有了一丝心动:"若论贴心能干,总是素练。她跟了王钦,本宫更放心。"

话是如此,可自己少不得素练在侧不说,素练到底已过三十,年纪不小了。若是拢不住王钦的心,反而弄巧成拙。而莲心,却是年轻有姿色。这,倒是费斟酌了。

玉妍笑吟吟道:"那些宫女儿仗着年轻漂亮,谁不想和玫常在一样飞上枝头。仪贵人从前就是娘娘的侍女,哲妃还是您的族姐。荣华富贵前头,几个人不想往上爬呢。"

这话,分明叫皇后想起了旧事。玫常在、仪贵人都是侍女出身,哲妃也是自己的族姐,出身低微或是与自己亲近,都更有机会接近皇帝,争取荣宠。这么说来,的确是素练在自己身边更稳当。

皇后看玉妍,玉妍也点头:"或许莲心比素练更适合配给王钦。"

皇后不肯再顺这个话头说下去,玉妍也知趣告退。直到了门口,素练含泪送出来,满面感激,不住口地向玉妍道谢。刚才她们的话素练是听见了。

玉妍自然愿意卖这个好,甩了甩手里的秋香色帕子:"我是可怜你对皇后的一片忠心,才为你说话。一直都是你替皇后费心,还是赶紧去把苏嬷嬷的首尾了干净要紧,别扯出你来。"

素练答应着:"娘娘仁慈,许多事顶多心里不喜欢,却从来不肯出手收拾。这么久以来都是您帮衬奴婢,奴婢感恩不尽。"

二人说了一番体己话,便也离开了。

当晚宫人们便收拾了东配殿出来给大阿哥住下。如懿亲去看了,三间阔朗的屋子明光敞亮,朝向亦好。因着是男孩子住,收拾得格外疏朗。一间卧房,一间书房,一间休息玩耍的地方。每日的膳食若不在读书的书房里用,便是跟着如懿。伺候大阿哥的人全是新挑上来的,如懿一一盘查了底细干净,才许照顾着。如此忙了大半日,无一不妥当。延禧宫上下也因为新得了一个阿哥,皇帝又赏赐不断,知道是时来运转了,高兴得跟过节似的。

晚上如懿陪着永璜用了晚膳,皆是小厨房做的时新菜式,因永璜正在换牙,煮得格外软和些。又因永璜半饥半饱了许久,为了调养胃口,一律只喝煮得极稠的碧粳粥。永璜胃口极好,吃饱了如懿让忢心量了裁衣服的尺寸,便如一个宠溺孩子的母亲一般,亲自给永璜擦洗了,方哄了他睡下。

忢心在旁边拣选着给永璜做衣裳的料子,如懿轻轻拍着永璜,看一匹便挑剔一匹,忢心忍不住笑道:"小主,你给自己选料子都没这么上心。"

如懿怜爱地看着永璜:"原以为自己只想找个依靠。可是他一叫我母亲,我心里就软了,好像他就是我的孩子,我这心里……"

忢心又选了一匹料子递给如懿看,低声道:"为了大阿哥,小主费了好几个月的心思。安排了奴婢私下照顾大阿哥,又将撷芳殿的人怎么对待大阿哥的事通过李玉的嘴说给皇上听,带着皇上看见。奴婢原以为皇上是不在乎大阿哥了,才一直不动声色……"

如懿看着永璜熟睡的容颜,低低道:"虽然哲妃不在了,但皇上到底和她有几分情分在,又是亲生的孩子。"

忢心叹口气道:"小主有了大阿哥,也有个安慰。"

如懿侧过身挑了几匹料子:"天快热了,给大阿哥多做几身夏天衣裳换着,要选透气不闷热的。京城的夏天短,一闪儿秋天就到了,秋衣也要备好。还有冬衣，阿哥去年的冬衣都不能要了，弹点新棉花厚厚实实做两身。还有永璜的饮食起居，嬷嬷们是新来的，你要多警醒着点看着，别有什么差错。"

如懿正说着，忽然发觉地上落了一个颀长的影子，转过身去，正见皇帝站在帘下，含了一抹淡若山岚的笑意，深深看着她。

如懿乍然见了皇帝来，方要笑，那笑意却凝成了三分酸楚，连行动也迟缓了。她正要起身，皇帝走过来按住她："朕刚来，听你交代恣心的这些话，真像一个慈母。"

如懿有些不好意思："臣妾没有做母亲的经验，所以唠叨了。让皇上笑话。"

恣心见皇帝进来，便掩上门悄悄告退了。皇帝将如懿的手指一根一根放到手心里："这么些日子没来看你，朕知道你委屈了。"

如懿眼中不自禁地便有了酸楚的水汽，低低道："臣妾明白，皇上是埋怨臣妾自作主张、自以为是了。"

皇帝清俊的面容上笼着一层薄薄的笑容，那笑本该是暖的，却带着隐然可见的忧伤，像秋冷寒露里骤然飞落的薄霜："原以为你那天的话是戳了朕的心了，朕也不想理会。可不知怎么的，想到后来，不知不觉还是这么做了。只有这么做，给李氏一点名分，一点尊荣，哪怕什么都不说破，朕夜里睡着也安稳些。"他望着如懿的眼睛，迟迟的语气如外头雨停后潮湿的水汽，"这些话朕憋了这些天才来告诉你，你是不是觉得朕太傻？"

如懿懂得地按住他的唇："是臣妾说了让皇上为难的事，让皇上烦心了。"

皇帝的眼里有深深的情意流转："可是这样为难的事，只有你会对朕说。除了你，再没有别人。"

如懿颇为歉然："那日也是臣妾莽撞了。但臣妾看皇上连李太嫔的生辰都惦念不已，实在不忍。"

皇帝郁郁地说："朕可以想，却永远不能明说。"

她记挂着他的不快乐，心中有无限温柔的情意柔波似的荡漾："可是臣妾想着，世间万物皇上都有了，千万别留下什么遗憾。圆满中的一点缺失，才会成了大缺失。"

皇帝的眼底有些潮湿，看得久了，里头只能望见如懿清晰的面容："朕知道你是在替朕补上缺憾。朕一直明白，却不敢来见你。朕的生母，是朕心里的隐痛，朕念她爱她，也曾怪她。若非她，皇阿玛不会一直不喜欢朕。朕明白不是她的错。有时想念到了极处，却更伤心，因为朕从来没见过她，连她长什么样子都不知道。"

皇帝尚未说完，如懿柔声开解，仿佛一朵洁白的栀子疏疏开在暖湿的风里："皇上弥补了自己的缺憾，也弥补了臣妾的缺憾。"

皇帝笑道："朕自小没有生母，你还没有孩子，朕只能先给你一个养子，暂时补上你的缺憾。"

如懿低着头，半是感慨半是期待："臣妾也想有个自己的孩子。不过眼下永璜带着，也挺好的。"

皇帝搂住她的肩，看着熟睡中带着笑意的永璜："这孩子在你这里睡得挺香。"

如懿伸手替永璜披好被子，痴痴地含了笑，反手握住皇帝的手："臣妾多少次梦里想着，盼着，等有了咱们的孩子，一家子三个，就这样静静地守在一起。"

皇帝笑着吻了吻她："会的，你放心。"

红烛烨烨，光晕摇曳在卷绡薄金帐上，照出二人成双的身影。如懿回眸一笑，生出无限情意，仿佛是寻到了一生一世的企盼，紧紧握着皇帝的手，再不愿松开。

第二十二章　山雨

自从永璜到来，如懿便渐渐品味出日子的不同了。有了个孩子，便有了新的寄托和依靠。从前总盼着君恩长驻，如今一心一意在永璜身上，连向来安静的海兰也愿意常常过来陪着孩子说笑。每日五更天永璜晨起去读书，如懿便一直送他到宫门外。晚膳时分，便候在滴水檐下盼着他回来。每日晚膳后时分是母子俩最亲近的时候，有时候是海兰陪着一块儿刺绣描花样子，有时候是如懿一个人捧着书卷看书，永璜便有说不完的话，绕在她膝下，将一日的见闻事无巨细都告诉她。或者再背上一段太傅新教的文章，向来偏僻清冷的宫苑里，也因为稚子童音而多了许多欢声笑语。

因着永璜，皇帝来延禧宫的时候也比以往多了更多。隔上两三日，即便不在如懿处过夜，也必定是要来陪着一起用晚膳，顺便考问永璜的功课。连久未得幸的海兰，也因为一起抚养着永璜，晋位为贵人。

如懿总是想，即便永璜不是亲生的，但或许这样，便已经是太后所说的"美好如意"了吧。

如此，宫中人等更不敢轻慢了如懿，皆以为她平白无故得了个儿子，连运数也跟着转了。渐渐地，不止后宫诸人，连咸福宫也格外客气起来，饶是背地里慧贵妃对孩子眼红得不行，三番五次往宝华殿求神拜佛祈求子嗣，当面里对如懿也不再如往日般随心所欲了。

如懿待永璜如珠如宝，皇后也是对亲子永琏爱个不完。每逢去撷芳殿探望，母子二人都是依依难舍，到了不得不离开的时辰，皇后才走。母子连心，便是如此。

这一日皇后看了永琏出来，在撷芳殿门口碰到奉旨来给皇子们送薄荷干姜粉的王钦。原是天气热起来，皇帝怕孩子们中了暑热。而大阿哥永璜那一份，是皇帝去延禧宫时亲自带去了。

皇后点头表示知道，便要离开。王钦却凑近有话回禀。素练懂得，立刻带人退下。王钦貌似忧心，将娴妃有宠，又兼得子，连养心殿的李玉都巴结着她传递消息的事说了一通。皇后看他唾沫横飞，很不喜欢，便问："一个李玉，你还防不住吗？"

王钦涎着脸道："奴才有心为娘娘办事，可怕心有余而力不足。"他露出苦相，"奴才白日里防范着李玉，伺候着皇上，溜空儿还要探听消息，回到房里炕冷茶凉，连个递茶的人也没有。天长日久，哪里还能尽心为娘娘效忠？"

皇后心底冷笑，面上倒不露分毫："于是你就求上门来了，可是有可心的人了？"

王钦往宫女堆里瞟了一眼，莲心颇为高挑，在宫女里鹤立鸡群一般，侧影纤细柔美，一点粉青色的头花衬得她面容温婉。王钦看得住了，忙转头哑着嗓子笑嘻嘻地："每常都是莲心来向奴才问话，一来二去，也算熟稔。"

夏日的风热烘烘的，夹杂着砖石被晒过后特有的气息，似乎，还有王钦身上特有的太监的那种气味。皇后满心不快，回绝道："你若喜欢宫女，本宫挑个年轻貌美的给你，莲心是本宫用惯了的人，嫁了人不方便。"

王钦哪里肯这样罢休，又求道："奴才是皇上跟前的人，莲心是皇后娘娘身边得力的丫头，奴才与莲心，不是正好嘛。求娘娘成全，奴才一定舍了性命报答。"

皇后看了看远处，露出了迟疑的神色。

这一日是永琏去尚书房读书的第一日。永琏有人陪伴，出门前便很高兴。皇后那边也很是激动，永琏的师傅是皇帝精心挑选过的博学鸿儒，可见皇帝对这个嫡子的看重。天蒙蒙亮,皇后亲自过去撷芳殿替永琏穿好衣服,拉着他的手同去尚书房拜见师傅。一路上又将皇子读书的规矩说了再说。皇子们卯初读书,未正二刻散学。散学后习步射,寒暑无间断。元旦、端阳、中秋、万寿节、自己的生辰,一年有五日可休息。永琏听得直吐舌头,皇后不喜他轻浮调笑,便正色道:"你是皇上的嫡子,更要勤勉好学,虽然卯初就读书,但寅正时分你就要去尚书房温书。额娘也会常问你的功课,可不许偷懒。"

永琏最爱也最怕这个额娘,连忙仰着脸答应:"儿子会努力读书,不辜负额娘的期望。"

如懿这边等了一日,回来时却见永璜有些闷闷的,不似往日般活泼,她当着许多人也不便问什么,待到用完了晚膳,便携了永璜往御花园去。

时至盛夏,御花园中凤尾森森,桐荫委地,阔大疏朗的梧桐与幽篁修竹蕴出清凉生静的宁谧。彼时夕阳西下,夜幕低垂,北地春归迟,可是曾经嫣紫粉白繁密欲垂的桐花亦大多开败,凋落在芳草萋萋之上,萎谢了残红作尘。那样红千紫百的繁华也不过是春日里的梦一场,最后何尝不是满地萧条?如懿看着天际升起了一颗一颗明亮的星子,仿佛伸手可得,又那样远,远不可及。能握在手心里的,唯有永璜小小的一双手。

她携了永璜在御苑中,看着清凌凌碧水里鲜翠欲滴的新荷底下悠游往来的绯色金鱼,清波如碧,红鱼悠游。如懿叫永璜折了杨柳在手,将捻得细碎的柳叶抛向池中,引得红鱼争相跃起,相嬉而食。

永璜到底年幼,玩了一阵便高兴起来了,如懿示意跟着的人退下,笑着看他:"永璜,心里舒坦些了么?"

永璜拨弄着柳枝在水里蘸着嬉戏:"母亲,儿子舒坦些了。"

如懿倚着池边的白石栏杆坐下,看着他的眼睛道:"既然舒坦些了,心里的话也可以告诉母亲了。今儿为什么不高兴?"

永璜的目光微微一缩,便看着自己的鞋尖蹭来蹭去:"母亲……"他欲言又止,似乎在迟疑,如懿温柔地道:"回来的时候新做锦袍上哪里都是干干净净的，只有膝盖的地方落了尘土的痕迹。难道是太傅罚你跪了么？"

永璜难过地点点头，又摇摇头："母亲，今天永琏来尚书房了。"

如懿心里微微一惊，嘴上却笑着说："二阿哥才六岁，那么早就开蒙了么？"

永璜道："皇额娘也来了。皇额娘说，永琏年纪不小了，要跟着我一起读书了。所以今天尚书房还来了两位新太傅，陈太傅和柏太傅，皇额娘说两位新太傅都是大学士，要我们都要听话。"

如懿微笑："这是好事呀。明日母亲就陪你去见过新太傅。"

永璜丢下手里的柳枝，委屈道："可是新太傅们对儿子不好！明明永璜第一天读书，坐不住，可是新太傅们居然罚我，罚我在尚书房的外头跪了半个时辰，连教我的黄太傅都不敢拦着。陈太傅还说下次太子……"

如懿立刻警觉："什么太子？"

永璜茫然地摇摇头："母亲，二弟第一天来读书，陈太傅就夸他仁厚，有太子之风。母亲，做太子很好么？都是皇子，为什么永琏可以做，我不可以？"

如懿心中没来由地一紧，脸上还是如常笑道："二阿哥是皇后娘娘所出的嫡子，极为尊贵。"

永璜不解："可我是皇阿玛长子，他们都说长子应该做弟弟们的表率。太子不就是表率吗？"

如懿不知永璜从何处听来这话，连忙追问，永璜倒老实："额娘在时说过。额娘说，太子也有许多是长子来做的。"

如懿知道哲妃与皇后颇有龃龉，也不想小小孩童懂得太多成人的恩怨，忙掩过去道："这样的话，以后不许再提了。"她搂着永璜叮嘱，"永璜，子凭母贵，母亲与你额娘都是嫔妃，比不得皇后，所以你的身份也不如二阿哥。这些话你再说出口，就是给自己招祸，明白了么？"

永璜乖巧地点点头，又哭诉道："陈太傅说下回永璜再不听话，就要把儿子关黑屋子里去败火。儿子知道什么是败火，去年儿子风寒的时候，苏嬷嬷没叫太医来看，反而把我一个人关在黑屋子里不给吃的。那时候我怕极了！"他紧紧抱住如懿，"母亲，我再不要败火了！"

如懿满心酸楚，却有更深的无奈如重云压着她的心头。她紧紧搂着永璜，柔声道："好孩子，母亲与你的额娘都是嫔妃的身份，所以你的身份也不如二阿哥贵重。在尚书房读书，难免会受些委屈。"她温和的语气里有不容转圜的坚定，"可是你要记得，你是你皇阿玛的孩子，有母亲照料，不能由着他们欺负你。下回再有这样的事，你便告诉太傅，他们这样罚你，皇阿玛知道么？"

永璜睁大了眼睛道："母亲，我可以这样说么？"

如懿鼓励似的抱抱他："你是皇阿玛的长子，照顾幼弟是应当的，但也不能委屈了自己。不管是谁，是你的乳母也好，太傅也好，母亲都不许他们欺负了你去。"

两人正说着话，却见纯嫔忧心忡忡地赶过来，在后头唤了一声："娴妃娘娘……"

如懿见她神色不似往常，忙将地上的柳枝捡起递到永璜手中，嘱咐他乖乖玩耍。纯嫔匆匆请了个安，便上前挽住如懿的手欲落下泪来。如懿忙低声道："这是怎么了？"

纯嫔泪眼蒙眬地看了正在逗鱼的永璜一眼："听说大阿哥今天在尚书房被罚跪了？"

如懿惊异地看她一眼，将她拉远了走到梧桐树底下道："你怎么知道？"

"在尚书房伺候的小栗子原是我宫里出去的人，本想早点打发他在尚书房伺候，以后我的永璋去尚书房读书也多个人照顾。没承想我刚在甬道上碰到他，却听他说了这么件事。"她悄悄瞥一眼永璜，"大阿哥受委屈了吧？"

如懿叹口气："咱们都是嫔妃，比不得皇后的嫡亲孩子尊贵，也是有的。"

这句话勾起了纯嫔的伤心事，她眼圈微红，忍不住呜咽道："大阿哥都这样，那我的永璋以后……"

如懿忙安慰道："皇后那么疼永璋，照顾他的人是最精细的。连永璜都羡慕呢。"

纯嫔脸上不敢露出哭意来，只得擦了泪，低首附在如懿身边道："我正是为这事伤心呢。今儿晚膳皇上是在我那儿用的，居然说起永璋不太聪明。"她急得六神无主,"我的永璋怎么会不聪明呢?"

如懿微微迟疑,还是道:"我听永璜说,永璋一岁的时候还爬得不太利索。乳母嬷嬷们不是抱着就是背着,从不让落地。如今是不是十四个月了,会走么?"

纯嫔的眼泪不自禁地落下来:"就是因为不会走路,嬷嬷们老怕他磕着碰着,所以皇上才这么觉得,说永璋学路慢,学话也慢,看着不聪明。这孩子还这么小,若失了他皇阿玛的欢心,可叫我怎么办好?"

星子的微光从树叶的缝隙间簌簌抖落一身熹微的光晕,如懿道:"你几次三番对我说,撷芳殿的嬷嬷们对孩子照顾得很精心,如今看来,这精心竟是宠坏了他了。"

纯嫔又是焦灼又是无奈:"这话我怎么敢说,若在皇上面前提一句,岂不是坏了皇后的一番苦心?她对自己的二阿哥和三公主,都没这么上心呢。"

如懿心中一动,骤然生出几分疑义,但这样的话并不能去对纯嫔说,除了加深她的忧心与焦虑,她还能怎样呢?如懿只得劝道:"皇上不过是一时生气才这么说吧,下回再见着皇上,你便说咱们是马背上得的天下,孩子不能多娇惯着,也拉着皇上多去撷芳殿看看。有皇上时常过问,或许会好些。再说了,父子亲情是天性,只要多见几次,永璋又那么可爱,皇上会喜欢的。"

纯嫔点点头,她的忧愁深长如练,将自己层层缠裹:"本来想着永璋若是有福气,可以寄养到娘娘膝下,我也能常看看她。如今看来是没有指望了。"

如懿敛容:"这个念头你动也不要动。如今宫里高位而无子女的,唯有慧贵妃,你自然是不肯的。且永璜是撷芳殿照顾不周才送来我这里,永璋却无这样的事。你这念头若被人知晓,不只皇后,只怕皇上也要怪你了。"

纯嫔只得噤声,如懿忙道:"赶紧擦了眼泪回去吧,别叫人闲话。"

纯嫔拿绢子按了按眼角,匆匆离去。

如懿望着她孤独而瘦削的背影,心下亦是生怜。她不过是一个母亲,只想要自己的孩子好好的。可是在这深宫里,偏偏连这也不可得。而自己呢?如果有一天有了自己的孩子,是不是也会如此凄然,欲哭无泪?

眼看着天色也晚了下来,如懿招手唤过永璜,一起慢慢走回宫去。一路上偶尔有鱼儿跃出水面,溅起数点水花。莲叶田田,青萍丛生,早开的睡莲绽了两三朵,粉盈盈的。几只鹭鸶栖在深红浅绿的菖蒲青苇之畔,互相梳理着羽毛。永璜看了什么都欢喜,笑着闹着拉着如懿的手说这说那。如懿嘴里答应着,可心里的疑义难以倾之于口,却如密密的丝线勒在那里,一圈沉闷过一圈。她极力地想撇开那些念头,却好像是这一定会暗下来的天色,那墨汁似的色泽洇在了清水里,无法遮拦地倾散开来。

　　如懿正凝神想着,却听得假山后头有呜咽的哭声传来,那声音太轻微,叫人一个耳错,只以为是夏虫绵长的唧唧声。如懿不动声色,只作不经意一般,朗声道:"永璜,快回来,别到假山那边去捉蛐蛐儿!"

　　那边的哭声立刻止住了,如懿示意永璜噤声。不过片刻,却看一个宫女模样的女子从假山绕了出来,如懿撒开永璜的手,永璜立刻会意,只装着跑去捉蛐蛐儿,一下撞在那女子身上。那宫女抬头就要骂,一看如懿跟在永璜身后,忙收敛了气焰请了个双安道:"娴妃娘娘万福金安。"

　　如懿笑吟吟道:"本宫自然是万福金安。可是莲心,你怎么不安了呢?"惢心手中的风灯照出莲心哭过的面容,"眼睛哭得跟桃儿似的,这是怎么了?"

　　莲心下意识地摸了摸脸,绷出一个笑容,朗声道:"奴婢伺候皇后娘娘,有什么不安的呢?不过是想家了,偶尔哭一哭罢了。"

　　如懿情知她不肯说实话,也不愿和她费唇舌,便道:"你伺候皇后娘娘,更当万事小心,别落了一脸泪痕回去。"她微微一笑,"只是话说回来,皇后娘娘那么疼你和素练,自然见了你的眼泪也不会不高兴。"

　　莲心本仰着脸毫无惧色,听了这一句,不知怎的便低下了脸,带了薄薄荫翳似的黯然,嘴上却犟着说:"皇后娘娘自然是疼我们的。比不得那些刻薄人,连从小跟着的乳母都赶出宫去了。"

　　这话是指着如懿说的,阿箬立时忍不住了,道:"你说谁?"

　　莲心盈盈一笑:"我自有我要说的人,阿箬你又急什么?横竖说的不是你,你何必跟着吃这个心?"

　　阿箬何曾被人说倒过,冷笑一声道:"我自然不吃这个心。只是想着莲心姑娘要大喜了，何必嘴上还不积些福德，免得叫人听了笑话去。横竖你要嫁的好人家，是断不会刻薄了你的。"

莲心脸上登时烧红了一片，却隐隐透着难看的铁青色，恨声道："你……"

阿箬笑道："我……我自然是没皇后娘娘亲自许婚这般好福气了。先恭喜姐姐、贺喜姐姐了。"

莲心又窘又恼，一跺脚立时跑远了。

阿箬看着她的背影，冷笑连连。如懿便道："你再这样冷笑，夜鸮的笑声都比不上你了，听着怪瘆人的。"

阿箬笑得弯腰："小主，奴婢是笑莲心呢。您可知道么，今儿上午奴婢去内务府的皮库，想叫他们将今年秋天贡来的好皮子留着些给大阿哥做衣裳，谁知看见内务府的人忙忙碌碌地在旁边的皮库选大毛料子呢。奴婢好奇问了一句，原说夏天找什么大毛料子，谁知他们说是皇后娘娘给莲心备嫁妆呢。"

如懿道："莲心已经二十四了，本该放出宫去的，偏她是皇后娘娘的家生丫鬟，也没地方回去。既然要在宫里伺候一辈子，还不如嫁人呢。皇后肯许婚，也是给她面子了。"

阿箬笑着啐了一口，手里的灯笼也跟着晃悠悠地打转："小主还不知道皇后娘娘给她指了谁吧？"

如懿看了蕊心一眼，蕊心忙哄着永璜去了。如懿问道："从前是听说她跟皇上跟前的王钦走得近，皇后也有这么一说，可是这到底是句笑话儿，王钦是个公公，不是个男人，怎么能配了他呢？"

阿箬得意得眉毛都飞起来了，道："小主别说，还真就是王钦了。内务府的嫁妆都备起来了，说皇上也知道了，就等过了中秋就许婚呢。皇后宫里说了，莲心陪了她那么多年，要跟嫁半个女儿似的呢。"

如懿怔了半响才回过神道："好好一个女孩子，真是可惜了。"

阿箬眉飞色舞："有什么可惜的！满宫里的太监，就数王钦地位最高，多少人想巴结还巴结不上呢。莲心配了他，还便宜了莲心呢！"

如懿不悦地看她一眼："好了，别说这样的话！宫女配了对食本就可怜了，莲心再不好，你也别当面取笑她了。"

阿箬不情不愿地应了一声，红了半边脸，吭哧吭哧凑到如懿跟前道："小主，以后你也会给奴婢指个好人家么？"

如懿笑着伸手去刮她的脸："你放心，去年你阿玛放了外官，我一直听说挺好的。到时候怎么也要给你风风光光地指一个好人家。"

阿箬又是害羞又是高兴："奴婢能挑什么好人家，全凭小主的恩典罢了。"

如懿道："外边的人怎么样咱们也不清楚，能挑个御前的侍卫，凭自己挣个好前程就是了。"

阿箬喜不自胜，在如懿身边黏了良久。正好惢心带了永璜过来，阿箬招手笑道："小主今儿高兴，快求求她，也给你放个好人家许婚，也好抬高了你的门第，省得让人知道你那两百钱的出身！"

如懿嗔怪地拍了阿箬一下，作势要打她的嘴，阿箬笑着躲开了："奴婢和惢心这么熟，笑话罢了。"

惢心沉静道："奴婢不比阿箬姐姐好出身，只想一辈子守着小主，哪儿也不去。"

阿箬挑了挑眼角，似有不满，嘟囔一句道："这么大的恩典在眼前，别假惺惺的！"

惢心替永璜撑干净衣裳，淡淡笑道："没什么可假惺惺的。阿箬姐姐要嫁个好人家，小主不能没个人伺候，奴婢被卖的时候就忘了家乡在哪里了，正好留下来伺候小主一辈子。"

如懿抚了抚鬓边微凉的镏金流苏，笑着道："你有这个心自然是好的，但女孩子不能不嫁人。哪怕是嫁得近些，嫁个侍卫或是太医，也是好的。"

惢心满面赤红，咬了咬唇，只是不说话。

如懿扶着她们的手正要起身离开，忽然看见前头灯火通明，几十盏灯笼晃点着如暗红浅黄的星子，朦胧地亮成一片。

如懿扬了扬脸，惢心立刻跑到前面去，片刻回来道："小主，是永和宫出事了，皇上正赶过去呢。"

第二十三章 阿箬

这一夜永和宫中并不安宁,闹了整整一夜也不知是怎么回事,只见太医去了一拨又一拨,却不见放出来。六宫众人都惊异不已,私下里查问却也问不出什么,只知道永和宫的灯火亮了一夜,却大门紧闭,没有一点声息。

晨起时也不知永和宫中到底出了何事,如懿惦记着要去长春宫请安,早早梳洗了便往外头去。

向例嫔妃出门都是传的辇轿,只是如今初夏早晨尚算清凉,如懿便扶了惢心和阿箬的手慢慢出去,正过了长街,看着初阳澄澈如金,流金般的日光落在琉璃瓦上,仿佛漾着一池金波浮曳。如懿贪看那日色,才走了几步,却见慧贵妃也在前头,忙恭谨立在道边迎候,见她近前,方福了一福。

慧贵妃笑盈盈打量着她道:"几日不见娴妃,气色越发好了。是不是皇上昨儿歇在你那儿,所以人逢喜事精神爽?"

阿箬满面都是甜笑,嘴上却道:"皇上来也是常有的事,这也能算喜事么?"

如懿气恼阿箬嘴这样快,尚未来得及瞪她,慧贵妃只是笑容如常,伸手抚了抚发髻上新簪的一支冷翠色碧玉明珠钗,淡淡道:"也是本宫浑忘了,昨儿皇上仿佛是歇在永和宫。本宫还以为妹妹那儿春色长驻,一日也不落下呢。"

如懿不欲与她逗口舌之快,便只安静地垂下脸,看着自己松花绢子上细细的流苏。

慧贵妃以为她气馁，眼角便多了几分桃花色，正欲再出言讽刺几句，却见斜刺里一顶辇轿横穿出来，差点撞到慧贵妃。她脚下一个趔趄，花盆底一斜，差点摔了出去。幸好彩珠和彩玥扶得快，人虽没事，发髻上的碧玉钗却滑落下来，跌得粉碎。

那顶辇轿撞了人，全作无事一般，往角门一拐便过去了，浑不理撞了什么人，撞得重不重。

彩玥"哎呀"一声，忙蹲下捡起那支碧玉钗，情急道："这是皇上新赏的，就这么碎了……"

话未说完，彩玥脸上已经重重挨了一掌。慧贵妃气恼道："看清楚那人是谁没有？"

彩玥捂着脸也不敢哭，倒是茉心道："背影像是玫常在，但看衣服却不大像呢。"

慧贵妃呵斥道："只一支玉钗，皇上赏得还少么？小家子气！"说罢，她便丢下如懿匆匆往长春宫去了。

如懿见她离去，不觉含了几分气恼，向阿箬道："你若再这般逞口舌之快，便不要再和我出来！"

阿箬嘟囔道："小主怕她做什么？咱们有大阿哥，延禧宫的恩宠也不比贵妃少！"

如懿见她教而不善，气道："即便如此，你又何苦去惹她？现在大阿哥在我身边，多少人的眼睛看着，你还不肯检点些！"

阿箬还欲再说，终究还是忍耐了下去，扶了如懿的手往长春宫去。

如懿到时嫔妃们都已在了。她跟着慧贵妃进去按着位次坐下，皇后便笑吟吟向贵妃道："今儿你是怎么了？头发也有些松了，脸色也不大好。"

慧贵妃递一个眼色，茉心忙道："方才从长街过来，我们小主不知被谁的辇轿横冲直撞出来碰了一下，人差点扭了，连皇上赏的玉钗也跌碎了。"

慧贵妃忙起身道："如此匆忙来见皇后娘娘，实在是怕误了请安之时，还请皇后娘娘见谅。"

皇后温和道："这有什么要紧的，倒是你自己没事吧？跟着的人没看清是谁撞的么？"

茉心道："奴婢看着恍惚是玫常在。"

蕊姬倒也不惊，只是盈然一笑如芙蓉清露："方才是冒失了，差点撞到贵妃，真是失敬了。"

慧贵妃神色不豫，冷然道："如今才知道撞着本宫了，方才怎么逃得一阵风儿似的？"

蕊姬盈然一笑，抚着腮边道："本是想停下来跟贵妃娘娘您致歉的。可是，嫔妾有一桩要紧事不能不先来回禀皇后娘娘，所以只好对不住贵妃娘娘了。至于跌了皇上赏赐的玉钗，您到嫔妾宫里随便挑，喜欢什么您自己拣去，赔您两根三根都不要紧。"

慧贵妃听她如此倨傲，一张秀荷似的粉面不由得含了几分怒意："昨儿晚上永和宫就闹腾了一夜，今日又来无礼，即便皇上宠着你，也由不得你这个样子！"

蕊姬侧了侧脸，唇角的弧度如一弯新月，起身向皇后恭恭敬敬福了一福："回皇后娘娘的话，臣妾昨夜腹痛不止，皇上传了太医来看，才知臣妾是有了身孕了，已然两个月了！"

此言一出，四座皆惊。

如懿下意识地按住自己的小腹，不觉生了几分凄楚。她立刻意识到这不是该自己伤心的时候，忙撑住了脸上的笑容，不容它散落下来，也随着众人贺喜道："恭喜皇上，恭喜皇后，恭喜玫常在。"

皇后倒还镇定，满脸笑意像遮不住漏下的春光："是么？只是既然遇喜，怎会腹痛？"

蕊姬微有得色："太医说臣妾遇喜才月余，臣妾体质寒凉，胎儿体热，有所冲撞，所以腹痛。其实也无妨，臣妾也是因为这件事才急着回禀皇后娘娘，所以冲撞了贵妃也不敢停留。"她说罢便要屈膝向贵妃行礼，"还请贵妃宽恕嫔妾这遭吧。"

蕊姬虽是要屈膝，动作却极缓慢，贵妃知她的意思，只得让茉心拦住了，道："才有了身孕便仔细些吧。万一磕了碰了，仔细丢了这福气。"

蕊姬的目光略含挑衅，看着贵妃道："好容易得的这福气，怎么会丢了？有贵妃娘娘庇佑，嫔妾的福气长着呢。"

皇后连忙道："你是头胎，得格外仔细着。等下本宫就多拨几个人过去伺候你。缺什么要什么，尽管来和本宫说。十月怀胎，有得辛苦呢。"她蓄了宁和的微笑，看着贵妃与如懿道，"不过这辛苦也是福气，本宫也希望你们两个早有子嗣呢。"

玫常在眼波微曳，看着慧贵妃，曼声道："嫔妾看娴妃娘娘照顾大阿哥费尽心力。不是亲生的尚且如此，若是亲生该何等艰辛。还是贵妃福气好，没生养的人，总是看着也年轻些。"

慧贵妃气得浑身发颤，几乎即刻就要发作。皇后安抚似的看她一眼，她都没有察觉，素练不动声色地点了点头，递了一碗茶过去，碰了碰贵妃的手肘，示意她安静下来。

皇后环视众人，慢慢道："有了孩子的固然高兴，没有的也不必着急。皇上待后宫一向仁厚关爱，迟早都会有自己的孩子的。"

玉妍满脸堆笑："玫常在这孩子来得好，若是皇子，可是皇上登基后的第一个，那可是大贵之子。"

玫常在也不谦虚："承嘉贵人吉言。"

皇后本为玫常在有孕高兴，但见她这般轻狂，想起当日她初得宠便惹出许多事端，遇喜之后更不知要如何轻狂，脸色便微微一沉。不过，皇后惦记另一件事，笑道："本宫也有一桩喜事要告诉你们。"她唤了一声，"莲心。"

莲心本木木地在那儿站了一早上，像个泥胎木雕人儿一般。她听得皇后召唤，几乎是剧烈地颤抖了一下，不由自主跪下了道："奴婢在。"

皇后指着她，口气温和如春风："满宫这些丫头里，本宫最疼的就是莲心。如今莲心也大了，本宫想着给她许婚指个好人家，她又不愿意出宫远嫁。跟着本宫忠心耿耿的人，自然不能委屈了她，便和皇上商议了，将莲心指给养心殿副总管大太监王钦，八月十六成亲。"

莲心一个激灵，脸色顿时变得雪白，伏下身哀求道："皇后娘娘，奴婢……奴婢实在不想成婚，只想一直伺候着您。"

皇后笑得极和蔼，温言细语："本宫知道你的忠心，才盼你嫁得好。你的嫁妆，本宫也会加倍给你。王钦中意你许久，这门亲事可是求也求不来的好姻缘。你可别辜负了本宫和皇上对你的疼惜。"

莲心颤巍巍跪在那里，想哭又不敢哭。素练忙搀起她道："皇后娘娘慈爱，莲心高兴还来不及呢。她这定是高兴坏了。"说罢便扶了莲心下去。

如懿与海兰互视一眼，皆是默默，只随玉妍道："皇后娘娘慈爱悯下。"

慧贵妃更是道："王钦是皇上跟前的大红人，这门姻缘是配得起莲心的，要换了别人，求也求不得呢，还是皇后娘娘的脸面大。"

皇后笑意不减："好了。这些都是闲话。"她看着蕊姬道，"如今最要紧的是玫常在的胎。你叫得好好养着，万不能掉以轻心。"

蕊姬躬身答应了。众人贺了几声也告退而去。

皇后待殿中安静下来，方担心地问素练："莲心无事吧？"

素练忙赔笑道："皇后娘娘放心，莲心只是一时糊涂，还没想明白罢了。"

皇后取了一颗枇杷，慢慢剥着，实在有些难过："要莲心和太监成婚，确是委屈了她。本宫日后一定好好补偿她。你好好安慰莲心，要她好好记着，笼络住了王钦，就等于笼住了皇上的心思和脚步。"

素练知道轻重："王钦有体面，不算委屈莲心。莲心能为娘娘办事，理当高兴才是。"她又替皇后剥了一颗枇杷递过去，"娘娘的苦心奴婢明白。可娘娘不担心玫常在的身孕么，若是个皇子，那便是贵子啊。"

皇后抬眼看了看碧澄澄空中流金泼洒似的日光，伸手探了探景泰蓝盆里供着的冰山，不甚在意："这孩子若是她生的还好些，生母低贱，这贵子又能贵到哪里去？想和永琏比肩，那是做梦。"

玫常在的身孕是皇帝登基后的第一胎，格外贵重。皇帝虽然早有子女，也显得格外高兴。尽管连着几日操心于江南水事，但皇帝得闲便留在永和宫中嘘寒问暖。

连太后知道了，亦是欣喜。因着没过先帝的周年，遇喜了也少张扬。太后便着人送了一尊观音送子像去永和宫，又叮嘱玫常在好好安胎。这谁都是知道的，女子遇喜有妊不算大喜，生下公主也不算大喜，平安得个皇子才是。母凭子贵，有了这个贵子，玫常在才有指望封个主位，从此荣宠无极。为此玫常在也是格外小心。

这一夜难得玫常在没再缠着皇帝，皇帝便往延禧宫来，略略问过了永璜的功课，便留在如懿阁中一同用膳。

如懿替皇帝夹了一筷子菜道："皇上可知道皇后娘娘要为莲心赐婚对食之事？"

皇帝含笑道："你怎么问起这个了？"

如懿蹙了蹙眉："臣妾只是觉得，好好的女儿家嫁了太监，实在可惜。"

皇帝道："皇后也是好意，想让他们彼此有个照应，朕便允了。而且为了上回厉行节俭之事，朕说得皇后重了一些，也伤了她的心，这回皇后亲自来求，朕也不好驳回。皇后贤惠，可朕也看得出来，你和贵妃之间皇后偏爱贵妃些。越是如此，你越少沾染皇后的事，于你也有益。"

如懿听得这样，也不好多说，便倒了一杯酒在皇帝盏中，樱桃色的琼液凝在白玉酒盏中，如同一方上好的红玉，莹莹生辉。

皇帝笑道："这酒的颜色看着很喜庆。"

如懿看着皇帝神色，亦是欢喜："皇上心情好，自然看什么都是喜庆的。"

"你觉得朕心情好？"

如懿笑着伸手去抚他的眉毛，一根根浓黑如墨。这样近距离地望着他，连眉毛，也是这样好看的。"脸上全是笑纹儿，藏都藏不住。还有眉毛，眉毛都飞起来了。"她忍着心底的酸涩，轻笑道，"玫常在有了身孕，皇上是真高兴。"

皇帝笑着握一握她的手，只觉得她的手凉得如一块和田玉，握久了，慢慢也生了润意。他朗声道："后宫里的事再高兴也是小事，前朝出了高兴的事儿，朕心里才真正快活。"

如懿倒了一盏酒敬到皇帝跟前："皇上心里快活，就是臣妾心里快活。皇上为了治理前朝，日夜操心，所费的心神不是旁人看着就能明白的。所以这一杯，臣妾敬皇上。"

皇帝接过了却不喝，饶有兴致道："你不问问朕，为什么高兴？"

如懿微微低首："如同农人耕种，有付出，有收获。这便是高兴。其他的，臣妾身在后宫，不该问，也不能问。"

皇帝接过酒一仰脖子喝了，眼睛里都是晶灿灿的笑影，他执着如懿的手，柔声道："这就是你的好处了。若是慧贵妃，她一定要追着朕问，是什么高兴事儿。"

如懿唇边恬淡的笑意微微一敛："慧贵妃自然有慧贵妃的好处。可是皇上……"她顿一顿，柔声里带着一分倔然硬气，"皇上，在这儿，咱们不说别人。"

皇帝怔了一怔，不觉一笑："没看出来，你还有小心眼儿的时候。"

如懿的笑意若映着月亮的水，清亮分明："皇上的心分成了两半，一半是前朝，一半是后宫。后宫的一半心儿，大半给了太后和公主皇子们，小半儿给了臣妾和诸位姐妹。在这小半里头，皇后占个大头，嫔妃们各自分了皇上的一点儿心，留给臣妾的也不多了。那么这一小瓣心来臣妾这里的时候，皇上若再分给了别人，那臣妾就连芝麻粒儿那么大都占不上了。"

皇帝吁了口气，伸手揽过如懿的肩："这话你虽是带着笑说的，但是朕知道你心里的委屈和难受。朕还年轻，前朝的事情顾不过来，大臣们都是跟着先帝的老臣了，一个个都有资格摆在那儿。朕若是不亲自一件一件打理好了，哪件落了他们的话柄，都是朕的难堪。为着这个事儿，朕进后宫进得少了，为着孝亲和嫡正，更要多陪陪太后和皇后。"

如懿倚在皇帝肩头，金线腾云五爪龙纹的花样细密地硌在脸颊上，硌得久了，也觉出一丝粗糙的生硬，她低低道："臣妾不敢怨，怨了那是不懂得皇上的难处。臣妾也盼着皇上来，私心里，最好是皇上来了就不走了。可是臣妾知道，夫君可以是一人的夫君，但皇上是天下的皇上。所以臣妾盼皇上来，也不敢盼皇上来。"

皇帝静了片刻，抚着如懿的鬓发，定定道："这是真话了。朕走到后宫里，有皇后这个贤妻，也有慧贵妃的娇柔，纯嫔体贴，嘉贵人妩媚，连仪贵人、海贵人和婉答应，也有她们的老实本分。可是唯独一样，你有的，她们谁都没有。"

如懿好奇："是什么？"

皇帝吻一吻她的额头，静声道："是一份直爽。这份直爽是对着朕的，从初见你到今日，都没有变过。"

如懿怔了一怔，内心感怀，嘴上却硬着："直爽算不得后妃之德，不是什么好处。"

皇帝轻叹一声，笑道："这好处，后妃之中都没有，是夫妻之间的。"

仿佛是心底最柔软的地方被谁的手轻柔拂过，如懿差点儿要落下泪来，她低下头，极力忍着泪："如懿谢皇上，能够这样懂得。"

皇帝动容道："朕懂得，更珍惜。所以不管这延禧宫朕来得多不多，你总是在朕心里，而不是只在这宫里。"

远处的风带来花木肆意张扬的清香。这样好的月色，隔着窗户半开的缝隙望出去，仿佛整个宫苑都凝霜般地冰雪洁白。这样好的月，是要映着这样成双的人的。如懿从未觉得，这紫禁城里的十六月圆，竟也是这般完满无缺。

这样宁和的时光，如懿真觉得自己要眠过去了。若是一眠醒来，还是这般的人月两圆，那该多好。

只是外头的敲门声响了两下，她原本闭着眼不想理会，外头却是又响了两下。如懿叹口气，看看桌上的菜色快凉了，知道是送菜进来的宫女，只得叹道："进来吧。"

皇帝晓得她的心思，握一握她的手，含着笑并不说话。如懿脸上一红，却听殿门吱呀一声轻响，一个身影轻快地闪进来，后头跟着一个端着黄木四方虬纹盘子的小宫女，稳稳当当地走了进来。来人正是阿箬，她轻巧行了一礼,道了"万福",轻轻颔首,托着盘子的宫女便走上前来。阿箬一道一道将菜式端出来,口中便道:"这道鹌子水晶脍是皇上最喜欢的,小主一早就盯着小厨房做好,差半分都做不成这水晶剔透的样子;这道荷花蒸鸭脯是专用了不肥不瘦的鸭脯肉,吃着性凉去火;这道糖醋鳜鱼酸甜可口,最宜下饭饮酒;还有一道碧糯佳藕口味清甜,是象征着皇上和小主佳偶天成,蜜里调油。"

皇帝笑道:"每道菜都是你们小主的心思,可她自己是不肯说的。从你嘴里说出来,这心思就活灵活现了。"

阿箬作势轻轻拍了一下自己的脸:"是奴婢多嘴了。可咱们小主是个实心人儿,惦记着皇上的心存在那儿,说不出来。奴婢要是不替小主说出来,只怕小主的痴心,更没人知道了。"

皇帝笑得轻快,拍了拍如懿的手背道:"其实你也算是个口齿伶俐的了,没想到手下调教出来的丫头,一个赛一个机灵。朕记得,阿箬跟了你好几年了吧。"

如懿颔首道:"阿箬是臣妾的家生丫头,跟着臣妾陪嫁过来的。仅着伺候臣妾久了,那话就不肯安分蹲在舌头底下。"

皇帝倒是颇高兴:"自打住进了宫里,皇后的规矩大,教导得满宫里的奴才一个比一个更会装哑巴,恨不得没了舌头才好。朕倒觉得,都像阿箬这么说说笑笑的才好,你们关起门来过日子,也有趣儿得多。"

如懿听着阿箬被夸奖,心里也颇喜悦,便道:"既然皇上这么抬举你,留下布菜伺候吧。只一样,别得意得没了规矩。"

阿箬福了一福,笑盈盈道:"小主的嘱咐,奴婢哪回不记在心里?"说罢,便静静候在一边,伺候着两人用膳。

皇帝夹了一块甜藕慢慢吃了,笑道:"本来朕也不想提前朝的事儿了。可是这会儿看见这块藕,心里又高兴起来。江南水患连年成灾,一到夏天发了洪水毁掉良田万亩,灾民流离失所,这一直是朝廷的心头大患。先帝年年想治水,拨了银子下去筑造堤坝,可那堤坝比豆腐还软,总是防不住洪水。到了朕登基,朕派去江南治理两淮的官员上了折子,说今年的堤坝建得好,发了再大的水都没冲下去，百姓们总算是安乐了一年。尤其是淮阴知县管修的那一段，实实在在是把朝廷派下去的银子都用上了，那堤坝比铁浆浇的还硬实。往年淮阴最容易受灾，今年的知县倒能管事，又能治水，朕好好嘉奖了他一番。"

如懿替皇帝又夹了一筷子藕，侧首笑吟吟看着他："能为皇上分忧的人，是该好好嘉赏，只不知这淮阴知县，叫什么名字？"

皇帝凝神想了想："仿佛是叫桂铎，索绰伦氏，镶红旗的包衣出身，倒是极能干的一个人。朕正想着，他能实实在在修好了堤坝，便是个中用的人。朕再看他一阵子，若是经用，便可赏他做个知府。"

皇帝话音未落，却听阿箬利索地跪下磕了个头，激动得泪流满面："奴婢谢皇上的赏，谢皇上隆恩。"

皇帝奇道："朕赏朕手底下的官员，你急着谢什么恩呢？"

如懿含笑看着阿箬道："桂铎是阿箬的阿玛。"

皇帝便也露出几分笑颜："原来朕夸了半日，人家女儿就在这里。"他便向着阿箬道，"你阿玛在外头替朕尽心，你就好好在后宫伺候着，自己也能熬出个眉目来。"

阿箬喜不自胜，赶紧磕了个头谢恩。如懿见时机恰好，便道："皇上这个意思，是可以替阿箬指个好人家了，那臣妾先替阿箬谢过皇上。"

皇帝夹了一筷子鳜鱼在如懿碗中："阿箬有没有这个造化，还得看她自己的。"

阿箬见皇帝取过一旁的热手巾擦了手，忙站起身来，倒了一盏茶递到皇帝跟前："这是新备下的六安茶，消垢腻去积滞是最好的。皇上尝尝。"

皇帝喝了一口，便含了几分笑意："论细心周到，娴妃，你这儿是一等一的。"

如懿低眉笑得温文："细心周到是对心的。皇上感觉到了，这心意也就到了。"

第二十四章 对食

皇帝站起身，往东暖阁去："把朕常看的《春秋》拿来，朕去看会儿书，你洗漱完了再和你说话。"

如懿欠身答了"是"，阿箬又伺候着如懿添了一碗汤。西暖阁里烛火通明，越发衬得阿箬一张俏脸欢喜得面若桃花。

如懿笑着望她一眼，低声嗔道："快把你那喜眉喜眼藏起来，皇上瞧见了，难免要觉得你沉不住气。"

阿箬摸了摸脸，不好意思道："真藏不住了么？"

如懿笑道："是呀是呀。你记着，只要你阿玛用心，你们父女有的是前程。但是千万别得意忘形，要都传开了，怕别有用心的人惦记上。"

阿箬忙答应着下去了。

这一晚，皇帝自是宿在如懿这里不提。

到了深夜时分，小太监自是守在寝殿外守夜，阿箬出来看了一圈，见寝殿里都睡下了，便吩咐宫人们灭了几盏宫灯，自行散去歇息。

阿箬回到自己屋里，看着房间的陈设虽是宫女所住，但比绿痕她们所住的好了不止十倍，自是因为自己家中争气，又是如懿陪嫁的缘故。而以后阿玛步步高升，自己的来日更是有得指望了。这样想着，阿箬越发得意，一进门便在铜镜妆台前坐了,慢慢洗了手卸了妆。她自镜中见惢心只专心铺着床被,便瞥着惢心道:"虽然我与你都是伺候小主的宫女,但今日皇上的话你也听见了。从今往后,我与你便更是不同了。"

惢心向来不与她争执,只谦和笑道:"恭喜姐姐了,娘家有这样大的喜事。"

阿箬蘸了点杏花粉扑脸,仔仔细细地揉着道:"这杏花粉就是好,拿杏花汁子兑了珍珠末细研的,扑在脸上可养人了。是我阿玛特意从外头捎给我的。"她眼角带了倨傲的风色,斜眼看着惢心道,"其实阿玛这样巴巴儿的做什么,平日里小主赏我的东西也不少了。"

惢心理着床帐上悬着的流苏与荷包:"小主自然是疼姐姐的了。"

阿箬微微颔首,取下发髻间点缀的几朵嵌珠绢花,倚着手臂道:"小主疼爱,我阿玛也争气,以后你更要有点眼色。咱们虽住在一起,但上下有别。我是旗籍出身,你却是两百钱买回来的。以后这房里的打点,便是你的事了。"

惢心理着杏红流苏的手指微微一颤,旋即道:"知道了。"

阿箬点点头:"出了一身的汗,难受死了,你去打水来给我擦身子吧。还有,拿艾草好好熏熏,别让蚊子半夜咬着我。"

那本是底下小丫头做的事,阿箬虽平时霸道些,也不至于如此使唤她。惢心只觉得手里滑腻腻的,摸着那荷包也冷湿冷湿的。大约真是天热,手上的汗都冒出来了吧。惢心答应着,便也去了。

第二日晨起皇帝便要去早朝,如懿早早服侍了皇帝起身,便提醒小福子去唤了永璜起床预备着去尚书房读书。皇帝正要走,如懿心念一动,含笑道:"皇上的发辫有些乱了,左右离上朝的时辰还早,臣妾替皇上梳梳头吧。"

皇帝微微一笑,坐到镜前道:"从前在潜邸的时候你倒是经常替朕梳头,如今也疏懒了。"

如懿笑道:"臣妾倒想勤谨,只是皇上登基后仪容半分也不松懈,臣妾倒是想着,只那头发不肯给臣妾机会罢了。"

皇帝笑着拧了拧她的脸颊:"越发会玩笑了。"

如懿取过犀角梳子,将皇帝的头发梳得松散了,一点一点仔细地篦着。

皇帝看着她蘸取篦发的花水,便问道:"你这篦发的是什么水?不是寻常的榆叶刨花水。"

如懿笑道:"这花水里加了乌精、苦参、天麻、桑葚子、侧柏叶等几味药,收了冬日梅花上的雪水兑着,又用茉莉和栀子调香,除了香气宜人淡雅,经常用来蘸了梳头,可以养血温肾,使头发乌黑健旺。"

皇帝笑起来别有温雅之风:"你用东西精细,原来讲究都在这里头。"

如懿为皇帝束好辫发,将辫梢上的明黄缠金丝穗子、翡翠八宝坠角一一结好,才笑道:"女儿家的心思也就弄这点小巧罢了,不比皇上胸中的经纬天地。"

皇帝看着她手中的犀角梳子:"朕记得这把梳子你用了许多年了,大约是你女儿家时就用了吧。"

如懿爱惜地抚着梳子:"臣妾喜欢可以长久的东西。"

皇帝握住她的手,满面皆是春色笑影,越发显得丰神高澈:"人家都说是白头到老。朕整日用你的花水梳头,岂不是与你总是黑发到老,不许白头了?"

庭院中开了无数雪白的栀子花,那素雪般的荼蘼脂泽如月华盈霜,满凝清凉香意。如懿温柔睇他一眼,半是笑半是嗔:"皇上惯会笑话臣妾。"

皇帝含了几许认真的神气,道:"朕只长你七岁,岁月虽长,但慢慢携手同行,总有白发齐眉、相携到老的时候。"

如懿鼻中微酸,眼中的潮热更盛,宫中的女子那样多,就如庭院里无尽的栀子花,前一朵还未谢尽,后一朵的花骨朵早已迫不及待地开了出来。他们的人生还那样长,皇帝不过二十六,自己也才十九。往后的路上还不知有香花几许,蜂萦蝶绕。可是此时此刻,这份真心,已足够让她感动。

心中的感动如云波伏起,她含笑含泪:"到时候臣妾鸡皮鹤发,皇上才不愿意看呢。"

皇帝道:"你是鸡皮鹤发,朕何尝不是?这才是真正的相看两不厌。"

如懿伸手延上皇帝的肩,头紧紧抵在他颈间,聆听着他心脉脉脉地跳动,仿佛是沉沉的承诺。良久,她终于以此心回应:"只要皇上愿意,臣妾会一直陪着皇上走下去。多远，多久，都一直走下去。"

皇帝笑着吻了吻她的脸颊，忽而咬住她的蝴蝶珍珠耳坠："只说不算。朕要你拿一样东西来应。"

如懿满面羞红，推了皇帝一把："什么？"

皇帝竖起食指嘘了一声，在她耳畔道："你看镜子里，朕与你身成双，影也成双。"

如懿望了一眼镜中，泥金的并蒂莲花连理镜，花叶脉脉，皆是成双成对。如懿昧地一笑："臣妾想到了，自然会给皇上。"

皇帝不肯轻易放过："可不许赖。"

如懿点点头，看着天光一分一分亮起："皇上快起驾吧，别晚了。"

正巧外头敲门声响，是永璜童稚的声音在外头唤道："母亲。"

如懿忙开了门，正见阿箬和小福子一个拉着永璜，一个替他背着书籍。永璜进来恭恭敬敬请了个安："给皇阿玛请安，给母亲请安。"

如懿忙扶了他起来，怜惜地替他拢一拢头发："睡得头发有些蓬了，母亲替你梳一梳再走。"说罢她便取过梳子替永璜梳好了。

永璜眨了眨眼睛，一副阴谋得逞的快乐："母亲，儿子是故意蓬了头发，这样您就会替我梳了。"

皇帝在一旁看着，也不觉生了爱子之意："你母亲的手很软，梳头发很舒服是不是？"

永璜用力点了点头，一脸幸福地拉住皇帝的手勾了勾。皇帝心下爱怜，牵过永璜的手道："皇阿玛要去早朝了。不过还早，你跟着皇阿玛一起，皇阿玛今天先送你去尚书房见见你的师傅，好不好？"

永璜眼里闪过一丝雀跃，很快沉稳道："儿子多谢皇阿玛。"

皇帝出门前，望着相送的如懿道："有件事朕先告诉你。玫常在的身孕是朕登基后的第一胎，朕很高兴，所以打算封她为贵人。"他凑近如懿的耳边，语不传六耳，"但朕更盼着你，男孩女孩朕都喜欢。"

如懿面上烧得滚烫，却不敢露出半分神色来，只得极力自持道："臣妾恭送皇上。"

永璜紧紧攥住皇帝的手走了出去,一路絮絮说着:"皇阿玛,儿子已经能把《论语》都背下来了……"他说着,回头朝如懿挤挤眼睛,跟着皇帝出去了。

阿箬送到了宫门口,复又转进来,笑意满面:"大阿哥可真是聪明,一点就通。能有皇上亲自送去尚书房,以后大阿哥再不会受委屈了。"

如懿兀自微笑,忽然目光落在阿箬身上,逡巡不已。阿箬被如懿看得有些不好意思,不安地摸了摸鬓角和袖口,强自微笑道:"小主这么看着奴婢,是怎么了?"

如懿的目光失去了温和,冷然道:"你这身打扮,都快赶上皇上新封的秀答应了。只是秀答应脸上的坦然倨傲之色也没有你的多。"

阿箬有些讪讪的,摸着袖口密密的樱桃红缠枝绣花,那花色一定是让小宫女拆了缝缝了拆忙活了许久才成的,每一瓣绣花里都点着玉色的蕊,配着双数的翠叶,落在翠粉色的衣料上,十分鲜亮。阿箬的绣花鞋上也绣了满帮的花朵,宫女的鞋原可绣花,但求素净。阿箬却是粉蓝的绣鞋上缀满了胭脂色的撒花朵儿,唯恐人看不见似的,映着一把青丝间点缀着的同色绢花并烧蓝嵌米珠花朵,越发夺目。

如懿蹙眉道:"你进宫时就知道宫训,宫女衣着打扮要朴素,不许轻浮妄动。"

阿箬的脸红成了虾子色,嗳嚅道:"奴婢也是为小主高兴,所以打扮得鲜亮些。"

如懿对镜梳通了头发,由着蕊心盘起饱满的发髻,点上几枚翠翘为饰,又选了支简素的白玉珠钗簪上,方道:"你是为我高兴还是因为你阿玛的功劳为自己高兴?你在延禧宫里是最有身份的宫女,和蕊心是一样的。只是你得明白,身份不是靠衣饰出格来换取的。"她见阿箬露出几分窘色,只搓着衣角不说话,只得缓和了语气道,"尤其是皇后不喜欢宫中奢华,如今虽然比从前宽松了些,嫔御许用金饰了,但宫女打扮得出格,必是要受责罚的。"

阿箬看如懿神色宽和了些许,才嘟囔着说:"奴婢也是知道自己和旁人不一样了，又是近身伺候小主的，所以才……"

如懿见她如此不知事，不觉懊恼："宫女虽然有出身能打扮，但也不许浓妆艳抹，更不许招摇过市。你看看你的衣裳和鞋子，若是被外头人看见，指不定就要挨竹板子。你素来要强，能这般丢人？"

阿箬吓了一跳，忙跪下道："奴婢只是高兴，没想那么多。小主，奴婢……"

如懿拣了一副玉叶金蝉佩正要别上领口，看她那个样子，不觉生烦，呵斥道："赶紧脱了去，这身衣裳鞋袜，不到年节不许再穿！"

阿箬慌不迭下去了。如懿看了惢心一眼："她如今有些家世，越发轻狂了。你和她一块儿住着，也提点着她些。"她见惢心只是默然，不觉苦笑，"是了，她那个性子，我的话都未必全听，何况是你呢？你不受她的气就是了。下去吧。"

惢心回到房中，阿箬只穿着中衣，正伏在妆台上哭。衣裳脱了下来横七竖八丢在床上，像一团揉得稀皱的花朵。阿箬听见她进来，忙擦了眼泪赌气道："惢心，你说实话，我这样穿明明很好看是不是？"

惢心笑道："是很好看，只是……"

"只是小主觉得我太好看，怕抢了她的风头罢了。方才我送大阿哥去小主寝殿，看见皇上和小主在照镜子，那镜子里落进我半个身影，我也没觉得碍了谁的眼。没想到小主就觉得我碍眼了。"她呜咽着气愤道，"明明我这样打扮了出去的时候问过你，你也不觉得太僭越的。"

惢心露着恰到好处的笑容："是是是，我是想，姐姐以后不在皇上来的时候这样打扮，就万无一失了。"

阿箬方才破涕为笑，换了衣裳出去了。

如懿趁着无人在旁，便打开压底的描金红木箱子，一层层翻起薄纱堆绣，有一样旧年的物事赫然出现在眼前。那还是她初嫁的时候，新婚才满三月，自然无事不妥当，无事不满意。闲来相伴他读书的时候，嗅着身边沾染了墨香书卷香的空气，一针一针绣下满心的憧憬与幸福。彼时她才学会刺绣，笨手笨脚的，所以一方打了樱色络子的绢子上，只绣了几朵淡青色的樱花，散落在几颗殷红荔枝之侧，淡淡的红香，浅浅的翠浓，不过是两个名字的映照：

青樱，弘历，相依相偎。绣好的时候，她也不敢送出手，怕惹他笑话，终究还是塞了箱底。如今想起来，除了这个，自己所有，除了身体发肤，无一不是他的。唯有那份稚拙的真心，经时未改，长存于此。

她想了想，拿过一个象牙镂空花卉匣封了，唤了三宝进来道："等皇上下了朝，送去养心殿吧。别叫人看见。"

三宝答应着去了。如懿伏在窗下，看着莹白的栀子花开了一丛又一丛，无声无息地笑了。

皇后记挂永琏的学业，清晨醒来，想着永琏从撷芳殿去尚书房会过那些路上，便起身想去多看爱子两眼。彼时天色明亮，皇后目送了永琏离去，见小儿家一路不苟言笑，很有天家气度，心底甚慰。正要转身离去，遥遥见皇帝牵了永璜的手说说笑笑，亲热走过，脸上的笑便有些挂不住了。

不知立了多久，皇帝父子越走越远，成了依偎着的两个小点儿，渐渐消失在长街尽头。大约晨起的风太凉，皇后的手心也是微凉，嘴角没有一丝上扬的弧度，轻轻道："皇上亲自送永璜去读书？"

素练早憋了一肚子气，听得皇后这般问，也发作出来："自从大阿哥养在娴妃那里，皇上更疼他了。便是我们二阿哥，也没得皇上亲自送去尚书房。一个庶子，这么夺嫡子的宠爱，这算什么？娴妃是怎么教养大阿哥的？"

素练气哼哼说了一通，才觉得自己失言，说得太过。皇后并无半点训斥她的意思，眸中寒色越浓："娴妃捧着永璜这般得宠，果然是狼子野心，别有所图。"

素练松了一口气，感慨不已："娘娘总算是看清了，所以您也别心疼莲心。只要对您有助益的人，咱们都该收为己用。"

皇后点头，想着慧贵妃专心医治身体，玫常在有孕不能侍寝，还有谁能分了娴妃这般得宠。思忖片刻，她向素练道："告诉敬事房，今夜绿头牌送上去，把嘉贵人的放在最前头。"

是夜，皇帝果然到了玉妍宫中。启祥宫离皇帝的养心殿近，夏夜烦热，皇帝不耐多走,到玉妍这儿却是最方便的。皇帝进来时,玉妍只着一件玫瑰色薄薄绫罗家常衫子,远远看着是一色的,走得近了,才发觉灯笼的微光下有流水般的纹路。那衫子的蝴蝶纽儿上缀着一粒细细的珍珠,小巧圆润,简单又不失别致。

玉妍倚在朱漆栏杆上,雪白的手指摇着一把素罗扇子,上头绣着欲飞未飞的两只金线蝴蝶。玉妍看见皇帝,懒懒地也不起身,只是口中道了请安。皇帝不怪她疏于礼数,只是捏一捏她的脸:"外头怪热的,你怎么在这儿?"

玉妍拿扇子掸开皇帝的手,斜睨了皇帝道:"不是说轻罗小扇扑流萤么?臣妾在等流萤呀。"

皇帝哧地一笑:"别以为朕不知道你说的是什么意思,人家那是失意宫女,你哪里失意了?"

玉妍举起扇子在皇帝身上轻轻一扑,巧笑倩兮:"皇上不来,臣妾失意。皇上来了臣妾便不失意了。只不知道臣妾这把扇子,能扑到皇上这个飞来飞去的流萤么?"

她的嘴唇微微湿润,吐气如兰,带着一点蛊惑的气息。

她总是这样,和宫里的任何一个嫔妃都不同。带着点艳,带着点媚,还有一点点野。

皇帝的手臂贴着她的身子,她衣衫太薄,透着她身体的温热。还有,竟能隐隐地看见滑腻的羊脂般娇嫩的肌肤。

皇帝低低地笑了,在她耳边道:"你是扑不了朕的,朕扑你罢了。"

玉妍的喉间闪出一点银铃般的脆笑,轻轻咬了咬皇帝的耳垂,伸臂揽住了他的脖子。

日子过得极快,好像树梢上蝉鸣咝咝,荷塘里藕花初放,这一夏便过去了。玫贵人因着身孕而获晋封,一时间炙手可热。人人都想着无论她生男生女,因着这宠爱,皇上也势必对这孩子青眼有加。永和宫这般热闹,咸福宫也未清静,晞月一心一意地调理着身体,隔三岔五便要请太医诊脉调息,又问了许多民间求子之法。私下里晞月替父亲高斌打点着养心殿的小太监小林子和小张子，方便父亲在御前奏对得当，得皇帝欢心。

小林子和小张子也得力，将桂铎得皇帝看重一事禀告了，又点了是阿箬的阿玛。晞月听得和如懿那儿有关，又想着玫贵人是乌拉那拉府早年送来，多少和如懿有些扯不清的关系，心下大警，立刻派人让父亲知道留意着。此外便常在宝华殿问神祝祷，祈求玫贵人生不出贵子，是个女儿，不，最好呆笨难看，永远被人笑话。

后宫的恩宠，不是在如懿这里，便在启祥宫，倒也算平分秋色。这样过了七夕便是中元节，然后秋风一凉，连藕花菱叶也带了盛极而衰的蓬勃气息，像要把整个夏天最后的热情都燃烧殆尽一般，竭尽全力地开放着。

眼看着快到中秋，长春宫也忙碌起了莲心的婚事，虽是宫女太监对食，然而皇后却极重视，事事过问，宫人们无一不赞皇后贤惠恩下，连宫女都这般重视。八月十五的节庆一过，十六那日众人便忙碌了起来。对食是宫人们的大事，意味着此风一开，便有更多的寂寞宫人可以获得恩典，相互慰藉。因着莲心与王钦都在宫中当差，所以在太监们所住的庑房一带选了最东边、离其他太监们又远的一间宽敞屋子做了新房。

这一日黄昏，晞月和玉妍随着皇后一同在长春宫门外送了莲心。皇后特意给莲心换了一身红装，好好打扮了，慈和道："莲心，今儿是你的喜日子。你们成婚不能张扬，就本宫和贵妃、嘉贵人送送你们。"

皇后此言一出，王钦领着莲心一一谢恩。

晞月送了一对红喜字玛瑙珠花道贺，凑趣道："莲心，皇后娘娘恩德恤下，下人们住的庑房那儿，皇后娘娘选了最东边一间宽敞屋子给你们夫妇住着。"

莲心含泪跪在地上，王钦紧跟着她跪下了，千恩万谢道："多谢皇后娘娘恩典，奴才一定会好好疼莲心的。"

皇后含笑道："你们是要一世做伴的，一定要彼此关爱，才不枉了本宫与皇上的一片好意。"

莲心似有不舍，紧紧抓着皇后的袍角磕了三个头，泪汪汪的只不撒手。

慧贵妃笑道："莲心果然知礼，民间婚嫁就是这般哭嫁的，哭一哭，旺一旺母家，你就当是旺了皇后了。"

皇后弯下腰，轻轻拨开了莲心的手，温婉笑道："好好去吧，别忘了本宫对你的期许就是了。"

素练忙笑着道："恭喜莲心姐姐。以后便是王公公有心照顾了。"

王钦利索地扶过莲心，拉着一步一回头的她，被一群宫女太监簇拥着去了。皇后不安，直到莲心她们出去，才微微松了口气。

晞月抬头看了看漆黑如墨的天空，皱了皱眉抱怨："哎哟！今儿是八月十六，怎么连个月亮也没有，黑漆漆的瘆人。"

皇后怏然不乐，拂袖进去。

晞月不知自己哪里说错了话，要赔礼也无从说起，便悻悻和玉妍出来。玉妍哪有心思理会莲心的婚事，只遥遥望着永和宫，有一句没一句地和晞月议论着玫贵人的胎。因着皇帝对玫贵人腹中孩儿的期许，尚在孕中便封了贵人，若来日生子，封嫔也近在眼前。"可怜嫔妾熬了这些年，竟还不如她。"

玉妍的自怨自艾惹了晞月无限自怜。说到肚子不争气，潜邸的嫔妃们除了皇后和绿筠，其他人都可抱头一哭。

玉妍叹息："皇上登基后的第一胎，当然与众不同。若是个皇子，那就更不一样了。"

晞月想着玫贵人来日的风光便气咻咻的。谁遇喜受赏她都能容，唯有玫贵人狠狠得罪过她，没有出了这口恶气便要来道喜，晞月想想便觉得窝囊："你就知道她生的一定是皇子，一定就能生下来？怀胎十月，保不住孩子的多的是！那个小蹄子处处和本宫作对，便这般有福？"

玉妍想了想笑道："是了。她还是乌拉那拉府里送来的人，和娴妃有说不清道不明的关系。纵然娴妃推说不知，但皇后娘娘那儿探得的来历会有假？贵妃娘娘忘了，为这事那会儿嫔妾还闹了一场。"

"你的性子也太莽撞了，往后莫再这般冲动。"晞月唇齿之言如寒冰冷冽，"本宫容不得玫贵人，就是如此！本宫会日夜祈求上苍，让她求子偏生女，便是生下皇子来,也是个蠢笨呆傻,不得皇上喜欢的。"

话这么说,晞月也当真这么做。

晞月含怒离开。玉妍瞧她如此气恨,实在觉得好笑,不觉咯咯出声。笑着笑着,她眼角就有了一滴冷泪,在未滚下来时便被她伸手抹去了。玉妍郁郁不乐:"若遇喜的是我,或许皇上就会厚赏我的母族。是我没福,赶不及遇喜。"

贞淑望着晞月离去的背影:"来得早不如来得巧。要真如贵妃所愿玫贵人生不得,或许您就有了。您自入府承宠后是一直服药避免有孕,如今这药咱们也停了,说不准什么时候小主这就也有好消息了。"

玉妍稍稍宽心,便吩咐道:"明日你照旧去御膳房瞧瞧,有什么点心挑好的拿来,我好请了纯嫔来说话。"

如懿知道今夜莲心配婚,满心里不舒服,只觉得喜事非喜,大非吉兆。等哄了永璜睡着,她便支着腮在烛下翻看一卷纳兰的《饮水词》。

惢心端了一碗红枣银耳汤来,道:"皇上叮嘱了每日早起喝燕窝,临睡前用银耳,小主快喝了吧。否则皇上不知怎么挂心呢。"

如懿头也不抬道:"先放着,我先看会儿书再喝。"

惢心将蜡烛移远了些:"小主看什么这么入神?小心烛火燎了眉毛。"

如懿缓缓吟道:"飞絮飞花何处是?层冰积雪摧残。疏疏一树五更寒。爱他明月好,憔悴也相关。最是繁丝摇落后,转教人忆春山。湔裙梦断续应难。西风多少恨,吹不散眉弯。"她慨然触心,"难为纳兰容若侯门公子,竟是这般相重夫妻之情。绿衣①悼亡,无限哀思。"

惢心舀了舀银耳汤道:"小主,今日是莲心出嫁的好日子,你看这个,好不应景。"

如懿失笑道:"是了。要让贵妃知道,必是以为我在咒莲心呢。"

两人正说笑着,阿箬点了艾草进来放在角落熏着,又换了景泰蓝大瓮里

---

① 绿衣:《绿衣》是《诗经》中一首有名的悼亡诗,本诗表达丈夫悼念亡妻的深长感情。诗人目睹亡妻遗物,备生伤感,由此浮想联翩。由衣而联想到治丝,惋惜亡妻治家的能干。

供着的冰。阿箬替如懿抖开纱帐，往帐上悬着的涂金镂花银熏球里添上茉莉素馨等香花，取其天然之气熏这绣被锦帐，留住花气清雅旖旎。忽然静夜里不知何处传来一声尖厉的惨叫，那叫喊声穿破了寂静的夜空，迅速刺向深夜宁静的宫苑。

如懿一时没反应过来，只以为自己听岔了。正要说话，又一声叫声嘶厉响起，带着凄厉而绵长的尾音，很快如沉进深不见底的大海一般，无声无息了。

三人愣了半响，阿箬怯怯道："那声音，好像是从太监庑房那儿传来的。"她迟疑着道，"应该不会错，咱们延禧宫离那儿最近了。"

惢心静静挑亮了灯火，低声道："这声音像是……"

阿箬眼睛一亮，带着隐秘的笑容："莲心！"

第二十五章 西风恨

次日清晨，如懿被照进寝殿的金色光斑照醒，无端便觉得身上沁了一层薄薄的汗意。到了初秋尚有暑意，如懿迷蒙地躺着，看着惢心和绿痕进来卷起低垂的竹帘，又端了新的冰进来，将榻前景泰蓝大瓮里供了一夜渐渐融化的冰都换出去了。她卧在床上，身下的水玉凉簟细密地硌着肌肤。她打着水墨山水的薄绫扇，听着细小的水珠顺着那些巨大的冰雕漉漉沁滑下去，泠泠的一滴轻响。她兀地想到昨夜那两声惊破了静寂的凄楚叫喊，仿佛蕴着极大的无助与痛楚。如懿微微一想，便忍不住自惊悸中醒转。

起来梳洗的时候如懿还有些怔怔的蒙昧，惢心一边替她梳头，一边道："昨天傍晚烧了满天的火烧云，今天起来那太阳红闷闷的，等下怕是要下雨呢。等下了雨，就凉快些了。"

如懿道："等下去长春宫请安，备着伞吧。"

惢心答应了一声，去外头准备了，便和阿箬陪着如懿往长春宫走。

这日陪着玉妍去请安的是丽心。贞淑一大早去了御膳房。里头人来人往，都赶着自己的差事，忙得脚不点地，也没人理会贞淑。贞淑自去点心案上挑了几味上好的点心收进食盒里，出来时见小禄子在鱼池那里给新鲜鱼虾喂食，那灰白的鱼食撒雪似的落下去，争得鱼儿们都张嘴来夺。喂好了大池子里的，又去旁边单独的小池子里，这下他喂得更仔细，跟伺候活人般忙完了，才见贞淑看着他笑。

贞淑少见这样的阵势，好奇问："哟，这池子里的是单给玫贵人吃的鱼虾？"

小禄子在衣袍上抹干净了手，笑容满面迎过来："是啊。玫贵人遇喜，饮食都是独一份儿的。可惜玫贵人遇喜后胃口不好，也吃不下多少。"

"有身孕都这样，等往后啊就吃得下了。"贞淑很有经验似的，"对了，你兄弟小福子没来看你？"

小禄子笑嘻嘻的："大阿哥住在延禧宫里，小福子差事多了，没空来呢。"

二人招呼了一声，贞淑自回宫去准备招待纯嫔到来不提。

莲心虽是新妇，一早也在长春宫中伺候了。众人见她穿着平素的宫女衣裳，只是发髻间多了几朵别致绢花，喜盈盈的颜色，脸色平静得有些异常。嫔妃们贺了几句"恭喜"，又各自备下了一点赏赐赠她。莲心一一谢过，便安分地随在皇后身边。

皇后含笑饮了口茶，瞥见她手上新戴着的一个玉镯子，便道："看你这个打扮，想来王钦待你极好。"

莲心脸上一呆，露了几分凄苦之色，很快掩饰情绪："托皇后娘娘的洪福，一切都好。"

皇后放宽了心，也颇高兴："这便好，也不枉了本宫一番心意了。"她唤过素练，取出一双银镏金福寿双成簪子捧在锦盒中，"小主们都送了你不少东西，本宫是你的主子，也不能薄待了你。这双簪子便送你吧，希望你和王钦也福寿双安，白头到老。"

莲心一个激灵，像是高兴极了，忙屈身谢过。

众人请安过后便一同出来。仪贵人笑盈盈道："皇后娘娘慈心，对下人们真是好。"

玉妍亦道："莲心不过是个宫女，即便许婚也未必能指到多好的人家，还不如嫁了王钦，也是一世的荣华呢。"

绿筠带了几分惋惜："可惜了王钦是个太监，莲心她……"

玉妍不屑道："太监是缺了那么一嘟噜好玩意儿，可是缺了怕什么？莲心嫁到外头，一旦有点好歹，那是贫贱夫妻百事哀。还不如守着宫里的荣华呢。"

绿筠不好意思地啐了一口，秀答应听她说得直接，红着脸笑得捂住了嘴："这话也就嘉贵人敢说了，咱们是想也不敢多想。"

蕊姬原走得慢，听到这儿忽然站住了脚道："各位姐姐难道昨晚没听见什么声音么？"

仪贵人睁大了眼睛，神神秘秘道："难道……玫贵人也听见了？"

蕊姬含了一缕隐秘的笑意："也不知道我是不是听岔了，恍惚听得太监庑房那儿传来两声女人的叫喊。"

仪贵人连忙拉住了她道："我也听见了。但我的景阳宫在妹妹的永和宫后头，听得不大清楚，还当是风吹的声音呢。"

蕊姬笑着挥了挥绢子，见众人都全神贯注听着，越发压低了声音道："我的永和宫在娴妃娘娘的延禧宫后头，照理说延禧宫离太监庑房那儿最近，该是她听得最清楚了。"

阿箬忙兴奋道："的确是……"

如懿立刻打断道："的确是我们已经睡熟了，没有听见。"

仪贵人便有些悻悻的："那个时候还不算太晚，娴妃娘娘不肯说就罢了。"她只打量着阿箬，"阿箬，你伺候娴妃娘娘，肯定睡得晚。你可听见了？"

阿箬含糊地摇了摇头。海兰道："姐姐们别瞎猜了。即便有什么动静，那太监的喊声，也和女人的声音差不多。"

蕊姬笑道："太监就是太监，女人就是女人，声音不一样。会不会是莲心喊的？"

绿筠忙念了句佛："可不能胡说，这是皇后娘娘莫大的恩典。咱们这么揣测，可是要惹皇后娘娘不高兴的。"

玉妍掩着口哧哧笑道："现在已经离了长春宫了。再说了，难道许她喊，就不许我们议论么？我倒想知道个究竟，莲心为什么会喊起来？"她压低了声音，笑得像一只窃窃的鼠，"即便没见过男人，见个太监，也不必高兴成这样吧？"

蕊姬嫌恶地拿绢子擦了擦耳朵："声音惨得很，吓得龙胎都在我腹中抽了两下，差点便要传太医了。"

仪贵人立刻附和道："玫贵人听得没错，叫得可凄厉了。我还当是夜猫子叫呢。"

玉妍不解道："太监能有什么本事，她便不情愿，还能怕成那样？"

绿筠听着不堪，便道："前明的时候阉宦横行，多少见不得人的脏东西都有呢。还有死了人的。"

玉妍惊诧道："这也有死了人的？"

秀答应点头道："可不是！折磨人的手段多的是！"

海兰摇了摇头，用极低的声音道："当面给莲心道喜，背后却看人家笑话。真是……"说着，便借口有事先走了。

如懿也实在听不下去，拐了弯便进了长街，不与她们再闲谈。

皇后独坐在佛前，恭敬地敬了一炷香。素练捧了一束雪白香花进来供在菩萨面前，笑道："不是初一十五的，娘娘怎么敬起香来了？"

皇后看着菩萨慈眉善目，怜悯苍生的模样，心中的不安与愧疚便浅了几分："本宫瞧莲心的脸色仿佛不大好。不知怎的，瞧见她便有些心虚，生怕自己错配了姻缘，误了她的终身。"

素练知道皇后心思，方才发觉如懿落下了绢子，便立刻打发莲心离开给如懿送绢子去，少在皇后跟前晃悠。

素练自然不觉得皇后会有不是，寻思了片刻，便将许婚前阿箬嘴坏，奚落莲心的事拣要紧的说了。皇后很不喜欢阿箬牙尖嘴利，深觉讨嫌，又从晞月口中知道阿箬的阿玛桂铎很有治水的才能，甚得圣心，如今都跟着高斌办事了，娴妃不免又多了一道助益。皇后明白阿箬的坏嘴也是莲心的委屈，当下吩咐了赵一泰去寻富察夫人，找到莲心的弟弟妹妹，好生照应，也好约束着莲心，防她不听话。

如懿正疾步走着,忽然听得身后一声唤:"娴妃娘娘留步!"转头竟是莲心,捧着一方绢子急急赶上来道,"娴妃娘娘,您的绢子落在长春宫了。皇后娘娘叫奴婢给您送过来。"

如懿谢了她接过,离得近了,方才瞧见她仔细敷好的脂粉底下,一双眼皮微微肿泡着,想是哭过。如懿心中明白,想她素日虽然有几分骄横,如今也是可怜,不觉便生了几分怜惜:"多谢你。看着天色快下雨了,赶紧回去吧。沾了雨可不好。"

阿箬忽然笑了一声,道:"沾点雨怕什么,如今莲心姐姐可与我们不同了,淋了雨都是有人心疼的。"

如懿轻声呵止道:"阿箬,咱们回宫去。"

阿箬走了两步,止住脚转身笑吟吟地打量着莲心道:"都说太监会疼人,看莲心姐姐今日的打扮,的确是王公公会疼人了。穿衣打扮都不一样了。"她凑近了低声笑道,"不过还有一件好处,姐姐嫁了王公公,便省了生儿育女的一桩苦处,也省下了为人母亲的烦心事。那是多少人求也求不来的福气。"

莲心气得双唇发颤,雪白的面孔上只见一双充斥了血丝的眼睛黑红交间地瞪着阿箬,又是气愤又是凄楚,显然是气到了极点。良久,她终于吐出一句,那语气冷得像冰锥子一般扎人:"这福气这么好,我就祝愿你,也嫁一个公公对食,白头到老,死生不离。"

阿箬气得眼睛一瞪,很快忍住了笑道:"我哪里能和姐姐比,不过是我们小主抬举,总要将我许婚给御前侍卫的。只好眼看着姐姐和王公公,无儿无女,相伴到老了。"

如懿气得胸口像裹了一团火似的,喝道:"阿箬,你给本宫住嘴!再敢放肆,本宫就要狠狠罚你!"

莲心满眼是泪,只咬着牙狠狠忍着。如懿呵斥声未止,只听后头一个声音森冷道:"什么就要狠狠罚,在宫里这样放肆取笑,立刻就该打死!"

如懿听得声音,知道不好,忙转过身去,只见晞月携了茉心站在拐进长街的朱红门壁边，目光冷厉，盯着如懿，宛如要在她身上剜出两个透明窟窿来。

如懿忙屈身道："贵妃娘娘万安。"

阿箬也不禁有些慌，忙跟着道："贵妃娘娘万安，娘娘恕罪。"

晞月冷哼一声，也不看她，语气冷冽如冰："恕罪？是谁纵得你在宫里放肆喧哗，胡言乱语？还敢在螽斯门①底下说无儿无女这种浑话，简直是大逆不道！"

如懿立时回过神来，才发觉方才急于避开那些闲话之人，原来是转进了螽斯门。宫中所建螽斯门，意在取螽斯之虫繁殖力强，以祈盼皇室多子多孙，帝祚永延。阿箬在这里说这种"无儿无女"的话自然是大逆不道，更怕是戳着这些日子来一直求子的晞月的心思了。

如懿忙屈身道："阿箬一时放肆，言语失了轻重，还请贵妃娘娘恕罪。"

阿箬也着实吃了惊吓，忙跪下道："贵妃娘娘恕罪，奴婢是无心的。"

莲心看了晞月一眼，低低道："无心也能说出这般刻薄的话来，可见私底下嘴多坏。一切交给贵妃娘娘处置，奴婢先告退了。"

晞月拨了拨阿箬的下巴："这张嘴跟刀子似的。你是仗着娴妃的恩宠呢，还是仗着你阿玛略微得脸些，就真当自己是个格格了？"

阿箬连连道了不敢。

茉心含了一丝讥讽与厌恶："皇上常说螽斯门寓意大清子孙昌盛，贵妃娘娘每日晨昏都要来螽斯门祝祷祈愿，你敢在螽斯门底下说无儿无女这种话，真是不要命了！何况莲心的婚事是皇后娘娘亲自配婚，凭你也敢出言嘲讽？皇后娘娘知道也必不饶你。"

阿箬求救似的看了如懿一眼，如懿无奈地摇摇头，实在是恨铁不成钢。阿箬无计可施，只得老老实实跪着磕了头道："奴婢因是与莲心姐姐相熟，才这般玩笑的，娘娘恕罪啊！"

---

① 螽斯门：螽斯门是西二长街南门，南向，北与百子门相对。螽斯是一种昆虫，繁殖力强，善鸣。螽斯门的典故源自《诗经·周南·螽斯》，诗中描述了螽斯聚集一方、子孙众多、虫鸣阵阵的景象。皇宫内廷西六宫的街门命名为螽斯，意在祈盼皇室多子多孙，帝祚永延。

晞月指着门上匾额向阿箬道："出言不逊，取笑宫人，不敬中宫，污秽圣地，冒犯祖宗。本宫不能不在此责罚你，以敬列祖列宗。"

洒金海蓝底的匾额，以满蒙汉三种文字分别书写着"螽斯门"三字。此时天光暗沉，远远有乌云自天际滚滚卷来，唯云层的缝隙间漏出几线金线似的明光，落在匾额的泥金框上，那种炫目的金色，几乎要迷住人的眼睛。

晞月使了个眼色，双喜立刻会意，一招手带上一个小太监，死死按住了阿箬，茉心拔下头上一支银簪子，没头没脸地往阿箬嘴上戳过去。阿箬吓得面色煞白，拼命躲避，嘴里不住地求饶。茉心戳了几下没戳到，又气又恨，忍不住手上更是加力。

如懿忙拦在阿箬身前道："住手！阿箬再有差错，也不能这样扎她。"

晞月一把扯开她，轻蔑道："本宫还没有问你管教不严之罪，你还敢帮她！"

如懿见阿箬躲了两下没躲开，嘴唇上已被扎了一下，汩汩流出殷红的血来，看着甚是吓人。

如懿忙跪下道："阿箬是有过错，但请贵妃娘娘宽恕，容我带回宫中慢慢管教！"

晞月精心描摹的眉眼露出森冷的寒光，与她娇柔的面庞大不相称："教而不善。本宫身为贵妃，就替你管教。"

如懿眼见阿箬受苦，虽是气她口不择言去伤莲心，可也心疼她唇上的伤，心中愈加焦急难言，只得低头道："贵妃怎么罚，我和阿箬都不敢有怨言。只是阿箬还要当差，带着伤谁也不好看。还请贵妃宽宥。"

天际有闷雷远一声近一声传过来，空气黏着如胶，让人透不过气来。晞月淡淡一笑，眼波却如碎冰一般："茉心，你去回皇后娘娘的话，阿箬出言不敬，冒犯祖宗，本宫罚她在螽斯门下思过六个时辰。"

茉心得意地答应一声，晞月道："双喜，留在这儿看着她，本宫先回去歇一歇。"

双喜响亮地答应着，笑眯眯向阿箬道："姑娘，如今只有我陪着您了。六个时辰，咱们贵妃娘娘已经是大发慈悲了。"

晞月目光一剡:"至于娴妃,本宫罚你抄写《佛母经》①百篇,今夜之前交到宝华殿焚烧谢罪。"

如懿诺诺答应,见她走远,方才起身。阿箬慌不迭膝行上来,抱住如懿的腿道:"小主救奴婢,小主救救奴婢!"

那长街的青石板砖上都是镂刻了吉祥花纹的,哪里会不疼?跪在那里六个时辰,等于是给膝盖上了刑。如懿又气又恨又心疼,心里跟搅着五味似的复杂,当着双喜的面又不愿露出来,只得撒开她的手,怒其不争道:"你现在知道求我了,我让你闭嘴的时候你怎么就要这么饶舌去取笑人家,挖人家的伤疤!如今你让我去求谁?口不择言伤了贵妃的颜面,羞辱莲心伤的是皇后皇上和王钦的颜面,现下还有谁能来救你!你便老老实实跪着吧!"

不远处隐隐传来贴地旋卷的风声,一股奇特的尘土气息在风里飞散。浓密的雨云汇集过来,乌压压地盖住了天空,每一阵风过,都簌簌卷来不知从何处落下的大片森绿的叶子和残花。落在红墙碧瓦之下,隐隐带了丝阴沉的气味。

雨点子冷不丁地落下来,溅起尘土呛浊的味道,如懿看着更是不忍,只得低声下气向双喜道:"双喜公公,阿箬跪在这儿也罢了,只是眼看着便要下雨,这两把伞便留给您和阿箬吧,免得都淋坏了身子。"

双喜皮笑肉不笑道:"可不敢当。娴妃娘娘,奴才皮糙肉厚的,不怕雨点子淋。可是阿箬嘛,既是受罚,就不必得这样照顾了。难道哪天她那张惹事的嘴拖着她要被送去砍头,您还怕刀太快削了她么?好了,您也请回吧,犯不着和奴才们一块儿堆着。"

惢心低低道:"小主还是回去吧,那百篇的《佛母经》抄不完,只怕贵妃又要怪罪呢。"

乌沉沉的天空中电闪雷鸣,轰轰烈烈的焦雷几乎是贴着头皮滚过,带着

---

① 《佛母经》:又名《佛母大孔雀明王经》,内容叙述莎底苾刍为众破樵,为黑蛇所螫,不堪苦痛,阿难向佛求救,佛为他说大孔雀明王神咒而救之。

水汽的风阵阵袭来，将裙角吹得飞扬如翅。如懿实在是无可奈何，只得摇摇头，撇身离去。

一袭冷风暴烈地叩开窗棂，席卷着泥土草木被雨水暴打的气息肆无忌惮地穿入宫室，呼呼的风吹得窗子啪啪直响，如懿赶紧护住案几上已经抄了大半的《佛母经》。惢心忙将窗上的风钩一一挂好，方过来研了墨道："这雨下到午后了，怎么一点儿也不见小？"

她见如懿只是低眉专注地抄写，又忧声道："奴婢悄悄去看过阿箬，原想送两个馒头给她垫垫肚子。可是双喜打了伞坐在宫门避雨的檐下看着她，一点都不肯松动。"

如懿笔下一颤，写歪了一个字，只得揉皱了扔下道："活该！几次三番要她嘴上留心，她偏偏不听，恃强拔尖，嘴上不饶人。"如懿越说越恨，"事事要拔尖也得有拔尖的本事，这样没遮没拦的，活该长个记性！"

惢心不敢再说，只得细心添了水研磨墨汁。如懿心下烦忧，又惦记着慧贵妃的嘱咐，知她不好应付，只得用心仔细抄录，生怕被她挑出一点毛病来。好容易只剩下十几篇了，她又不放心起来，听着雨声哗哗如注，简直如千万条鞭子用力鞭打着大地，抽起无数雪白的水花。她侧耳倾听，叹息道："都说雷雨易止，这雨怎么越下越大了呢？"

惢心知她心中还是担心阿箬，便道："也是老天爷爱挫磨人，早起虽热，下了雨却寒凉，阿箬跪在大雨里，回来还不知道是怎么样呢？"

雨水敲打着屋檐瓦当，惊得檐头铁马叮当作响，如懿心下愈加烦躁。她按捺住满心的担忧，吩咐道："我这儿的《佛母经》快抄完了，你等下赶紧送去咸福宫知会一声，然后去宝华殿焚烧了交差。"

惢心口上答应着，知道如懿的话必定还没完，便拿眼瞧着如懿。果然如懿凝神片刻，唤进三宝道："阿箬跪了几个时辰了？"

三宝忙道："四个多快五个时辰了。"

如懿点点头："你去太医院请许太医过来，就说是我身上不大松快。再嘱咐他备些祛风治寒的发散药物。"

三宝答应着赶紧出去了,如懿又吩咐绿痕:"去多烧些滚烫的热水来,阿箬回来给她泡个热水澡去去寒气。再抱两床厚被子在她屋子里给她焐上。还有,姜汤也要备好。"

绿痕一迭声答应着,蕊心含笑道:"小主还是心疼阿箬。"

如懿摇摇头:"她跟了我这些年,自然没有不心疼的。只是,她也太不争气了。"

过了好一阵,如懿将写好的百篇《佛母经》都交到蕊心手里:"去吧。回了慧贵妃就去做你的差事。"

蕊心叮嘱了绿痕并几个小宫女几声,便告退了出去。

如懿站在廊下,看着蕊心擎了伞出去,四周湿而重的水汽带着寒意透过衣裳,像是要把她的身体一同浸润了一般。天色暗沉得宛如深夜,廊下院中数十盏宫灯飘摇在雨中,像是忽远忽近的鬼火,飘忽不定。如懿披衣站着,看着宫苑殿阁的棱角在雨水的冲刷下渐渐变成深色却模糊的薄薄剪影,心中便生出无尽的担忧与惘然。

她正沉思着,只见一个浑身湿透的人霍然闯入宫门,精疲力竭地跪倒在雨水之中。

第二十六章 独自凉

如懿一怔,旋即辨认出那个如同水里捞出来的身影便是阿箬。如懿连忙撑了伞让几个小宫女扶她进了自己的房中。绿痕正好烧好了热水进来,忙把水倒进了柏木浴桶中,七手八脚和如懿将她湿透的衣服剥除了,整个人挪进浴桶里去泡着。

阿箬感觉到周围滚烫的水,才呻吟着醒了过来,一见如懿在身边,眼泪立刻落了下来,唤道:"小主。"如懿一壁吩咐绿痕往水中加入活血驱寒的姜片、石菖蒲和黄酒,一壁伸手进水里替她搓着手臂,方道:"不是要六个时辰么?怎么这么快回来了?"

阿箬的脸上已分不清是水还是泪,只哭着道:"大约是贵妃娘娘气消了,没再让奴婢当街跪着。"

如懿道:"先别哭了。赶紧泡热了身子,我给你腿上上点药。跪了那么久腿一定很疼。"她起身回到殿中,默默剔亮了灯芯,听着外头雨疏风骤,不过多时,却见惢心推门进来,她有些诧异:"怎么回来了?"

惢心有些为难,片刻方道:"慧贵妃看了小主抄写的《佛母经》,说小主敷衍了事,写得不仔细,并不是诚心受罚。"

如懿叹口气:"那她要怎样?"

惢心屏息敛气："慧贵妃说，要小主重新抄录一百篇，明日去长春宫请安前送去咸福宫。"如懿微微凝神，便道："无妨，我再抄一百篇就是。"

惢心觑着如懿的神色，低低道："其实，其实慧贵妃压根儿就没翻小主抄的佛经，小主怎么抄她都不会满意的，分明是存心刁难小主。"

如懿淡然一笑："那不是意料中的事么？她要的何尝是佛经？不过是要看我辛苦劳碌，疲于奔命罢了。"

她说罢再不言语，起身到了案几前，提笔蘸墨，依次抄录了起来："为着玫贵人的身孕，她已经怄了许多气，我再这般不驯服，便是落了她话柄了。"

惢心踌躇片刻，还是道："可是贵妃的确是过分了。"

如懿含了一缕微薄的笑意，淡淡道："阿箬没有分寸，她要管教阿箬。她自己失了分寸，我也会让她知道什么叫在分寸之内。"

惢心看着她提笔立时写就，不觉诧异："小主不是要抄佛经么？怎么写了一首旁人的诗？"

如懿道："抄写佛经不过是小巧，这个才是最要紧的。"她附耳低语几句，惢心会意一笑："奴婢遵命。"

两人正说着话，三宝已经带着许太医过来了。阿箬也换了一身干净衣裳被绿痕扶了颤巍巍地过来。如懿道："劳烦许太医了，替本宫瞧瞧这位姑娘。"

许太医答应了一声，便替阿箬请了脉，很快道："姑娘淋了大雨着了风寒，现下有些发烫，需得仔细调养。现在最要紧的是防着高热发作，免得烧坏了身体。微臣会开好方子送了药来，请小主宫里的人赶紧替姑娘煎了药吃下去才好。"

"那膝盖上的伤？"

许太医恭谨道："只是外伤，上点药就不妨事的。"说着从药箱里取了两瓶药粉出来，"内服外敷，好得更快。"

如懿谢过，便吩咐三宝好生送了许太医出去，取过他留下的药，语气平稳无澜："把裤腿卷起来。"

阿箬卷好裤腿，露出又青又紫的膝盖，最严重的地方硌破了皮肉，沁出鲜红的血丝。如懿微松一口气，替她敷上药粉。阿箬止不住呜咽起来："小主，奴婢好委屈！"

如懿慢慢在伤口上撒着药粉，淡淡道："委屈什么？"

阿箬哭道："慧贵妃这么折磨奴婢，就是为了折损小主的颜面。奴婢受委屈不要紧，可是小主……"

如懿将药瓶往桌上重重一搁："你受委屈当然不要紧，因为你受的委屈都是自作自受，都是活该！"

阿箬怔了片刻，似乎是不可置信般，放声哭道："小主以为奴婢是为什么？从前莲心言语冒犯，几次顶撞小主，不阴不阳的，奴婢已经瞧不上她许久了。昨日她许婚荣耀，今日就受折磨，奴婢是替小主高兴，是替小主报仇才奚落了她几句嘛！"

心口像有一团野火燎原，如懿沉着脸呵斥道："为我报仇，还是替我挖个坑跳下去？我再三告诫过你，这是后宫，一句话说错便要活活打死，你有几条舌头去填你自己的命！"

阿箬战战兢兢地看着如懿，哀泣道："奴婢就算有不是，也是对小主一片忠心呀！"

如懿气得话也不会说了。蕊心忙道："阿箬姐姐，小主就是为了替你求情，才被贵妃娘娘再三为难，抄了一百篇《佛母经》还不够，还要再抄一百篇。"

阿箬怯怯道："奴婢就是不服气，怎么贵妃事事踩在您头上？您又不是争不过她！"

如懿气得脸都涨红了，手上的护甲敲在紫檀桌上发出沉闷的悠响。她恼怒道："你凡事只知道争，只知道要出头！却从没想过凡事要适可而止，有进有退！你是想争，偏偏争不过人家，还把自己填了进去！"

阿箬气馁地哭起来，蕊心见两下里尴尬，便端过一碗姜汤给阿箬："姐姐身上不好，快喝了姜汤散一散吧。"

阿箬就着蕊心的手正要喝，如懿愈加不快："让她自己喝！"阿箬撇了撇嘴不敢再哭，只得自己接过喝了。

如懿严厉道:"等下喝了药好好去睡。这是最后一次,下次还要口不择言,凡事胡乱逞强,我也保不了你。"

阿箬垂着眼睛,无声地啜泣着出去了。

暴雨渐渐转成淅淅沥沥的小雨,天色还是如化不开的浓墨,黑云翳翳重重,似乎要从天际坠落。皇后安坐着查看永琏今日默的书文,看到错处,便一一勾了出来,打算明日要他重抄百遍。莲心见皇后专注,便端了茶悄悄退出去。

莲心回来后脸色便更白,一整日如木偶般缓缓动作着,让皇后越看越觉得不妥,也知道是被阿箬欺负得狠了,想来想去皇后只得打发她回去:"今儿下雨,天也黑了。你早些回去歇息吧。"

莲心控制住想要瑟瑟发抖的身体,连忙堆笑道:"不!皇后娘娘,奴婢伺候您。"

皇后有心体恤她:"你昨日才成婚,早些回去和王钦说说话。"

莲心听得这个名字,便不由自主地跪下。皇后按住心中担忧,奇道:"怎么?王钦待你不好么?"

莲心嗫嚅了须臾,一张粉脸涨得滴血一般,始终不知该如何说起。

素练挡在莲心身前,弯腰捧住她的脸:"莲心,嫁鸡随鸡,嫁狗随狗。你和王钦过得不好,便是辜负了娘娘和皇上的心意了。"

皇后看着永琏默写的书文,想起太傅所言永璜的用功,一点怜意也化作了虚无:"莲心,哪怕眼下受些委屈,做成了差事要紧。一切都是为了永琏。只要永琏好,其余都不重要。"

永琏,永琏,皇后心中所想只有这个儿子,那的确没错。可……可就让自己受这样的罪么?

素练的脸贴近了莲心的脸:"想想你家中弟妹,皇后娘娘已经派母家的人在替你照顾了,你合该好好报恩才是。"

莲心想说什么,忽然闭上了眼睛,生生咽了下去,直咽得满眼是泪。耳边犹有皇后的声音尖锐地划过自己已经不堪负荷的脑中:"本宫知道王钦不算个男人，不得与你生儿育女享受天伦之乐。可除了这个，王钦也是个有体面的，算配得起你。你与他好生过日子吧。"

回到庑房外，看见里头灯火一跳一跳地亮着，莲心便害怕地闭上了眼睛。她撑着一把纸伞，徘徊了许久，见夜色越来越深，百般无法，只得咬着唇打着颤进去了。

王钦一见她便怪笑了两声，摸起桌上散着的几粒药丸一口吞了，猫逗老鼠似的一步一步走过来，莲心吓得抵在门上："你……你又要做什么？"

王钦一把抓住她的手腕，呵呵地笑："咱们是夫妻！"莲心别过脸，闻到他身上太监那股酸臭的气味，想到昨夜的欺凌，恨不得立刻死过去。他迫近了她："咱们的婚事要有差错，那就是丢了皇上和皇后的脸面，你吃罪得起么？还有，别想寻死，死了也是我的人！"

莲心惊恐地挣扎，流下泪来。

"想想你家里的弟妹吧，如今有皇后娘娘母家的人替你照顾。你要和我不好，皇后娘娘一失望，就没人管他们了。那就得我这个姐夫亲自去照应照应他们。"

莲心死命推开他，红了眼睛："你想拿我的弟弟妹妹做什么？"

"你顺我的心，他们自然是我的亲戚。你不顺我的心，他们哪日被人拐了发卖了，我也救不了啊。"

莲心绝望地流下眼泪，跪倒在地。王钦跷着指头轻轻地摸上她的鬓发，那动作轻柔得如同鬼魅，难以逃开的鬼魅。

如懿这一生闷气便是一夜。抄录佛经抄得晚，夜里又听着微凉的雨簌簌一夜，夹杂着雨打芭蕉之声，格外愁人似的，如懿便没有睡好，起来便闷闷的，将昨夜剩下的佛经一并抄录好交给惢心，便道："去吧。"

惢心见外头雨停了，便先送永璜去了尚书房。绕过尚书房便到了长街，惢心一早便知皇帝昨夜歇在玫贵人处，便特意绕了往永和宫外走。果然见微明的天色下，远远有太监们薄底靴轻快擦着青石砖板的步声传来。一溜儿宫灯如星子明耀，簇拥着明黄御辇，后头跟着无数仪仗，自悄然寂静的宫墙夹道急急走来。

蕊心只当是低头走路，打皇帝跟前走过。前头的引导太监便呵斥起来："谁呢？没看见御驾在此么？"

蕊心吓得忙跪下道："奴婢延禧宫宫女蕊心，无心冒犯圣驾，还请皇上恕罪。"

皇帝倒还和气："这个时候，是刚送了永璜去撷芳殿么？"

蕊心道："是。奴婢原本想去永和宫门外迎候皇上。"

皇帝道："什么事？"

蕊心垂着头，恭恭敬敬道："娴妃娘娘说，今日是八月十八观潮日，皇上曾与娘娘说起向往海宁观潮胜景，遗憾不能一去。娘娘特意叫奴婢交一份东西给皇上。"

皇帝点点头，王钦便上前从蕊心手中取过，双手捧着奉给皇帝。皇帝打开一看，却见一张玉版纸上，寥寥几行簪花小楷："八月涛声吼地来，头高数丈触山回。须臾却入海门去，卷起沙堆似雪堆。"那是刘禹锡的《浪淘沙》，写的正是八月十八钱塘江潮壮观之景。

皇帝明如寒星的眼里便有了一丝温暖清澈的笑，这是他曾与如懿说过的，对于钱江狂潮的向往。她却都记得，在这八月十八的清晨，便将满江浪潮一笔一笔写了给他。纸张下部还有一篇《佛母经》，皇帝温和道："怎么有一篇《佛母经》？"

蕊心道："娘娘说，钱江潮虽然万马奔腾，气势无可比拟，但难免对民众有所损伤，常常听闻有人被卷落江水。所以娘娘特意抄写《佛母经》一篇，想借佛母慈悲，眷顾民众。"

皇帝十分喜悦，便道："如此，朕就收下了。王钦，将娴妃所抄的《佛母经》供在养心殿神龛前，这个月都不必取下来了。"

王钦答应着，蕊心侧身跪在甬道边，满面恭敬地看着御驾迤逦而去，才露出了一丝愉悦的笑容。

蕊心回到宫中时，如懿已经自长春宫中请了安回来，倚在长窗下挑拣新送来的白菊花苞。那些花苞尚未开放，带着淡淡的青色，仿如凝玉一般。如懿一朵一朵地挑选着，任清幽的香气在指间幽幽弥漫。

蕊心笑道："小主在忙什么？"

如懿盈然一笑，恍若淡淡绽放的白菊盈朵："挑点白菊花苞做个枕头，给永璜枕着，可以明目清神。"

蕊心搬了小杌子坐在如懿身边，帮着一起挑选："小主怎么突然有这个兴致了？"

"从长春宫请安回来，慧贵妃什么话都没对我说，我就知道，你把事情办好了。"

蕊心低眉恭顺道："是。皇上把小主的《佛母经》供在了养心殿的神龛前，奴婢只在贵妃面前提了一提，贵妃便不作声了。她虽然气恼，但还是让奴婢把佛经都送去宝华殿烧了。"

如懿露出一丝意料之中的微笑，道："皇上都喜欢的，她还能挑剔么？"

蕊心道："小主没有告诉皇上贵妃刁难您的事，已经是手下留情了。"

"我只是想警醒她，并不欲与她剑拔弩张。还是那句话，适可而止。"她将选好的白菊放进青金色福字软枕中，问道，"昨夜阿箬怎么样？烧得厉害么？"

蕊心想了想道："吃了许太医开的药，前半夜烧得厉害，一直要水喝，后半夜就安静多了。"

如懿凝神片刻，忧然叹了口气："蕊心，这些年我是不是宠坏阿箬了？"

蕊心斟酌着词句，慢慢道："阿箬姐姐是小主的陪嫁，小主疼她也是应该的。"

如懿捻着指尖的白菊慢慢地揉搓着，清香的汁液便沾染上了细白的手指，她沉吟着："阿箬也到了许婚的年纪了，我想着……"

蕊心便露了一个甜甜的笑："阿箬姐姐好福气。"

如懿叹口气，断然道："不是我不想留她，只是阿箬的性子，宫里是断断容不得了。不如趁着青春正好，送出宫打发了配人吧。"她想了想，"阿箬到底跟了我这些年，婚事上必得上心，不能造孽。等哪日我额娘入宫，我得托付她去外头打听了，给阿箬安排个好人家。"

惢心有些意外："小主不是想给阿箬指个御前当差的侍卫么？"

如懿心下愀然，摇头道："原这么打算，本来能指个在宫中当差的侍卫是最好的，哪怕是个二等虾三等虾①，总有出头之日，也是想让她在我身边长长久久地一起。可是她的性子，若还是跟宫里牵扯关系，终究麻烦。"

惢心会意道："小主还是替阿箬姐姐打算，若是嫁个准备外放的官员，哪怕去外头苦几年，终究也是正室的名分，少不了一份富贵的。"

如懿微微颔首，赞许地看了惢心一眼："你说得不错。"

话音未落，只听殿门哐当一响，一个碧色的身影绕过花梨木雕玉兰花碧纱橱，直奔进来道："小主，小主，求求您别放了奴婢出去，奴婢不想嫁人，不想离开小主！"

如懿不防阿箬病中起来，竟在外头听着，不觉也吓了一跳，沉下脸道："越来越没规矩了！"

阿箬含泪跪下，一脸凄楚道："小主恕罪，奴婢不是有意偷听小主说话的。只是觉得身上好了些，所以起来给小主请安，想来伺候小主。"她原在病中，脸色白得没半分血色，额头上还缠着防风的布条，看着憔悴至深。

如懿有些不忍，便道："你先起来吧。我也不过是一句顽话，哪里是立刻就要送你出去了，也得好好挑了人家才是。"

阿箬哭得梨花带雨："奴婢知道，奴婢离开了紫禁城就什么都不是了。如果小主真要放奴婢出去，也请多留奴婢几年，让奴婢可以好好伺候小主。奴婢保证，无论如何，绝不再多嘴多舌给小主惹祸了。"

如懿见她如此诚恳，不觉有几分可怜。毕竟，从十二岁那年开始，阿箬便陪在自己身边，看着自己从佐领家的格格成了皇子府邸备受宠爱的侧福晋，

---

① 二等虾三等虾：即二等侍卫三等侍卫。

又成了宫中日渐沉静安敛的嫔御之一。阿箬的骄横，隐隐带了自己从前的几分影子，那样牙尖嘴利，什么都不怕。如懿神思恍惚地想着，那么，她所不喜欢的，到底是如今一样骄矜的阿箬，还是从前那个不知轻重的自己？

这样的念头不过一瞬，便吓到了自己。如此想来，阿箬的错失，也有自己的过错了。那么，她如何还能怪阿箬？

如懿伸出手，怜惜地扶起她："地上凉，起来吧。"

阿箬哀哀地哭着，求道："小主不答应，奴婢便再不起来了。"

如懿只得笑道："宫女出宫的年纪是二十五岁。只要你愿意，便留到二十五岁再走吧。"

阿箬的眼中闪过一丝亮光："真的？那奴婢多谢小主了。"她慌不迭地又要行礼相谢，如懿挽住她手，温和道："去吧，好好去养好身子。"

阿箬含了一丝难得的温和谦卑的笑，告退出去。只是在转身的瞬间，她将这缕笑暗暗咬啮成了唇边一个不肯褪去的印子。

紫禁城的秋凉总是显得有些短暂。秋风吹黄了枝头青翠郁郁的叶，便毫不留情地带着它们一同坠落在地，零落成泥碾作尘灰。冬寒伴随着日益光秃的枝丫不动声色地入侵，紫禁城开始进入了漫长的冬季。空气里永远浸淫着干燥而寡淡的寒冷气息，所以大朵大朵养在清水中的水仙便格外讨人喜欢，香得欲生欲死，散发出湿润而缱绻的气味。宫室内的温度永远要比室外温暖缱绻，仿佛暖洋洋的春天总未曾离去。但这样的温暖亦是寂寞的，让人离不开又舍不得走远。在这寂寞里，不期而至的冬雪便叫人格外地心生温柔，就连那些棱角分明、生硬硌人的宫墙青砖，那些凌厉如翅的卷翘飞檐，亦少了许多平日的巍峨疏冷，生出几分难得的被雪覆盖后的静谧与安详。

天气渐冷，除了每日必须去的晨昏定省，如懿并不太出门。只是隐隐约约听着永和宫不太安宁，她便也随众去看了几次蕊姬。因是头胎，前三个月蕊姬的反应便格外大，几乎是不思饮食，连太后亦惊动了，每隔三五日必定送了燕窝羹来赏赐。到了三月之后，她渐渐慵懒，胃口却是越来越好，除了御膳房，嫔妃们也各自从小厨房出了些拿手小菜送去，以示嫔御之间的关切，亦是讨好于皇帝。太医每每叮嘱蕊姬要多吃鱼虾贝类，可以生出壮实康健的孩子，她便也欣然接受，每一食必有此物。旁人也还罢了，如懿便吃了些苦头。只因她的延禧宫外离着宫人们进出运送杂物的甬道最近，宫外送进新鲜鱼虾，自苍震门、昭华门而进永和宫，必定要经过她的延禧宫，一时间鱼虾腥味，绵绵不绝。

如懿也不敢多言，只是让宫人们多多焚香，或供着水仙等祛除气味。蕊姬胃口虽好，嘴角却因体热长了燎泡，又跟着牙齿酸痛，皇帝心疼不已，每隔一日必去探望，太医们也跟着往来不绝，永和宫每日都热闹得很。

河北从入秋后便一直无雨，到了初冬，便闹了旱灾。皇帝派了高斌去巡视河北了，颇为重用。晞月正在得意头上，皇帝常来陪伴，每日便专心喝药，诚心祝祷，只盼自己也得一子。这一日她在宝华殿诵经到了入夜，甚是困倦。正蒙眬间，忽听得长街角落隐隐有哭泣声传来。她猛地一凛，便醒了不少。她紧了紧锦红绣萱草纹青狐大氅，示意茉心循声去看。茉心领着一个小太监过来，却是御膳房的小禄子，哭得花了脸，啜泣不止。小禄子每日伺候鱼虾，身上腥气不散，晞月拿熏过香的帕子轻轻掩鼻，道："小禄子，你怎么在这里哭？"

小禄子跪下道："贵妃娘娘，奴才家乡河北闹了旱灾，一家子人都找不回来了，所以奴才伤心。"

晞月抬了抬嘴角："那你兄弟小福子不是在伺候娴妃么？怎不求娴妃？"

小禄子吸着鼻子道："娴妃家中无人，手伸不到那么远去。"

晞月听着便有些高兴，慢条斯理道："本宫的父亲正好去了河北巡视，自然可以替你寻寻人看。"

小禄子喜出望外："真的？多谢贵妃娘娘。"

晞月笑得高傲而优美："你要谢本宫，自然有的是机会。让你兄弟好好替本宫盯着延禧宫便是。"

小禄子连忙磕头，满口答应了。

初冬的夜已经森冷透骨,晞月最受不得冷,疾步离开。小禄子擦干眼泪站起来,拍干净身上的尘土,露出了盼望的喜色,转头向着转角的阴暗处压低了声音道:"多谢姐姐给我出主意,我才有机会找到家人。"贞淑一身暗蓝色衣衫,从那拐角的暗影里缓步踱上来,满目怜悯,深深为难和愧疚:"我家小主只是个贵人,想帮帮不了你。我也实在没办法,只能让你直接去求贵妃娘娘。"

小禄子感激不尽,拉住贞淑的袖口连声道:"咱们兄弟虽然为贵妃做事,但一直是嘉贵人贴补我们养家,还让人给我那些弟弟看病。嘉贵人善心,姐姐善心,我一定尽心报答。"

贞淑笑得亲切,向着晞月离去的方向努了努嘴儿:"你要报答呀自然是先报答贵妃。贵妃不喜玫贵人,自然也不喜她怀了龙胎独占荣宠。而且你要贵妃真心实意替你找到家人,而不是随口敷衍,你就要为她分忧才是。"

小禄子琢磨片刻,有些明白过来,只是盯着贞淑撇嘴犹豫。贞淑鼓励似的点点头,小禄子恍然大悟,拔腿跑上去。

晞月站在铜镜前,粉蓝底百蝶穿花的氅衣虚虚笼在躯体上,却怎么也遮不住高隆如要临产的肚腹。晞月越看,那笑容在唇角便漾得越浓,聚成暖暖的慈爱之色。她一手撑着腰胯,一手小心翼翼地覆在肚腹上:"茉心,本宫大着肚子好看么?"

茉心的脸色有些勉强,却还是撑着饱满的笑容,连声赞美晞月的天生丽质。

晞月百思不得其解:"都说有妊在身的女子面孔浮肿,身形臃肿,可本宫怎么看玫贵人还是挺俏丽?"

茉心也没做多想,便道:"人家说遇喜怀男除了肚子隆起,面庞身形都不变;怀女才会浮肿虚胖。"

晞月神色遽冷,一手撒下,指着她厉声问:"你是认定她要生皇子了?"

茉心害怕她动怒,忙跪下道:"奴婢失言,奴婢该死,玫贵人哪有福气生下阿哥!"

茉心蜷缩成一团，晞月犹不解气，恨恨扯出氅衣下的枕头，朝着虚空处就扔去："你说得对！她根本不配生皇上的贵子！能生皇子的人是本宫，只有本宫！你去把小福子和小禄子叫来，本宫自有吩咐。"

茉心只盼她息了盛怒，莫再出这怪异举动，便连滚带爬便出去了。

这一日如懿与海兰、绿筠相约了去探视蕊姬，她正捂着嘴嘤嘤哭泣，嘴角上的燎泡起了老大的两个，涂着薄荷粉消肿。蕊姬见三人来，便一一诉说如何失眠、多梦、头昏、头痛，时有震颤之症，又抱怨太医无术，偏偏治不好她的病。听得一旁候着的几个太医逼出了一头冷汗，忙擦拭了道："贵人的种种症状，都是因为怀胎而引起，实在不必焦灼。等到瓜熟蒂落那一天，自然会好的。"

绿筠是生养过的人，便含笑劝道："怀着孕是浑身不舒服，你又是头胎。方才听你这样说，这些不适多半是体热引起的，那或许是个男胎呢。"

蕊姬这才转怒为喜，笑道："纯嫔娘娘不骗嫔妾么？"

如懿笑道："旁人说也罢了。纯嫔是自己生育过阿哥的，必不会错。"

海兰亦道："我记得纯嫔姐姐怀着三阿哥的时候也总是不舒服，那是孩子强健，在肚子里闹腾捉弄额娘呢。"

众人安慰了蕊姬一番，便也告辞了。

玉妍去到长春宫时，为蕊姬安胎的太医才出来，与玉妍打了个照面，便低头离开了。皇后颇有忧色，见玉妍请安起身，便也道出对蕊姬早满三月仍害喜难受的担心，更怕腹中胎儿会跟着不适。素练便摇头："奴婢看玟贵人就是矫情，天天折腾惹皇上怜爱。"

皇后自己生养过，也看哲妃诸瑛和纯嫔绿筠怀过孩子，从未觉得有谁如蕊姬这般难伺候，便也不喜她乔张做致。偏偏却是蕊姬得宠，怀了皇帝登基后的第一个孩子，皇帝重视得不得了，再三关照太医不能让蕊姬母子有事，皇后再不情愿，也不得不跟着待蕊姬金尊玉贵起来。知道玉妍常去看蕊姬，皇后也点头，她自己是不能纡尊降贵总去看望一个有孕的贵人，原本晞月身为贵妃，替皇后去是最好的，偏偏她与蕊姬最是不和，竟连一点面子都不肯顾上去永和宫走一遭。到底是玉妍懂事，将皇后的慈心妥帖传到。更在许多事上，为晞月收场，为皇后安心。

与其蕊姬都怀孕了，还不如是玉妍。皇后仔细问了几句玉妍一直未曾遇喜的缘故，又命素练请太医为玉妍调治。玉妍谢了皇后，只道自己"福薄"便婉拒了。当夜皇帝再召她侍寝，玉妍便叫贞淑去拿了北族王府中时代珍藏的促孕方子，抓药按服。

主仆俩到了是夜才算安下了一颗心："其实从来也没人让我喝避免有孕的药，是我太小心做人。我入府的时候，哲妃已经怀上了大阿哥。我不敢抢在皇后前头有孕，更不敢有个跟嫡子年纪差不多的孩子，失了皇后这个倚仗。长子和嫡子我都没有，只能选好时机生一个让皇上最喜欢的阿哥。"

玉妍说着便也伤感了。贞淑含着热泪，轻声安慰着她。红烛轻轻摇曳，仿佛会带来吉祥的消息。

绿筠掰着指头从十五熬到了初一，便邀了如懿和海兰一起去撷芳殿看三阿哥永璋。如懿想着正好到了时辰去接永璜下学，便推托了。

去尚书房便要抄近路经过御花园，夏日里莲叶田田，青萍丛生的菡萏池只剩下了几脉枯叶残梗，落寞地宁静着。

冬日里天黑得早，此时御花园中已经无人走动。如懿才欲带着惢心绕过假山莲池，忽听得咕咚一声巨响，旋即便是水花四溅的声音。

如懿一怔，立即明白过来，失声道："不好，是有人落水了！"

第二十七章 鬼珠

冬日天色黑蒙蒙的,眼前又枝丫交错,和着半壁假山掩映,遮去了大部分视线。如懿听得动静,心下本是慌乱,忙绕过假山跑到水边。池中扑腾的水花越来越小,却无一点呼救之声,三宝吓了一跳,赶紧喊起来:"救人哪——"

如懿立刻喝道:"喊什么救人,等人来还不如自己救啊!"

三宝咬了咬牙,也顾不得水寒彻骨,霍地往水中一跳,拼命朝着水波扬起处游去。很快三宝从水里捞出个水淋淋的人来,她犹自咳嗽着喘息,如懿心头一松,知道是还有活气,忙唤了蕊心一起将她扶到地上平躺。朦胧中只看那女子一身宫女服色,倒颇有身份。蕊心举过灯笼一照她的脸,不觉惊道:"小主,是莲心!"

如懿看清了莲心的面孔也是大惊,转念间已经平复下来,看她浑身是水,胸口微弱地起伏着,一时说不出话来。如懿使一个眼色,和蕊心拼命地按着她胸口,将腹中的水控出来。

三宝冷得浑身发抖,转身就道:"小主,奴才去请太医!"

如懿喝道:"糊涂!"她静一静,"离这儿最近的是养性斋,那儿没人,你赶紧过去生上火盆烤着,然后找附近庑房的太监换身干净衣裳。记着,不许声张!"

三宝立刻答应了小跑过去。

如懿与惢心使劲按了一会儿,只见莲心口中吐出许多清水来,眼睛睁开,眼珠子也慢慢会动了。她呆呆地瞪了半天眼睛,终于迟疑着问:"娴妃……"

如懿松了口气,将自己身上的大氅脱下披在她身上:"会说话就好了。"她看四下无人,便道,"惢心,这里风太大,莲心这个样子不能见人,送她去养性斋。"

惢心答应着,半扶半抱着惢心往养性斋去。养性斋原是御花园西南的两层楼阁,因平素无人居住,只是太监宫女们打扫了供游园的嫔妃们暂时歇脚所用,所以一应布置倒还齐全。三宝已经生好了几个火盆,见她们进来,方才告退出去换衣裳。如懿看莲心坐下了,方道:"惢心,你去宫里找身干净的宫女衣裳给莲心换上,记着别声张。"

惢心连忙掩上门去了。

如懿见她犹自冻得瑟瑟发抖,拿过桌上的青瓷杯用水冲了冲,摸了摸壶中尚有热水,便倒了一盏递给她,又将手上抱着的手炉塞进她怀里,打量着她道:"连冷都受不住,怎么还敢去寻死?"

莲心惊惶地睁大了眼睛:"不,奴婢不是寻死!是失足,奴婢只是失足!"

如懿也不反驳,只是倒了杯茶水自己慢慢喝了:"失足的人落水必定大喊救命,你却无声无息,可不是一心寻死?"

莲心脸色煞白,冒着一丝丝寒气,嗫嚅道:"奴婢不敢寻死,宫女自戕是大罪,要连累家人的。"

如懿淡然一笑,拨着发髻上垂落的金丝流苏,沙沙地打在鬓边,晃出一点微亮的荧光:"你有弟妹在外头,宫里还有一个丈夫。你若自寻死路,头一个要连累的就是他!要是只连累了王钦也算了,但不心疼你的弟妹么?"

莲心在听到"王钦"这个名字的时候陡然一凛,像是受了极大的惊吓,眼珠子也不会动了。如懿摇头道:"本宫只是提到这个名字,你便已经吓成这样,难怪要去寻短见。"

莲心不知是冷还是怕,浑身剧烈地颤抖着,像只疲于奔命才从兽口逃出生天的小鹿，犹自惊魂未定。须臾，她终于控制不住自己的情绪，激烈地爆发出破碎的声音，哭喊道："是！我要是死了，能拖他一起下地狱，我一定会！一定会！"她的喉咙中冒出泣血般的哭声，"可是我没有办法！他早就说过了，即便我要寻死，死了也还是他的人！他是副总管大太监，是皇上跟前的红人，连皇后娘娘都要对他客气三分，百般笼络，我能有什么办法！只能生生地被他没日没夜地折磨，折磨到死罢了！"

如懿道："所以，你就不想活了？"

"这样的日子过一天还不如早死一天，我既不能自戕，那总能失足落水吧！早死早托生，来世活得像个人些！"

如懿凝视着她，已经明白过来："你新婚那夜，庑房里发出的尖叫声……"

莲心悲切地哭着："是！从我被配给王钦那天起，我的日子就完了。白天是皇后跟前得脸的大宫女，是副总管太监的妻房，看着有脸面。背后却不知被人怎么讥讽编派……"

如懿歉然："阿箬的事，本宫也再替她向你告罪。她吃了教训，再不敢了。"

莲心的喉咙里发出粗哑而惊心的锐声："讥讽编派也罢了，哪里比得上我每每夜里受的罪。到了夜里……到了夜里……王钦他简直不是人！他是禽兽！"

如懿惊道："他打你？"

莲心忍着泪，切齿道："打我？哪个宫女从小不挨打的，我怕什么？"她撩起衣袖，卷得高高的，手肘以下完好无缺，并不妨碍莲心劳作时露出戴着九连银镯并翠玉镯的手腕。可是手肘以上不易露出的地方，或青或紫，伴着十数排深深的牙印，像是有深仇大恨一般，那些牙印直咬进血肉里，带着深褐色的血痂。尚未痊愈的地方，又有新的咬伤。几乎没有一寸皮肤完好。

如懿看得触目惊心："王钦这样恨你，他何必还要向皇后求娶你？"

莲心冷笑，眼泪在她眼角凝成了冰霜似的寒光："因为他需要一个女人，一个白天带给他体面的女人，晚上可以任他折磨的女人。"她呵呵冷笑，发出夜鸮似的颤音，"他咬我、拿针扎我。我求他，我哭，他却更高兴！娴妃娘娘，这样的日子，你知道我每天是怎么熬过来的么？"

如懿心里一阵一阵发寒，她不敢去想象，只要一想，就觉得无比恶心，连带着心肝肺脏都一起发抖。可是偏偏莲心就活在那样的日子里，挣扎沉浮，不能托生。莲心看着她捂着胸口，忽然生了一点悲凉的笑意："娴妃娘娘，您的脸色和您的恶心告诉我，您是在想象我过的苦日子。多谢您。"

如懿忍耐着腹中强烈的翻江倒海，极力不把那种血腥的画面与莲心连在一起，而是由衷地冒出更大的惊诧："你不曾告诉皇后？"

莲心的眼里只剩下绝望的灰烬："没用的。皇后娘娘愿意把我嫁给王钦，就是为了探知皇上心意给自己保障，也给二阿哥铺路。为了让我报恩听话，是皇后母家的人在照顾我宫外的弟弟妹妹。如果让皇后知道我和王钦这般相处，她怎肯和王钦撕破脸拆散配婚救我？"她喘口气，"皇后娘娘不是坏人，可她眼里只有自己和二阿哥。我一个奴婢算什么，她顶多嘴上可怜可怜我，根本不会帮我！我实在活不下去了。我一死，谁也不能为难我的弟弟妹妹了。"

如懿屏住心气，沉声道："你一死，不管你是自戕还是失足，王钦一旦恼羞成怒，都不会放过你的弟妹。而你不在人世，皇后母家觉得你家人无用，也不会再照管，那王钦更能为所欲为了。"她望住莲心的眼睛，"莲心，如果猛兽伤人，你以身饲兽之后它还是要吃你的家人，你说应当怎么办？"

莲心眼中微微一亮："您是说，杀了猛兽，以绝后患？可是我只是个宫女，能有什么办法？"

如懿凝视着她，语意沉着："王钦折磨你，伤害你，他固然无耻，也是看准了你羞于声张，不敢反抗。既然如此，你就假装驯服。因为想要持刀杀兽，如果力气不够，可以借猎人的手去杀了他。这样，便能和自己撇得干干净净。皇后娘娘也不能怪你什么。"

莲心有些胆怯，惶惑道："借猎人的手？借谁？"

如懿笑道："每一个可能帮到你的人的力气，都可以借。只是任何事都要忍耐为先，你若没有耐心，忍不住，那便什么事情都做不成。"

莲心似乎十分惧怕王钦，迟疑着说不出话。

第二十七章 鬼珠

正踌躇着,惢心抱着一身干净衣裳进来了:"小主,奴婢已经尽量选了一身和莲心姑姑今日穿着相似的衣裳,请姑姑即刻换上吧。"

如懿看她一眼,示意惢心解下莲心身上披着的大氅。如懿转身离去,缓缓道:"头发已经烤得快干了,是要换上干净衣裳还是任由自己这么湿着再去跳一次莲池,随便你。"

如懿走了几步,正要开门出去,只听莲心跪倒在地,磕了个头,语气决绝如寒铁:"多谢娴妃娘娘教诲。奴婢若能脱得苦海,一定拿性命报答。"

如懿不动声色地一笑,也不回头,径自走了出去。惢心在身后掩上门,如懿低低道:"去告诉李玉准备着,他的出头之日就要来了。"

尚且等不到李玉的出头之日到来,腊月的一天,一直三病两痛的玫贵人突然早产了。

如懿清晰地记得,那是一个深夜。她坐在暖阁里,看着月光将糊窗的明纸染成银白的瓦上霜,帷帘淡淡的影子落在碧纱橱上。阁内只有铜漏重复着单调的响声,一寸一寸蚕食着时光。皇帝正在专心地看着内务府送来的名册,如懿则静静地伏在绷架上一针一针将五彩的丝线化作雪白绢子上玲珑的山水花蝶。暖阁里静极了,只能听到蜡烛芯哔剥的微响和镂空梅花炭盆内红箩炭清脆的燃烧声。

绣得倦了,如懿起身到皇帝身边,笑道:"向例不是生下了孩子内务府才拟了名字来看的么?如今玫贵人还有一个多月才生产,尚不知道是男是女,怎么就拟好名字了呢?"

皇帝不自觉便含了一分淡淡的笑色,道:"太医说了,多半是个阿哥。自然,公主也是好的。倒也不是朕心急,是内务府的人会看眼色,觉得朕对登基后的第一个孩子特别期许,所以先拟了名字来看。"

如懿道:"内务府既然知道皇上的期许,那一定是好好起了名字的。"

皇帝揽过她道:"你替朕看看。"皇帝一一念道,"阿哥的名字拟了三个,永字辈从玉旁,永琋、永城、永珏;公主的名字拟了两个,璟盈与璟馥,你觉得哪个好？"

如懿笑着推一推皇帝："这话皇上合该去问玫贵人，怎么来问臣妾呢？"

皇帝笑道："迟早你也是要做额娘的人，咱们的孩子，朕也让你定名字。"

如懿微微笑着，发髻间的银镂空珐琅蝴蝶压鬓便颤颤地抖动如发丝般幼细的翅："皇上便拿着玫贵人的身孕来取笑臣妾吧。"

皇帝道："朕原也想去问问玫贵人的意思。但是她身上一直不大好，总说头晕，嘴里又发了许多燎泡，一直不见好。朕只希望，她能养好身子，平平安安生下孩子来便好了。"

如懿带了几分娇羞，指着其中一个道："皇上既然对玫贵人的孩子颇具期望希冀，那么永琮便极好。若是个公主，馥与盈都很好，很像恬静女儿家的名字。"

皇帝拊掌道："那便听你的，朕也极喜欢永琮这个名字。"

铜漏声滴滴清晰，杯盏中茶烟逐渐凉去，散了氤氲的热气。如懿依偎在皇帝怀中，听着窗外风动松竹的婆娑之声，心下便愈生了几分苏和与安宁。

如懿与皇帝并肩倚在窗下，冬夜的星空格外疏朗宁静，寒星带着冰璨似的光芒，遥迢星河，仿佛伸手可摘。如懿低低在皇帝身畔笑道："在潜邸的时候，有一年皇上带臣妾去京郊的高塔，咱们留到了很晚，一直在看星星。就是这样，不敢高声语，恐惊天上人。"

皇帝吻着她的耳垂，自身后拥她："如今在宫里，出去不便。但是往后，朕答应你，会带你游遍大江南北。"

如懿依依道："皇上最喜欢江南的柔蓝烟绿、疏雨桃花。"

皇帝清朗的容颜间满是向往之情："朕说的，你都记得。小时候听皇阿玛讲佛偈，一口气不来，往何处安身立命？朕想来想去，便是往山水间去。最好的山水，便是在江南。所以朕想去的地方，一定会有你。我们，迟早会去江南的。"他说着，瞥见如懿方才绣了些许的刺绣，"手艺越发精进了，可是那时候为什么送朕那么一方帕子，一看就是你刚学会刺绣的时候绣的。"

如懿的笑意如枝头初绽的白梅，眼中含了几分顽皮之色："送了那么久，皇上到现在才来问。是不是觉得不好，早就扔了？"

皇帝笑着捏一捏她的鼻子："是啊，就因为不好，所以得珍藏着。因为以后你的绣功只会越来越好，再不会变成那样子了。"

如懿低低道："虽然不够完美，但那是最初的心意。青樱，弘历。"

皇帝无声地微笑，似照上清霜的明澈月光，又如暮春时节带着蔷薇暗香的风，暖而轻地起落。

庭院内盛满深冬的清澈月光，恍若积水空明。偶尔有轻风吹皱一片月影，恰如湖上粼粼微波，漾起竹影千点。如懿看着窗外红梅白梅朵朵绽放，冷香沁人，只是默默想着，这样，大约也是一段静好岁月了吧。

她正想着，却听外头响起了一阵急促的步伐，仿佛有低低的人声，如同急急惊破湖面平静的碎石。

如懿微微不悦，扬声道："谁在外头？"

进来的却是大太监王钦，这么冷的天气，他的额头居然隐约有汗水。如懿看到他的脸便想起莲心身上的伤，满心不舒服地别过头去看着别处。王钦急得声音都变调了："皇上，永和宫的人来禀报，玫贵人要生了！"

皇帝陡然一惊，脸色都变了："太医不是说还有一个多月才是产期么？"

王钦连忙道："伺候的奴才说用晚膳的时候还好好的，还进了一碗太后赏的红枣燕窝羹。用了晚膳正看内务府送来的婴孩玩意儿，结果想捡一个布老虎的时候，才侧了下腰，就动了胎气。"

皇帝的鼻翼微微张合，显然是动了怒气，喝道："荒唐！怎么叫贵人捡布老虎，伺候的人都是死的么？"

"贵人喜欢那个布老虎，自己要捡……"王钦吓得不敢分辩了。

如懿忙劝道："皇上，现在不是动气的时候。赶紧去看看玫贵人吧。"

皇帝连忙起身，如懿替他披上海龙皮大氅。皇帝拖住她的手道："你跟朕一块儿去。"

如懿沉静地点头："臣妾陪着皇上。"

永和宫离延禧宫最近，自延禧宫的后门出去，绕过仁泽门和德阳门的甬道便到了。尚未进永和宫的大门，便已听到女人凄厉的呼叫声。

皇帝握着如懿的手立刻沁出了一层薄薄的冷汗，滑腻腻的。如懿握了自己的绢子在皇帝手中，轻声道："女人生孩子都是这样的。纯嫔那时候也痛得厉害。"

皇帝有些担忧，道："怎么朕听着玫贵人的叫声特别凄厉些？"

两人急急进了宫门，宫人们进进出出地忙碌着，一盆一盆的热水和毛巾往里头端。皇上拦住一个人道："玫贵人如何了？太医呢？太医来了没有？"

那人急得都快哭了："太医来了好几个，接生嬷嬷也来了，可贵人见的红都是水泡，不知怎么了。"

皇帝急道："怎么回事？快去叫个太医出来，朕要问他。"

那人答应着跑进去，很快领了一个太医出来，正是太医院院判齐汝，齐汝来不及见过皇帝，皇帝便道："你都在这儿了，是不是玫贵人不大好？怎么说血中有水泡？"

齐汝忙道："皇上安心，这个虽然罕见，但妇人腹中情形不同，想来无碍。玫贵人的龙胎下不来才是大事，微臣要开催产药了。"

皇帝吩咐道："你赶紧去！好好伺候着玫贵人的胎，朕重重有赏！"

齐汝忙赶着进去了。不过须臾，皇后也带着人到了。皇后急匆匆问了几句，便吩咐素练道："多叫几个人进去伺候着，不怕人多，就怕人手不够。"

素练立刻去安排了。皇后温言道："皇上，臣妾为了玫贵人能顺利产下孩子，已经请宝华殿的师父诵经祈福，保佑母子平安。"

皇帝微微松一口气，欣慰道："皇后贤惠，一切辛苦了。"

皇后含笑："臣妾身为六宫之主，一切都是分内的职责。"

里头的叫声愈加凄惨，恍如割着皮肉的钝刀子，一下又一下，在寂静的夜里，听得人毛骨悚然。伺候着的宫女不断地进出，端出一盆盆染着腥气泛着水泡的血水。

皇帝的脸色越来越难看，几乎按捺不住，往前走了一步。皇后立刻挽住了皇帝的手臂，语气柔和而不失坚决："皇上，产房血腥，不宜入内。"

皇帝想了想，还是停住了脚步。

王钦忙劝道："皇上，外头冷，不如去偏殿等着吧。"皇帝低低"嗯"了一声，攥着如懿的手阔步走进偏殿。只有如懿知道，他那么用力地握着自己的手，以此来抵御那可怕的叫声带来的惊惧。

等待中的时光总是格外焦灼，虽然偏殿内生了十数个火盆，暖洋如春，但掺着偶尔出入带进的冰冷寒气，那一阵冷一阵暖，好像心也跟着忽冷忽热，七上八下。

也不知过了多久，终于听到一声微弱的儿啼。

皇帝遽然站起身，王钦已经满脸堆笑地迎了进来："皇上，皇上，您听，孩子生下来了。"

皇帝脸上的紧张一扫而空，取而代之的是无限的喜悦。他疾步走到外头，向着从寝殿内赶出来的齐汝道："如何？是阿哥么？"

齐汝说不上话来，只是喏喏着不敢抬头，皇帝的笑意微微淡了一些："是公主也不要紧。"

皇后微微皱眉，侧耳听着道："怎么哭声那么弱？臣妾的永琏出生时，哭声可响亮了。"

话音未落，只听寝殿里头一声恐惧的尖叫，竟是接生嬷嬷的声音。

皇帝不知出了何事，便吩咐道："王钦，去把孩子抱出来给朕看看。"

王钦紧赶着去了，不过片刻，便抱出一个襁褓来，可是王钦却抱着襁褓，站在廊下不敢过来。

皇帝当即变了脸色："怎么回事？"

王钦面色发青，抖着两腿道："皇上，玫贵人她昏过去了。她……"

皇帝只管道："那孩子呢？快给朕看看。"

王钦迟疑着挪到皇帝跟前，却不肯撒手。皇后与如懿对视一眼，隐隐都觉得不好。

王钦扑通跪下了道："皇上，不管看到了什么，您都稳稳当当地站着。您还有千秋子孙……"

他话未说完，皇帝已经伸手拨开了褪褓，洒金红软缎小锦被里，露出孩子圆圆的脸，分外可爱。皇帝情不自禁地微笑道："不是挺好一个孩子么？"他伸手微微抖开褪褓，王钦吓得一哆嗦，皇帝触目所见，愣在了当地，碰着褪褓的手似被针扎了似的，立刻收了回来。如懿发觉不对，一眼望去，吓得一个踉跄，连惊叫声也发不出来了。

齐汝冷汗涔涔，大着胆子禀告："皇上，按典籍记载，妇人产下的不只婴孩，还有大量水泡样秽物。孩子全身被水泡般胎膜束缚，呈现乌青色，手脚不得伸展，唤为鬼胎。这鬼胎便是生下，也活不过片刻。"

第二十八章 延祸

四周静得有些骇人，偶尔穿过庭院的风声，像不知名的怪物隐匿在黑暗中发出低沉的嘶鸣。所有的人都怔在了原地。心头的震撼如惊涛骇浪，冲得如懿微微踉跄一步，下意识地捂住了自己微张的嘴，将那几乎要涌出的惊呼死死扼住。

皇帝吓得双手一颤，本能地把手松开。幸而王钦牢牢接住了襁褓，他也是一脸惧怕，双手哆嗦着不知该如何处置。皇后也看清了，惊得低呼一声，紧紧攥住了皇帝龙袍的袖子。如懿不知道自己的脸色是否亦如皇后一般难看，她只觉得自己的心突突地用力跳着，仿佛承受不住眼前所见似的。她与皇室羁绊多年，虽也知道后宫孕育子嗣往往艰难，孩子多有夭折，可是大清开国百年，从未有过这样的骇事！

里头隐约响起女人昏迷醒来后疲倦的声音："孩子，我孩子呢？"

皇帝的身体剧烈一震，像受了什么无法承受的力量似的，死灰般的面庞上唯有一双惊恐而哀伤的眸子，那双眸子里的哀伤因为触及孩子的面容而如遇见寒雪的青瓦间的冷霜，转瞬被覆盖不见，只余下刺骨寒冷的惊恐与嫌恶。

女人的声音在里头再度响起，带着期盼与希望："把孩子抱来我看看……"

一片静寂，没有人敢回答。

皇后迅疾反应过来，带着冷冽的决绝。她转首，发髻间一点银凤垂珠的流苏簪闪过一丝寒星般的光芒，划破深蓝至墨黑的天际，转瞬不见。她的语气没有任何柔软与迟疑，决绝道："皇上，不能留。"

皇帝微微一怔，茫然地点点头，皇后看着王钦："你去安排，告诉所有人，玫贵人生下的是个死胎，死胎不祥，立即埋了它！"

如懿实在有些不忍，低声道："皇上，这孩子……齐太医，能不能想法子治一治……"

齐汝摇头道："娘胎里带来的天生不足，非人力可治。"

皇帝看着襁褓，一时也有些动摇。皇后立刻转过脸来，照着如懿的脸便是一耳光。那耳光来得太快，如懿亦不敢躲，生生受了一巴掌，只觉得脸上热辣辣的。皇后看着她，那双眼睛如养在清水寒冰里的一双黑鹅卵石，看着清透乌黑，却有让人浑身一凛的彻骨寒意："娴妃，你做错什么事说错什么话本宫都不会怪你。但是这一巴掌，你要好好记住，这个孩子是不祥的孽障妖胎。你若再容旁人知道，流传出去伤害圣誉与大清的祥瑞，本宫就是杀了你也不为过。"

脸上的伤痛一点一点逼到肌理深处，痛得久了，没有挨打的另一边脸孔反而有一种奇异的冰冷的触觉，仿佛是滴水檐下的冰柱一点一点化下水来滑在面颊上，冰得汗毛倒竖，凛冽刺骨。她明白那孩子是救不得了，也不敢捂着脸，只得屈膝欠身："臣妾失言，请皇后娘娘恕罪。"

皇后神色缓和些，示意她起来。皇帝定了定心神，仿佛找到了主心的一缕神魂，极力平静着问："既然如此，皇后的意思是……"

皇后微微欠身，语气恭和而安稳："皇上，玫贵人不幸，此次无福为皇上绵延后嗣，还请皇上节哀。但愿玫贵人来日有福，还能为皇家开枝散叶，再续香火。"说着，瞟了一眼王钦怀中的孩子，"王钦，这件事不许再有其他人知道。至于已经知道的人，除了本宫、皇上、娴妃和齐太医，就是你了。"

王钦悚然一凛，立即答应道："是。奴才明白了。"

齐汝亦跪下："微臣不敢外泄，否则以命相抵。"

如懿看他转身离去，心下亦明白，这个孩子，断断是活不了了。

皇帝疲倦地摆摆手："皇后，你和娴妃去安慰一下玫贵人吧，朕累了。"

皇后知道皇帝此时并不愿与玫贵人相见，或许此后，皇帝都不会再想与她相见了，于是便温婉劝道："皇上累了一晚上，一定也倦了。不如去臣妾宫里稍事休息，臣妾准备了一些五仁参芪汤，原是留着自己喝安神的，皇上赶紧去喝一碗定定神吧。"

皇帝的目光扫过如懿的面庞有些歉意："那朕先去皇后宫中了。"

如懿亦知，今晚皇帝心里一定不好受，皇后万事稳如泰山，皇帝在她那儿亦是好事。于是她欠身相送："皇上安心歇息，臣妾会与皇后娘娘好生安慰玫贵人的。"

皇帝点点头，转身离去。皇后看了如懿一眼，伸手轻轻抚上她的面颊，温言问："痛不痛？"

如懿身体微微一缩，有些难以抑制的畏惧，忙道："谢皇后娘娘关怀，方才是臣妾失言了。"

皇后叹口气道："方才那种情况下，这个孩子是断断留不得了。万一皇上起了不舍之意，岂不更加烦心。且事情一旦传出去，会让皇室蒙上何等羞辱？还是快刀斩乱麻的好。"

如懿心口堵得慌，像是被谁塞了一把火麻仁一般，喉头又酸又胀，语气却竭力维持着平和从容："是，臣妾受教，是臣妾糊涂了。"

永和宫寝殿内的哭闹声越来越凄厉，是玫贵人，急着要看她的孩子却无人应对后的焦灼与不安。皇后叹口气："走吧，如何劝住她，这便是咱们的事了。"

如懿跟着皇后推门进去，布置得精致秀雅的寝殿内颇有琴书静韵，仿佛在那份喧嚣的恩宠之下，蕊姬亦有着一份自己的清新雅致，赢得皇帝的垂眄。可是此时此刻，殿中沉积的百合香气味底下掺着浓郁不退的血腥气和潮腻的来自产妇头顶与这个季节格格不入的大汗淋漓的味道。

皇后与如懿甫一进殿，便见玫贵人惊慌失措地挣开宫人们的扶持，从床上跌爬下来，满面泪痕地扑倒在皇后脚下，泣道："皇后娘娘，他们不让臣妾

327

见孩子！他们都拦着臣妾！"她的慌张与不安明白无误地铺写在她娟丽清秀的面孔上，"皇后娘娘，您告诉臣妾，孩子是不是不大好？"皇后短暂的沉默让她有些慌不择言，"长得难看些不要紧，只要是全的，全的。皇后娘娘，孩子不会缺了什么吧？"

怎么会缺？分明是多了些许不该有的东西。

皇后伸出双手扶住她，缓缓地道："玫贵人，你要节哀。"她瞥一眼如懿，如懿会意，只得道："孩子生下来就是个死胎。皇上吩咐，立刻送孩子……回去了。"

玫贵人浑身打了个激灵，像是有惊雷从她头顶毫不留情地碾过，惊得她浑身战栗不已。她瘫软在地，哭号不已："不会的，不会的！孩子生下来的时候，我还明明听到他的哭声，怎么会是个死胎呢？"

"玫贵人，你当真是听错了。孩子一生下来就是没了气息的，怎么会哭呢？"皇后怜悯地看着她，然后缓缓地目视宫中诸人，"你们当时都在玫贵人身边，告诉玫贵人，孩子是不是生下来就是没有声息的？"

皇后的目光和缓如往日，可是目光所及之处，无人敢不跪下，俯首低眉道："是，皇后娘娘说得是，还请贵人节哀。"

如懿低低道："你要是伤心，不如请宝华殿的师父来诵经祈福，也好送孩子早登极乐。"

玫贵人在泪眼蒙眬里醒过神来："请皇后娘娘好歹告诉臣妾一声，这孩子到底是男是女……"

皇后微微一怔，有些为难地看了如懿一眼，如懿犹豫着道："是个……"

皇后旋即道："是个小阿哥，所以你也别太伤心了。娴妃说得对，是要请宝华殿的师父好好来替小阿哥诵经超度。"随后，皇后沉声吩咐众人，"这些日子玫贵人要坐月子补养身体，不许她走动见风，只许宝华殿的大师进偏殿祈福诵经，其余任何人都不许来打扰玫贵人休养。"

如懿一听，便知皇后对玫贵人已是形同软禁。她无能为力地看着沉浸在悲痛之中的玫贵人，随着皇后的步伐一起离开。

寒冷的冬夜哈气成冰，如懿远远听着寝殿里传出撕心裂肺的哭声，心底的微凉如同被月光映照的茫茫雪野，凄寒而明亮地冷。她从大氅中伸出手来，接住从无尽的暗色夜空中落下的清冷雪花。这样冷清而小朵的雪花，落在灯火通明的庭院中，伴着玫贵人无助而悲切的哭声，冬夜的寒意，无声无息入骨侵来。

玫贵人骤然丧子，不只合宫惊讶，连太后亦颇为伤心。宫中人心浮动，慧贵妃亦在背后私语，玫贵人是骄奢享福太过，才折了孩子的阳寿。流言如沸，幸而如皇后所言，永和宫不许外人出入，玫贵人才免了惊扰，可以安心休养。但玫贵人伤心如斯，皇帝却也再未踏足永和宫一步探望安慰。太后几度欲问皇帝玫贵人死胎之事，皇帝也不过含糊了几句，便过去了。

这一日已是玫贵人丧子的半月之后，如懿陪皇帝在养心殿暖阁中闲话。皇帝的神色始终有些郁郁，对着窗外雨雪霏霏，兀自沉浸在默然的悲戚中，一遍一遍地抄写着《往生咒》。雨雪天气的黄昏也显得格外暗沉，如懿见皇帝身前的几案上犹搁着一壶残酒，一盏孤杯，数支白烛燃着几簇昏黄的冷焰，每一跳动，都溅起抽搐般的影光。皇帝穿着一身绦金云白狐皮龙袍，那龙袍原是银白的底色，簇了雪白的狐皮绲边，连绦金的绣龙图案亦显得清冷了不少。皇家一向讲究色调清雅富贵，皇帝亦少穿这样的素色。如今这般打扮，也不过是心情的缘故罢了。

空气里残留着冷酒的余香，如懿卷起衣袖，轻轻为皇帝研磨墨汁，轻声道："皇上要喝酒也先让人温一温，冷酒太伤胃。或者，与人对酌说说话也是好的。"

皇帝并不抬头，淡淡的语调中颇有伤感之意："自饮自酌，冷酒才有味道。何况殿中熏得那样暖，再喝热酒，就失了意趣。"

如懿静静磨完墨，闻着殿中的龙涎香有点淡了，便让李玉带着人捧了香炉下去，又用紫铜拨子拨开镂空鹤纹铜炉的一角，添入一把紫檀色的苏合香。

皇帝只低头专心抄写，问道："怎么不用龙涎香了？"

如懿道："苏合香能通窍辟秽，开郁豁痰，冬日里用最好。"

皇帝搁下笔叹了口气，苦笑道："朕知道你是好心，可是朕心气郁结，岂是一把苏合香能解的？"

如懿将皇帝所抄的《往生咒》一一理好，温然道："皇上抄了这么多《往生咒》供宝华殿诵经超度所用，臣妾就知道皇上心里还是在意那个孩子的。"她小心觑着皇帝的神色，"皇上常到延禧宫看望臣妾，永和宫与延禧宫不过数步之遥，皇上何不去看看玫贵人，稍做安慰？"

皇帝眉心的悲色如同阴阴天色，凝聚不散："近乡情更怯，更不知该如何安慰彼此，反而是两下里伤心。"他静一静又说，"幸好玫贵人还不知道那孩子的样子……"

如懿忙道："皇后娘娘吩咐过，一律不许走漏风声。那日为玫贵人接生的太医与嬷嬷，都已经打发出去了。但凡有可能见过小……阿哥身体的宫人，也都已经拨去了热河行宫，不许再在宫里伺候。"

皇帝微微颔首："皇后想得很周全。此事不祥，朕连太后也不敢告诉周详。"

如懿点头道："如今宫里见过那孩子的，只有皇上、皇后、臣妾、齐太医与王钦。再无第八人了。"

皇帝静默地吁出一口气，正要提笔再写，只听外头两声叩门声响，却是王钦在外道："皇上，永和宫玫贵人送了东西来请圣上过目，皇上您要不要看一看？"

皇帝犹豫片刻，便搁下笔道："拿来朕瞧瞧吧。"

王钦答应着推门进来，却是在黄鹂鸣枝多子多福红漆托盘里搁着一叠婴儿衣裳。皇帝一时未解，便问："这是什么？"

王钦恭声道："玫贵人说，听闻皇上辛苦手抄《往生咒》化与小阿哥，所以想把之前亲手做的给小阿哥穿的衣裳一同焚化，即便小阿哥在人世间穿不上一遭，到了极乐世界也不会受冻凄寒。"

皇帝的神色间闪过一丝凄楚之色，如懿便道："皇上，玫贵人忆子心切，您还是成全了她吧。"

皇帝点点头："朕准了，你告诉她，便留在自己宫里焚化吧。"

王钦又道："玫贵人说，今晚亥时一刻是半个月前小阿哥出生的时辰，希望皇上能亲临永和宫，陪玫贵人一同焚化这些衣裳，以尽哀思。"他凑上前几步，翻起盘中的衣裳，"这些衣裳都是玫贵人亲手做的，皇上看看这针线，一定是花了不少工夫的。玫贵人慈母之心，可钦可叹啊！"他随手翻起，直露出盘底上多子多福的婴儿嬉戏图来。皇帝眼中一动，本已心软，可是目光触及盘底憨态可掬的婴儿图案，不觉闪过一层蒙眬泪意，那泪意似结了薄薄一层碎冰一般，凝住了层层寒气。

皇帝问："这个托盘是哪里来的？"

王钦赔笑道："还能哪儿来的？是永和宫连着衣裳一同送来的。皇上要不信，送衣裳的小贵子还在殿外候着呢。"

皇帝眸中微冷，再也不看那些衣裳："去告诉玫贵人，她还在月中，朕不宜探望，这些事她这个做额娘的一力完成就是了。"

王钦立时退下。如懿见皇帝面色不善，忙含笑问道："伺候玫贵人的宫人真是不当心，玫贵人不能平安诞育皇嗣，他们还用这样婴儿嬉戏的图案，玫贵人看见了岂不刺心？"

皇帝颓然坐倒在椅上，长叹道："朕一看见那些健全的孩子，便会想到玫贵人所生的孩儿。偏偏玫贵人自己懵然不知，她无心所选，却让朕不得不想起那个可怕的孩子。"他握住如懿的手，神色如一个恓惶而无助的孩子，"如懿，你告诉朕，是不是朕无福失德，才会使得玫贵人生下这样的孩子？是不是？"

如懿心头一搐，忙安慰道："怎么会？皇上初登大宝，乃天命所佑。这个孩子，纯属意外而已。"

皇帝的脸贴在如懿温热的手心之上："就是因为朕初登大宝，所以才更不安。玫贵人的孩子，是朕登基之后的第一个孩子……"

皇帝话音未落，却听有风声伴着殿门悠长的吱呀之声一同扑入。如懿抬首，却见皇后独自站在殿门内，衣袂翩然，颇有正大仙容之姿。

皇后端然迈进，一步一个沉稳，定定道："皇上安心。这个孩子的意外，完全是因为玫贵人德行浅薄，不堪承受皇上圣恩。"她行至皇帝身边，俯身将皇帝的手合在自己掌心，语气沉稳而不容置疑，"皇上已经有好几位皇子皇女，个个都聪明康健，唯有玫贵人所生与旁人有异，便可证明万恶之源在于玫贵人而非皇上。皇上大可不必挂怀。"

皇帝神色稍稍弛缓："皇后所言，不是宽慰朕吧？"

皇后唇边的笑意让人望之心安："是否是宽慰之词，皇上只要去撷芳殿看看各位阿哥与公主，不就知道了。"

如懿知道皇后要借几位年幼的阿哥与公主开解皇上丧子的心痛，或许眼下，这也是让皇上尽早走出颓丧之情的最好良方吧。她默然行礼，缓步退了出去。在容色和缓而沉静的皇后身边，连皇帝也露出一丝难得的欣慰之色。她掩上殿门，亦掩上自己此刻的失落与怅惘。

或许，皇后终究是皇后，他可以对着自己倾吐心事，最终却是在皇后那里得到安慰。如懿看着外头寒雨纷纷，夹杂着碎雪纷乱，雨雪寒潮之中的紫禁城，亦如同自己一般失了颜色。

坐在暖轿之中良久，如懿的心事仍是翻覆如潮，不得安定，只觉得暖轿转了一重又一重，仿佛自己一颗不定的心一般，山重水复，千回百转。正苦闷间，忽而听得隐隐约约有哭泣之声传来，如懿掀起帘子，唤道："蕊心，去看看是谁在哭？"

蕊心答应着转过甬道过去瞧了瞧，很快过来回禀道："回小主的话，是永和宫的小贵子躲在角门下哭呢。"

如懿点点头，示意蕊心打起伞来，吩咐道："阿箬，你带着他们先回宫，我自己走回去便是。"

阿箬忙道："那让他们回去，奴婢留下伺候小主吧。"

如懿道："不必了。你去替我将案上抄写的经文收好，等下送去永和宫一并焚化，就当是我对玫贵人和孩子的一点心意。"

阿箬转身去了。如懿扶着蕊心的手缓步转过甬道，果然见一所偏僻的宫殿外，小贵子正躲在角门边抱着刚才那包婴儿衣裳在抹眼泪。

如懿道："你家小主还在坐月子，你便这样哭，若她知道了，岂不是让她伤心么？"

小贵子见是如懿，忙磕了个头请安道："娴妃娘娘万安，奴才不是有心的。"

如懿微微点头道："你也算个有心的了。要是在自己宫里哭，那真是让玫贵人伤心了。"

小贵子擦着眼泪呜咽道："我们小主没了孩子半个月了，可是皇上一次也没来探望过。人人都说，皇上是嫌弃小主生了一个死胎，所以再不会宠幸她了。"

如懿心下哀悯："即便如此，玫贵人也不会坐以待毙的，是不是？"

小贵子忙道："小主就是怕皇上再也不来了，所以今日特地命奴才送了这些婴儿衣裳来，希望皇上可以惦念昔日之情。"

如懿翻了翻那些衣裳，摇头道："玫贵人的心思是不错，可是这个装衣裳的托盘，是玫贵人自己选的么？"

小贵子奇道："不是啊。奴才捧着这包衣裳来，王公公说空手拿着不像样子，所以给了奴才这个托盘装着，还说是有婴儿嬉戏图的，皇上看了也会念及玫贵人。"

"王钦？"如懿旋即明白过来，正色道，"既然这次不成，那便算了。你赶紧回去，记得以后再替你们小主送东西给皇上，再不许有这样的图样花纹了。"

小贵子尚未明白过来，但见如懿语气郑重，也知道是要紧的嘱咐，忙谢了恩赶紧去了。

惢心替如懿打着伞遮蔽雨雪相侵，低声问道："王钦这般费尽心思，是要绝了玫贵人的宠爱啊！他一个阉人，居然有这样狠毒的心思。"

如懿扶着惢心的手缓步向前："诚如你所说，他一个阉人，有什么好替自己这般狠毒的？不过是替他人效力而已。"

惢心悄悄望了望四周，低声道："小主是说……"

如懿缓缓摇头："这一向一直腾不出手来，看来王钦，是断断不能留了。"

惢心低低应了声"是"，牢牢扶住如懿的手臂："雪天路滑，小主当心脚下。"

如懿沉下心气，缓声道："我自然会当心脚下。否则如今是看旁人摔倒，以后便是自己爬不起来了。"

第二十九章 喜忧

玫贵人的失宠，似乎已成定局。因为生下的是如此不祥的"死胎"，产前的荣宠在她生育之后几乎是消弭殆尽。没有任何安慰，没有一次探视，一向花团锦簇的永和宫就此沉寂，再无一人踏足，连最为贤惠的皇后也退避三舍，不再前往。

为着怕见面伤情，皇后还是不许玫贵人离开永和宫半步，出月之后，连在偏殿祈福的法师也退回了宝华殿，唯有寂寞的风雪回声，相伴同样寂寞而悲伤的玫贵人。

连着好几日是难得的晴好天气，又逢旬日，宫嫔们便也随着帝后一同前往慈宁宫请安。太后见莺莺燕燕坐了满殿，也稍许有了些笑容，支颐含笑道："前些日子一直雨雪不断，便免了你们往来请安。今日皇帝和皇后有心，带你们一起过来了。"

众人道："能向太后请安，是臣妾们的荣幸。"

太后含笑道："昨日福珈陪哀家去御花园走了走，说是欣赏晴日红梅。其实红梅盛开，哪里比得上你们百花齐放，不只哀家，皇帝看了也赏心悦目。皇帝，你说是么？"

皇帝赔笑道："皇额娘说得是。"

太后理了理衣襟上的垂珠流苏，缓缓道："百花齐放，乍眼看去似乎缺了哪一朵都不明显。可是熟知百花的人便知道，缺了哪一朵都不算是胜春胜景。皇帝，就当哀家人老多言，玫贵人已经出月，怎么还不见她出门向哀家请安？"

皇帝眉目间微有黯然之色，皇后忙含了恭谨的笑意道："玫贵人伤心失意，是儿臣的意思，要她多多休养的。"

"过于伤心，那便是玫贵人的不是了。"太后叹了口气，好生关切道，"于嫔妃而言，孩子固然要紧，但侍奉君上更为要紧。皇帝你也得保重自己身子。"

皇帝连忙起身："儿子多谢皇额娘关怀。"

太后叹口气道："这些日子皇帝郁郁寡欢，哀家看着也焦心。皇后，你是六宫之主，后宫中事固然紧要，但皇帝的一切总要为先。你可千万不要轻重不分啊！"

这句话说得颇重，皇后微有惶然之色："皇额娘恕罪，儿臣无能，不能使皇上开怀，所以这些日子也安排各宫嫔妃随侍。娴妃与慧贵妃也多有伴驾，皇额娘若不信，大可命内务府送上记档来查。"

如懿与晞月忙起身道："恭请皇太后万安，臣妾们的确有奉皇后之命，侍奉皇上左右。"

太后抚着手边一把紫玉如意叹道："皇帝登基之后虽然立了几个新人，但最得圣心的只有玫贵人。皇帝，你还年轻，你的后妃们也还年轻。即便是玫贵人，这一胎不顺又何妨？养好了身体很快又会有孩子。"

皇帝与皇后对视一眼，又看了如懿一眼，便也低下头去。皇后道："儿臣一直安排几位嫔妃随侍皇上，也是这样打算的。"她福下身含笑向太后与皇帝，"恭喜皇额娘，恭喜皇上，继玫贵人之后，仪贵人也已经遇喜一个多月了。"

皇帝一惊，旋即大喜："皇后所言可是当真？"

皇后的笑意温煦如春风："孩子千真万确就在仪贵人腹中，臣妾岂敢妄言。上天如此安排，必是知道失之东隅收之桑榆，所以特让仪贵人怀上龙胎，以慰圣心。"

仪贵人满面红晕，亦起身道："臣妾深受皇上与皇后福泽，皇后娘娘为怕出错，特意请了三四位太医诊脉，臣妾的确是已身怀龙裔了。"

如懿只觉得腔子里至喉舌底下，都酸楚极了。可是那种酸楚却全然不顾她的感受，自顾自强行而肆意地蔓延开来，爬入她的五脏六腑。如懿下意识地按着自己的小腹，那里是那样平坦，她还是那样没有福气，没有自己的孩子。或者说，是从未有过。而更难受的，或许是幽闭永和宫中的玫贵人吧，自己的丧子之痛切肤至深，却要眼睁睁看着仪贵人享受遇喜之喜，将她曾经的盼望与喜悦一一经历。

晞月的失落几乎掩饰不住，玉妍看得分明，轻轻碰一下她的手，晞月才勉强微笑："恭喜皇上。仪贵人运道真好。"

皇帝喜不自禁，并不在意晞月贺喜是否真心，只看向太后道："皇额娘，皇额娘……"

太后的笑意仍是淡淡的，如月朦胧鸟朦胧顶上一片薄而软的烟云，总有模糊的荫翳，让人探不清那笑容背后真正的意味："这当然是好事。而且仪贵人从前是侍奉皇后的人，知根知底，没有比这个更好的了。"太后扶着福姑姑的手站起身，"说了一早上的话，哀家也累了，先进去歇息。你们坐一坐，便各自散了吧。"

众人目送太后进了寝殿。

皇后看着仪贵人的肚子，喜悦万分："后宫顶了天的要紧事，就是为皇家开枝散叶，福泽万年。咱们的千秋万代，不在别的地方，都在你们的肚子上。若都能像仪贵人一样，本宫便是做梦也能笑醒了。"她笑吟吟地转头吩咐，"素练、莲心，今晚收拾下东西，本宫要去宝华殿进香祝祷，答谢神恩。"

皇帝欣慰地拍拍皇后的手，温和道："有劳皇后了。"

"皇上怎么这样说？"皇后笑嗔，"嫔妃们诞育子嗣，她们固然是孩子的生母，臣妾是孩子们的嫡母，也一样是做母亲的。这份高兴，既是为了她们，也是为了臣妾自己。"

皇帝颇为感慨，眼底闪过一丝润泽："皇后贤惠。"

皇后环视座下："臣妾有一事一直想回禀皇上。其实嫔妃之中，慧贵妃与娴妃的位次最高，侍奉皇上也久……"

如懿听见提到自己，不自觉地一凛，看向皇后。她抬头时正撞上慧贵妃的目光，两下里相触一闪，旋即转头，各自露出无比得体的笑容。

皇后含笑望着她们俩，眼中尽是温煦的关切之情："其实不仅贵妃和娴妃，海贵人和嘉贵人也未生养过。臣妾想，不如请太医院开些催孕坐胎的方子，让各宫嫔妃都喝下，也好早有身孕，宫中也热闹些。"

皇帝欣慰道："如此，便是皇后有心了。"

如是闲话几句，各人也便散了。皇帝对仪贵人的身孕格外重视，便让皇后亲自送了她回景阳宫，自己回了养心殿。如懿跟着出去。晞月缓步在后，黯然寥落道："玫贵人的龙胎没了，人人都说她哪日还会再怀；她的事才过去，仪贵人又怀上了。一个接一个的，偏本宫一直不能遇喜。"

茉心知她难过，赔笑道："娴妃那么得宠，不也子嗣艰难？小主宽心些。"

"娴妃子嗣艰难？"晞月想起对永璜的求而不得，便涌起一股恨意，"娴妃是和本宫一样从未遇喜，可她抚养了大阿哥！本宫却连想抚养大阿哥都不能，好好地就被娴妃横插一脚夺去。"

晞月看如懿走在前面，含了一丝恨意疾步走上去。

晞月含了一丝隐秘的笑容，挥手示意身后跟着的宫人退下，低低在如懿耳边道："听说玫贵人的孩子不只是死胎那么简单。皇上这些时日低落成那个样子。当夜你也在永和宫，难道没发觉什么异样？"

如懿心口微寒，唇角却含了一缕恰如其分的笑意："没有。那孩子毕竟是皇上登基后的第一个孩子，皇上又亲眼见了，所以伤心罢了。"

"再伤心，时间过去也能冲淡一切，再加上旧情，皇上不至于对玫贵人芥蒂至此。中间一定还有什么别的缘故，是不是？"

晴暖的阳光卷起碎金似的微尘，一丝丝落在身上，亦沾染了那种明亮的光晕，可是如懿分毫也不觉得温暖，那种从身体深处蔓生的凉意，丝丝缕缕，无处不在。她徐徐道："还能有什么别的缘故，旧爱伤怀，仪贵人又有了身孕，皇上移情之后，玫贵人只会更受冷落了。"

如懿所言非虚。她的延禧宫就在永和宫正前，每每经过，看着门庭冷落，几可罗雀，她便可以想见，里头一寸一寸寂寞孤独的时光，是如何难挨了。

这样的日子，她也并非没有挨过。君恩如水向东流，得宠忧移失宠愁。宫中的女子，这一日复一日，何尝不是这样挨过的。

晞月更走近一步，语不传六耳："可是本宫怎么听说，皇上命宝华殿的大师在永和宫诵经一月超度祈福，是因为玫贵人那个生下来就没活的龙胎太怪异了！"

如懿波澜不惊："贵妃从何处听来这等无稽之谈。"

晞月收敛笑容，冷冷一嗤："听说那日娴妃你也在永和宫，本宫想皇上和皇后总不会说，还以为你听说过，却不告诉本宫呢。"

如懿心头一凛："贵妃太会说笑了。一来没有这样的事，二来你纵然疑心也不该牵扯了我。我在永和宫只有安慰皇上和玫贵人的份儿，其余什么也不知。"

晞月冷笑道："本宫信口一猜罢了，娴妃较真什么。"

晞月说罢，唤过茉心一同离去了。

宫里的闲言碎语一向就比在阴暗角落里窜来窜去的蛇虫鼠蚁都要多。藏匿在宫苑红墙碧瓦之下的犄角旮旯里，嘈嘈切切，鬼鬼祟祟，交头接耳，蠢蠢欲动。像灶房里老鼠的窸窸窣窣，像墙头草左摇右摆，一只耳朵咬了另一只耳朵，好话赖话，一律咬着牙舔着舌头咀嚼着吐进吐出。只有添油加醋，没有短字少句。

这便是后宫的闲话了，没有一日断绝，倒像是无边无际的春草，漫无边际地滋生着。往这闲话的波澜起伏里投下一块惊涛巨石的，是蕊姬的自缢。

永和宫闭绝一个多月的大门再度开启。如懿得知消息的时候，已是午睡醒来饮茶用点心的时分。阿箬来禀告时，如懿惊得险将手中的一盏清茶皆泼了出去，忙忙扶了阿箬和惢心的手往永和宫去。

如懿赶到的时候皇帝和皇后都已经在了。她请了安便在旁边的椅子上坐下。蕊姬被皇后贴身的侍女素练和莲心按住了坐在床上，兀自呜呜哭泣。皇帝气恼之余不免有些心疼，口吻却是十分严厉："宫中妃嫔自戕是大罪，你有什么想不开的，居然敢在紫禁城内自缢，也不怕添了宫里的晦气！"

蕊姬只穿了一身素白色缀绣银丝折枝迎春的衬衣，外头披着一件石青缂丝灰鼠大氅，那蓝蓝翠翠的素白底色，愈显得那脸没有血色，唯有雪白的脖颈上留着深紫一道勒痕，楚楚可怜地昭告天下，她是刚从鬼门关上被人拽了回来。

蕊姬呜呜咽咽地哭着："臣妾本来就是个晦气的人，还有什么可说的。皇上恕了臣妾，由得臣妾去死便罢了。"

皇帝气得别过头去，皇后亦不免含了怒气："即便你没有家人需要顾及，也不怕连坐。可是皇上有什么不疼你的，你便这样自轻自贱，轻易毁损自己的性命，岂不是辜负了皇上对你素来的心意？"

蕊姬哭得愈加幽凄："只有臣妾自己对不住皇上的。臣妾无话可说，也无颜再侍奉皇上！"

皇后看着满地跪着的宫人道："你们也是，不好好伺候着玫贵人，由得她这样伤心这样闹，本宫要狠狠处置你们才是。"

那些宫人们吓得拼命磕头道："皇后娘娘恕罪！皇后娘娘恕罪！奴才们也不知是出了什么事，贵人的情绪会这样激动！"其中一个领头的宫女哭道："这几日贵人小主一直心绪不定，晚上也惊梦连连，睡得并不好！今儿午后小主本是要午睡的，可是小主并不让奴婢们伺候，全打发了出去。奴婢在外头听着不太放心，又听见凳子落地的声音，怕出了什么事，结果闯进去一看，贵人小主竟把自己挂在梁上了！"

如懿忙问道："那么你家小主到底是为了什么想不开？可是为了孩子的事？"

俗云怯怯地摇摇头，又俯首下去。

皇帝气得狠了，连连问："你有什么想不通的，尽可跟朕和皇后说，再不然，娴妃和你这样近，你也可以告诉她。"

蕊姬哭着道:"皇上不就怕臣妾和别人说话知道些什么吗?所以皇后娘娘也将臣妾关在这永和宫里不许见人。臣妾知道自己人微言轻又命薄如纸,除了把自己吊到梁上,还能有什么办法?"

皇帝将手中的茶盏重重一砸:"荒唐!"

如懿忙接过茶盏吹了吹道:"茶盏太烫,皇上仔细手疼。"

皇帝微微颔首,正要说话,却见寝殿门口杏子红的衣衫翠罗一闪,却是晞月娉娉婷婷立在了那里。她由着宫女伺候脱下翠羽斗篷,声音冰冷冷的:"臣妾要是玫贵人,听说了那些闲话,也是要想不开的了。好好的孩子,死了也罢了,还要被人传成是鬼胎妖孽。这世上有几个做母亲的能受得了。"

皇帝神色大变,蹙眉道:"你从哪里听来这些无稽之谈,还跑到这里来说?"

晞月倒也不惧,盈盈施了一礼道:"臣妾还用从哪里去听说,满宫里私底下谁不是这样在传呢。"

蕊姬凄厉地尖叫着哭了一声,从床上挣扎着起来,膝行至皇帝跟前,抱着他龙袍一角道:"皇上,请求您告诉臣妾一句实话,臣妾的孩子是不是一个妖孽鬼胎?所以皇上会厌弃臣妾至此,整整一个多月都不愿来看臣妾一眼!"

皇帝勉强挤了一丝笑容道:"外头的闲话,你别去乱听!朕不来看你,也是为了你安心养好身体!"

蕊姬哀泣道:"臣妾哪里还能养好身体?即便臣妾幽居在永和宫里,也能听见宫墙外头的议论。难怪皇上连那孩子也不让臣妾看一眼便送走了,原来真是如此!"

皇帝有些烦躁,喝道:"王钦!"

王钦紧赶着从外头进来道:"皇上,奴才在。"

皇帝冷冷道:"你去宫中彻查,到底是哪些人在散布谣言。一旦查到,无论是哪个宫里的,立即送进慎刑司,终身不得出来。"皇帝这话口气虽冷,但目光更是锐利,只逡巡在王钦面孔上,逼得他渗出了一脸冷汗,忙磕了头道:"皇上放心,奴才身边断不会有这样散布谣言的人,更不会有听过这种谣言的人,奴才会即刻去查。"

皇帝轻轻"嗯"一声，道："玫贵人，旁人有这样的揣测谣言都不要紧，但你是孩子的生身母亲，你若存了这样的疑心，还要为此赴死，岂不是连你自己也在这样揣测自己的孩子了。朕没有别的话，只告诉你，你便再要寻短见，谁也救不了你，更换不回那个孩子！"

皇帝再无二话，起身离去，才走到庭院中，却见晞月紧紧跟了来道："皇上，臣妾有一言，不知当讲不当讲？"

皇帝道："有话便说吧。"

晞月施了一礼，便道："臣妾想玫贵人生下了那样的孩子，终究不吉利。且玫贵人又这样寻死觅活，怕是冲撞了什么。"

皇帝不悦："什么那样的孩子？玫贵人的孩子就是个死胎，你别胡言乱语。"

晞月道："是。如今仪贵人遇喜，要是受了这不吉利的人与事影响，再涉及腹中龙胎，那便不好了。皇上多有子嗣，人人无事，唯有玫贵人的孩子有事，那便是玫贵人的不祥了。"

皇帝淡淡"哦"了一声："朕的本意，是想请几位法师超度之后便可以解了玫贵人的幽禁了。"

晞月摇头，正色道："宫中子嗣为上，若是沾染了她的晦气，宫中再有一个那样的孩子，可如何是好？大清百年国祚祥瑞，难不成就要断送在她手里？"

如懿正跟着皇后出来，听到这句，不觉便上前了一步。皇后按住她的手，缓缓地摇了摇头。如懿心下担忧不已，回头望去，玫贵人还在寝殿深处郁郁哀哭不止。

晞月扶住皇帝的手臂："玫贵人是不祥之人，反正她想要自缢，不如成全她，让她陪着龙胎去了。"

皇帝静了片刻，只是看着庭中幽幽红梅，吐着暗红色的花蕊，像是溅开了无数血腥的红点子一般。如懿悄悄看着皇帝的脸色，只觉得什么也瞧不出来，皇帝的神色平静极了，如同秋日里澄净如镜的湖面，犹有暖日的金色余光洒落面上，平添了一分暖调。

皇后按了按如懿的手，悄然上前，柔声道："皇上，贵妃的话是急了些，却也是替大清的祥瑞着想。"

如懿一想到"自缢"二字，只觉得浑身发冷，忍不住道："皇上，玫贵人的孩子纯属意外，既然孩子一生下来就已经没了声息，那便不会干系旁人，更不会影响大清国祚。"

晞月皱眉道："娴妃这话说得太轻巧了。娴妃和本宫一样，都是如今未有生育。试想若是你受了不祥之人的祸害，也生下了那般的孩子，你能否接受？只怕到时候悔之晚矣。反正本宫是接受不了。"

如懿一听她拿自己做例，其心恶毒，心底愈加难耐："天命庇佑，我是不怕的。慧贵妃若要担心，便担心自己的孩子吧。"

晞月眼波一剜，清冷道："本宫要念及的不仅是自己来日的孩子，还有眼下仪贵人的孩子和日后旁人的孩子。娴妃你为玫贵人求情，是不是敢担保，以后宫中再不会有这样的祸事，还是有了这样的祸事，到时你与玫贵人便一起殉了那孩子，以报大清？"

皇帝呵斥道："好了。少些口舌。"

如懿与晞月对视一眼，只得屈膝道："臣妾冒昧了。"

皇后低声道："皇上，那您的意思是……"

皇帝皱了皱眉，扶住皇后的手道："仪贵人的孩子就请皇后多多看顾。至于玫贵人，就先挪出永和宫，住到宝华殿前头的雨花阁去，让她邻近佛音，好好清净清净心思。"

晞月犹有不服，道："皇上，可是她生下了那样的孩子……"

"孩子？"皇帝轻轻一嗤，"是否恩准玫贵人自缢且容后计较。朕倒想知道，宫中到底有哪些胆大妄为的人，敢擅自散布流言，混乱人心。朕断断容不得！"

皇帝这话说得沉肃，众人闻言皆是一凛。皇帝道："贵妃，这里没有你的事情，先跪安吧。"

待到晞月出去，皇帝负手立在庭中，身边再无旁人伺候。如懿见他如此神色，又兼之方才那番话，心下便有些沉郁。皇帝的声音极轻："那夜在这里，见过那个孩子的，只有朕、皇后、娴妃，还有齐汝与王钦吧。"

皇后婉声道："是。其余见过孩子的人，当夜都打发出去了，应该来不及在宫里说些什么。"

皇帝长叹一声："你们都是朕近身的人啊。"

如懿会意，旋即道："臣妾谨遵皇上吩咐，不敢有一言半语泄露。"

皇帝点点头，又问："皇后，那日王钦把孩子送走，路上不会有人瞧见吧？"

皇后道："王钦伺候皇上多年，做事不会有错漏。"

皇帝轻轻"嗯"了一声，慢慢踱出庭院。

晞月站在永和宫外不远处，缓缓露出一丝笑意。那一夜的惊恐，她居然也是在无意中瞧见过的。在得知玫贵人早产的消息后，她几乎带了雀跃的心情，想着终日祈求终有成效，不知是生下了呆笨的孩子，还是格外体弱？

王钦抱着孩子匆匆出来的那时，晞月刚带着茉心赶到永和宫外，就在此处，疾步的茉心一头撞上了看上去慌慌张张连路也不看的王钦。王钦早没了往日骄傲的大总管的样子，不知嘟囔着什么，这一撞，居然吓得怀里褴褛抖在了茉心手里。那褴褛散了开来，茉心还没看清，晞月却是看得再分明不过。还来不及惊喜，超出预料的恐惧扼住了她的喉咙，让她不自觉地慌张起来。

王钦忙抢过了褴褛，压低声音连连比画："玫贵人的小阿哥一落地就是这样！没气儿了！已经没气儿了！"

确乎已经没了气息。晞月惊惧地捂着嘴，又以严厉目光示意自己的侍女茉心不得出声。

王钦简直要哭出来："您今夜看见了什么，千万别声张啊！"

晞月的身体抵在冰冷的墙上，看着王钦抱着褴褛，一溜烟儿跑得老远老远。

第二十章 流言

如懿回到殿中,便有些不耐烦。她描了几笔花样子,便烦恼地将笔一搁。冬日所用的杏子红团福洒金锦帘是喜气洋洋、花团锦簇的颜色,落在她眼里却只觉得那金茫茫的颜色格外刺眼。蕊心打了帘子捧着茶水进来。

如懿便问:"阿箬呢?怎么都没有看见阿箬?"

"说是去内务府皮库挑些好皮子来做两件冬衣,一去竟去了这么久,大概是挑皮子耽搁了。"

经了上回的教训,如今阿箬的性子安静了好些,不比从前那样浮躁,如懿看着也放心了许多。

蕊心看着如懿,小心翼翼地问:"那小主为什么又不高兴呢?"

如懿伸出纤细的手指在几案上轻轻划着,理了理自己烦乱的心绪:"宫中流言如沸,不胜其扰。"

"宫中从来都不缺流言,小主何须烦扰?"

云鬓上垂落的红缨流苏沙沙地打着鬓边,每一拂动,便是一层秋雨落叶似的微凉。"如果皇上最忌讳的流言,出处只可能在我、皇后与王钦、齐汝这四处,你觉得皇上会如何想?"

蕊心神色遽变,如蒙了一层白蒙蒙的寒霜一般:"这件事若不查清,只怕皇上会对小主存了极大的疑心。"

如懿烦心道："我何尝不知道这个？只是这件事皇上已经在查，但愿很快能水落石出。"

所谓风水轮流转，永和宫闭门冷清，景阳宫却是连门槛都要被踏破了。宫人们源源不断往景阳宫里送贺礼递补品。阿箬从皮库过来，闻了闻双手沾染的浓郁的皮子味，不觉被景阳宫的热闹吸引。贞淑陪着玉妍盈盈过来。贞淑先瞧见了阿箬，努了努嘴儿，玉妍望去，便是了然。

贞淑干笑了一声："那丫头是对富贵恩宠动了心。"

这么好的东西，泼天倾倒下来，谁能不动心。除非，是心有别念罢了。

玉妍缓步上来，幽幽道："仪贵人本是伺候皇后的侍女，玫贵人更是南府的琵琶伎，一旦承宠就飞黄腾达，多少人羡慕。其实都是奴才，阿箬你比仪贵人美貌，阿玛又得脸，指不定哪天你也有这样的好运气。"

阿箬忙掩饰艳羡之色，低首恭谨："仪贵人是有皇后娘娘这个好主子，奴婢没有这么好的命。"

这分明是有了怨气。

玉妍嫣然一笑，啧啧几声，怜道："也是。娴妃哪里会让你爬上去，只怕防你防得厉害吧。瞧你青春年少，打扮起来谁不喜欢啊。皇上又这般英俊风流，宫中人人巴望着侍奉皇上身边，却不是谁都有这样的机会。"

阿箬的头越发低下去，似乎不知该说什么好，匆忙行了礼，扭身就走了。

齐汝从养心殿出来，冷风一钻，才发觉背后出了一身冷汗。他不觉苦笑，年纪大了，胆子也小了。分明不是自己做的事，居然也担心起来。在宫中行走多年，他是知道里头的轻重的。方才他为皇帝请平安脉，皇帝倒也温和，有一搭没一搭说起齐汝侍奉他也十余年了，从皇帝在太后膝下为子，齐汝便跟着。皇帝最后似笑非笑："朕最喜欢你一样，你的嘴严实得很。可是如今宫中流言纷纷……"

齐汝当即就跪下了，坦然明言："若是流言自微臣口中传出，微臣情愿割下舌头入药，治世人饶舌之罪。"

皇帝点头，似是信了，也不大信。只吩咐他为表分明，这些日子不必在宫中走动，回自己府中待着。齐汝明白得很，皇帝若查出任何与自己有关之事，只怕拿满门的舌头入药都不够。他沉声答应了，正要告退，皇帝又问："你一直替贵妃调理身体，可知她是否有饶舌的毛病？"

永和宫中事，那夜贵妃分明不在其中，皇帝也要多问一句，可见疑心谨慎。

齐汝只得老实答道："贵妃娘娘一直有血瘀之症，这么多年都无法缓和，怕是有心也无力饶舌。"

这般请了一遭平安脉，差点把自己的平安都搭进去。齐汝晃悠悠走过长街，福珈从转角出来，对着齐汝恭恭敬敬施了一礼，说了太后要问玫贵人之事，便领着他去了慈宁宫。

夜来的雨花阁还格外幽深寂静。雨花阁本是前明遗留的建筑，一共三层。除了第一层供奉佛像经书外，上面两层均可住人。只是规制陈旧简朴，与东西六宫不可同日而语。玫贵人新移居此地，连侍奉的侍女也少了大半，连着三五日听着后头宝华殿梵音悠长不断，心下更觉凄凉。

可是此身孤苦，一世的荣华与美梦，都随着那个苦命的孩子去了。她也生生被困在了这里，不知何年何月才能得个解脱。

蕊姬伏倒在佛像前，听着窗外风声呜咽如泣如诉，亦不觉落下清泪。只觉此生茫茫，再无可度之处了。

太后进来之时她尚浑然不觉。倒是福姑姑先唤了一声："玫贵人，太后往宝华殿参拜，经过雨花阁，还请贵人奉上茶水以侍太后。"

夜来参拜，太后身边只带了福珈，几个随侍的宫人都留在雨花阁外。太后穿着一身简素而不失清贵的宝蓝缎平金绣整枝芭蕉福鹿纹长袍，头上用着一色的寿字如意金饰。

蕊姬一时未反应过来，忙起身拜见，屏退了众人方郑重其事地三叩首，热泪盈眶道："不意太后深夜移驾雨花阁，臣妾未能远迎，实在是失礼了。"

太后缓缓地拨着手中的翡翠佛珠，那一汪绿色水莹莹的，在烛光底下如一湖澄净凝翠的碧波。

太后缓声道:"你要还是在永和宫,要来看你也不方便。如今雨花阁还住得惯么?"

蕊姬一时语塞,终究还是摇了摇头。太后温和笑道:"也是。住惯了东西六宫的繁华,哪里受得了雨花阁的孤苦?只是皇帝的意思也对,你总是那样伤心,住在雨花阁听听佛音梵经,也是好的。"

蕊姬闻言,不觉清泪滂然:"太后,宫中所有人都在传,传臣妾所生的不是死胎,而是个孽障。臣妾……臣妾辛苦怀胎生下的孩子,怎么会是孽障呢?"

太后注视着她,双目沉静如能照透人心:"你的孩子一生下来就处置了,是否如传言一般,连哀家都无法确证。如今孩子不在了,皇帝不愿再提起,你又何必苦苦执着?你若再执意,离死也不远了。"

蕊姬浑身剧烈一震,仿佛不可置信一般,瘫软在地:"太后……"

太后慢慢地捻着佛珠,缓缓道:"哀家听闻贵妃向皇帝进言,要你自缢去陪着你的孩子,以免后宫再生下不吉的婴孩。皇帝一时心软,未曾答应。可若是哪天枕头风吹得更厉害些,他听进去了也未可知。到时候,也不必你寻死上吊,皇帝就成全你了。"

蕊姬吓得花容失色,连连摇头,膝行至太后跟前,匍匐着道:"臣妾愚钝,还请太后指点迷津。"

太后闭着眼睛,淡淡道:"当日把你从南府捞出来的时候,就发现你是个有心性的,又是乌拉那拉府送来的,一放进后宫准保能让众人费尽心神。皇后专心于后宫纷争,哀家的话在后宫才会有人听。你要是这么轻易就死了,可就白费了哀家苦心。"

蕊姬俯首帖耳,再三叩首:"臣妾一入后宫,慧贵妃便极力排挤,视臣妾为娴妃一党,如今还要殉了臣妾。臣妾愚钝,还请太后怜惜,指点迷津。"

太后淡淡一笑:"指点迷津的有满天神佛,能自度迷津的就只有自己。哀家知道你心痛孩子没了,但只要你活着,总还会有机会。哀家会告诉钦天监,流年不利,宫中断不能再有白事,不会让你死了。但如何走出雨花阁,如何不负哀家所托，就看你自己的了。"

蕊姬俯身拜倒，悲痛的神情中多了一分郑重："臣妾谨受太后教诲。"

太后扶过福姑姑的手，漫步踱出，她的语气缓而沉："有件事，哀家一直想不明白，问齐汝他也不知，你虽然怀相不好，但也不至于生出那样的孩子，真是可惜了。"

蕊姬伏倒在地，眼泪落了一地。平滑如镜的澄砖地冷而硬地硌在额上，那股冷意直逼进脑仁里去。她抬起头，殿中只余下太后长年所焚的檀香余味，气息幽沉，弥漫一室。

如懿被宣召至养心殿，是在早膳时分。她才用完早膳，听阿箬说着宫里带走了好几个太监宫女的事，皇帝身边的李玉便急匆匆赶来了："娴妃娘娘，皇上有旨，请您立即前往养心殿暖阁一趟，闲人勿带。"

如懿听得最后一句，心下便微微一沉，脸上却还笑着："皇上这样的旨意，可是出了什么事？"

李玉的神色不似往常，只道："辇轿已在外头备下，娘娘请吧。"

如懿急急更衣，连阿箬和惢心也未带，便扶着李玉的手出去。直到仪门外快要上轿的一瞬，她才听得李玉用极低的声音道："王钦在皇上面前诉说了一通，奴才也不知是什么事，只知皇后娘娘也到了。"

如懿听得"王钦"与"皇后"，心下更是阴沉难言，只得道："那就快些去吧，别让皇上等着。"

如懿甫一进殿，便觉得殿中气氛不似往日。皇帝神色沉郁，眼底隐隐含了一分怒气。皇后亦是半坐在榻前的紫檀椅上，并不敢与皇帝同坐在榻上。而王钦垂头丧气地跪在地上，一声也不敢言语。

如懿忙福了福道："皇上万福金安，皇后娘娘万安。"

皇帝草草抬了抬下巴，示意她起身。如懿忙垂手站在一边，皇帝也不叫"坐下"，只向王钦道："你把方才跟朕说的，再与皇后和娴妃说一遍。"

王钦忙磕了个头道："奴才奉皇上之命彻查六宫流言之事，发现宫中的确传言纷纷,论及玫贵人所生的婴孩,种种细节如同亲见,再加上底下人添油加醋,闹得人心惶惶。"

皇帝不耐烦道:"说这些做什么。只说你查到的那些!"

王钦吓得一怔,忙道:"是。奴才查问下来,发现流言所在,主要盘集在永和宫、延禧宫和景阳宫一带。"

皇后看王钦说得满头大汗,忙温言道:"东六宫中只有这几宫有嫔妃居住,永和宫又是事发所在,难免流言纷扰。你且说,这些话是哪里传出来的?"

王钦脸色发白,那汗水滴答下来,被殿中的苏合香一熏,气味实在难闻。如懿屏息敛气,只听他说下去。

皇后沉声道:"皇上面前,你还有什么不敢说的么?"

王钦磕了个头,拿眼睛瞟着如懿,道:"宫人们都说,最早有流言传出的,便是延禧宫。"

如懿问心无愧,便道:"皇上明鉴,当夜永和宫所见所闻,臣妾未曾有一字半句传出,延禧宫中更无人得知。"

王钦急急忙忙道:"奴才不敢妄言,所以特意带了一些散布流言的宫人回来,请皇上细察。"

皇帝冷冷道:"既然查了,那就传吧。"

王钦击掌两下,只听外头窸窸窣窣有人进来,地上的锦毯极厚,几乎是踏步无声,唯有衣袍与地毯相触的摩擦声刮着耳膜一阵阵逼近。大约是四五个宫人,跪在了离皇帝一丈之地,叩头问安,缭乱了一阵。

王钦在宫人们面前便恢复了素日的趾高气扬,冷着脸道:"我问你们什么话,你们据实以答就是了。在皇上面前,都老老实实的,不许有一句妄言胡说。"

众人怯怯答了"是",王钦又道:"你们几个在宫里嚼舌根是最厉害的。眼下我就问你们,最早你们是在哪儿听来关于玫贵人的那些不干不净的话的?"

那几个宫人怯怯互视了几眼,又见如懿也在侧,便越发生了胆怯之情,其中一个怯生生道:"时日长久,奴才、奴才们都忘记了。"

如懿见几个宫人看一眼她，便不敢多言，一颗心越发往下沉了沉。她跪在地上，见满地铺着寸许厚的百花戏春图的猩红绒金线织锦云毯，密密匝匝地绣着牡丹、蔷薇、莲花、秋菊、蜡梅，争奇斗艳似的拼命挤成一团，一般艳的蝴蝶穿在其中。那样热闹鲜活的图案，原是一整个春日的欢好，此时看来，却似逼得人透不过气来一般。

"忘记了？"王钦冷笑一声，"方才都还记得，如今便全忘记了。我就知道，不长记性的奴才，除了用刑，再没别的办法。"

皇帝口气亦是森冷："到了朕跟前还要推诿？王钦，用刑！先夹断了几根手指，便知道要说实话了。"

皇帝话音刚落，其中两个胆小的便没命价地磕着头道："皇上饶命，皇上饶命！奴才最早是经过延禧宫的时候听说的。"

皇后追问道："最早？最早是什么时候？"

那宫人脸色煞白："就是玫贵人生产那一夜。"

皇后神色微变，似是自言自语："也就是说，皇上刚离开，宫中就有流言了？"

另几个宫人也忙跟着道："皇上，奴才再不敢胡说八道了，就是在延禧宫一带最早传出来的。"

如懿凛然道："延禧宫一带是哪里？延禧宫外么？那是别的哪座殿阁里传出的？"

一个年纪大些的很肯定："就是延禧宫、延禧宫。"

如懿又问："那可说得出是听我宫中谁人所说？说的是什么？"

胆子小的那个答道："奴才对延禧宫的人也没有那么熟悉。大黑夜的，也实在是没听出来是谁人所讲。但奴才确实是在延禧宫那里听到的……话，就是说……就是说玫贵人的胎是……是个鬼胎……奴才当时听到吓坏了。"

如懿摇头："这话说得无凭无据、不清不楚。"她目视皇帝，倒也不惧，"皇上，臣妾不曾对任何人说过一字一句，更不愿受这凭空揣测。"

王钦啧啧两声，音调高了两分："这便奇了，人人都说是延禧宫传出流言，偏偏娴妃娘娘说只字未漏。那是这些奴才都疯魔了，连哪宫哪苑都分不清楚？还是娴妃娘娘那夜受了惊吓，无知无觉中说了出去，或是讲了梦话，自己也不记得了？"

如懿转头盯着他，口气便沉了些："王钦，你口口声声咬住本宫不放，本宫有何居心，一定要害了玫贵人还要损她声誉？更不惜连累皇室声名？"

王钦有些害怕与她对视，大概也觉得无礼，忙道："娴妃娘娘息怒，奴才也不过这么一说。只是娴妃娘娘一直未有生育，出于嫉妒迁怒于玫贵人，一时口快说了出来，恐怕也是有的。"

如懿冷笑："恐怕？看来你也不过是胡乱猜测！为着猜测就敢猜疑本宫，言语无状，你实在大胆！"

王钦讷讷："奴才哪儿敢啊！奴才，奴才……"

镏金错银福寿无疆的大鼎中，若有若无的苏合香薄烟，丝丝缕缕交错密织，无边无际地扩散开来，仿佛织了一张无形的网，遮天兜地地笼罩下来。

皇帝默不作声，只是重重一掌击在紫檀几案上，皇后急得捧过皇帝的手仔细察看道："皇上再生气，也要注意龙体，万勿伤了身子。"

皇后婉声道："皇上息怒，哪怕人人都指证娴妃，臣妾也不相信是娴妃有意所为。"

王钦忙接口道："是，是。不是有意，或许是谁无心说漏了。"

皇帝思忖片刻，慢慢道："朕也相信娴妃，但流言所指，朕不能不查个彻底。"

皇后连忙道："皇上说得是。只是娴妃侍奉皇上多年，没有功劳也有苦劳。但请皇上先勿责罚。臣妾想，既然此事要彻查，娴妃卷入其中也不适宜，不如请皇上先让娴妃不要出入延禧宫，等到查清，再给娴妃一个清白。"

殿中苏合香的香烟袅袅飘散荡开，连皇帝的面孔也遮了一层薄薄的雾翳。皇帝沉吟："查便查，不必禁足娴妃。"

如懿跪在地下，殿中分明是和暖如春，那空气似乎也滞塞不堪，闷得她透不过气来。她思量片刻，脑中逐渐分明："皇后娘娘所言甚是，臣妾身陷流言，还是避开为好。"

皇帝很是意外，目视着她，疑惑，亦不忍。

如懿神色坚定："臣妾自请禁足，远离是非。皇上一定会还臣妾清白的。"

皇帝唤过殿外的李玉陪了如懿出去。

如懿起身，回望去，皇帝的眼中含了一点锐利的坚定之意，她安下心来，缓步出去。正与过来的晞月打了个照面，她欠身行礼，晞月神色倨傲，只作不见，步履盈盈入了养心殿。

待到人少处，她就着李玉的手，轻若自语："王钦为了追查流言之事格外费心，连新婚的莲心都顾不上。你得空也去照应照应莲心。"

如懿轻柔眼波划过李玉的面颊，一瞬间含了深深的决绝和冷厉。

李玉会意地点点头："冬日苦寒，娴小主暂居延禧宫躲避风霜也好。外头的事有奴才呢。"

李玉说罢，重又垂下双眸，保持着一如往常的温驯和恭顺。

皇帝见如懿离开，想到流言纷扰之事，不免又勾起那夜在永和宫的伤心与惊惧，眉宇间便落了一层云翳般的烦忧。皇后亲眼见了皇帝对如懿的回护，心尖略略发沉，只是问："皇上似乎很相信娴妃？"

皇帝支着额头，那好看的眉毛轻轻皱起，皇后心里便有些柔软的涟漪泛起。

皇帝沉声道："朕没有动辄怀疑娴妃的理由。"

皇后微微颔首，似乎同意，但出语却仍是担忧不信的口吻："但是娴妃年轻，臣妾也怕她那日饱受惊吓，一时糊涂乱言。"她缓一缓，"毕竟，她还是年轻女子，从未见过此等骇事。"

皇帝摆摆手，似乎只想等查清楚再做定断，却也忘记了，皇后也不过还是个年轻女子。皇后不是不知如懿在皇帝心中的分量，但一次次如此耳闻目睹，便是位极中宫，到底也不过是个爱慕夫君的女子，实在含了青梅般的酸与涩，对娴妃的疑心也重了几分。她想说那一夜她见了那情形也惊也怕，却不得不以皇后的身份控制着自己不能流露出一丝软弱的神色。她也想有人轻言安慰，一起出主意，赞许她那日的镇定，却觉得此时此景，说什么都是干巴巴的，徒然无趣。

正沉默间，才见晞月已悄然入内，皇后敛一敛神色，如常庄重端正，与皇帝一同受了晞月的礼。晞月有些急迫，起了身便请求："皇上，娴妃已被禁足，不如让臣妾带着大阿哥，免得他委屈在那儿。"

皇帝眼下无心于此事，便只敷衍了两句，想着往后再说。

晞月背着皇帝虽然矫情做作，但在皇帝跟前一向是温柔如水，此时却不知为何是罕有的执着。她抬起渴盼的眼，依依求恳："皇上，娴妃身陷嫌疑，这些污糟事，孩子知道也不好。不如让大阿哥在臣妾宫里。"

皇帝见她如此，终于抬起头来打量了她两回，方耐着性子道："朕知道你疼永璜。但娴妃一向对永璜也极好，永璜只怕也不肯离开。若是娴妃无辜，永璜挪来挪去也麻烦。"

晞月双眸清亮如宝珠，她朗朗反驳："那除了娴妃，还有谁会闹出这样的事呢？"

皇帝哑然，想驳了晞月，却也不愿将其余人的名字说出，徒增烦恼。皇后再看不下去，由着晞月闹腾，自己抽身先走了。待出了殿阁，清冷空气扑面而来，才觉得胸腔里一股郁气稍稍散些。

素练扶着皇后的手，很是贴心："皇后娘娘原是来陪着皇上主持公道的，却不想眼看着皇上不辨是非，只护着娴妃。"

"贵妃有句话说得很对，除了娴妃还会是谁呢？皇上与本宫自然不会说出去，齐汝是最老成的，王钦奉承皇上还来不及，想来他们不会乱说。"

皇后一壁说，素练一壁点头。皇后又叹气："就怕皇上疑了娴妃，也疑了本宫。"

素练忙劝道："怎么会呢？您是皇后，皇上怎会疑您？而且今日的话贵妃也就说对了这一句罢了，其余的奴婢听了都要皱眉。"

话音未落，里头晞月也悻悻出来，她见了皇后，如见了救星一般，忙求恳道："皇后娘娘，娴妃养着大阿哥，看在他的面上，皇上也会更顾念相信娴妃。既然如此，不如将大阿哥养在臣妾膝下，免得娴妃教坏了他。"

皇后目光微凉。

素练笑着道："怎么贵妃娘娘急着想把大阿哥收在自己膝下？"

晞月只望着皇后，神色急切："臣妾对皇后娘娘忠心耿耿，若臣妾抚养大阿哥，必不会像娴妃一样仗子夺宠。"

皇后笑意微凉，却还是好声好气的："皇上为了流言的事正烦心，你少去求这件事。"

晞月还不肯罢休："大阿哥离了娴妃，娴妃也少了个助益。对娘娘您也是好事。"

什么好事？这话说出来简直是打皇后的脸。仿佛她位在中宫，母仪天下，便要怕了这一个妃嫔一个庶子一般。晞月浑然没有察觉，只是一心为自己着急。

皇后微笑着，那笑里渐次疏冷下去："本宫知道你心急，可也别急得失了分寸。惹皇上烦了于你有什么好处？你又不是没在娴妃手里吃过亏。"

晞月还要再说话，素练扶着皇后紧着走了两步："皇后娘娘今日也累了。"

晞月这才无奈告辞。

皇后上了软轿，眉目间已经失去了往日的温和："高氏的心也太急了，越过本宫去求皇上要养永璜，皇上没松口又来求本宫。"

素练走在皇后近旁，语声唯二人可闻："贵妃眼下对您忠心，来日有了庶长子在手，未必就这么一心一意了。您且瞧她一味去争大阿哥，不如嘉贵人踏踏实实侍奉您。"

皇后微微点头。贵妃有宠有家世，若再有长子，指不定生出什么心思来。她养着长子，必定不妥。若娴妃真有罪，永璜大可再送回撷芳殿，或是交给不得宠的嫔妃养育，也不能交由宠妃抚养。这样想来，嘉贵人虽然说话由着性子来，行事略冲，心思也直，但确是安分守己多了。